# MON ANNÉE DE **PHILO**

# MON ANNÉE DE PHILO

**BAC**
**Terminale**

**NOUVEAUX PROGRAMMES !**

**Michèle Moioli**

Professeur de philosophie

ellipses

« *Philosopher, c'est se comporter vis-à-vis de l'univers comme si rien n'allait de soi.* »
Jankélévitch (*La mauvaise conscience*)

ISBN 9782340-063716

8/10 rue la Quintinie 75015 Paris



www.editions-ellipses.fr

# Programme d'enseignement de la philosophie en classe terminale de la série générale

« *Le domaine de la philosophie se résume à ces questions :*
*Que puis-je savoir ?*
*Que dois-je faire ?*
*Que puis-je espérer ?*
*Qu'est-ce que l'homme ?*
[...] *Mais au fond, on pourrait tout ramener à l'anthropologie, puisque les trois premières questions renvoient à la dernière* » Kant (*Logique*).

**Le programme** propose à l'étude dix-sept notions, liées à trois **perspectives** dont chacune correspond à l'une des trois premières questions énoncées par Kant.

- La connaissance (question 1)
- La morale et la politique (question 2)
- L'existence humaine et la culture (question 3)

## Les notions au programme

- La conscience
- L'inconscient
- Le temps
- Le langage
- L'art
- Le travail
- La technique
- La religion
- La nature
- La raison
- La science
- La vérité
- La justice
- La liberté
- L'État
- Le devoir
- Le bonheur

## Les repères

La liste de notions sur lesquelles porteront les trois sujets proposés à l'examen de fin d'année s'accompagne d'une liste de repères, notions fondamentales et outils conceptuels dont la maîtrise favorisera le travail de réflexion de l'élève quel que soit le sujet qu'il aura à traiter. Ces repères, qui ne font pas l'objet d'une étude spécifique, sont mobilisés tout au long de l'année par le professeur et l'élève doit s'entraîner à les utiliser lui aussi dans ses compositions.

Absolu/relatif – Abstrait/concret – En acte/en puissance – Analyse/synthèse – Concept/image/métaphore – Contingent/nécessaire – Croire/savoir – Essentiel/accidentel – Exemple/preuve - Expliquer/comprendre – En fait/en droit – Formel/matériel – Genre/espèce/

individu – Hypothèse/conséquence/conclusion – Idéal/réel – Identité/égalité/différence – Impossible/possible – Intuitif/discursif – Légal/légitime – Médiat/immédiat – Objectif/subjectif/intersubjectif – Obligation/contrainte – Origine/fondement – Persuader/convaincre – Principe/cause/fin – Public/privé – Ressemblance/analogie – Théorie/pratique – Transcendant/immanent – Universel/général/particulier/singulier – Vrai/probable/certain.

## Les auteurs

Bien évidemment, l'année de terminale doit permettre à l'élève de se familiariser avec les idées de quelques philosophes.

Une liste d'auteurs, organisée en trois périodes, est donc proposée.

L'Antiquité et le Moyen Âge

Les présocratiques ; Platon ; Aristote ; Zhuangzi ; Épicure ; Cicéron ; Lucrèce ; Sénèque ; Épictète ; Marc-Aurèle ; Nāgārjuna ; Sextus Empiricus ; Plotin ; Augustin ; Avicenne ; Anselme ; Averroès ; Maïmonide ; Thomas d'Aquin ; Guillaume d'Occam.

La période moderne

N. Machiavel ; M. Montaigne (de) ; F. Bacon ; T. Hobbes ; R. Descartes ; B. Pascal ; J. Locke ; B. Spinoza ; N. Malebranche ; G. W. Leibniz ; G. Vico ; G. Berkeley ; C. Montesquieu de ; D. Hume ; J.-J. Rousseau ; D. Diderot ; E. Condillac (de) ; A. Smith ; E. Kant ; J. Bentham.

La période contemporaine

G.W.H. Hegel ; A. Schopenhauer ; A. Comte ; A.- A. Cournot ; L. Feuerbach ; A. Tocqueville (de) ; J.-S. Mill ; S. Kierkegaard ; K. Marx ; F. Engels ; W. James ; F. Nietzsche ; S. Freud ; E. Durkheim ; H. Bergson ; E. Husserl ; M. Weber ; Alain ; M. Mauss ; B. Russell ; K. Jaspers ; G. Bachelard ; M. Heidegger ; L. Wittgenstein ; W. Benjamin ; K. Popper ; V. Jankélévitch ; H. Jonas ; R. Aron ; J.-P. Sartre ; H. Arendt ; E. Levinas ; S. de Beauvoir ; C. Lévi-Strauss ; M. Merleau-Ponty ; S. Weil ; J. Hersch ; P. Ricœur ; E. Anscombe ; I. Murdoch ; J. Rawls ; G. Simondon ; M. Foucault ; H. Putnam

Cette liste n'est ni exhaustive ni exclusive. Nous ne saurions assez insister sur la nécessité de *lire*. Il appartient à chacun, selon sa personnalité et ses centres d'intérêt, de la compléter.

## L'étude d'une œuvre

En Terminale générale, l'étude suivie d'une œuvre est obligatoire. Il peut s'agir d'une œuvre intégrale ou d'une partie de l'œuvre formant un tout. L'enseignant détermine les modalités de cette étude afin qu'elle accompagne au mieux le déroulement de son cours.

Si l'élève est convoqué à l'oral de second groupe, couramment appelé « oral de rattrapage », c'est sur un extrait de cette œuvre qu'il sera interrogé.

# Introduction : présentation de l'ouvrage

Cet ouvrage s'adresse aux lycéens de Terminale générale qui ont quatre heures hebdomadaires d'enseignement de la philosophie en tronc commun et qui passent une épreuve de philosophie d'une durée de quatre heures (cœff. 8).

Recueil de fiches synthétiques des notions au programme, il permettra soit d'accompagner le travail régulier de l'année, soit de réviser ponctuellement.

« *On n'apprend pas la philosophie ; on apprend à philosopher* » ; Kant (*Annonce du programme des leçons de M. E. Kant durant le semestre d'hiver 1765-1766*). Les élèves intéressés et motivés par la philosophie continueront à apprendre à philosopher, réfléchir, se questionner et inlassablement questionner les autres pour toujours chercher et apprendre. Les autres apprendront la philosophie : ils acquerront les notions fondamentales, les références minimales requises pour une réflexion philosophique, les techniques pour convaincre ou persuader… Dans les deux cas, ce livre a sa raison d'être.

Composition :

- une première partie présente la méthodologie et un chapitre 0 consacré à « Qu'est-ce que la philosophie ? » ;
- une deuxième partie est constituée de 17 fiches notionnelles, chacune suivie de la présentation d'un auteur (ZOOM) et d'une fiche méthodologique.

La démarche adoptée dans les fiches méthodologiques consiste à disséquer les différentes étapes de la réflexion philosophique pour traiter chacune à l'occasion d'une notion ; ce sont les **points clefs**.

Deux types d'exercices sont proposés aux élèves à l'examen du baccalauréat : la dissertation et l'explication de texte. La dissertation est d'abord étudiée ; puis l'explication.

Bien évidemment, l'élève veut aussi savoir à quoi doit ressembler le produit fini. C'est pourquoi, lorsque tous les points méthodologiques d'un exercice auront été traités, il pourra lire un devoir rédigé.

L'élève pourra donc assimiler peu à peu la technique de la dissertation et de l'explication. Il progressera et acquerra en outre quelques automatismes s'il s'entraîne à revenir sur les points clefs déjà étudiés ou à préparer ceux qui vont suivre, comme le recommande la rubrique « travail personnel ».

L'objectif de cet ouvrage est de faire comprendre à tout élève de terminale les exigences de l'épreuve de philosophie en procédant pas à pas afin qu'il se rende compte qu'il n'y a là nulle difficulté insurmontable mais que, bien au contraire, en travaillant avec méthode on a toutes les chances de réussir.

# La méthodologie

« *La méthode est l'art de disposer une suite de plusieurs pensées pour découvrir et prouver* » (Antoine Arnauld et Pierre Nicole, *Logique de Port-Royal*).
« *Toute la méthode consiste en une mise en ordre.* » (Descartes, *Règles pour la direction de l'esprit*)

## I. Conseils préliminaires

Trois sujets au choix vous sont proposés : deux questions de dissertation et un texte à expliquer.

### A. Le choix du sujet

#### 1. Première difficulté : Dissertation (quel sujet ?) ou explication ?

Aucun exercice n'est bon en soi ni meilleur qu'un autre. Tout dépend des autres sujets proposés pour un candidat donné. Que savez-vous ? Avez-vous travaillé régulièrement ? Un élève sérieux, consciencieux, appliqué qui a fourni un travail régulier mais sans grande originalité aura intérêt à opter, s'il en est un, pour le sujet classique. Il existe en effet de grandes questions récurrentes en philosophie et qui ne demandent pas de réelle « prise de risque » (Le travail est-il l'ennemi de la liberté ?, L'État est-il l'ennemi de la liberté ?) Ces questions ont forcément été abordées en cours, de manière plus ou moins développée. L'élève sérieux et prudent a tout intérêt à les sélectionner car elles valoriseront ses connaissances, ses compétences, son travail.

Un élève sérieux qui a acquis une culture philosophique mais s'égare parfois dans le hors-sujet aura quant à lui tout intérêt à se diriger vers le texte. Cet exercice peut au premier abord lui paraître moins intéressant, puisqu'il devra s'effacer devant le philosophe, mais il présente l'immense avantage de le canaliser. Il est plus facile de dégager un plan déjà là et de le respecter que de découvrir par soi-même un plan avec le risque de se fourvoyer.

L'essentiel est donc de disposer de quelques connaissances solides afin d'avoir suffisamment confiance en soi et de sentir quels sujets sont abordables et lesquels sont risqués.

Il n'est pas de philosophie sans une part de subjectivité. Le bon sujet naît d'une rencontre entre un élève, doté de certaines qualités, qui a travaillé plus ou moins, qui a un passé, des préoccupations, une personnalité et déjà une vision du monde qui lui sont propres, et une question qui, pour x raisons, éveille son intérêt et le motive. Le même sujet, qui passionnera un élève en faisant émerger tout un monde de questions et en lui permettant de mobiliser des connaissances précises, découragera un autre qui va rester déconcerté sans discerner ce qu'il pourrait dire.

L'art de choisir le bon sujet, SON sujet, suppose donc une certaine connaissance de soi, de sa personne, de ses compétences (est-on un esprit original ? Ou est-on doté d'un naturel prudent ? Y a-t-il des notions et/ou des questions que l'on maîtrise mal ?), de ses défauts (hors sujet, digressions, longueurs ou inversement style elliptique, tendance à réciter le cours…) et, bien sûr, de son degré de compréhension du sujet.

Choisir son sujet demande du temps.

### 2. Prendre le temps de la réflexion

Un choix éclairé suppose une délibération et donc une réelle prise en compte de chacun des trois sujets proposés.

Tous les enseignants sont d'accord sur ce point. Qu'il s'agisse de nos propres élèves ou des inconnus que nous surveillons le jour de l'examen, bien trop nombreux sont ceux qui se précipitent sur un sujet. Trois sujets sont proposés. Il faut choisir. Mal choisir son sujet serait la pire des choses. Le premier impératif? Conserver son calme et sa lucidité pour envisager chacun des trois sujets.

Consacrer les vingt premières minutes de l'épreuve de philosophie à choisir son sujet n'a rien d'étonnant. Il ne faut pas ici penser « perte de temps » mais « investissement et rentabilité ». L'élève qui, en toute connaissance de cause, aura éliminé deux des trois sujets ne travaillera peut-être pas un sujet qui le passionne. Il se consacrera du moins au sujet qu'il peut et sait traiter: « son » sujet, et là est l'essentiel.

### 3. Comment procéder?

Lire et relire attentivement les trois sujets en prenant pour chacun d'eux une série de notes. Identifier le problème, les questions clefs qui constitueraient la problématique, les notions clefs à mobiliser, recenser les connaissances qui permettraient de formuler et comparer plusieurs thèses, les références philosophiques, envisager une ébauche de plan (on voit assez vite si les idées griffonnées pourront se mettre en ordre ou partent dans tous les sens), se demander si l'on a une idée ou une perspective un peu originale sur la question… Assez vite, vous discernez avec quel sujet vous serez le plus à l'aise.

## B. Gérer son temps

- Le brouillon permet de choisir son sujet (20 minutes environ) puis de travailler le sujet choisi de manière à construire un plan très détaillé. Il est donc maintenant entre 9h15 et 9h30.
- Rédigez l'introduction (5-10 minutes).
- Vous disposez de 30 à 40 minutes pour rédiger chaque partie de votre développement. Cela paraît peu mais, si le plan est précis et rigoureux avec des amorces et des transitions soigneusement formulées, il ne reste qu'à habiller les idées avec des mots ce qui est relativement simple.
- La conclusion, si le devoir est clair, se fait rapidement (10 minutes maximum).
- Il reste donc 10 minutes-un quart d'heure pour la relecture finale.

### Conseils de rédaction

La réflexion philosophique, dans la dissertation ou l'explication, doit être méthodique, structurée et logique. Il faut donc des phrases de transitions pour articuler les idées.

La réflexion philosophique est aussi une **réflexion personnelle**. Sur ce point, toute la difficulté sera pour l'élève d'affirmer sa pensée sans pour autant adopter une position purement subjective et à ce titre arbitraire et sans valeur.

### C. Bien présenter sa copie

Soignez la présentation ; première impression du correcteur. « *Ce qui se conçoit bien s'énonce clairement* », disait Boileau dans son *Art poétique* : une pensée claire et structurée se matérialise dans un devoir bien construit et bien présenté. Bref, la clarté de la présentation révèle la clarté de la pensée.

Les copies distribuées aux examens ont des lignes et seront numérisées pour être ensuite corrigées. Si vous écrivez gros, écrivez une ligne sur deux. Veillez à ce que votre devoir soit *lisible*.

Un développement doit être constitué de 3 parties, elles-mêmes composées de 2 paragraphes minimum.

Les titres du plan doivent disparaître.

Ceci établi, le devoir doit donc se présenter sous cette forme :

| |
|---|
| Introduction (en un §) QUESTIONNER |

Sauter 2 lignes

PREMIÈRE PARTIE :

| |
|---|
| Une phrase d'amorce<br>1er §<br>2e §<br>3e §<br>Bilan + Question de transition |

Sauter une ligne

DEUXIÈME PARTIE

| |
|---|
| Une phrase d'amorce<br>1er §<br>2e §<br>3e §<br>Bilan + Question de transition |

Sauter une ligne

TROISIÈME PARTIE

| |
|---|
| Une phrase d'amorce<br>1er §<br>2e §<br>3e §<br>Bilan |

Sauter 2 lignes

| |
|---|
| Conclusion (en un §) RÉPONDRE |

## II. La dissertation

Ce sujet se présente sous la forme d'une question qui peut explicitement ne porter que sur une notion (Le silence ne dit-il rien ?) ou en citer deux (L'art est-il un langage ?). En réalité le devoir ne devra jamais se limiter à n'aborder qu'une des notions du programme ; il ne serait alors qu'un exposé et à ce titre hors sujet. On attend de vous que vous mobilisiez vos connaissances en articulant les différentes notions étudiées durant l'année scolaire.

**Ce que la dissertation ne doit pas être** : un exposé thématique, la restitution d'un cours, l'exposé d'une ou plusieurs doctrines philosophiques, un recueil d'opinions, un ensemble d'affirmations dogmatiques... Outre leurs défauts spécifiques (le hors sujet, les banalités, les avis injustifiés), ces démarches maladroites se rejoignent sur un point : l'élève répond sans avoir pris le temps de questionner.

Il s'agit toujours en philosophie, et cela se remarque tout particulièrement dans la dissertation, de réfléchir et de **penser par soi-même**. Le problème est qu'il existe concernant cette expression un énorme malentendu entre les professeurs et les élèves. Fort désireux de penser par eux-mêmes, les élèves croient qu'il s'agit de « dire ce qu'on pense » tout au long de sa copie, ce qui sous-entend qu'on n'aurait nul besoin de s'y connaître en philosophie. Il s'agit là d'une illusion. « Dire ce qu'on pense », c'est exprimer un premier avis, c'est livrer son opinion ; ce n'est pas philosopher. Il n'y a pas d'opinion en philosophie et pas de « je pense que ». Penser par soi-même, ce n'est pas penser seul et à partir de rien. C'est réfléchir, se nourrir d'idées antérieures pour les examiner, critiquer, justifier ou rejeter ; c'est penser avec les autres, contre les autres, dans un dialogue permanent. C'est construire une réflexion, élaborer sa pensée pour dire ce qu'on pense, oui, mais à la fin du devoir, c'est-à-dire après une solide argumentation qui de cette pensée fera une conviction profonde et fondée à mille lieues de l'opinion irrationnelle et sans valeur.

La philosophie est un chemin vers la vérité et c'est, dans la dissertation, ce **cheminement** qui importe, plus que le résultat. Il s'agit moins de dire ce qu'on pense que de montrer comment on pense et de montrer qu'on pense.

Certes, mais comment faire ?

## A. Comprendre le sujet

### 1. Identifier les notions clefs

Il arrive que celles-ci soient explicites (Le travail est-il l'ennemi de la liberté ?). Même dans ce cas, il faudra remonter à des notions sous-jacentes (la nature humaine, la société qui organise le travail). Le plus souvent, les notions clefs sont à dégager. Par exemple, à travers la question « La guerre est-elle une fatalité ? », c'est bien, entre autres, une réflexion sur la nature humaine qui est souhaitée.

### 2. Chercher des exemples

Toujours dans l'intention de se familiariser avec le sujet et de saisir de manière intuitive ses enjeux, on cherchera dans l'actualité, dans l'histoire, dans la littérature, le cinéma,... des situations qui mettent en scène les problèmes qu'il soulève.

### 3. Analyser les mots-clefs

C'est l'étape cruciale, celle qui va déterminer la problématique et l'organisation des idées. Le sujet de dissertation est toujours une question, courte en général. Mais courte ne veut pas dire simple et le devoir de l'élève est précisément de mettre en évidence la complexité de cette question derrière une possible simplicité apparente. « Peut-on opposer le loisir au travail? » semble être une question qui ne se pose pas, tant la réponse saute aux yeux. Et pourtant... N'y a-t-il pas des gens, la plupart d'entre nous en fait, qui travaillent durant leurs loisirs? Dès lors, comment distinguer travail et loisir? Non, si l'on y réfléchit un peu, la réponse n'est pas si simple et l'on comprend que la question se justifie.

#### 4. Définir les notions clefs

Ce travail de définition peut prendre différentes formes.

On remarquera que s'il convient, par souci de logique, de clarté et d'efficacité, de distinguer le temps de l'analyse et le temps des définitions, ces deux étapes en réalité se mêlent inextricablement. En effet, l'explication d'un terme-clef du sujet va inévitablement fournir un lot de questions et nourrit donc l'analyse de même que le travail de « décorticage » du sujet permet de formuler un grand nombre de questions comportant des notions qu'il va falloir définir.

### B. Répondre au sujet

Encore faut-il répondre à ces questions. Là encore, dans les faits, vous découvrez en même temps questions et réponses. Il faut donc bien séparer les deux sur votre feuille de brouillon afin de pouvoir ensuite, au moment de la rédaction, marquer clairement le progrès de votre réflexion: question/réflexion/réponse.

#### 1. DES réponses au sujet

Il n'y a pas UNE réponse au sujet mais DES réponses et il est donc vain de chercher la bonne réponse qui serait la réponse vraie ou agréable au correcteur. Le mythe du « correcteur qui ne pense pas comme moi » est tenace. Mais le professeur qui corrige sa copie se moque éperdument de ce que pense l'élève! L'État est-il l'ennemi de la liberté? Il est vrai qu'on s'attendra plutôt à la thèse classique et prudente: « l'État, en dépit des apparences, en limitant notre liberté naturelle, nous offre l'accès à la vraie liberté. » Or, voilà que se présente un candidat anarchiste. Et il a 3! « Le prof n'était pas d'accord avec moi! » clamera-t-il, fier de son audace intellectuelle. Non. S'il a 3, c'est qu'il n'a rien expliqué, rien construit, rien argumenté; il a affirmé, il n'a ni pensé ni réfléchi. Il est d'autres candidats anarchistes qui auront 18. Outre leur solide argumentation, on saluera le courage de soutenir une position originale.

Le devoir ne doit absolument pas se limiter à l'exposé d'UNE réponse, sans quoi l'élève se verra reprocher l'indigence de sa copie. Il doit présenter et confronter plusieurs réponses.

#### 2. La première réponse

Elle est souvent le cri du cœur et la réponse commune, ou, selon le sujet, le résultat, logique, d'une analyse purement conceptuelle.

#### 3. Les réponses des philosophes

D'abord, on ne donne pas au baccalauréat de sujets qui appelleraient, comme nous l'avons déjà dit, une ou des réponses précises; il ne s'agirait alors que de réciter des éléments de doctrines et d'apprendre la philosophie, ce qui n'est pas le but. Ensuite, les philosophes n'ont pas eu la bonté de penser aux candidats qui passeraient le bac. Ils ont exposé des idées. Vous ne pouvez pas toutes les connaître et ce n'est pas ce qu'on vous demande. On attend de vous qu'à partir de vos connaissances, quelles qu'elles soient, vous philosophiez et fassiez parler et débattre les philosophes. Ainsi, si l'on vous propose le sujet « Peut-on être certain de l'existence de l'inconscient? ». Descartes, au XVIIe s, n'a pas la moindre idée de l'inconscient psychique que Freud découvrira au XXe s. Mais, on sait que Descartes élabore une philosophie du sujet et développe le thème de la transparence de la conscience. On peut donc amorcer une réflexion en posant la question « que nous dirait ici Descartes? ». Dès lors, à partir de ce qu'on sait, on déduit ce qu'il répondrait: « la conscience fait tout le psychisme et l'on peut au premier abord être certain qu'il n'y a pas d'inconscient ».

#### 4. Les références philosophiques

Indispensables dans un devoir de philosophie, elles peuvent être confirmées et complétées par une **citation**.

#### 5. Les réponses de spécialistes non philosophes

Historiens, savants, artistes seront convoqués, chacun pour parler de sa discipline. L'art doit-il reproduire la nature? Il serait aberrant de prétendre traiter ce sujet sans consulter nombre d'artistes de sensibilités différentes. Les philosophes n'ont pas le monopole des idées et il ne faudrait pas oublier que les écrivains et les artistes en général ont beaucoup à dire sur les questions philosophiques.

#### 6. Établir un dialogue

Il s'agira par conséquent, dans un devoir de philosophie, de **débattre** avec tous ces philosophes et autres interlocuteurs, c'est-à-dire de confronter leurs points de vue afin de progressivement et tout au long du devoir les dépasser en parvenant à la vérité: sa propre réponse. Les faire parler un peu à la manière d'un animateur qui convierait des spécialistes et donnerait la parole à chacun tout en veillant à ce que le dialogue soit fructueux. Introduire de l'ordre et une continuité, donc, au sein d'un débat d'idées qui représente une pensée en train de se faire.

### C. Structurer

Une bonne **analyse du sujet** doit mener à une **problématique**.

La pensée peut se vivre dans un bouillonnement d'idées; cela, c'est le temps de la découverte et de la compréhension du sujet. Elle ne peut se dire ainsi. Il existe un art de penser qui est l'art d'ordonner ses idées: la logique. Une fois formulées les questions et les réponses au sujet, il reste donc à les organiser de manière rigoureuse en allant, comme le prescrit la méthode cartésienne, du simple au complexe et cela sans jamais perdre de vue la question centrale qui va constituer le fil conducteur du devoir. Cette étape, l'élaboration du plan, c'est **l'organisation des idées**.

La philosophie, nous dit Platon, est le chemin vers la vérité. Une dissertation de philosophie nous présente donc peu à peu l'un de ces chemins. Elle nous montre une pensée en mouvement, à la recherche de la vérité, qui se questionne et de manière progressive résout les difficultés et problèmes rencontrés.

## D. Rédiger le devoir

Vient le moment de la rédaction. Tout est déjà noté et structuré sur les feuilles de brouillon et il n'y a plus qu'à habiller les idées avec des phrases.

Le devoir se compose d'une introduction, d'un développement en trois parties et d'une conclusion. Voir le I. **4** pour la présentation.

- **L'introduction** a pour fonction d'amener le sujet. Elle le pose, l'analyse, le problématise. Donc, elle questionne.
- Le **développement** se présente en trois parties. La tendance naturelle chez beaucoup d'élèves est le plan en thèse/antithèse, fort maladroit car on pourrait aussi bien inverser les parties sans voir en quoi l'une comporterait plus de vérité que l'autre. En outre, certains sujets n'appellent pas un « oui ou non ». Trouver une troisième partie sera un point clef de la méthodologie.
- C'est le temps de la **conclusion**. Si l'introduction questionnait et posait les problèmes, la conclusion a pour fonction de répondre aux questions et de résoudre les difficultés.

# III. L'explication de texte

Le texte proposé porte explicitement ou implicitement sur des notions au programme.

La consigne est claire : « Expliquez le texte suivant ». Il s'agit donc de le comprendre, d'en dégager idées et construction afin de se l'approprier par un travail de réflexion personnelle qui implique une dimension critique, souvent donnée en fin de devoir.

Un texte s'insère au cœur d'une doctrine bien spécifique dont l'ignorance ne doit pas vous interdire d'opter pour le commentaire ; bien au contraire. D'une part, le sujet mentionne que « *La connaissance de la doctrine de l'auteur n'est pas requise. Il faut et il suffit que l'explication rende compte, par la compréhension précise du texte, du problème dont il est question.* » Une année de terminale ne saurait permettre une connaissance approfondie de l'histoire des idées en philosophie. D'autre part, une connaissance de la doctrine ouvre le risque d'une restitution exhaustive et donc du hors-texte, inévitablement pénalisé. Rappelons-le, apprendre la philosophie n'est pas apprendre à philosopher. L'ignorance, totale ou partielle, de la doctrine n'empêche pas de philosopher, puisque vous voilà contraint de réfléchir, de vous questionner et, selon la formule consacrée, de vous « battre avec le texte ».

La démarche est comparable à celle de la dissertation. Toutefois, si le sujet de dissertation est une question qui appelle une réponse (et il peut y en avoir plusieurs), le commentaire de texte, lui, propose d'emblée une réponse. Il faut donc formuler la/les question(s) et chercher quelles autres réponses pourraient être envisagées.

## A. Lire le texte

Le premier devoir, face à un texte, est de se taire, de laisser de côté tout ce qu'on sait et de **se mettre à l'écoute**. Laisser le texte parler et le philosophe s'exprimer. Formule-t-il une thèse connue ou fait-il entendre une voix discordante ? D'abord, l'écouter. Ensuite seulement, l'entendre. Cela seul permet d'éviter de « prendre le texte comme prétexte » (à parler de tout autre chose et donc à faire du hors-texte).

## B. Comprendre les idées

Entendre le texte, c'est le comprendre : ses idées, son intention, sa démarche. Au fur et à mesure des lectures il faut :

- identifier le **thème** ;
- dégager et reformuler la **thèse** : le jugement de l'auteur ;
- formuler la **question** sous-entendue ;
- expliquer les **idées** de manière très détaillée et très précise.

Un commentaire est une étude approfondie. Vous devez expliciter le texte comme si vous étiez l'auteur lui-même en train de justifier sa pensée et ses présupposés.

## C. Mettre la structure en évidence

L'explication doit rendre compte de la forme du texte autant que de son contenu. Vous devez donc découper, structurer, articuler toutes ses idées.

## D. Critiquer

Il faut, disions-nous, s'identifier à l'auteur. L'élève n'aurait donc pas son mot à dire ? Une telle attitude effectivement serait antiphilosophique. Simplement, on ne peut critiquer un philosophe qu'après avoir bien compris sa pensée. Aussi le devoir procède-t-il en deux temps. D'abord, l'explication (on est l'auteur) puis **la partie critique** (on redevient soi et on juge le texte).

## E. Rédiger le devoir

L'explication rédigé se présente comme la dissertation (cf. I. **4.**) mais avec une partie supplémentaire correspondant à la critique du texte.

### 1. L'introduction

Elle amène le sujet et donc pose une question. Elle présente ensuite la thèse de l'auteur et la problématique du texte.

### 2. Le développement

I. Il consiste d'abord dans une **explication** précise, détaillée, rigoureuse du texte (en trois parties).

II. Au terme de la troisième partie, une **conclusion** fait la synthèse du texte et de son explication puis formule une question ou un problème que le texte n'a pas réglé.

III. On passe ainsi à la **partie critique** qui représente une quatrième partie du développement, plus ou moins longue, dans les faits, en fonction de ce que l'élève a à dire.

### 3. La **conclusion** porte sur la totalité du devoir.

CHAPITRE 0

# Qu'est-ce que la philosophie ?

## Introduction

Il y a des « cours de philosophie » et des professeurs de philosophie. Il y a donc des connaissances et des savoir-faire à transmettre.

→ La philosophie serait un **savoir**: un art de penser.

On dira aussi d'un homme qu'il sait « prendre les choses avec philosophie », qu'il « supporte une situation avec philosophie »

→ La philosophie serait une **sagesse**: un art de vivre.

## I. Nature de la philosophie: le désir de vérité

### A. Que nous dit l'étymologie?

« *Philo* » en grec signifie « j'aime » et « *sophia* » désigne, suivant le contexte, le savoir (théorique) ou la sagesse (pratique).

→ La philosophie est l'**amour de la vérité** et/ou l'**amour de la sagesse.**

### B. À quelles conditions est-on philosophe?

On ne désire que ce qu'on ne possède pas, nous dit Platon. Pour philosopher, il faut donc ne pas posséder la vérité: **être ignorant**.

Toutefois, suffit-il d'être ignorant pour philosopher?

À sa grande stupéfaction, Socrate est désigné par l'oracle d'Apollon à Delphes comme le plus sage de tous les hommes. Que sait-il? Quelle est sa sagesse? « *Je sais que je ne sais rien* », déclare-t-il (ironie socratique).

La condition requise pour philosopher est l'**ignorance socratique** ou **ignorance savante**, consciente d'elle-même; lucide.

## II. Sens de l'activité philosophique: le mythe de la caverne

Platon, dans *La République*, propose une allégorie, ou un mythe, de la condition humaine.

### A. La caverne: le monde sensible

La caverne symbolise le **monde sensible**, le monde concret que nous percevons à l'aide de nos sens et que nous prenons pour réel.

Les hommes sont dans cette caverne des prisonniers enchaînés car la condition humaine est que l'âme, de nature immatérielle et faite pour penser, est incarnée dans le corps qui l'alourdit. « *Le corps est le tombeau de l'âme* » (*Phédon*).

Les besoins, les sensations, les désirs naissent du corps et voilent l'âme comme autant de grilles qui déformeraient sa vision de la réalité (les chaînes).

Les charlatans qui portent, au-dessus du mur, toutes sortes de figurines représentent les **sophistes** qui sont des illusionnistes possédant à la perfection l'art de faire passer le faux pour le vrai.

Les prisonniers ne voient que les ombres de ces figurines projetées sur la paroi de la caverne car les hommes ne voient que les ombres des choses ou, pour le dire plus clairement, ils n'ont que des ombres de savoir : des opinions.

## B. Le monde réel : le monde intelligible

- L'allégorie de la caverne distingue un monde d'apparences, « apparemment réel », et un monde « réellement réel ». Quel est alors le monde réel ? Pour le comprendre, il faut établir une transposition :

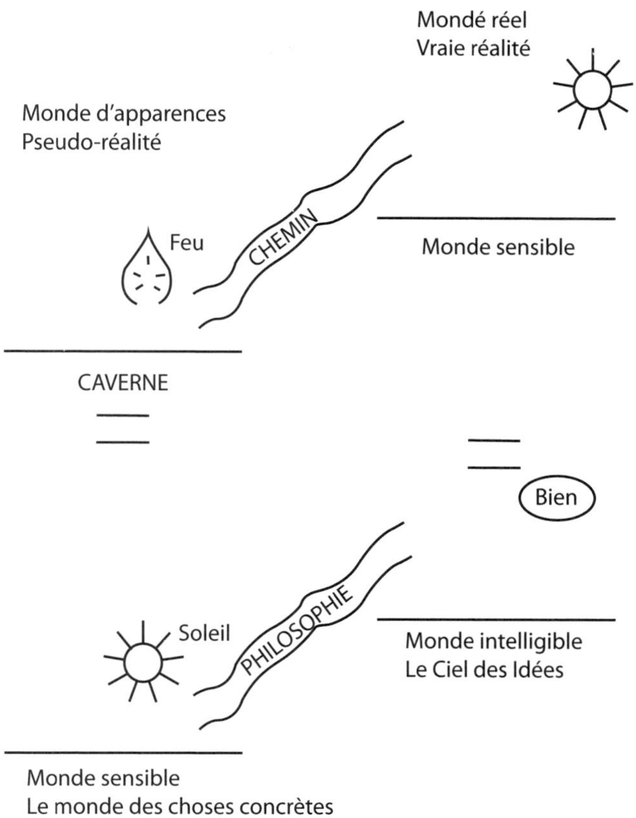

- Les choses sensibles sont en devenir ; elles changent en permanence et ne sont donc pas pleinement. **Être** suppose stabilité, permanence. Or, qu'y a-t-il d'éternel ? Non les choses sensibles mais les Idées des choses.

**L'Idée** désigne la Forme commune à plusieurs choses de même nature, leur Essence, le « ce qui fait que la chose est ce qu'elle est et pas une autre », le Type parfait, le modèle, l'Idéal que chacune incarne de manière plus ou moins imparfaite. Il y a par exemple les roses sensibles qui se fanent et qui meurent et il y a l'Idée de rose, la Rose parfaite, la Rose absolue que Mallarmé définira comme « *l'absente de tout bouquet* ».

→ Chez Platon, les Idées éternelles sont plus réelles que les choses sensibles ; le Ciel des Idées est plus réel que le monde sensible.

## C. Le soleil : le Bien

Tout comme le soleil éclaire le monde sensible et fait vivre tout être sensible, l'Idée du Bien est la source de toutes les autres Idées qu'elle éclaire.

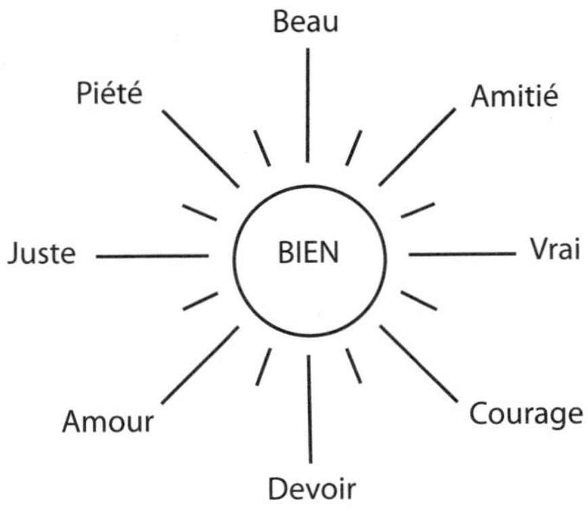


L'Idée du Bien est le principe premier qui, tel le soleil, ne peut être fixé ; l'Absolu de la perfection.

## D. Qu'est-ce que philosopher ? Sortir de la caverne

On comprend dès lors que philosopher, c'est « sortir de la caverne », sortir de l'opinion et des voiles de l'illusion. En ce sens, « *Philosopher, c'est apprendre à mourir* » (*Phédon*). La philosophie est une conversion de l'âme en même temps qu'une libération.

## E. Le retour dans la caverne : la mission politique du philosophe

Le prisonnier qu'on a libéré doit redescendre dans la caverne afin d'éclairer et conduire ses contemporains. Pour Platon, il appartient au philosophe de diriger la Cité ; c'est l'idéal du **philosophe-roi** ou philosophe-magistrat.

Mais, le chemin qui symbolise la philosophie est rude et escarpé. Avons-nous envie de l'emprunter ? Désirons-nous philosopher ?

# III. Pourquoi philosopher ?

## A. Que faut-il penser de la philosophie ?

### 1. Rien ne vaut la philosophie

- D'abord, rien ne vaut la vérité.
- Or, la philosophie est la recherche de la vérité. « *Quiconque fait de la philosophie veut vivre pour la vérité.* » (Jaspers, *Introduction à la philosophie*).
- Donc : rien ne vaut la philosophie !

### 2. La philosophie ne vaut rien

La philosophie cependant ne manque pas de détracteurs. Elle est, disent-ils, un savoir vide. On se questionne, on répond, on critique pour finalement toujours poser les mêmes questions. Autant ne pas se questionner et vivre tranquillement !

## B. L'homme doit-il philosopher ?

### 1. Qu'exige la raison de l'homme ?

Un homme a des yeux pour voir. Un homme qui choisirait de vivre en aveugle passerait pour fou. Il en va de même pour celui qui refuserait d'user de sa raison. La raison en effet est l'œil de l'âme, ce qui permet de connaître.

### 2. De quoi l'homme a-t-il besoin ?

Un homme a besoin de nourritures terrestres (boire, manger...). Mais, parce qu'il est un être de raison, il a également des besoins intellectuels et il lui faut des nourritures intellectuelles : des connaissances.

Comme l'a vu Aristote, tout savoir naît de **l'étonnement**. Or il convient, ajoute Schopenhauer, de distinguer deux sortes d'étonnements et par là même deux sortes de savoirs.

- Il y a un **étonnement scientifique** qui est un étonnement devant le monde et qui pose la question : « Comment ? ». La science cependant n'explique pas tout et ne peut tout expliquer.
- C'est pourquoi il existe aussi un **étonnement métaphysique**, ou étonnement philosophique, qui pose la question « Pourquoi ? ». Pourquoi le monde existe-t-il ? Pourquoi est-ce que j'existe ? Pourquoi l'être plutôt que le néant ? Pourquoi la mort ? La souffrance ?

→ Il existe, selon Schopenhauer, un « *besoin métaphysique de l'humanité* » et un réel besoin de philosopher.

# Conclusion

**La** philosophie est la recherche et l'amour de la vérité. Mais il existe **des** philosophies particulières, des systèmes philosophiques, et ceux-ci se contredisent.

Alors, pourquoi philosopher ? S'il existait une et une seule philosophie, tous l'adopteraient sans réfléchir. La diversité des idées et des philosophies est une invite à la réflexion. Il appartient donc à chacun de douter, critiquer, penser afin d'élaborer *sa* philosophie.

## Les notions à ne pas confondre

**Concret/réel (chez Platon).** Spontanément, on affirme que seul existe, ou est réel, ce qui est concret, c'est-à-dire matériel, tangible et, plus généralement, perceptible. Le monde où nous vivons est le monde concret et serait donc le monde réel. Là est l'illusion pour Platon : ce qui est concret, nous dit-il, n'est qu'apparemment réel. Les véritables réalités sont intelligibles ; ce sont les Idées, conçues par l'intelligence, et le monde réel est le monde intelligible, monde métaphysique au-delà du sensible.

**Idée/idée.** Une idée (avec minuscule) est un avis, une pensée, propre à un individu et donc relative ; c'est « ce que pense » tel ou tel individu. L'Idée (avec majuscule) désigne chez Platon une réalité intelligible. L'Idée (de Beau, de Vrai, de Juste...) existe dans le monde intelligible comme une réalité abstraite, intellectuelle (métaphysique). La majuscule traduit le caractère parfait et absolu de l'Idée, Forme idéale, Archétype des choses.

**Opinion/idée.** Une opinion, *doxa* en grec (terme péjoratif), est une pseudo-connaissance qui porte sur les apparences de l'objet. Une idée est un avis rationnel, fondé, justifié. Sortir de la caverne, que ce soit par la science ou par la philosophie, c'est sortir de l'opinion

**Science/philosophie.** Science et philosophie dans l'Antiquité se confondaient mais les sciences se sont, au cours de l'histoire, émancipées de la philosophie. Le savoir scientifique porte sur le monde, sur le concret et vise à expliquer les choses quand la philosophie est un savoir pratique, une manière de comprendre les choses de l'existence pour en tirer un art de vivre. La philosophie est donc sagesse ou recherche de la sagesse.

## Les repères

**Absolu/relatif.** Les choses sensibles ont une existence imparfaite et relative. Elles n'existent que parce qu'elles participent de l'Idée abstraite qui est leur Modèle idéal et dont elles sont l'imitation plus ou moins réussie. Une action par exemple est plus ou moins juste et elle n'est qualifiée de juste que dans la mesure où elle a quelque chose du Juste idéal.

Les Idées quant à elle désignent des absolus. Le Juste, le Beau, le Vrai, le Bien… sont des idéaux, des formes pures, parfaites et intelligibles par elles-mêmes.

**Abstrait/concret.** Ce qui est concret est sensible, perçu par les sens. Ce qui est abstrait est conçu par l'intellect (figures géométriques, Idées).

**Concept/image/métaphore.** Les Idées platoniciennes sont les concepts des choses.

On peut concevoir les idées comme les images (représentations) mentales des choses.

La philosophie recourt aux métaphores pour faire saisir intuitivement des idées abstraites : l'œil de l'âme, un esprit borgne, les lumières de la connaissance,…

**Croire/savoir.** La philosophie est désir de vérité et se présente comme un savoir rationnel, en train de se constituer. Elle exclut donc, par nature, les pseudo-connaissances et la croyance. Cette volonté de savoir culmine chez Hegel lorsqu'il affirme dans sa *Phénoménologie de l'esprit* collaborer à rapprocher la philosophie de la forme de la science : « *ce but atteint elle pourra déposer son nom d'*amour du savoir *pour être savoir* effectivement réel. » (Préface). Pour autant la diversité des systèmes est le signe que la philosophie n'échappe pas à une part de croyance.

**Essentiel/accidentel.** L'Idée platonicienne est l'essence commune à un grand nombre de choses de même nature ; l'Idée de Fleur, par exemple, ou l'Idée de Courage. Mais les choses concrètes, fragiles et imparfaites imitations de ces Essences Idéales, se caractérisent encore par un grand nombre de qualités secondaires ou accidentelles. La fleur singulière que je contemple est rose, l'un de ses pétales est abîmé et son parfum est plus prononcé qu'hier. Ce sont là des qualités changeantes qui n'affectent pas sa nature profonde : elle demeure une fleur, incarnation de la Fleur intelligible.

**Idéal/réel.** On considère communément que ce qui est concret est réel ; l'idéal désignant alors ce qui n'existe qu'en idée et sur le mode de la perfection. « La perfection n'est pas de ce monde », dira-t-on, et l'idéal n'est pas réel.

Mais si l'on considère, avec Platon, que seul est réel, pleinement réel, ce qui est toujours, éternel et immuable, alors est réel, parce qu'absolu et parfait, l'idéal et dans ce cas les Idées, abstraites et parfaites, sont les véritables réalités. Bref, selon Platon, c'est l'idéal qui est réel.

**Origine/fondement.** Tout être sensible a son origine, ou commencement, dans le monde sensible. Un homme en quête de ses origines, par exemple, cherchera à savoir qui sont ses parents et ses ancêtres.

Les Idées quant à elles sont le fondement de tous les êtres sensibles, leur cause, certes, mais leur cause métaphysique, leur principe, le « ce qui fait qu'elles existent ». En ce sens c'est l'Idée d'Homme, l'Homme en soi, qui est le fondement de l'homme particulier et sensible.

**Persuader/convaincre.** Se voulant une connaissance purement rationnelle, la philosophie vise à convaincre. Toutefois, c'est avec son cœur que l'on adhère à des valeurs et à des idées sur l'homme et sa condition. Aussi se laisse-t-on persuader en philosophie et il existe des philosophes plus persuasifs que d'autres.

**Transcendant/immanent.** Les Idées sont des réalités intelligibles transcendantes puisqu'elles existent dans le monde intelligible qui est au-delà du monde sensible et infiniment supérieur à celui-ci.

## ZOOM sur SOCRATE (470-399 av. J.-C.) : *« Je sais que je ne sais rien. »*

### Qui est Socrate ?

Au Ve siècle av. J.-C., Socrate, fils d'un modeste artisan sculpteur et d'une sage-femme, est considéré comme le fondateur de la philosophie.

### Quelques faits

L'oracle de Delphes a déclaré que Socrate était le plus sage de tous les hommes. Socrate est perplexe ; en effet, il ne sait rien. Il va donc interroger toutes sortes d'hommes soi-disant savants et sages, spécialistes reconnus en leur domaine. Il les questionne, remet en question leurs propos, il examine et critique et, peu à peu, il apparaît que ces hommes, qui croient savoir, en réalité ne savent rien. Alors Socrate comprend que le dieu ne s'est pas trompé : il est bel et bien le plus sage dans la mesure où, comme il le dit, « je sais que je ne sais rien ».

Socrate se fait des ennemis à Athènes et il se voit accusé, d'une part d'impiété et, d'autre part, de corruption de la jeunesse. À son **procès**, il assure sa propre défense mais, à une courte majorité, il est condamné à mort et il boit la ciguë en -399.

Socrate, qui n'a ni enseigné ni écrit, incarne LE philosophe, humble et soucieux de vérité et de sagesse, qui questionne plus qu'il ne répond.

C'est ainsi qu'il va devenir LE personnage de Platon et que l'on passe du Socrate historique au Socrate-personnage platonicien.

### Quelques idées

#### La maïeutique

La maïeutique est « l'art d'accoucher les esprits » par le questionnement.

#### « Connais-toi toi-même »

Socrate reprend cette maxime inscrite au fronton du temple d'Apollon à Delphes : l'homme doit se connaître en tant qu'homme, prendre conscience de ses limites et ne point tenter de rivaliser avec les dieux.

### Le démon de Socrate

Socrate déclare qu'un démon (divinité inférieure, intermédiaire entre les hommes et les dieux) à plusieurs reprises s'est manifesté en lui pour lui interdire certaines actions. Ce démon intérieur préfigure la conscience morale, voix intime qui nous incite au bien et nous détourne du mal.

## Quelques propos

« *Nul n'est méchant volontairement.* »

« *Je ne suis ni Athénien ni Grec mais citoyen du monde.* »

# FICHE MÉTHODOLOGIQUE

## DÉFINIR LES MOTS-CLEFS

### Ce qu'il faut savoir

Le sujet de dissertation pose une question qu'il faut **analyser**, c'est-à-dire décomposer en un assez grand nombre de questions plus petites. La question la plus petite à laquelle on parvient, celle au-delà de laquelle on ne peut plus continuer, est **la question de définition**: la question « qu'est-ce que? », question socratique par excellence et qui porte sur l'être de la chose examinée, sa nature, son essence.

#### A. Qu'est-ce que définir?

Définir n'est pas seulement donner un synonyme. Encore faut-il rédiger une phrase qui identifie les propriétés constitutives de cette chose.

#### B. Comment définir?

On peut partir de l'étymologie; la démarche est souvent féconde mais l'ignorance de la plupart des candidats en ce domaine la rend peu fiable. Vous en déduirez que vous devez retenir les étymologies vues en cours ou citées dans cet ouvrage.

On peut partir du sens commun, à travers, par exemple, une expression toute faite ou sa propre vision, spontanée, de la chose; ceci offre l'avantage d'être à la portée de chacun mais ne suffira pas.

Surtout, on se souviendra de la méthode aristotélicienne: définir, c'est donner le genre puis la différence spécifique de l'objet d'étude. « L'homme », par exemple, « est un animal (genre auquel il appartient) doté de raison (ce qui distingue son espèce de toutes les autres) ».

#### C. Une bonne technique

Il est facile, pour mieux comprendre et formuler les subtilités d'une notion, de la comparer avec des notions voisines. Ainsi, la philosophie est une connaissance. La science également. Nous sentons bien pourtant que ces deux connaissances ne sont pas de même nature. Poursuivons notre travail et nous obtiendrons deux espèces du genre « connaissance » et deux définitions. Il n'existe pas de véritable synonyme et l'attention prêtée aux nuances apportées par des termes proches vous permettra de découvrir les éléments d'une réponse nuancée.

→ Définir, en même temps qu'on analyse le sujet, c'est déjà esquisser des réponses et une problématique.

**Attention !** Définir est essentiel, le point de départ de toute réflexion… Grande est donc la tentation de consacrer une partie du devoir à la définition d'un terme du sujet. NON ! Cela est inadmissible. Une partie, nous le verrons bientôt, doit répondre au sujet et proposer une thèse. Donc, une partie ou un paragraphe qui se limiterait à une pure et simple définition serait hors sujet. Toute définition doit entraîner une réponse (partielle, provisoire) au sujet.
Enfin, on retiendra que TOUS les termes du sujet sont à prendre en considération. Vous devez en être bien conscient et c'est ainsi que le travail préalable de définition pourra vous éviter un fâcheux contresens sur le sujet.

## Un exemple guidé

*Faut-il attendre de la philosophie qu'elle nous aide à mieux vivre ?*

### A. Analyse du sujet

- La philosophie nous aide-t-elle à mieux vivre ?
- D'abord, qu'est-ce que « bien-vivre » et, par là même, « mieux-vivre » ?
- Ensuite, qu'est-ce que la philosophie ?
- Si oui, en quoi la philosophie nous aide-t-elle à mieux vivre ? Quel(s) élément(s) du bonheur nous apporte-t-elle ?
- Si non, quel impact la philosophie a-t-elle sur la qualité de notre vie ? Est-elle indifférente ? Ou nocive ?
- La philosophie nous ferait-elle vivre plus mal ?
- Qu'est-ce qui nous permet de mieux vivre ?
- Si la philosophie nous aide effectivement à mieux vivre, est-ce là ce qu'il faut en attendre ?
- Quelle est la fonction de la philosophie ?
- Toute philosophie nous aide-t-elle à mieux vivre ?
- Que faut-il attendre de la philosophie ?
- Mais faut-il vraiment attendre quelque chose de la philosophie ?

## B. Définir les notions clefs

### 1. « Qu'est-ce que la philosophie ? ».

D'abord, comment la foule (la *doxa*) considère-t-elle la philosophie ? Un questionnement inlassable, vain, qui tourne en rond, un discours spéculatif déconnecté de la réalité…

En réalité, qu'est-ce que la philosophie ? Quelle est son essence ? En citant son étymologie vous obtenez deux autres définitions :

D'une part, la philosophie est un savoir, un art de penser et de raisonner.

D'autre part, la philosophie est une sagesse et un art de vivre, une manière d'être.

→ Entre « philosopher » et « vivre » il peut y avoir un rapport.

### 2. « *Qu'est-ce que mieux vivre ?* » « *Qu'est-ce que bien-vivre ?* », et, plus fondamentalement encore, « *Qu'est-ce que vivre ?* ».

Vivre est d'abord exercer ses fonctions vitales et satisfaire ses besoins ; c'est la vie organique, biologique, la vie du corps. « *Bien vivre* » dans cette optique est avoir tout le nécessaire et, dans nos sociétés modernes, tout le confort et l'aisance matérielle souhaitables. « Mieux vivre » est donc avoir toujours plus, mener une vie de plaisirs.

Mais, si l'on distingue le corps et l'âme, on admettra qu'il existe une vie de l'âme ; une vie spirituelle. On vit bien lorsque l'on a un conjoint, des enfants, des amis… Peu importent les formes de ce « bien vivre », il est un bien vivre intellectuel, affectif et moral.

Enfin, le bien-vivre désigne chez Aristote le bonheur. Cette définition permet donc de reformuler le sujet : « *Faut-il attendre de la philosophie qu'elle nous rende plus heureux ?* »

### 3. « Attendre quelque chose de… ».

Il y a un moyen très simple de cerner des idées abstraites ou des expressions qui, hors contexte, ne semblent pas très parlantes ; c'est de partir de la réalité quotidienne. Ainsi, quand disons-nous de quelqu'un qu'il « *attend quelque chose* » ?

Un enfant attend des cadeaux du père Noël. Attendre, c'est espérer, rêver, fantasmer et cette attitude est purement passive. Faut-il, se demandera-t-on alors, espérer que la philosophie améliore de manière quasi miraculeuse notre existence ?

Un employé exemplaire « attend » de son patron une promotion : il sait qu'il y a droit. « Attendre » est « compter sur ». La philosophie serait-elle l'assurance d'un mieux vivre ?

### 4. « Faut-il ? »

Est-ce qu'« *il faut* » attendre de la philosophie qu'elle nous donne ce bonheur auquel nous aspirons tant ? « *Il faut* » traduit une nécessité impérieuse, inéluctable.

Ne serait-il pas plus judicieux de dire que l'« on peut » attendre de la philosophie qu'elle nous aide à mieux vivre ? En d'autres termes, « *n'est-il pas légitime d'espérer s'approcher du bonheur par la philosophie ?* »

La définition de « il faut » amène à rectifier l'intitulé du sujet et c'est une chose que les correcteurs apprécient particulièrement (mais attention ! Tous les sujets ne s'y prêtent pas).

**5.** « La philosophie »

Un simple article parfois a son importance. Nous pouvons envisager deux lectures du sujet :

Soit : « *faut-il compter sur la philosophie (en général) pour améliorer notre existence ?* »

Soit : « *faut-il compter sur une philosophie (un système philosophique particulier) pour améliorer notre existence ?* » ; et on se demandera alors « *y a-t-il des philosophies qui, plus que d'autres, nous amènent à mieux vivre ?* »

## C. Définir, donc répondre

Chacun des termes du sujet a été expliqué, défini, nuancé. Dès lors, traiter le sujet va être une affaire de logique, voire de jeu : « si le mot A signifie… et le si le mot B signifie…, alors la réponse est : … » (et ce sera la première partie) MAIS « si le mot A signifie… et si le mot B signifie…, alors on obtient une tout autre réponse » (voilà la deuxième partie !) Mettons cette logique en application et combinons nos définitions.

**1.** « *Qu'est-ce que la philosophie ?* »

Selon l'homme ordinaire, la philosophie consiste à « se triturer les méninges » pour inventer des questions qui ne se posent pas. DONC, elle ne permet pas de mieux vivre. Tout au contraire, elle gâche la vie et empêche de vivre.

On peut aussi définir la philosophie comme un savoir. Le philosophe alors serait un érudit, un homme qui aurait tout lu et connaîtrait tout. Le savoir contribue-t-il à la qualité de la vie ? Vit-on mieux lorsqu'on est plus savant ? À vous de vous questionner et de juger.

Et si la philosophie est sagesse ? Si on la définit comme un art de vivre, n'a-t-elle pas pour vocation d'améliorer notre vie ? La philosophie, certes, ne modifie pas nos conditions concrètes d'existence (on est pauvre, on philosophe ; on est toujours pauvre), mais elle modifie notre regard sur les choses (le pauvre qui ne voit plus dans la pauvreté un malheur n'est plus si malheureux).

**2.** « *Qu'est-ce que vivre, bien vivre, ou vivre bien, mieux vivre ?* »

Si « vivre » est satisfaire ses besoins, la philosophie, activité intellectuelle, purement spéculative, n'a aucune influence sur le corps et donc sur la vie. Philosopher risquerait même de nous détourner de la vie.

Mais si « vivre » est vivre de la vie de l'âme, penser, réfléchir et connaître, alors la philosophie est indispensable à la vie. Une âme qui ne pense pas est une âme qui s'étiole et qui meurt.

**3.** « *Quelle philosophie ?* »

La prise en compte de l'article défini (« *la philosophie* ») introduit l'idée que les philosophies ne se ressemblent pas. Le pessimisme de Schopenhauer enseigne que « *vivre, c'est souffrir* ». Les sagesses antiques, au contraire, et tout particulièrement l'épicurisme, nous enseignent l'art d'être heureux… et donc de mieux vivre.

**4.** « *Que faut-il faire ?* »

À condition de les mettre en pratique ! Et c'est ainsi que l'on retombe sur le « faut-il attendre ? » Pas question d'acheter un livre de philosophie ou de le lire pour mieux vivre ! Il dépend de soi et de sa manière de vivre la philosophie de mieux vivre grâce à elle.

Et voilà que, mine de rien, en ayant simplement posé les questions implicitement contenues par le sujet et défini consciencieusement ses termes, nous avons quasiment le plan de notre dissertation !

## C'est à vous !

Ayant analysé le sujet et défini les notions clefs, quel plan pourriez-vous adopter pour répondre de manière progressive, en trois étapes, au sujet ?

Vous pouvez aussi réfléchir à une introduction, que vous retravaillerez plus tard, et à une conclusion.

**Quelques sujets…**

La philosophie n'est-elle qu'un débat d'idées ?

La société a-t-elle besoin de philosophes ?

Faut-il « d'abord vivre, ensuite philosopher » ?

CHAPITRE 1

# La conscience

## Introduction

« Perdre conscience » est « perdre connaissance » (sommeil, évanouissement, coma) ; l'individu est comme déconnecté de toute réalité. « Prendre conscience », c'est se rendre compte, s'apercevoir. « Ne pas avoir conscience de ses actes » signifie que l'on ignore ce que l'on fait ou le sens de ce que l'on fait (on passe alors à la conscience morale).

→ La conscience est la **connaissance** que le sujet a de lui-même et de la réalité extérieure.

Effectivement, le mot « conscience » vient du latin, *cum scientia*, « avec science » : je vis quelque chose et je sais que je le vis. La conscience est donc un **témoin** qui m'accompagne tout au long de mon existence. Or, un témoin n'est pas toujours fiable.
Peut-on se fier aux témoignages de sa conscience ?

## I. La conscience me fait-elle connaître les choses ?

### A. Comment accéder à sa conscience ?

Descartes veut faire reposer l'édifice du savoir sur un point fixe et inébranlable : une évidence première. Il décide pour cela de pratiquer le doute. Le **doute cartésien** est un doute volontaire, **méthodique**, finalisé (un instrument en vue de parvenir à la vérité) qui va naturellement procéder en allant du simple au complexe.

1. Les étapes du doute méthodique

a. Les opinions reçues

Descartes, à la fin de ses études, se rend compte qu'on lui a transmis nombre d'opinions contradictoires et que les plus grands spécialistes eux-mêmes ne s'accordent pas. Il est donc préférable de rejeter comme fausses toutes les opinions qui nous viennent d'autrui.

b. Les connaissances sensibles

Il y a cependant dans mon esprit des opinions que je forge par moi-même : le ciel est bleu, le feu brûle… Ces opinions viennent de mes sens et définissent les connaissances sensibles.
Mais… Il existe des mirages, des illusions d'optiques, des illusions de la perception en général : « *J'ai quelquefois éprouvé que les sens étaient trompeurs* » (*Méditations*). Serait-il raisonnable de se fier à qui nous a trompé ? Non, bien sûr. Il faut donc récuser le témoignage de ses propres sens.

Ce doute n'est pas si facile à mettre en pratique. Aussi, Descartes a-t-il recours à **l'argument du rêve**. Le rêve est un ensemble d'images qui se donnent pour la réalité. Au réveil, je comprends qu'il ne s'agissait que d'une illusion. Comment distinguer la veille et le sommeil, la réalité et le rêve? Nous n'avons pour cela aucun moyen assuré.

Par prudence, « *Supposons donc maintenant que nous sommes endormis* » et que tout ce que nous percevons n'est qu'illusion.

c. Les certitudes mathématiques

Il subsiste pourtant dans mon esprit certaines idées qui, n'étant pas sensibles, échappent à l'argument du rêve. Que je dorme ou que je veille, 2 et 3 font toujours 5 et un carré n'a pas plus de 4 côtés. Ce sont là des certitudes intellectuelles, purement abstraites.

Comment en douter? Descartes forme **l'hypothèse d'un malin génie**. Je peux me représenter un être infini (comme Dieu), infiniment puissant (comme Dieu) mais infiniment mauvais. Étant souverainement mauvais, il me voudrait du mal et voudrait que je me trompe. Étant souverainement puissant, il réussirait et ferait que je me trompe chaque fois que je pense quelque chose.

Dans cette hypothèse tout ce que je pense est faux.

2. La découverte du cogito

Si j'envisage que tout le contenu de mes pensées est faux, alors, pour ne pas commettre d'erreur, je dois ne rien affirmer et demeurer dans le doute. Mais, si je doute, c'est que je pense. Or, si je pense, il faut bien que j'existe en tant que « quelque chose qui pense »: « *Je pense, donc je suis* », ou, en latin, « *cogito, ergo sum* ». Telle est donc l'éblouissante évidence qui met fin au doute: je pense, je ne peux pas ne pas penser et penser que je ne pense pas est encore penser.

→ *Cogito* en latin signifie « je pense » et désigne la conscience, le « **je pense** ».

## B. Quelle est l'essence de la conscience?

« *Mais qu'est-ce donc que je suis?* » (*Méditations*), demande Descartes, et il répond « *une chose qui pense* »: un esprit, une âme, un sujet.

La conscience est:

- Perception (pensée ou image de ce qui est);
- Mémoire (pensée ou image de ce qui a été);
- Imagination (pensée ou image de ce qui pourrait être);
- Raison (pensée purement intellectuelle).

La conscience est toujours occupée à penser; il n'y a pas de conscience vide. Husserl appelle **intentionnalité** ce fait que « *toute conscience est conscience de quelque chose* » (*Méditations cartésiennes*), visée de quelque chose.

### C. La conscience est-elle une connaissance vraie ?

La conscience, puisqu'elle nous fournit des images des choses, peut être comparée à un appareil photographique.

On sait très bien de nos jours que la photographie est subjective. Il en va de même pour la conscience : nous ne voyons pas les mêmes choses de la même manière.

À quoi tient cette subjectivité ? Au fait que ma conscience n'est pas désincarnée mais unie à un corps qui lui donne sa position dans le monde. Toute conscience est un reflet de l'univers de son point de vue propre, fixé par le corps.

Dans ces conditions, la conscience me permet-elle de me connaître ?

## II. La conscience de soi est-elle une connaissance de soi ?

Toute conscience est conscience en même temps du monde et de soi mais un individu mettra l'accent, suivant les circonstances, sur l'un ou l'autre de ces deux objets.

### A. Du « je pense » au « moi »

À la question, « *Qu'est-ce donc que je suis ?* », Descartes répondait « une chose qui pense », une substance pensante. Il définit ainsi le **je**, commun à tous les hommes, qui fait de l'homme une personne et fonde sa dignité. Ici, je me saisis en tant que sujet.

On peut encore, avec Rousseau, se demander « *Mais moi* [...] *qui suis-je moi-même ?* » (*Rêveries du promeneur solitaire*) Alors, on s'intéresse au sujet psychologique, concret : je suis un **moi** singulier, original, radicalement distinct de tous les autres.

### B. Qu'est-ce que prendre conscience de soi ?

#### 1. Un regard sur soi

« J'ai conscience de moi-même » ; cette proposition présuppose un face-à-face avec soi-même et donc un acte de **distanciation**. La conscience de soi en ce sens est un théâtre intérieur où je suis à la fois l'acteur (le moi dont j'ai conscience) et le spectateur (le je qui a conscience, qui examine et peut-être critique). « *Pour prendre conscience de soi, il faut se diviser soi-même* » ; (Alain, *Définitions*).

#### 2. Le stade du miroir

Entre 6 et 18 mois, le bébé déjà reconnaît son image dans un miroir. Certains animaux le peuvent également mais le bébé (et l'adolescent !) est fasciné par son image et se plaît à jouer avec elle. « Se reconnaître » est avoir conscience de soi.

#### 3. L'acquisition du « je »

Un peu plus tard, alors qu'il parlait jusque-là de lui à la troisième personne (« Paul veut un bonbon ») l'enfant apprend à utiliser le « je » (« je veux un bonbon »).

Kant compare ces deux moments de la vie de l'enfant : « *Auparavant, il se sentait simplement ; maintenant il se pense* » (*Anthropologie du point de vue pragmatique*).

Cependant, suffit-il de se penser pour se connaître ?

## C. Comment peut-on se connaître ?

De l'injonction delphique « *Connais-toi toi-même* », Socrate a fait sa devise. Mais, est-il facile de se connaître, et si oui, de quelle manière ?

### 1. Le postulat de la transparence de la conscience

Pour Descartes, la conscience est transparente : il n'y a rien en moi dont je ne puisse avoir conscience, pourvu que je veuille y prêter attention.

Rousseau le confirme : « *je sens mon cœur* ». « *Passant ma vie avec moi, je dois me connaître* » (*Lettre à M. De Malesherbes*).

### 2. Quels moyens utiliser pour se connaître ?

L'exemple de Rousseau est emblématique de la quête de soi et chacune de ses trois œuvres autobiographiques nous apporte un élément de réponse.

- D'abord, dans les *Confessions*, Rousseau se propose de rendre son âme transparente à son lecteur. Pour cela, il doit tout savoir de lui et le moyen est **l'introspection**, ce regard approfondi qui scrute les moindres recoins de son moi.
- Suite à l'échec des *Confessions*, Rousseau entreprend une deuxième œuvre autobiographique dont le titre à lui seul donne le programme : *Rousseau, juge de Jean-Jacques, Dialogues*. Il faut se séparer de soi pour être objectif : « *Il fallait que je dise de quel œil je me verrais si j'étais un autre* ».
- Rousseau finalement, abandonné, renonce à écrire sinon pour lui-même. Cette dernière œuvre, les *Rêveries du promeneur solitaire*, revient sur la question : « *Mais moi, détaché d'eux et de tout, que suis-je moi-même ? Voilà ce qui me reste à chercher* ». La leçon des *Rêveries*, c'est que se connaître soi-même est une tâche toujours inachevée qui se poursuit tout au long de notre existence.

Pourquoi est-il si difficile de se connaître ?

## D. Quels sont les obstacles à la connaissance de soi ?

### 1. L'amour-propre

Pour connaître un objet, il faut lui être extérieur. Or, comment pourrais-je être extérieur et indifférent à moi-même ? Naturellement, l'amour que l'on a pour soi entrave la volonté d'objectivité.

Et l'amour-propre, qui me dessine une image idéale de moi, fait que je me vois tel que je voudrais être et non tel que je suis.

### 2. « Qu'est-ce que le moi ? » (Pascal, *Pensées*)

Connaître est définir, c'est-à-dire cerner la nature d'un être, ce qui, en lui, est immuable. Or, le moi est inconstant et toujours en devenir, ce qui fait dire à Montaigne : « *Moi à cette heure et moi tantôt sommes bien deux* ». Le moi ne serait alors connaissable qu'une fois que la mort a figé ses possibilités.

### 3. L'inconscient

Il y a peut-être enfin dans le psychisme une part inconnaissable par elle-même : l'inconscient.

→ « *La conscience de soi n'est pas encore une connaissance de soi* » (Kant, *Critique de la raison pure*).

## Conclusion

La conscience est une lumière portée sur les choses. Il ne s'agit là cependant que d'une connaissance première, imparfaite, qui sera à rectifier par la science ; la science seule peut prétendre à l'objectivité.

Le champ de conscience est limité. Éclairer un objet (je perçois clairement et distinctement un vase sur la table, je me souviens de ce que j'ai fait tel jour à telle heure), c'est reléguer les autres objets dans la pénombre. La conscience demeure une connaissance partielle. La science de son côté pourra-t-elle lever toutes les obscurités ?

## ⚠ Les notions à ne pas confondre

**Âme, esprit, conscience/pensée.** L'homme pense, le fait est indéniable. Mais d'où vient qu'il pense ? Quelle est l'origine de la pensée ? Nombre de philosophes diront « l'âme, l'esprit, la conscience », cette « *chose qui pense* » qui se distingue du corps. Les matérialistes quant à eux verront dans la pensée une fonction cérébrale analogue à la respiration, par exemple, pour les poumons.

**Conscience/connaissance.** La conscience est une connaissance mais connaître ne se réduit pas à prendre conscience. Le terme « connaissance » est un terme générique qui englobe différentes espèces (opinion, préjugé, perception, philosophie, science…) ainsi que différents degrés de vérité.

**Doute cartésien/doute sceptique.** Le doute cartésien est un doute finalisé, mis en pratique pour parvenir à une évidence fondatrice. On doute dans l'espoir de sortir du doute et en vue de cette perspective. Le doute cartésien est donc aussi un doute provisoire. Les sceptiques quant à eux faisaient du doute une fin en soi. On ne peut parvenir à aucune certitude ; il faut donc s'installer de manière définitive et permanente dans le doute.

**Être/être vivant/homme.** Un être est un « quelque chose qui est ». Il peut s'agir d'un être concret, naturel (une plante) ou artificiel (un stylo). Il peut s'agir aussi d'un être abstrait, purement spirituel (les Idées platoniciennes, Dieu). Un être vivant est un organisme qui se distingue de l'être inanimé par sa spontanéité et l'accomplissement de certaines fonctions dites vitales (croissance, nutrition, reproduction). Un homme est un être vivant à part : il est l'être vivant doté de conscience, « *un animal raisonnable* » selon la formule aristotélicienne.

**Sujet/objet.** Le sujet désigne l'être qui est doté de conscience et qui dit « je ». Inversement, est objet ce qui est purement matériel et dénué de conscience. Les animaux sont généralement considérés comme des objets.

L'objet, pensé dans son opposition au sujet, n'est pas forcément synonyme de chose inanimée. Je peux dire d'un homme (un sujet) qu'il est **objet de conscience**. Cela ne signifie absolument pas que je le considère comme un objet mais simplement qu'il est ce (celui) dont j'ai conscience.

## Les repères

**Absolu/relatif.** La conscience est une connaissance relative : la connaissance d'un objet par rapport à un sujet. La connaissance absolue, entière et parfaite, demeure pour l'homme un idéal dont il s'efforce de s'approcher par la science et, surtout, la philosophie.

**Essentiel/accidentel.** Fondamentalement, je suis et je demeure un sujet. Une « substance pensante » : telle est mon essence. Je suis en outre doté d'un certain nombre de propriétés contingentes, changeantes qui me caractérisent en tant que moi singulier : la beauté, la couleur de mes cheveux, la générosité... Je peux perdre ces qualités sans cesser d'être moi. Elles sont des accidents.

**Identité/égalité/différence.** L'identité du sujet désigne le fait que le sujet reste le même quels que soient les changements qui l'affectent ; c'est l'identité personnelle. Ainsi, je peux, certes, être différent à deux moments de mon existence. Je n'en continue pas moins à dire « je » parce que je me reconnais comme étant toujours un seul et même moi.

Tout sujet, fondamentalement un et identique à lui-même, diffère de tous les autres. Il est unique et singulier.

Il n'en est pas moins égal à tous les autres car la conscience, qui fait de l'individu une personne, fonde l'égale dignité de tous.

**Médiat/immédiat.** La conscience est la connaissance immédiate que j'ai du monde et de moi-même.

**Objectif/subjectif/intersubjectif.** La conscience est une connaissance subjective : l'image que j'ai de l'objet en dit autant sur moi, sujet percevant, que sur cet objet perçu. Inversement, une connaissance objective serait entièrement conforme à l'objet considéré et s'imposerait donc à tous de la même façon. Or, comment saurais-je que l'objet dont j'ai conscience n'est pas forcément tel que je me le représente si je n'avais conscience d'autres consciences, d'autres sujets, avec qui je suis en interaction constante ?

## ZOOM sur Rousseau (1712-1778) :

*« Ce que je sais bien c'est que l'identité du moi ne se prolonge que par la mémoire, et que pour être le même en effet, il faut que je me souvienne d'avoir été. »*
*(Émile, Livre IV- Profession de foi du vicaire savoyard)*

### Qui est Rousseau ?

Né à Genève en 1712, Jean-Jacques Rousseau est en France le plus illustre représentant de la philosophie des Lumières.

### Quelques faits

En 1742, Rousseau arrive à Paris. Il rencontre les Encyclopédistes et se noue avec Diderot. L'illumination de Vincennes va donner naissance au *Discours sur les sciences et les arts*. Rousseau est célèbre.

Épris de musique, il compose un opéra, Le devin de village, qui contribue à sa gloire. Son roman, *La Nouvelle Héloïse*, est également ce qu'on appellerait aujourd'hui un best-seller.

Mais, le *Discours sur l'origine et les fondements de l'inégalité parmi les hommes*, en 1755, fait scandale. En 1762, *Le contrat social*, interdit en France, est brûlé à Genève avec *l'Émile*.

De plus en plus, Rousseau, qui a des tendances paranoïaques, se sent persécuté et se voit victime d'un complot universel.

À la fin de sa vie, il épouse sa compagne, sa « gouvernante », Thérèse Levasseur dont il eut cinq enfants qu'il abandonna. Il meurt, se sentant rejeté de tous, seul et incompris, à Ermenonville en 1778.

### Quelques idées

#### La bonté naturelle de l'homme

L'homme par nature est soumis à deux principes : l'amour de soi, qui lui commande de veiller à sa propre conservation, et la pitié qui le détourne de faire souffrir son semblable. Ainsi peut-on affirmer qu'il est bon par nature.

#### L'état de nature

L'état de nature, hypothétique, est pensé comme l'état antérieur à la société, sans lois ni pouvoir politique ; un état de solitude, d'innocence et de liberté. La perfectibilité ou l'aptitude à se perfectionner est alors la seule différence entre l'homme et l'animal.

### La conscience

La conscience, instinct céleste, est la voix de Dieu (ou de la nature) qui en moi me fait sentir et aimer le bien.

### L'éducation

Rousseau, avec *l'Émile*, son traité d'éducation, s'imagine précepteur. L'objectif est de faire de son élève « *un citoyen et un homme* » et Rousseau a cette belle formule : « *Vivre est le métier que je veux lui apprendre.* »

### La liberté

« *L'homme est né libre* » affirme d'emblée le *Contrat social*. Dès lors qu'il vit en société, il troque sa liberté naturelle contre la liberté civile qui est obéissance à la loi. C'est pourquoi le seul régime politique légitime est la démocratie.

## Quelques propos

« *La nature humaine ne rétrograde pas et jamais on ne remonte vers les temps d'innocence et d'égalité quand une fois on s'en est éloigné.* » (*Dialogues, Rousseau juge de Jean-Jacques*, III)

« *Tout est bien, sortant des mains de l'auteur des choses : tout dégénère entre les mains de l'homme.* » (*Émile ou de l'éducation*)

« *Hommes, soyez humains, c'est votre premier devoir : soyez-le pour tous les états, pour tous les âges, pour tout ce qui n'est pas étranger à l'homme.* » (*Émile ou de l'éducation*, Livre IV)

*« Quiconque a le courage de paraître ce qu'il est, deviendra tôt ou tard ce qu'il doit être. » (Lettre à Sophie d'Houdetot)*

# FICHE MÉTHODOLOGIQUE

## PROBLÉMATISER UN SUJET

## Ce qu'il faut savoir

### A. Que veut dire « problématiser » ?

C'est l'art de poser les problèmes, c'est-à-dire de dénouer les fils inextricablement liés à première vue d'un sujet pour les déployer et avec eux tisser une réflexion cohérente et progressive.

### B. Analyser le sujet

Le premier temps de la problématisation est l'analyse : une fois le sujet (un) décomposé en de nombreuses questions plus petites, on obtient un certain nombre de problèmes, ou de perspectives différentes sur un même problème.

Comment faire pour analyser un sujet ? Il faut le « traduire », le reformuler de diverses manières en tenant compte de chacun de ses termes.

### C. Questionner

Définir un mot-clef en le comparant avec des termes voisins permet d'introduire des nuances dans la reformulation et l'analyse du sujet. Pour cela, il faut questionner tout terme du sujet. On obtient alors des questions plus subtiles, on met en évidence les présupposés du sujet ; bref on approfondit l'analyse. Petit à petit, notre question initiale se complexifie, se subdivise et donne naissance à tout un ensemble de questions et problèmes.

### D. Dégager la question directrice

Bien évidemment, on ne peut pas en rester à une multitude hétéroclite de questions ! Problématiser, c'est poser **LE problème** du sujet de manière méthodique, en organisant et hiérarchisant les questions et problèmes soulevés. C'est, déjà, esquisser un **plan**.

- Problématiser, c'est mettre en évidence un problème qui s'articule autour de quelques questions fondamentales qui s'enchaînent.

Vous l'aurez compris, cette étape est décisive et c'est d'elle en grande partie que dépendra la qualité du devoir.

## Un exemple guidé

*Toute conscience de soi est-elle une illusion sur soi ?*

### A. Analyse du sujet

1. Questions de définition :

- Qu'est-ce que la *conscience de soi*?
- Qu'est-ce qu'une *illusion*?

2. Reformulations et explicitation du sujet :

La conscience de soi permet-elle de se voir tel que l'on *est*? Ou, au contraire, ne nous fournit-elle que des images déformées de *soi*?

Lorsque je pense ou dis « je suis tel ou tel », est-ce que je suis toujours et inévitablement condamné à me tromper ?

3. Quel est le présupposé du sujet ?

- Le sujet demande si *toute* conscience de soi est une illusion sur soi. Il suppose donc que *certaines* prises de conscience de soi sont fausses. *Lesquelles*?
- Y aurait-il alors *une* ou *quelques* consciences de soi qui seraient vraies ?

4. Reformulations et explicitation du sujet :

- La conscience de soi serait-elle toujours vraie ?
- Ou est-elle toujours source d'illusions ?
- Ou ne fournirait-elle que certaines illusions ?

**Remarque** : Ces trois questions fournissent un plan possible et un plan de type dialectique.

5. Approfondir l'analyse :

- Quelles sont les principales illusions sur soi ?
- Quelle est leur origine ?
- Comment, lorsque j'ai conscience de moi-même, puis-je savoir si mon image est vraie (conforme à la réalité) ou fausse (une illusion) ?
- Si la conscience me fournit des illusions sur moi-même, ces illusions sont-elles inévitables ? Suis-je alors condamné à ne jamais savoir qui je suis ? (mot-clef : « être », avec la distinction « *être par essence/être par accident* » abordée dans le repère).
- Ou, au contraire, est-il possible de se libérer des illusions sur soi ?

- Si oui, alors, à quel point peut-on se libérer des illusions sur soi ?

## B. Quelques formulations possibles de la problématique

- La conscience de soi est-elle une connaissance de soi ?
- Est-ce que je suis réellement celui que j'ai conscience d'être ?
- Un homme peut-il être parfaitement lucide sur lui-même ?
- Peut-on être certain de se connaître ?

## C. Esquisser un plan

I. Il existe en effet DES illusions sur soi.
II. Cependant TOUTE conscience de soi n'est pas une illusion sur soi (le cogito).
III. L'individu qui VEUT se connaître peut mieux se connaître et triompher de ses illusions. Être lucide sur soi-même demeure un idéal que l'on réalise plus ou moins au cours de sa vie.

# C'est à vous !

Le sujet étant analysé et problématisé, vous avez tous les éléments pour rédiger une introduction que vous retravaillerez au chapitre 10. Entraînez-vous aussi à proposer diverses définitions des mots-clefs. Et, puisque vous avez une proposition de plan en trois parties, vous pouvez sans trop de difficulté, à l'aide des questions mises au jour, envisager les différents paragraphes de chaque partie.

**Quelques sujets...**

Sommes-nous conscients ou avons-nous à nous rendre conscients ?

Prendre conscience de soi, est-ce devenir étranger à soi ?

Pourquoi chercher à se connaître soi-même ?

CHAPITRE 2

# L'inconscient

# Introduction

Socrate avait fait du « *Connais-toi toi-même* » delphique sa devise. Le problème est que le sujet semble ne pas accéder à tout ce qui est en lui.

En découvrant l'*inconscient psychique*, Freud fonde une nouvelle science : **la psychanalyse**.

Mais, comment connaître l'inconscient qui est, par définition, le non conscient et donc l'inconnaissable ?

## I. Comment accéder à l'inconscient ?

### A. Tout en moi est-il conscient ?

#### 1. Les petites perceptions chez Leibniz

Il existe, nous dit Leibniz, des « *petites perceptions* » : des perceptions inconscientes. « *Nous avons une infinité de petites perceptions : un grand bruit étourdissant, par exemple le murmure que fait tout un peuple, est composé de tous les petits murmures des personnes particulières qu'on ne remarquerait pas à part mais dont on a pourtant un sentiment, sinon on ne sentirait pas le tout.* » (*Nouveaux essais sur l'entendement humain*)

Je ne serais donc pas conscient de tout ce qui se passe en moi.

#### 2. Sait-on pourquoi on aime ?

Tout, sans exception, selon Schopenhauer, est déterminé par le **vouloir-vivre**. En conséquence, les sentiments élevés dans l'amour ne sont que duperies. La nature nous prend au piège pour parvenir à ses fins : la reproduction, le maintien de l'espèce. « *L'intention qui nous dirige inconsciemment est la possibilité de la conception* » (*Le monde comme volonté et comme représentation*).

→ J'ignore les mobiles réels de mes sentiments.

### B. La conscience est-elle transparente ?

#### 1. La mise à l'épreuve du postulat cartésien

Toute pensée, affirmait Descartes, est consciente.

Or, ce principe parfois semble contredit par l'expérience du sujet. Il m'arrive en effet de réagir d'une manière qui me surprend moi-même et je dirais : « ce n'est pas moi » ou « cela ne me ressemble pas ».

Freud va donc postuler l'existence d'un inconscient psychique : « *La division du psychisme en conscient et inconscient est l'axiome fondamental de la psychanalyse* » (*Essais de psychanalyse*).

#### 2. « L'hypothèse de l'inconscient est nécessaire et légitime » (*Métapsychologie*)

D'abord, l'hypothèse de l'inconscient permet de comprendre les phénomènes involontaires qui, sans elle, demeurent mystérieux : les **actes manqués** (lapsus, oublis de noms, de projets ou d'objets, pertes d'objets, maladresses et méprises). L'acte manqué serait l'expression d'une tendance inconsciente.

Ensuite, l'hypothèse de l'inconscient s'accorde à la réalité des faits : le patient valide l'interprétation.

Enfin, cette hypothèse a un caractère scientifique. Freud en effet applique le principe scientifique du déterminisme à la vie psychique et postule l'existence d'un **déterminisme psychique**.

### C. Le cas Anna O

Anna O est une jeune hystérique, traitée par Breuer et Freud et qui présente de nombreux symptômes pathologiques. Un été, elle devient incapable de boire.

Sous hypnose, elle se souvient qu'enfant, elle était un jour entrée dans la chambre de sa gouvernante (qu'elle n'aimait pas) et qu'elle avait vu le chien de celle-ci (« une sale bête ») boire dans un verre. L'enfant avait refoulé son dégoût et sa colère.

C'est ce dégoût qui subsiste dans l'inconscient et s'exprime aujourd'hui de manière symbolique à travers le refus de la boisson. Sortie d'hypnose, Anna O demande à boire. La prise de conscience du traumatisme est libératrice.

→ Il y a en moi comme un autre qui me détermine et fait que je suis agi.

## II. L'interprétation des rêves

### A. Nos rêves ont-ils un sens ?

#### 1. Qu'est-ce qu'un rêve ?

Le rêve est un ensemble d'images produites durant le sommeil.

#### 2. Comment expliquer le rêve ?

Du point de vue physiologique, le rêve est une réaction de l'organisme pendant le sommeil à des stimuli externes (on me chatouille le nez ; je rêve d'une torture effroyable) ou internes (j'ai faim ; je rêve que je mange).

Or, Freud constate que ses patients spontanément lui parlent de leurs rêves. Ces rêves doivent donc avoir un sens et un lien avec ce qu'on cherche.

## B. Quel est le sens du rêve ?

### 1. La rêverie (le rêve éveillé)

Il y a une fonction compensatrice de l'imagination : l'individu en proie au désir se raconte une histoire dont il serait le héros et dans laquelle son désir serait satisfait.

### 2. Le rêve infantile

Les rêves (nocturnes) des enfants présentent l'avantage d'être transparents. Ainsi, le petit Hermann, qui a dû offrir un panier de cerises à son grand-père, se réveille le lendemain matin tout heureux en déclarant : « Hermann a mangé toutes les cerises ».

→ Par extension, on dira que, quelle que soit sa forme, le rêve est la réalisation d'un désir.

Le premier désir du dormeur étant de continuer à dormir on ajoutera que « *Le rêve est le gardien du sommeil* » (*Introduction à la psychanalyse*)

Mais pourquoi la plupart de nos rêves sont-ils si fantasques et incohérents ?

## C. Comment interpréter les rêves ?

### 1. Il y a deux sortes de désirs et de rêves

Il y a des rêves dont on reconnaît volontiers qu'ils assouvissent de manière imaginaire un désir : des rêves clairs, cohérents, qui imitent la réalité. Le désir qui s'y manifeste est tout à fait avouable.

L'hypothèse de Freud est que le rêve absurde exprime un désir caché, condamné par la morale et donc interdit. Un tel désir ne peut passer à la conscience qu'en se déguisant.

### 2. Contenu manifeste et contenu latent

Un rêve a pour ainsi dire deux versions :

- Le **rêve latent** (caché) est la version initiale, brute. La censure interdit le passage à la conscience de tous ces éléments, jugés inacceptables, honteux, choquants.
- Le **rêve manifeste** est le résultat d'un travail d'élaboration qui consiste à déguiser le désir pour le rendre méconnaissable. C'est le rêve tel qu'on s'en souvient et qu'on le raconte.

  Le désir, pour passer à la conscience, doit se travestir. Par quels procédés ?

### 3. Le travail de rêve ou travail d'élaboration

- La *condensation* permet de concentrer plusieurs pensées, souvenirs, sentiments sur une image unique. Une image du rêve manifeste a donc plusieurs significations.
- Le *déplacement* (déplacement de l'accent psychique) va leurrer la conscience en présentant comme essentiel ce qui en réalité est secondaire.
- La *symbolisation* est l'activité la plus remarquable du travail onirique. Le rêve s'exprime par des symboles dont la plupart sont relatifs à l'histoire du sujet.

4. Le travail d'interprétation

Interpréter le rêve, c'est trouver son sens caché : « *Interpréter un rêve, c'est défaire tout ce qu'a produit le travail d'élaboration* » (*Le rêve et son interprétation*).

→ « *L'interprétation des rêves est la voie royale de la connaissance de l'inconscient* » (Freud, *Cinq leçons sur la psychanalyse*). Elle révèle la présence, dans le sujet, d'une altérité et elle permet à Freud d'édifier sa théorie de l'appareil psychique.

## III. « Je est un autre »

### A. Un inconscient dynamique

1. Structure de l'appareil psychique

| | |
|---|---|
| **SURMOI** | |
| **MOI :**<br>• Censure<br>• Conscience<br>• Préconscient | → Principe de réalité |
| **ÇA**<br>(Pulsions) | → Principe de plaisir |

2. Les trois instances psychiques

- Le **ça**, qui représente à la naissance la totalité du psychisme, est le « grand réservoir de la libido ». Il contient des pulsions, forces ou poussées inconscientes qui tendent à la satisfaction, dont Eros, la pulsion de vie, et Thanatos, la pulsion de mort, d'agressivité et de violence. Le ça est déterminé par le principe de plaisir : la recherche de la satisfaction immédiate. « *Nous voyons que les enfants, presqu'aussitôt qu'ils sont nés, ou tout au moins bien avant qu'ils sachent parler, poussent des cris, deviennent bourrus, boudeurs, témoignent de la mauvaise humeur, pour cette unique raison qu'ils veulent que leurs volontés soient satisfaites. Il faut que le monde se soumette à leurs désirs* » (Locke, *Quelques pensées sur l'éducation,* Section XII, *De la volonté chez les enfants – Du besoin et du caprice,* &1034, p. 191)
- Le **surmoi**, où sont intériorisés les interdits et les impératifs de la société, transmis aux enfants par les parents, est le gardien de la Loi et de la morale.
- Le **moi** a la tâche délicate du négociateur qui doit composer avec la réalité et trouver des compromis satisfaisants pour le ça et le surmoi.
  Le principe de réalité est la conscience des obstacles au désir et la capacité de différer et adapter la satisfaction.

## B. Le conflit psychique

### 1. La résistance

L'analyse permet de mettre à jour des résistances à la fois individuelles (le patient se dérobe) et collectives (refus des thèses freudiennes).

### 2. Le refoulement

« *C'est l'opposition inconsciente à la réalisation d'une tendance* » (*Introduction à la psychanalyse*).

### 3. Le retour du refoulé

Un élément refoulé, exclu du champ de conscience, n'en continue pas moins de tenter de nouveau de passer à la conscience ; ce sont les actes manqués, les rêves, les symptômes névrotiques.

Comment libérer le patient et lui faire prendre conscience de ce qui a été refoulé ?

## C. La méthode

### 1. L'association libre

L'association de mots, de pensées, de souvenirs, à partir, par exemple, d'une image d'un rêve et à condition d'accepter de tout dire sans honte ni retenue, favorise l'interprétation et permet, en vertu du déterminisme psychique, certaines prises de conscience.

### 2. Un auxiliaire de la méthode : le transfert

Freud constate que ses patientes et patients témoignent à son égard de sentiments disproportionnés. Il s'agirait en fait d'un transfert de sentiments sur la personne du médecin qui représente la figure paternelle.

Le transfert permet, en la rejouant, de remonter à la situation œdipienne (le complexe d'Œdipe) et là encore, la prise de conscience est libératrice.

## Conclusion

La psychanalyse bouleverse la conception classique du sujet et apporte beaucoup à la connaissance de l'homme.

Cependant, est-elle une science ?

- La question renvoie d'abord au problème plus général de la scientificité des « sciences humaines ».
- Mais, le problème propre à la psychanalyse est celui de son objet : l'inconscient existe-t-il ? Ne pourrait-on expliquer les rêves, les actes manqués, les résistances par autre chose que l'inconscient ? L'inconscient n'existe pas, nous dit Sartre ; il n'y a que de la mauvaise foi. Et de même pour Alain, « *L'inconscient est une méprise sur le Moi, c'est une idolâtrie du corps* » (*Éléments de philosophie*)

→ La psychanalyse demeure une **interprétation** des conduites humaines.

## Les notions à ne pas confondre

**Inconscience/inconscient.** L'inconscience est la perte de conscience ; elle est donc un état. L'inconscient, quant à lui, désigne une réalité psychique : il est ce quelque chose en moi, « sous » la conscience, qui pense et me fait agir.

**Névrose/psychose.** La névrose est une affection psychique dont l'origine est un conflit vécu durant l'enfance ; elle est considérée comme curable. La psychose est une altération profonde de la personnalité et de la structure de celle-ci. On ne peut qu'empêcher, par des médicaments notamment, les symptômes de se manifester sans pouvoir la guérir.

**Passion/pulsion.** La passion (*pathos/passio :* souffrir, subir, éprouver) est un désir intense, exacerbé, déraisonnable qui envahit le psychisme mais qui suppose la représentation de son objet et qui, par un effort de volonté, peut être maîtrisée. La pulsion est une force, une poussée (*pulsio*) psychique, d'origine inconsciente et considérée comme incontrôlable. Hormis dans le cadre très strict d'une réflexion sur l'inconscient psychique, le terme « pulsion » est à éviter.

**Philosophie/psychologie.** « Connais-toi toi-même » est l'impératif commun aux deux disciplines. Mais la philosophie est une réflexion sur l'homme (la nature humaine, l'Homme éternel) quand la psychologie est l'étude d'un sujet ou d'un groupe concret et singulier. La philosophie en outre, en tant que sagesse, prescrit des valeurs là où la psychologie est et demeure une science.

**Psychologie/psychanalyse.** La psychologie (du grec *psychê*, âme) étudie les faits psychiques et les comportements en se fondant sur les témoignages de la conscience alors que la psychanalyse fouille dans l'inconscient du sujet.

**Refoulement/mensonge/déni.** Le refoulement est l'action inconsciente d'expulser de la conscience un élément indésirable ; il est un rapport entre soi et soi. Le mensonge, au contraire, est l'action consciente de tromper autrui. Le déni est, comme le refoulement, un mécanisme de défense. Il permet au sujet d'éviter ou de nier une réalité insupportable, et cela à la fois à ses propres yeux et face à autrui (déni de grossesse ou d'alcoolisme).

## Les repères

**Concept/image/métaphore.** Freud forge le concept d'inconscient psychique. Il utilise la métaphore de **l'iceberg** : la conscience n'est que la partie émergée, visible, du psychisme. Cette métaphore est reprise par Jung : « La *conscience est une sorte de couche superficielle, d'épiderme, flottant sur l'inconscient qui s'étend dans les profondeurs, tel un vaste océan.* ». L'inconscient s'exprime par des images qui doivent être interprétées.

**Croire/savoir.** La psychanalyse est une science contestée et l'existence de l'inconscient n'est pas avérée. On croit à l'existence de l'inconscient et au pouvoir de l'analyse.

**Exemple/preuve.** La psychanalyse donne beaucoup d'exemples de rêves, d'actes manqués, de symptômes qui, interprétés, confirmeraient l'existence de l'inconscient. Pour autant, il ne s'agit pas de preuves.

**Expliquer/comprendre.** Les sciences expérimentales expliquent les phénomènes de la nature en les rapportant à des lois (générales) quand les sciences humaines, dont la psychanalyse, comprennent un sujet en cherchant le sens de ses pensées et de ses actions.

**Hypothèse/conséquence/conclusion.** Selon que l'on adopte le postulat cartésien de la transparence de la conscience ou l'hypothèse freudienne d'un psychisme inconscient on arrive à des conséquences opposées sur la constitution du psychisme et par conséquent des conclusions différentes sur la nature humaine.

## ZOOM sur FREUD (1856-1939) :
*« Le moi n'est pas maître dans sa propre maison. »*
*(Essais de psychanalyse appliquée)*

### Qui est Freud ?

Né en 1856 à Freiberg (Moravie), passant l'essentiel de son existence à Vienne, une ville en pleine effervescence intellectuelle mais profondément antisémite, Sigmund Freud, juif, est un médecin neurologue et le **fondateur de la psychanalyse**.

### Quelques faits

Freud s'intéresse à la philosophie, la littérature, l'art, la mythologie, l'archéologie… Soucieux de réussir, il aspire à être un grand homme et, découvreur de ce nouveau continent qu'est l'inconscient, il se compare parfois à Christophe Colomb.

Fiancé durant de longues années à Martha Bernays, Freud entretient avec elle une très longue correspondance avant de l'épouser et d'avoir avec elle six enfants, dont la dernière, Anna, son « Antigone », l'assistera lorsqu'à la fin de sa vie, du fait de son cancer de la mâchoire, il ne pourra plus s'exprimer en public.

Fortement marqué par la mort de son père, en 1896, il entreprend son « auto-analyse » et découvre en lui-même le complexe d'Œdipe qu'il va théoriser.

Si, par maints aspects, Freud est un conservateur et un gardien de la morale, il a, par ses écrits, beaucoup lutté contre la répression sexuelle qui sévissait alors, dans la bonne société viennoise tout particulièrement.

La montée de l'antisémitisme et l'annexion de l'Autriche par l'Allemagne nazie amènent Freud à s'exiler à Londres où il meurt en 1939.

## Quelques idées

### Les trois blessures narcissiques de l'humanité

Dans la mesure où elle dépossède le sujet de sa suprématie intellectuelle et morale, la psychanalyse serait la troisième blessure narcissique de l'humanité après la révolution copernicienne et le darwinisme.

### L'inconscient et ses manifestations

La folie, les rêves, les actes manqués, l'œuvre d'art... Freud étudie toutes les manifestations de l'inconscient qu'il structure en ça, moi, surmoi. Homme de science, il affirme le principe du déterminisme psychique.

### L'utilité de la psychanalyse

La psychanalyse est avant tout une thérapeutique ; il s'agit d'aider les patients à parvenir à un mieux-être. Elle n'en apporte pas moins nombre d'idées sur l'homme, sur la nature humaine, sur la culture et la civilisation qui rendent son étude indispensable à quiconque s'intéresse à la philosophie et à la réflexion sur l'homme.

## Quelques propos

« La privation, le manque de réelle satisfaction ; telle est la première condition de la névrose. » (*Introduction à la psychanalyse*)

« Les hommes veulent être heureux et le rester. » (*Malaise dans la civilisation*)

« Le contraire du jeu n'est pas le sérieux mais la réalité. » (*Essais de psychanalyse appliquée*)

« Chez tous les hommes se trouvent des tendances destructrices, antisociales et anti-culturelles. » (*Malaise dans la civilisation*)

# FICHE MÉTHODOLOGIQUE

## CONSTRUIRE UN PLAN DIALECTIQUE

## 1. Construire un plan

### Ce qu'il faut savoir

La dissertation est une **réflexion méthodique et progressive** qui témoigne de la capacité du candidat à structurer sa pensée et sérier les difficultés.

#### A. Procéder par étapes

Comme dans l'allégorie de la caverne, vous devez partir de l'opinion, de ce qui paraît vrai, pour vous élever insensiblement et par degrés à la vérité : **votre réponse**.

#### B. Plusieurs plans sont possibles pour un même sujet

Il n'existe pas de plan type ni, en général, de référence philosophique incontournable. On attend de vous que vous philosophiez avec vos connaissances en étant pleinement conscient que des candidats différents n'ont pas exactement la même culture philosophique.

Plusieurs interprétations du sujet sont parfois possibles ; il y a plusieurs manières aussi de le traiter. Trouver le plan n'est donc pas toujours chose aisée.

#### C. Ne pas chercher à tout dire

Il faut d'abord savoir que choisir un plan, et donc un itinéraire, peut amener à renoncer à certaines idées. On ne peut pas tout dire sur un sujet et surtout pas en quatre heures. Ensuite, une fois choisi le plan (l'itinéraire), il faut s'y tenir.

Le plan le plus fréquent est le plan dialectique.

# 2. Le plan dialectique : dégager les deux premières parties

## Ce qu'il faut savoir

La philosophie étant par essence débat, et dialogue contradictoire, vous serez amené à confronter dans vos deux premières parties deux thèses opposées. Il ne s'agit en aucun cas de dire une chose et son contraire mais d'envisager le sujet sous deux angles différents et donc complémentaires.

### A. La première partie

La première réponse qui se présente à l'esprit est la **réponse spontanée**, celle de l'homme ordinaire, par opposition au philosophe. On peut donc amorcer le premier paragraphe de la première partie en demandant ; « que nous diraient ici la plupart des gens ? » ou « quel est l'avis de la foule ? » ou « À première vue, que faut-il penser de… ? ».

Parfois aussi, la première réponse se déduit de la seule analyse logique du sujet. Elle est alors une évidence et c'est ce que le devoir doit bien présenter. La difficulté pour vous consistera à développer cette première réponse à travers tout un paragraphe car expliquer l'évidence peut donner l'impression d'« enfoncer des portes ouvertes ».

### B. La deuxième partie

Quelle qu'elle soit, la première réponse qui vient d'être exposée, expliquée et peut-être validée par un exemple, doit ensuite être critiquée, c'est-à-dire examinée, mise à l'épreuve des faits, confrontée à d'autres, réfutée ou parfois, au moins en partie, confirmée. En effet la conscience commune n'a pas nécessairement tort et il est des opinions droites dont le contenu a valeur de vérité. Le défaut de l'opinion est d'être infondée. Or, penser juste mais sans savoir se justifier n'a aucune valeur en philosophie. C'est pourquoi l'opinion n'est et ne peut être qu'un point de départ, une amorce de la réflexion. Reste alors à trouver les autres réponses, plus pertinentes et plus riches de contenu philosophique ; c'est l'objet de la deuxième partie qui doit marquer **un progrès dans la réflexion** et un approfondissement du sujet.

Les deux premières parties ne sont pas difficiles à élaborer si on a des idées et quelques connaissances

- Comment bâtir une troisième partie ?

# 3. Dégager une troisième partie

## Ce qu'il faut savoir

La synthèse serait, entend-on souvent, le « oui, mais ». Non, une synthèse n'est en aucun cas un vague et prudent compromis.

- **Qu'est-ce qu'une synthèse ?**

Le moment de la synthèse est celui de la **réconciliation** des contraires. Si l'on était le spectateur d'un débat, on assisterait à un duel entre deux participants dont chacun défendrait une thèse. Le rôle de la synthèse serait alors dévolu à l'animateur qui, à la fin du débat, rappellerait brièvement ce qui a été dit pour en déduire LA réponse au sujet, la solution du problème vers laquelle les deux participants tendaient et qui les met tous les deux d'accord. Cela suppose que l'on adopte un regard plus large et que l'on soit capable d'embrasser toutes les idées pour surmonter leurs contradictions et les réunir en cette fameuse idée nouvelle qui les contient toutes et les dépasse : la synthèse.

### A. Rassembler les dernières questions et les dernières idées (exemple 1)

L'analyse du sujet a permis de définir tous les mots-clefs et de formuler toutes les questions. Or, il reste quelques questions qui, pour l'heure, n'ont pas été abordées. Ce sont celles qu'il faut maintenant étudier. Il suffit pour cela de les rassembler en cherchant quelle grande question pourrait les chapeauter.

Un petit conseil à ce sujet. Il n'est pas mauvais de commencer son brouillon avec directement trois feuilles, voire (surtout le jour de l'examen) trois couleurs d'encre, afin de bien séparer les parties. Lorsque les deux premières seront constituées, il vous sera très facile de relire les notes de ce qui est forcément la troisième partie pour dégager son fil conducteur et l'organiser, en éliminant bien sûr les quelques éléments hors sujet qui auraient pu s'y glisser.

### B. Se concentrer sur le troisième mot-clef du sujet (exemple 2)

Les deux premières parties se sont focalisées sur les termes les plus évidemment importants du sujet. Or, bien souvent, un sujet de philosophie comporte un troisième terme, adjectif ou adverbe (« *toujours* », « *nécessairement* »...) que vous auriez bien tort de négliger car c'est lui qui va précisément permettre d'affiner l'analyse. Il suffit donc d'axer votre troisième et dernière partie sur un questionnement autour de ce terme clef.

### C. Remettre en question le présupposé du sujet (exemple 3)

Certains sujets partent d'un présupposé, c'est-à-dire d'une proposition préalable supposée vraie. Les deux premières parties ont traité le sujet en admettant ce présupposé.

Mais que vaut-il? Est-il fondé? La troisième partie, dans une telle situation, commencera par rappeler l'analyse antérieure; « Jusque-là nous avons examiné la question en partant du principe que… Cependant que vaut ce présupposé? ».

Une fois établie sa question centrale, cette dernière partie se consacrera donc à l'étude du présupposé pour montrer soit qu'il est bel et bien fondé, auquel cas l'analyse antérieure se voit pleinement justifiée, soit qu'il est faux et dans ce cas il conviendra de corriger l'énoncé du sujet. Vous proposerez alors le sujet tel qu'il aurait dû être formulé pour être pertinent.

## Trois exemples guidés

### *(1) L'idée d'inconscient exclut-elle l'idée de liberté?*

#### A. L'idée d'inconscient, logiquement, exclut l'idée de liberté

- Commencer par une définition de l'inconscient pour poser le principe du déterminisme psychique. Or le déterminisme (à première vue) exclut la liberté du sujet.
- En effet la pulsion est littéralement une poussée, une force irrésistible.
- L'idée d'inconscient fait de l'idée de liberté une illusion (cf. Spinoza, ch. 14, II B).

<u>Transition</u> L'homme est-il seulement le jouet de son inconscient?

#### B. On peut être libre si on a un inconscient

- L'« idée de liberté » désigne la faculté de choisir, le libre arbitre. J'ai la capacité de dire oui ou non à ce que mon inconscient me dicte.
- On nous objectera qu'il est quasi impossible de résister à une pulsion. C'est que vouloir n'est pas encore pouvoir. Je fais choix de résister; ce choix est libre. Je n'arrive pas, de mon propre effort, à lutter; cela est tout à fait possible mais c'est autre chose. Être libre, c'est choisir; pas forcément réaliser ses choix.

→ <u>Bilan</u> L'idée d'inconscient révèle les difficultés de la liberté pour l'homme. Elle ne l'exclut pas pour autant.

## Comment dégager une troisième partie?

On semble dans une impasse: les deux thèses sont incompatibles.

Jouons avec les termes du sujet et demandons-nous:

- Quelle idée l'idée d'inconscient exclut-elle? L'idée de liberté? Ou une autre? Et, dans ce cas, laquelle? Les idées de lucidité et de parfaite maîtrise de soi.
- De même, qu'est-ce qui exclut l'idée de liberté? L'idée d'inconscient? Une autre idée? Laquelle? Le fatalisme.

→ Lorsqu'on relit toutes ces questions et idées, on s'aperçoit qu'elles tournent autour de la question : « *Quel rapport existe-t-il entre l'idée d'inconscient et l'idée de liberté ?* »

« *Y a-t-il incompatibilité entre l'idée d'inconscient et l'idée de liberté ou est-il au contraire possible de les articuler ?* »

## C. Quel rapport y a-t-il exactement entre l'idée d'inconscient et l'idée de liberté ?

D'après le II, penser l'inconscient n'interdit pas de penser que l'homme est libre.

- Y aurait-il alors une autre idée qui nierait radicalement la liberté de l'homme ? Oui, c'est l'idée de Destin, de Fatalité, de Nécessité inexorable : tous les « choix » de l'individu seraient écrits d'avance.
- L'idée d'inconscient, certes, introduit un déterminisme supplémentaire dans la vie de l'individu. Mais, le déterminisme n'exclut pas la liberté : la volonté du sujet fait partie des causes déterminantes de son existence. Déterminé par une pulsion, je peux, si je le veux, me donner les moyens de lutter. Addict au jeu, je peux choisir de me faire interdire de Casino, Je peux modifier mes conditions de vie. Ou je peux entreprendre une psychothérapie voire une analyse.

→ Bilan Donc, l'idée d'inconscient ne contredit pas l'idée de liberté. Elle compromet l'idée que notre liberté nous est immédiatement donnée et facile. Bref, elle montre que la liberté, toujours possible, est toujours à conquérir.

# *(2) L'hypothèse de l'inconscient est-elle nécessairement immorale ?*

## A. Par son contenu, l'hypothèse de l'inconscient est inévitablement contraire à la morale

- Qu'est-ce que la morale ? L'ensemble des normes que nous devons suivre pour faire le bien.
- Or qu'est-ce que l'inconscient ? Définir l'inconscient freudien.

Définir le ça, « réservoir de la libido » qui, régi par le principe de plaisir, nous pousse à rechercher notre plaisir personnel, faisant fi des règles sociales et morales. « *Pourvu que je sois heureux, le reste m'est absolument égal* » : Sade proclame ce que le ça susurre en chacun de nous. Or, Sade n'est-il pas l'incarnation du vice ?

- La résistance collective à laquelle Freud s'est heurtée, fruit de la morale et de la bien-pensance religieuse, confirme bien cette association de l'inconscient au mal, à l'impureté, voire à la négation de notre humanité. Freud lui-même dans son *Introduction à la psychanalyse* déclare : la société « *ne supporte pas ce résultat de la psychanalyse dont nous nous occupons : elle le flétrirait volontiers comme repoussant au point de vue esthétique, comme condamnable au point de vue moral, comme dangereux sous tous les rapports.* » Nombre de thèses de la psychanalyse sont en effet choquantes : l'existence d'une sexualité infantile, la définition de l'enfant comme pervers polymorphe, le complexe d'Œdipe, la prééminence accordée à la pulsion sexuelle y compris dans les activités jusqu'alors considérées comme les plus spirituelles et les plus nobles (l'art, la religion)… Et toutes en dernière instance renvoient à cette partie primitive de notre inconscient : le ça.

→ Bilan En conséquence, l'hypothèse du ça s'oppose à la morale et pourrait être qualifiée d'immorale.

**Transition** Pour autant, le ça chez Freud ne constitue pas *tout* l'inconscient. N'y aurait-il pas dans l'hypothèse de l'inconscient des éléments qui ne nieraient pas la morale ?

## B. L'hypothèse de l'inconscient est en réalité compatible avec la morale

Si le ça représente la partie bestiale de notre psychisme, Freud ne néglige pas le fait que l'homme est un être de culture.

- Définir le surmoi : l'intériorisation des règles morales, des interdits et des impératifs. Le surmoi est la Loi. Le surmoi fait que chacun est commandé par une morale inconsciente.
- Envisager l'hypothèse de l'inconscient est légitime et n'est pas plus immoral que de reconnaître à l'homme une nature sensible et passionnée. Cette hypothèse ne fait que confirmer l'idée de dualité humaine. Freud en réalité s'inscrit dans la tradition philosophique qui fait de l'homme un être mi-bête mi-ange, tiraillé entre ce qu'il nomme le ça et le surmoi : « *Le moi représente ce qu'on peut nommer raison et bon sens, par opposition au ça qui a pour contenu les passions.* » *(Le moi et le ça)*

→ Bilan Finalement, selon la fonction du psychisme que nous envisageons, l'hypothèse de l'inconscient nous paraît tantôt immorale, tantôt morale.

**Transition** Qu'en est-il en réalité ? Que faut-il penser, du pont de vue moral, de l'hypothèse de l'inconscient prise dans sa globalité ?

**Comment dépasser cette opposition ? Comment dégager une troisième partie ?**

Il s'agit maintenant d'axer la réflexion sur le « *nécessairement* ».

Déclinez le terme en cherchant des synonymes et des antonymes. Aidez-vous des repères.

## C. À quelles conditions l'hypothèse de l'inconscient devient-elle immorale ?

- L'hypothèse de l'inconscient n'implique pas (nécessité logique) de renoncer à la morale : le surmoi fait qu'il y a toujours des hommes de bien.
- Un homme qui pose l'existence de l'inconscient n'est pas non plus condamné ou déterminé (relation de causalité) à abdiquer toute morale.
- Il n'y a de morale et de vertu que s'il y a combat contre soi-même. En ce sens, connaître ou envisager la possibilité de pulsions, de forces, de tendances qui nous

éloignent de la voix de la raison, c'est cela même qui nous permet de nous regarder comme un être moral, susceptible de choisir entre le bien et le mal.
- Ce qui serait immoral ce serait, prétextant l'existence de l'inconscient, de tout s'autoriser et de se prétendre irresponsable.

→ Bilan. Ce n'est pas l'hypothèse de l'inconscient mais l'alibi de l'inconscience ou de l'irresponsabilité (la mauvaise foi) qui est par nature et inévitablement immoral et condamnable.

### *(3) Un savoir de l'inconscient est-il possible ?*

**Annonce de la troisième partie**

Jusque-là nous avons traité la question « peut-on connaître l'inconscient et, si oui, de quelle manière ? » Or, cette question suppose que l'inconscient existe. Mais que faut-il penser de ce présupposé ? L'inconscient existe-t-il ?

## C. L'inconscient existe-t-il ?

La réponse à cette question dépend de vous.
- Soit vous établissez que l'inconscient existe. Les deux premières parties sont validées et la réponse au sujet demeure le « oui ».
- Soit vous démontrez que l'inconscient n'existe pas et vous découvrez en C l'absurdité du sujet.
- Soit vous expliquez que, l'existence de l'inconscient demeurant une hypothèse, le savoir de l'inconscient (la psychanalyse) est, certes possible, mais sans la rigueur et la certitude qui caractérisent les sciences : un savoir, donc, mais non une science.

→ On le voit clairement, c'est la troisième partie qui vous offre le plus de liberté, la plus grande latitude pour vous exprimer et peut-être trouver quelques idées qui sortiront des sentiers battus.

# C'est à vous !

Pour les trois sujets proposés, notez toutes les questions qui ressortent de leur analyse. Afin de vous préparer aux prochaines étapes, tâchez de rédiger des transitions entre les paragraphes et/ou commencez à réfléchir à une introduction et une conclusion.

**Quelques sujets...**

La notion d'inconscient psychique est-elle contradictoire ?

Qui parle quand je dis « je » ?

L'hypothèse de l'inconscient contredit-elle l'exigence morale ?

# CHAPITRE 3
# Le temps

## Introduction

Le temps est la trame universelle sur laquelle se déploie toute existence. L'homme a conscience de la fuite du temps.

Comment représenter le temps ? Quelles images pourraient le mieux rendre compte de sa nature ? Le temps existe-t-il ?

## I. Comment percevons-nous le temps ?

Aristote demande : « *Qu'est-ce que le temps ? Quelle est sa nature ?* » (*Physique*)

### A. Temps et changement

On n'observe pas le temps qui n'est pas une chose, perceptible par les sens. On observe des **changements** de différentes sortes et on en déduit que le temps a passé.

Que se passerait-il si l'on ne constatait aucun changement ?

### B. Temps et éternité

L'immuabilité spatiale permet d'imaginer une immuabilité temporelle. Ce temps immobile, qui ne passerait pas, présent infiniment prolongé, c'est l'éternité.

Qu'est-ce qui est éternel ? Dieu, les Idées... les êtres parfaits.

Mais, pourquoi le temps ? Pourquoi le devenir c'est-à-dire le passage ?

### C. L'éternité et le devenir

Platon dans le *Timée* rapporte que le démiurge, devant organiser le monde, prit pour modèle l'éternité, parfaite. Mais, une copie ne peut être identique à son modèle et ainsi naquit le temps : « *Le temps est l'image mobile de l'éternité immobile* ».

→ La temporalité est la marque de la **finitude**.

- Peut-on vraiment dire que tout change ?

## II. Le temps cyclique

Il y a dans la nature toutes sortes de changements cycliques qui révèlent que tout advient, tout disparaît, tout revient : « *Dans un ordre éternel tout passe et rien ne change.* » (Lamartine, *La retraite*).

Le temps ne serait-il pas un cercle ?

### A. La roue du temps chez Schopenhauer

« *Le temps peut se comparer à un* **cercle** *sans fin tournant sur lui-même* » (*Le monde comme volonté et comme représentation*). L'essence du temps, en effet, c'est la **répétition**. La feuille qui tombe à l'automne, la mouche qui bourdonne en été, le chat qui bondit dans la cour... C'est toujours la même feuille, la même mouche, le même chat.

C'est pourquoi le sentiment vrai du temps et de l'existence est **l'ennui**.

### B. L'éternel retour nietzschéen

La **volonté de puissance** authentique, créatrice, veut vivre et affirme la valeur de la vie ; son oui à la vie est le « oui » triomphant qui s'oppose au « oui » de l'âne (« hi-ha », Ya, oui en allemand) et de la volonté de puissance dégénérée pour qui la vie est un fardeau.

Zarathoustra, à la vision de l'éternel retour (l'idée que tout toujours reviendrait), est d'abord en proie à « un grand dégoût ».

Mais il guérit et ressent l'éternel retour comme « la plus grande consolation » car si tout revient, alors cela veut dire que la vie reviendra et c'est là l'essentiel.

Il ne s'agit pas tant de croire à l'éternel retour que de le vouloir. « *Ma doctrine enseigne : vis de telle sorte que tu veuilles revivre* » (*La volonté de puissance*).

Peut-on affirmer que tout revient ?

## III. Le cours du temps

### A. Comment penser le temps qui passe (/s'écoule) ?

Nous observons des changements sans retour, nous avons le sentiment de l'irrémédiable. On en vient ainsi à la deuxième représentation du temps : **la ligne** ou la flèche, tournée vers l'avenir.

Le **devenir** est le passage, ce qui fait que tout passe ; l'imbrication de l'être et du néant. Héraclite le disait « Tout s'écoule » si bien qu'« *On ne se baigne jamais deux fois dans le même fleuve* ». **Le fleuve**, parce qu'il est en mouvement, rendrait compte de la nature du temps mieux que la ligne, statique. « *Le temps est comme un fleuve que formeraient les événements* ». (Marc-Aurèle, *Pensées pour moi-même*).

### B. La fuite du temps

#### 1. La conscience de la temporalité

L'homme a conscience de l'irrévocable : c'est le « jamais plus » dans la nostalgie et/ou dans le remords. On ne remonte pas le cours du temps.

L'instant unique et précieux ne peut s'éterniser. « *Ô temps, suspends, ton vol !* » est un désir irréalisable. On n'arrête pas le cours du temps.

On ne peut davantage empêcher l'avenir d'advenir ni l'accélérer.

2. Le temps est irréversible

« *L'irréversible n'est pas un caractère du temps parmi d'autres caractères, il est la temporalité même du temps* » (Jankélévitch, *L'irréversible et la nostalgie*) : l'irréversibilité est l'essence du temps.

→ L'homme face au temps est confronté à ses propres limites : « *L'étendue est la marque de ma puissance, le temps est la marque de mon impuissance.* » (Lagneau, *Célèbres leçons*).

Qu'est donc le temps ? Nul ne le sait. Mais nous sommes partis d'une certitude première : le temps existe. Or, le temps existe-t-il réellement ?

## IV. Le temps existe-t-il ?

Le temps a-t-il une réalité ou bien n'est-il qu'un mot, une abstraction, une construction de notre esprit ?

### A. La position réaliste

Pour l'opinion commune, le temps existe. Newton, au XVII^e s, affirme la réalité de l'espace et du temps. Comme un cadre qui, si on enlève le tableau qu'il contient, continue d'exister, vide, de même si plus rien n'existait, si aucun événement ne se produisait, le temps n'en continuerait pas moins de couler, vide mais réel.

### B. Pouvons-nous dire que le temps existe ?

1. Le paradoxe du temps

« *Qu'est-ce que le temps ? Si personne ne me le demande, je le sais ; mais, si on me le demande et si je veux l'expliquer, je ne le sais plus* » (Saint Augustin, *Les Confessions*).

2. Saint Augustin : le temps est une dimension de la conscience

« *Il y a trois temps* ». Existent-ils vraiment ?

Le présent se décompose en immédiatement passé et immédiatement futur. Dans ce que j'appelle présent, il y a le passé du présent et le futur du présent. Alors, où est le présent ? « *Le moment où je parle est déjà loin de moi* » (Boileau, *Épîtres*). Le présent est une limite idéale, une division de la conscience. Il n'existe qu'en tant qu'il est présent à la conscience dans la **vision**.

De même, qu'est-ce qui fait que le passé est ? Le passé oublié, le passé non remémoré n'est pas. Le passé existe en tant que présent à la conscience (le présent du passé), dans la **mémoire**.

Et l'avenir existe lorsqu'il est présent à la conscience, attendu, espéré ou redouté. L'avenir n'est pas, puisqu'il n'est pas encore, et pourtant l'avenir existe, pour moi qui le pense. L'avenir existe dans **l'attente** qu'en a la conscience.

→ « *C'est en toi, mon âme, que je mesure les temps* », conclut Augustin (*Confessions*).

### 3. Kant : le temps est une forme a priori de la sensibilité

« *Le temps n'est pas un concept empirique dérivant d'une expérience quelconque* » (*Critique de la raison pure*). Il est donc a priori. Il est une structure de l'esprit humain, une intuition inhérente à cet esprit. Nous sommes tels que nous percevons le temps.

Mais, que l'homme pense les choses, inévitablement, dans le temps, n'implique pas que le temps existe. Nous n'avons donc qu'une connaissance relative, celle des **phénomènes** ; nous ignorons la chose en soi, le noumène.

Le temps, peut-être, n'existe pas en dehors des êtres qui changent. Le temps, alors, ne serait pas, comme nous le croyons spontanément, la force extérieure à nous qui s'exerce sur nous, il serait nous, il serait en nous.

## C. Temps et durée/le temps des choses et le temps vécu

Il faudrait distinguer, comme le fait Bergson, par exemple *dans La pensée et le mouvant*, deux aspects dans le temps.

| **Temps** | **Durée** |
|---|---|
| Temps physique, **temps scientifique** : le milieu indéfini où se déploient les phénomènes. | **Temps vécu** ou temps psychologique |
| **Temps abstrait** (pensé abstraction faite des événements qui s'y déroulent) : temps mathématique, temps objectif (pensé par tous de la même façon) et qui ne dure pas. | **Temps réel** : « **Durée réelle** », « durée vécue », « durée concrète » : temps subjectif.<br>L'expérience vécue est que les choses durent plus ou moins. « Si je veux me préparer un verre d'eau sucrée, j'ai beau faire, je dois attendre que le sucre fonde. » |
| Temps **quantitatif**, mesuré par la montre : une juxtaposition d'instants qui se succèdent. | Temps **qualitatif** : la même heure passe plus ou moins vite, dure plus ou moins, selon les individus et les occupations. |
| Temps **homogène**, uniforme et régulier : tout instant est identique à un autre. | Temps **hétérogène**. La durée est une interpénétration d'instants : « *C'est une succession d'états dont chacun annonce ce qui vient et contient ce qui précède* [...] *Aucun d'eux ne commence ni ne finit, mais tous se prolongent les uns dans les autres.* » |
| « *Le temps mathématique est une **ligne*** » | La durée peut être symbolisée par les images de **l'enroulement** : la mélodie (la « continuité mélodique »), la boule de neige, ou le fil sur une pelote car « *La durée est le progrès continu du passé qui ronge l'avenir et qui gonfle en avançant.* » |
| Le temps est un **concept**, pensé par l'intelligence (intelligence conceptuelle) | La durée est une « perception immédiate », une « donnée immédiate de la conscience », une **intuition**. |

→ La durée est le temps existentiel, le temps de la vie et elle est créatrice.

# Conclusion

L'homme, temporel, subit le temps. Il ne se résigne cependant pas à son impuissance et essaie de s'en rendre maître par la mémoire, l'imagination (la science-fiction, les prévisions, l'anticipation, la rêverie), le projet, l'art... Les victoires de l'homme sur le temps sont réelles mais elles demeurent vaines : l'homme vieillit et meurt.

Comment dans ces conditions vivre, c'est-à-dire bien vivre ?

## Les notions à ne pas confondre

**A priori/a posteriori.** A priori signifie « avant toute expérience » et a posteriori « après expérience ».

**Temps/durée.** Ces deux termes, généralement tenus pour synonymes (par exemple chez Newton), sont clairement distingués par Bergson : le temps est conçu par l'intelligence, il est une représentation abstraite qui gomme la singularité des événements alors que la durée est le temps réel, vécu et perçu par la conscience.

**Volonté de puissance/Volonté de pouvoir.** Le concept nietzschéen de volonté de puissance ne désigne en rien un quelconque appétit de conquête, un rapport à autrui qui viserait à dominer celui-ci. Il désigne un rapport à soi, une surabondance de vie (dans la volonté de puissante authentique) qui ne demande qu'à s'exprimer. C'est une recherche de plus de vie, d'efficience, de création et de joie pour gagner en force, en puissance et être toujours davantage soi-même.

## Les repères

**Absolu/relatif.** Dans la philosophie kantienne, nous ne voyons les choses que telles qu'elles nous apparaissent (*phainomena*) à travers l'espace et le temps, c'est-à-dire comme phénomènes, et donc de manière relative.

Nous n'accédons pas à leur être véritable et intime : nous n'accédons pas à la chose en soi. La science elle-même ne peut donc être considérée comme une connaissance absolue.

**Abstrait/concret.** Le temps chez Bergson est abstrait ; la durée est concrète c'est-à-dire réelle.

**Concept/image/métaphore.** Le temps est un concept : il est abstrait ou extrait des êtres sensibles. On a recours, pour mieux le saisir, à des images. Ces images sont universelles et se retrouvent par exemple dans la philosophie et la littérature chinoises. Il s'agit de la ligne, la flèche, le cours d'eau… « *Le Maître se trouvait au bord d'un ruisseau. Il dit : « Ainsi s'en va-t-il : il s'écoule nuit et jour sans jamais s'arrêter. »* » (Confucius, *Entretiens*, IX-17). « *La flèche tirée n'a pas de retour* » (ancien proverbe chinois). Ou il s'agit de la roue, image prégnante dans l'hindouisme et le bouddhisme (samsara). « La roue tourne » est une métaphore pour dire que le temps passe et que les êtres, les situations, le sort changent.

**En acte/en puissance.** Le temps actualise les potentialités d'un être et, par exemple, du germe (fleur en puissance) fait une fleur effective (en acte). Il effectue le passage de la puissance à l'acte.

**Idéal/réel ; Objectif/subjectif.** L'une des principales questions qui se posent sur le temps : le temps est-il réel (objectif) ou n'est-il que pensé par la conscience (idéal et subjectif) ?

**Impossible/possible.** Il est logiquement impossible de remonter le cours du temps puisque le temps est irréversible. Les progrès scientifique et technique cependant nous font miroiter la possibilité de « voyager » dans le temps. Nous voilà face à une aporie que traduit le « paradoxe du grand-père ». Un homme remonte dans le passé et tue son grand-père avant que celui-ci n'ait des enfants. Dans ces conditions il ne naît pas. Comment alors peut-il remonter le cours du temps et tuer son grand-père ?

**Objectif/subjectif/intersubjectif.** Le temps est-il objectif ? Non, sans doute. Pour autant la conscience du temps ne relève pas de la pure subjectivité. C'est dans l'interaction des consciences que se perçoit et se mesure le temps.

## ZOOM sur BERGSON (1859-1941) :

*« La ligne est du tout fait, le temps est ce qui se fait, et même ce qui fait que tout se fait. »*
*(La pensée et le mouvant)*

### Qui est Bergson ?

Henri Bergson est un philosophe **spiritualiste** et un humaniste du XX$^{e}$ siècle.

### Quelques faits

Le jeune Henri Bergson fait de brillantes études au lycée Condorcet. Au désespoir de son professeur de mathématiques, il opte pour la philosophie.

Sa carrière de professeur va le conduire au Collège de France où ses cours attirent les foules et séduisent les dames. Bergson cependant demeure un homme simple, doux et modeste, d'une gravité souriante et charmante.

Fils d'un musicien, Bergson est extrêmement sensible à la musicalité des choses. Son œuvre se voit couronnée du prix Nobel de Littérature en 1928.

D'un tempérament mystique, Bergson, à la fin de sa vie, sent que ses réflexions le portent vers le catholicisme. Mais il voit monter la vague d'antisémitisme et refuse de se convertir.

Peu à peu paralysé par un rhumatisme, Bergson meurt à Paris, la ville où il est né, le 4 janvier 1941.

## Quelques idées

### La durée

La science et les savants ne considèrent qu'un temps abstrait et indéterminé, un temps spatialisé, pure juxtaposition d'instants immobiles et divisibles. La réalité est pourtant que les choses durent. La durée se saisit par intuition dès lors que l'on se penche sur le mouvement de sa propre conscience.

### L'élan vital

C'est par l'intuition encore que se comprend la vie, l'élan vital, cette perpétuelle efflorescence d'imprévisible nouveauté. Qu'est donc la vie sinon le courant de conscience qui parcourt et anime la matière ?

### La liberté

Bergson conçoit la liberté comme spontanéité, création de soi, réalisation et expression de soi.

### La mémoire

Bergson distingue la **mémoire habitude**, mémoire physique, pourrait-on dire, qui, fondée sur la répétition, restitue le passé en un geste efficace et quasi automatique de la **mémoire pure**, ou mémoire vraie, mémoire-souvenir qui restitue l'image unique et originale d'un instant vécu.

### Le langage et l'art

Produit de l'intelligence conceptuelle qui fige et découpe, le langage classifie les choses et nous empêche d'accéder à leur réalité intime, profonde et originale. Mais l'art permet, par les images, de revenir à la réalité singulière et ineffable de la chose et de nous communiquer l'intuition de celle-ci.

## Quelques propos

« *L'essence des choses nous échappe et nous échappera toujours, nous nous mouvons parmi des relations, l'absolu n'est pas de notre ressort, arrêtons-nous devant l'Inconnaissable.* » (*L'évolution créatrice*)

« *La conscience est un trait d'union entre ce qui a été et ce qui sera, un pont jeté entre le passé et l'avenir* » (*L'énergie spirituelle*)

« *Intuition signifie donc d'abord conscience, mais conscience immédiate, vision qui se distingue à peine de l'objet vu, connaissance qui est contact et même coïncidence.* » (*La pensée et le mouvant*)

« *Le monde n'est-il pas une œuvre d'art, incomparablement plus riche que celle du plus grand artiste ?* » (*La pensée et le mouvant*, III, Le possible et le réel)

# FICHE MÉTHODOLOGIQUE

# LES RÉFÉRENCES PHILOSOPHIQUES

## Ce qu'il faut savoir

### A. Pourquoi faut-il des références philosophiques ?

Un élève de terminale étudie, une année durant, la philosophie et rencontre des philosophes. On est en droit d'attendre que sa copie, le jour de l'examen, témoigne d'un minimum de culture philosophique.

### B. Qu'est-ce qu'une référence philosophique ?

Une référence consiste à donner une idée en l'attribuant à son auteur et en l'expliquant.

### C. Comment présenter une référence ?

L'ordre de découverte des idées (je connais des philosophes et ils me fournissent des éléments de réponse) n'est pas l'ordre de présentation des idées (je trouve une idée et je me souviens ensuite que tel ou tel philosophe la partage). Le mieux est de « découvrir » par soi-même une idée et de la confirmer ensuite par la référence au philosophe.

Il faut cependant conserver une certaine souplesse et, puisqu'il s'agit de faire débattre les philosophes, on pourra aussi par exemple poser une question en répondant aussitôt : « X nous dirait ici que… ».

### D. Les citations

Une citation sera toujours donnée entre guillemets et de manière exacte. Si vous n'êtes pas certain de son exactitude, vous la proposerez sans guillemets et elle sera ainsi une bonne référence, dans le style, sinon dans les termes mêmes, de l'auteur.

La citation doit aussi être attribuée à son auteur. Si vous avez un doute, ne nommez personne. Il suffit de la donner, exacte et entre guillemets, mais en l'intégrant à votre propos de manière élégante. Prenons un exemple. « L'homme est un animal raisonnable ». Qui a dit cela ? On pourra écrire : « Quel est le propre de l'homme ? Nous pouvons le définir ainsi : “l’homme est un animal raisonnable” », ou bien « il ne faudrait pas oublier que « l’homme est un animal raisonnable » », ou encore « nous le savons bien, “l’homme est un animal raisonnable” »…. Il y a bien des façons de citer un auteur sans le nommer.

Enfin, qu’il s’agisse de citer un philosophe, un spécialiste non philosophe ou même la conscience commune (à travers proverbes et expressions toutes faites), nous rappellerons qu’une citation seule ne saurait jamais suffire et qu’elle doit toujours amorcer ou conclure une référence.

## Un exemple guidé

*Tout s’en va-t-il avec le temps ?*

### A. Oui, tout s’en va avec le temps

#### 1. Qu’est-ce que le temps ?

Le temps est le devenir, le passage du néant à l’être et de l’être au néant. C’est ce que rappelle Lavelle : « *Le temps est le créateur, le conservateur, le destructeur de tout ce qui est* » (*La conscience de soi*).

#### 2. « Tout » s’en va avec le temps

Ce « tout » signifie que rien n’échappe au pouvoir destructeur du temps. Chacun de nous en a fait l’expérience : avec le temps, nos goûts changent, on oublie ce que l’on a adoré, la passion cède la place à l’ennui… « *Tout change autour de nous. Nous changeons nous-mêmes et nul ne peut assurer qu’il aimera demain ce qu’il aime aujourd’hui* » (*Les rêveries du promeneur solitaire*), Rousseau, par ces mots, formule à la fois l’impermanence des choses et l’inconstance du cœur humain. Rien n’est stable, rien ne subsiste.

#### 3. Une possible consolation

Si le temps emporte sur son passage les instants de bonheur, le charme, la fraîcheur, les joies de l’existence, il engloutit aussi les drames, les souffrances, les traumatismes. Un philosophe, raconte Voltaire dans *Les deux consolés*, s’efforce en vain de réconforter une femme affligée. Lui-même le lendemain perd son fils unique et le voilà à son tour désespéré. Cependant, le temps passe… Ils se revoient un jour tous deux très gais.

#### 4. La preuve que tout s’en va avec le temps

Le sentiment de la fuite du temps et du « tout s’en va » est notamment illustré par la poésie et l’on donnera pour exemple les vers de Lamartine « *…tout commence et tout s’use, / Tout marche vers un terme et tout naît pour mourir* » (*Méditations poétiques*). Comme le dit la chanson de Léo Ferré « *Avec le temps, va, tout s’en va* » et c’est la nostalgie qui l’emporte.

L’homme cependant peut-il se résigner à ce que tout passe ?

## B. Non, certaines choses ne s'en vont pas avec le temps

### 1. Dans la nature

Dans la nature, on peut avoir le sentiment de l'éternité ; le règne minéral nous suggère que quelque chose subsiste en dépit du cours du temps. Et puis aussi, si d'une certaine manière tout s'en va, on peut considérer également que tout revient. « *Eadem sed aliter* » ; telle pourrait être, selon Schopenhauer, la devise de l'histoire et ce serait aussi bien la devise de la nature car finalement tout se répète et en ce sens rien ne change, rien ne s'en va.

### 2. Par la mémoire

Surtout, l'homme résiste de toutes ses forces à la fuite du temps. Il tente d'immobiliser l'instant et de maintenir présent le passé. Telle est la fonction de la mémoire qui, individuelle ou collective, abolit la temporalité.

### 3. Par l'art

Enfin, l'art n'est-il pas le principal défi lancé au devenir ? Regardons par exemple l'Infante de Velasquez. Les siècles passent et l'enfant du tableau conserve sa grâce et sa fraîcheur. L'art nous fait contempler la Beauté éternelle, inaltérable comme les pierres et qui en effet chez Baudelaire dit aux hommes « *Je suis belle, ô mortels ! comme un rêve de pierre* » (« La beauté »). L'art en ce sens est la victoire par excellence de l'homme sur le devenir.

### 4. Par l'engagement

Rousseau nous l'affirmait, et on ne saurait le nier, « *nul ne peut affirmer qu'il aimera demain ce qu'il aime aujourd'hui* ». On soulignera volontiers l'inconstance du cœur humain et un homme, misogyne peut-être, citera le proverbe « *souvent, femme varie* ». Mais nous sommes dotés de conscience, de raison et de volonté et nous aspirons à un toujours. Le jour du mariage ne promettons-nous pas de chérir notre conjoint à jamais ? Le « je t'aimerai toujours », et l'engagement en général, est un défi au temps et une promesse d'éternité.

→ Le temps est un fleuve qui emporte tout sur son passage. L'homme résiste au cours du temps, il veut conserver et éterniser le passé, immortaliser le présent et il semblerait que par la mémoire et l'art notamment il y parvienne.

→ Cependant que faut-il penser de ce triomphe de l'homme sur le devenir ? Est-ce que vraiment il existe au monde quelque chose qui ne s'en aille pas avec le temps ?

## C. En réalité, oui, tout s'en va avec le temps

### 1. Peut-il y avoir au monde une chose stable, inchangée, inaltérée ?

Les Idées chez Platon sont éternelles ; Dieu est éternel… Ils ne s'en vont pas avec le temps. Mais précisément, Dieu est en dehors du temps. Aristote déjà l'énonçait : « *Les êtres éternels, en tant qu'éternels, sont en dehors du temps.* » La question demeure donc : est-il dans le monde sensible, le monde sublunaire d'Aristote, une chose qui ne s'en aille pas avec le temps ?

### 2. Rien dans le monde sublunaire et sensible n'est stable

Certes, il y a toujours des hommes. Mais, si j'ai perdu mon fils à la guerre, l'idée que d'autres hommes vivent et que d'autres encore naîtront ne me consolera pas.

La mémoire conserve le passé ? Mais la mémoire est subjective, empreinte d'imagination. Le passé remémoré n'est pas le passé vécu.

L'art est un défi au temps ? Mais les œuvres d'art ne s'altèrent-elles pas ? Les hommes doivent restaurer tableaux et cathédrales ; leur lutte contre le temps et ses irréparables outrages est sans trêve. Il est des œuvres perdues, irrémédiablement perdues, telles les Bouddhas de Bâmiyân détruits par les talibans.

J'ai ainsi le sentiment que chaque instant vécu est à la fois premier et dernier : tout instant, selon le mot de Jankélévitch, est primultime.

→ Faut-il conclure que tout s'en va avec le temps ? Oui, sans doute, le temps est notre Maître à tous.

### 3. L'homme ne peut éviter que tout s'en aille

« *L'étendue est la marque de ma puissance, le temps est la marque de mon impuissance.* » disait Lagneau. Cependant, nous préciserons que si tout s'en va, tout ne s'en va pas au même rythme. Rappelons ici les mots de Marc-Aurèle : « *Le temps est comme un fleuve que formeraient les événements.* » Un fleuve n'a pas toujours le même débit. Il est des instants qui, aussitôt vécus, sombrent dans le néant de l'oubli ; il est des moments où, comme le poète, on aspire à ce que le temps suspende son vol. On peut même avoir l'impression d'un piétinement : quelque chose échapperait au cours du temps. Mais il est de la nature du fleuve de couler et il est de la nature du temps de passer et de faire que tout passe et tout s'en va. Telle est la triste réalité.

→ **Ouverture possible en conclusion**

La véritable question serait plutôt : pourquoi l'homme ne se résigne-t-il pas à la fuite du temps ? Pourquoi y a-t-il en l'homme cette aspiration à l'éternité ? Pourquoi l'homme veut-il maîtriser le temps ?

## C'est à vous !

À l'aide des cours et de vos connaissances personnelles, vous pouvez maintenant reprendre les exercices qui vous ont été proposés jusqu'ici en vous entraînant à rédiger des références, philosophiques ou non, qui illustreront et étofferont votre propos. Fouillez dans les cours de français des années précédentes ; ils vous seront précieux.

**Quelques sujets...**

Cela a-t-il un sens de vouloir échapper au temps ?

Faut-il oublier le passé pour se donner un avenir ?

Profiter de l'instant, est-ce la clé du bonheur ?

# CHAPITRE 4
# Le langage

## Introduction

L'homme s'exprime principalement par la parole; ce qui définit le langage.

La philosophie s'intéresse au langage puisqu'elle réfléchit sur l'homme. Fondée par Saussure au XXe s., la **linguistique**, quant à elle, se définit comme la science du langage.

Qu'est-ce que le langage?

Pourquoi l'homme parle-t-il?

# I. Le langage: un fait humain

## A. Communication et langage/qu'est-ce que « parler »?

### 1. Le « langage » des abeilles

La **communication** suppose qu'il y ait transmission d'un message entre un émetteur et un récepteur à travers un code commun aux deux individus.

Or, l'expérience montre que les animaux d'une même espèce communiquent entre eux (sons, cris, grognements, gestes). Von Frisch étudie notamment le mode de communication des abeilles.

Peut-on parler de « langage »?

### 2. Spécificités du langage:

| **Communication animale** | **Langue** |
|---|---|
| Naturelle: l'animal, par nature, possède son code de communication. | L'homme, par nature, est doué de **langage** (faculté de parler). Cependant cette faculté ne s'actualise qu'au sein d'une culture. |
| Innée: de naissance, ou presque, l'animal dispose des signaux propres à son espèce. | La **langue** (la maîtrise du langage) est acquise: on apprend à parler. |
| Spécifique: tous les individus d'une même espèce possèdent les mêmes signaux | Les hommes de par le monde parlent des langues différentes qui elles-mêmes se subdivisent en dialectes, « parlers », patois, etc. |
| Déterminée par la nature. L'animal ne communique que pour vivre. Il exprime ses besoins et ses sensations: plaisir, douleur, faim, froid, danger… | L'homme bien sûr parle d'abord pour vivre et satisfaire ses besoins.<br>Mais il parle aussi de manière désintéressée:<br>• pour chercher la vérité (science et philosophie)<br>• pour créer du beau (art poétique)<br>• pour ne rien dire (bavardage). |
| Nombre restreint de signaux | Nombre illimité de signes linguistiques |
| Communication à sens unique: l'animal émet un message qui attend en retour une réaction. | Retour du message c'est-à-dire dialogue. |

Pourquoi l'homme, seul, dispose-t-il du langage?

### 3. Langage et raison

L'animal, pour Descartes, est une machine. Ainsi, le perroquet « profère des sons » à la manière d'une boîte vocale. On ne dira pas qu'il parle car rien ne nous indique qu'il pense ce qu'il dit. En revanche, un homme muet invente un ensemble de signes par lesquels il va se faire comprendre. Le langage, en effet, est lié à la raison, faculté de conceptualiser et symboliser.

Cependant nos signes (les mots) sont-ils conformes aux choses qu'ils désignent?

## B. Les mots disent-ils les choses?

Pour Cratyle (dans le *Cratyle* de Platon), les noms manifestent la nature de la chose qu'ils désignent et c'est ce qui apparaît à travers l'étymologie. Imaginons que les hommes soient privés de la voix. Ils désigneraient les choses par des gestes. Sans doute en est-il de même en ce qui concerne la langue: les premiers mots ont dû, eux aussi, imiter les choses.

Pour Hermiogène, au contraire, les hommes décident du nom qu'ils vont donner à une chose.

Socrate conclut que si le langage doit bel et bien révéler les choses, il arrive néanmoins que les mots ne soient pas adéquats et nous trompent.

## C. Qu'est-ce qu'un signe linguistique?

### 1. Qu'est-ce qu'un signe?

Un **signe** est un élément concret, perceptible, renvoyant à un autre élément qui n'est pas forcément donné. Il en existe deux sortes.

- Les <u>signes naturels</u>. Il y a un rapport de causalité entre le signe et ce qu'il désigne (le bâillement signifie l'ennui, la fatigue ou la faim).
- Les <u>signes artificiels</u> sont les signes conventionnels. « *Les signes d'institution, ceux que nous avons nous-même choisis, n'ont qu'un rapport arbitraire avec nos idées* » (Condillac, *Essai sur l'origine des connaissances humaines*).

### 2. Nature du signe linguistique

Un signe linguistique, comme l'explique Saussure, est l'association de deux éléments: le **signifiant** et le **signifié**. Le signifiant, c'est ce qui signifie, c'est-à-dire l'élément perceptible du signe, le son qui est entendu ou prononcé. Le signifié, c'est ce qui est désigné par le signe, c'est-à-dire le concept, la représentation mentale.

Comment le signe linguistique se forme-t-il?

3. L'arbitraire du signe

Il n'y a rien dans le signifié qui impose de l'associer à tel signifiant plutôt qu'à tel autre : « *Le lien unissant le signifiant au signifié est arbitraire. Le signe linguistique est arbitraire* » (Saussure, *Cours de linguistique générale*). « Arbitraire » ici signifie « immotivé ».

Comment les signes, s'ils sont arbitraires, signifient-ils ?

4. La langue est une structure

Par lui-même, un signe ne signifie rien. Ce qui me permet d'interpréter le signe, c'est son contexte : j'entends « la mer est bleue » ou « ma mère me l'a dit ». Un signe n'est signifiant que par rapport à d'autres signes. « *Dans la langue il n'y a que des différences.* » (Saussure).

→ Le langage permet donc, en désignant des concepts, d'exprimer la pensée.

## II. Langage et pensée

### A. Le langage, expression de la pensée

On définit traditionnellement le langage comme un « moyen de communication ». D'un point de vue purement logique, le langage vient après la pensée. Il y aurait en notre esprit des pensées nues que les mots viendraient revêtir.

### B. Le langage, condition de la pensée

À cette thèse s'oppose Oscar Wilde : « *Nos pensées naissent toutes habillées* ». En d'autres termes, il n'y aurait pas d'idées sans les mots.

L'expérience de la fécondité du dialogue montre que les mots engendrent la pensée.

De même, l'acte de penser se constitue comme un débat intérieur afin d'« accoucher » d'une pensée solide et viable. « *La pensée n'est rien d'autre que le dialogue intérieur et silencieux de l'âme avec elle-même* » (Platon, *Le sophiste*).

→ « *C'est dans le mot que nous pensons* » (Hegel, *Philosophie de l'esprit*).

Or, il existe de par le monde un grand nombre de langues aux mots différents.

### C. La pensée et la langue

Pour le linguiste et anthropologue Sapir, toute langue est le reflet d'une culture et contribue à former une manière de percevoir.

D'une part, une langue possède un contenu : son vocabulaire. Les mots d'une langue désignent les objets extérieurs ou, plus exactement, ce que les hommes d'une société perçoivent dans le réel. *« Lorsque quelque chose de nouveau s'offre à leurs yeux, les enfants posent ordinairement la question familière aux étrangers : « Qu'est-ce que cela ? » Et par là ils n'entendent le plus souvent demander que le nom de la chose. Il suffira donc de leur dire comment elle s'appelle pour répondre à leur demande.* » (Locke, *Quelques pensées sur l'éducation*, Section XVI, *La curiosité,* &120, p. 228) Ce qui n'est pas nommé n'existe pas.

D'autre part, une langue possède aussi une forme, c'est-à-dire une structure. De ce point de vue, elle exprime une certaine logique.

Les hommes, par nature, possèdent la raison qui est une et universelle et qui tend à la vérité. Or, s'ils parlent des langues différentes, entraînant des manières de penser différentes, comment peuvent-ils parvenir à la vérité ?

## D. Les limites des langues

### 1. L'imperfection des langues naturelles

Il y a toujours plus ou moins une inadéquation entre le vouloir dire, le dit et le perçu.

### 2. Le mythe de la langue parfaite

Selon le mythe de Babel, les hommes autrefois possédaient la langue parfaite : la langue adamique (parlée par Adam), langue originelle et transparente qui disait exactement les choses. Mais, par orgueil, ils ont voulu construire une tour qui s'élèverait jusqu'au ciel. Pour les punir et pour les empêcher désormais de se comprendre, Dieu a répandu la confusion parmi leurs langues.

### 3. Les projets de langue universelle :

Si une **langue naturelle** est une langue qui s'est mise en place spontanément au cours du temps, une **langue artificielle** est une langue décidée, construite par l'homme en toute connaissance de cause.

Le projet de langue artificielle apparaît dès le XVII$^{e}$ chez Descartes et Leibniz qui rêvent d'une langue philosophique. À partir du XIX$^{e}$, l'intention est plutôt de réaliser la paix entre les peuples. Les langues artificielles (l'esperanto est la plus connue) sont des langues auxiliaires, des langues internationales.

Toutefois, aucune ne parvient réellement à s'imposer. En effet, elles ne correspondent à aucune culture et sont des langues sans âme, des langues vides.

## E. Le langage permet-il de tout exprimer ?

### 1. Quelles sont les limites du langage ?

D'abord, comme l'explique Bergson, la nécessité de l'adaptation oriente notre perception, forcément sélective : « *Mes sens et ma conscience ne me livrent de la réalité qu'une simplification pratique* » (*Le rire*).

Cette tendance naturelle à découper et simplifier se voit accentuée par l'intelligence qui conceptualise.

Finalement, le langage accentue cet appauvrissement du réel. Parler, c'est mettre un mot sur un concept. Ainsi, « *Nous ne voyons pas les choses elles-mêmes* » ; nous ne voyons que les mots qui sont posés sur elles comme des étiquettes.

Il en va de même pour notre réalité intérieure. On met des mots sur ses sentiments. Or, un sentiment est unique et original.

Est-on dans ces conditions condamné à l'incommunicabilité ?

2. Comment remédier aux insuffisances du langage ?

Il y a de l'ineffable ; l'amour, par exemple, ou l'émotion esthétique. Alors, on se tait.

Cependant, le silence lui aussi demande à être interprété. Il n'est signifiant que dans un certain contexte et notamment parce qu'il se détache sur un fond de paroles. Le silence est donc en fait le complément de la parole. Sans le silence, la parole n'aurait aucun sens.

Enfin, ce que le langage ne peut dire, l'art a le pouvoir de l'exprimer à travers les images. Il apparaît donc comme une sorte de langue universelle.

## Conclusion

Le langage a pour finalité explicite la communication.

En même temps, il est un instrument pour la pensée. Il est donc l'instrument privilégié de la philosophie ; c'est par le dialogue que l'on parvient, chez Platon, à la vérité.

## Les notions à ne pas confondre

**Communication/langage.** La communication est un genre dont le langage est une espèce. Le langage est un moyen de communication mais toute communication n'est pas linguistique.

**Langage/langue/parole.** Saussure établit une distinction très nette entre ces trois termes. Le langage est la faculté, propre à l'espèce humaine, de parler, c'est-à-dire d'émettre des sons articulés. La langue est le code commun pour s'exprimer dans une société ; il y a donc des langues différentes. La parole quant à elle est l'appropriation originale qu'un individu fait de la langue.

## Les repères

**Absolu/relatif.** La pensée est liée à la langue que l'on parle et qui est elle-même relative à une culture donnée. Aussi l'homme est-il condamné à ne jamais trouver et dire la vérité absolue qu'il recherche.

**Abstrait/concret.** Les mots nomment des concepts, c'est-à-dire des abstractions, des produits de l'esprit et non les choses elles-mêmes qui sont concrètes et singulières.

**Concept/image/métaphore.** Les mots (les noms communs) désignent des concepts. Ils sont, comme eux, généraux et abstraits. Le caractère arbitraire du signe linguistique fait qu'ils ne sont pas les images des choses. Il y a toutefois quelques exceptions : à l'oral, les onomatopées (images auditives) et, à l'écrit, les pictogrammes (images visuelles). Le pictogramme est un dessin qui reproduit la forme de l'objet désigné. On en rencontre dans les hiéroglyphes égyptiens, par exemple (un trait ondulé : l'eau), ou dans l'écriture chinoise (« l'homme » est représenté, stylisé par un homme debout, 人). Mais les images ne sont pas forcément des imitations (plus ou moins exactes, plus ou moins figuratives). On peut parler par images (association d'un contenu intellectuel ou psychologique à une réalité concrète) et s'exprimer de manière métaphorique pour mieux rendre compte d'une réalité ou d'un sentiment : le feu de la passion, un amour qui s'enflamme,... Les images sont souvent plus parlantes que les mots. Nous n'en avons pas conscience car elles nous sont devenues naturelles mais nous nous exprimons souvent par métaphores (avoir le cœur brisé, rester scotché, avoir des oursins dans les poches - être radin).

**Contingent/nécessaire.** Il n'y a aucune raison pour qu'un mot soit associé à tel ou tel concept, ou à telle ou telle chose singulière s'il s'agit d'un nom propre. « L'arbitraire du signe » signifie que, virtuellement, une suite de sons quelconque est susceptible de désigner n'importe quel signifié ; le signe linguistique est donc contingent.

**En acte/en puissance.** La pensée existe d'abord en germe, en puissance et s'actualise à travers les mots qui lui font prendre forme.

**Essentiel/accidentel ; Universel/général/particulier/singulier.** Le nom commun qui est attribué aux choses désigne l'essence commune à des choses de même nature. Il porte sur le général.

Il faudra, pour dire l'unicité de la chose concrète, particulière et singulière et la caractériser par ses propriétés accidentelles, recourir à d'autres mots et composer un discours.

**Médiat/immédiat.** Définir le langage comme un instrument de communication sous-entend qu'il est un moyen de saisir les choses. Le langage, qui caractérise la pensée discursive, médiatise mon rapport au monde.

L'intuition est la saisie immédiate et globale de la chose et elle est au-delà du langage.

**Objectif/subjectif/intersubjectif.** Si les mots relèvent d'une tentative pour présenter les choses telles qu'elles sont, de manière objective, avec des définitions claires et impersonnelles (répertoriées dans les dictionnaires), l'individu en réalité nomme les choses telles qu'il les perçoit et il interprète les discours qu'on lui adresse en fonction de ce qu'il est, donc de manière subjective. Le sujet linguistique pour autant n'est jamais un sujet solitaire. La langue est le produit des relations réciproques entre des individus d'une même société. Parler, c'est déjà manifester une altérité en soi.

# ZOOM sur LEIBNIZ (1646-1716) :
*« La langue est un miroir de l'entendement »*
*(L'harmonie des langues)*

## Qui est Leibniz ?

Né en 1646 à Leipzig, logicien, mathématicien, savant, historien, juriste et philosophe, Gottfried Wilhelm Leibniz est un esprit universel qui affirme l'absolue rationalité du réel.

## Quelques faits

Nommé conseiller à la cour suprême de Mayence, Leibniz se voit confier nombre de missions diplomatiques et ne cesse de voyager dans toute l'Europe. Homme de dialogue et diplomate ; ce sont là deux traits de caractère qui se retrouvent dans sa pensée, habile à concilier les contraires.

Leibniz est en contact avec les plus grands esprits de son temps : Arnauld, Huygens, Malebranche, Spinoza, Clarke, l'ami et disciple de Newton avec qui il débat de Dieu, de l'espace et du temps, et bien d'autres.

En 1676, en même temps que Newton, Leibniz invente le calcul infinitésimal. Il devient bibliothécaire à la cour de Hanovre et entame bientôt une histoire de la maison de Brunswick qui l'amène, encore une fois, à parcourir l'Europe en quête des documents nécessaires.

S'il fut l'un des esprits les plus brillants de son temps, c'est néanmoins dans l'indifférence générale que Leibniz meurt à Hanovre en 1716.

## Quelques idées

### Une langue universelle

Logicien, Leibniz veut constituer une langue universelle formelle, la caractéristique universelle, qui noterait par des chiffres les idées simples et permettrait de résoudre tous les problèmes théoriques par le calcul.

### La monade

Les monades (du grec, *monas*, l'« unité ») sont les atomes (spirituels) ou éléments des choses et elles sont des miroirs de l'univers entier que chacune reflète de son point de vue propre : une monade est un point métaphysique qui exprime l'infini. Les monades, donc, se répondent. « Sans porte ni fenêtre », une monade n'agit pas sur une autre, de même qu'un musicien joue sa partie sans regarder les autres, et pourtant, à l'instar du musicien qui s'accorde avec tous, elle est en concomitance avec les autres monades au sein de la plus belle harmonie. Cette concomitance se remarque tout particulièrement à travers **l'harmonie préétablie** qui existe entre l'âme et le corps.

### Dieu

Dieu est la monade des monades, exprimant la totalité de l'univers tel qu'il est. Il est le chef d'orchestre, le grand Harmoniste du monde qui est donc le meilleur des mondes possibles.

## Quelques propos

« *Nous sommes empiriques dans les trois quarts de nos actions.* »

« *Il n'y a jamais dans la nature deux êtres qui soient exactement l'un comme l'autre.* »

« *Ces monades sont les véritables atomes de la Nature ou, en un mot, les éléments des choses.* »

« *Dieu seul (l'Être nécessaire) a ce privilège qu'il faut qu'il existe dès lors qu'il est possible.* » (*Monadologie*)

# FICHE MÉTHODOLOGIQUE

## L'UTILISATION DU PRONOM « JE »

## Ce qu'il faut savoir

La réflexion philosophique est et ne peut être qu'une **réflexion personnelle**.

### A. Exprimer sa pensée sans dire « je »

Un élève a naturellement tendance à exprimer son avis et à **dire « je »** : « *pour moi* », « *je pense que* », « *de mon point de vue* », « *de mon côté* »…

C'est précisément ce qu'il ne faut pas faire ! Dire « je pense que », c'est donner son opinion. Or, il n'y a pas d'opinion philosophique. Philosopher, c'est penser par la raison qui est la même en tous les hommes. La pensée qui est en train de se constituer dans le devoir est donc une pensée qui se présente comme impersonnelle, impartiale et objective.

### B. Quelles formules utiliser ?

Comment alors rédiger ses idées et marquer ses prises de position ? En privilégiant des formules impersonnelles telles qu'on les rencontre en mathématiques. (« *Il apparaît alors que* », « Ne faut-il pas en déduire que ? »…) ou en utilisant éventuellement le « nous » (« *On nous dira peut-être…* », « *À cette objection, nous répondrons que…* » « *À ce stade de notre étude, nous devons nous demander…* »).

### C. Quand peut-on utiliser le « je » ?

On peut dire « je »… quand on ne parle pas de soi ! Prenons un exemple : un élève, Paul, qui passe le bac. Il ne devra en aucun cas écrire « je pense que », « à mon avis », ou autre formule de ce type. En effet, on n'attend pas l'opinion de Paul mais une vérité susceptible de convaincre tous ceux qui liront sa copie. Paul cependant pourra écrire : « *je possède une conscience* » ou « *en tant que sujet, je suis doté d'un libre arbitre* » ou « *si l'inconscient me détermine* », etc. Il est clair que le « je », ici, n'est pas le moi particulier de Paul ; c'est le sujet en général, le je impersonnel en qui chacun peut se reconnaître.

## Un exemple guidé

*Le langage n'est-il qu'un instrument de communication ?*

### A. Le langage est plus qu'un simple instrument de communication

#### 1. Le langage est un instrument de communication

Nous définissons couramment le langage comme la faculté d'exprimer sa pensée à l'aide de mots. Il est par excellence notre instrument de communication.

#### 2. Quelles sont les fonctions du langage ?

Pour autant, le langage ne sert-il qu'à communiquer ? Nous devons ici nous demander : à quelle fin usons-nous de mots et de discours ? Jakobson répond à cette question en distinguant six fonctions du langage.

- La fonction référentielle : le message porte sur un objet extérieur (« la table est en bois »).
- La fonction émotive : le message exprime les réactions affectives de l'émetteur (« bof ! »).
- La fonction conative : le message doit entraîner chez le destinataire une réaction (« tais-toi ! »).
- La fonction phatique : le message porte sur le contact entre l'émetteur et le récepteur et vise à établir et maintenir la communication (« allô ? Tu m'entends ? »).
- La fonction métalinguistique : le message porte sur le code commun au locuteur et au récepteur (« tu veux dire que... ? »).
- La fonction poétique : ici est privilégiée la forme du message (allitérations, euphonie, etc.).

→ Puisqu'il y a six fonctions du langage, nous dirions que le langage ne peut être réduit à UN instrument de communication.

#### 3. Le langage est bien un instrument de communication

Qu'en est-il en réalité ? Observons de plus près les différentes fonctions du langage.

- Fonction référentielle : je communique une information sur un objet.
- Fonction émotive : je communique mon état d'âme.
- Fonction conative : je communique une volonté, un avertissement, un ordre ou un interdit.
- Fonction phatique : je m'assure que la communication est bien possible.
- Fonction métalinguistique : je vérifie le code que j'utilise avec mon interlocuteur et, là encore, je prépare la communication.
- Fonction poétique : je travaille la forme de mon message afin de mieux communiquer.

→ Tous les usages du langage se ramènent bien à une unique finalité : la communication.

#### 4. Le langage n'est pas QU'un instrument de communication

Nous devons maintenant nous demander : la communication est-elle la fin ultime du langage ? Pourquoi communiquer ? Nous communiquons d'abord pour vivre. Mais la parole est aussi, selon Aristote, la capacité de dire le juste et l'injuste et de délibérer pour décider des lois. Ainsi nous communiquons au sein de la Cité pour parvenir au bien-vivre.

→ Le langage, s'il est, et nul ne peut le contester, un instrument de communication ne saurait pour autant se réduire à cette seule fonction. Il est ce qui permet à l'homme de vivre et de s'affirmer comme citoyen.

→ Allons plus loin. Le langage ne pourrait-il être l'instrument d'autre chose que la communication ?

## B. Le langage est un instrument à penser

### 1. Position du problème

Demandons-nous d'abord : qu'est-ce que communiquer ? Échanger des idées, des pensées, des informations, des sentiments. Or, tout échange présuppose l'équivalence des objets échangés. Le langage peut-il se réduire à un tel échange ?

### 2. Il y a une créativité du langage

Bien sûr, dans le dialogue, j'échange des idées avec mon interlocuteur et nous confrontons nos points de vue. Mais, nous parlons parfois d'un « dialogue fructueux » : notre échange a engendré de nouvelles idées. Il y a donc une créativité du langage qui, loin de se borner à la communication des idées, fait naître celles-ci. À l'issue du dialogue, je me suis approprié ma pensée, je pense vraiment et mieux ce que d'abord je ne pensais que confusément ; je sais ce que je pense.

### 3. Parler nous apprend à (bien) penser

Un homme parle une langue. Cette langue est codifiée, elle a des structures grammaticales et syntaxiques. Apprendre à parler, c'est apprendre à donner forme à sa pensée ; c'est apprendre à penser.

La langue que nous parlons est la matrice de nos pensées car « *c'est dans le mot que nous pensons* » (Hegel).

### 4. Le langage est un instrument au service de la vérité

Penser pour quoi ? Découvrir de nouvelles idées, rectifier certaines erreurs… Le langage se révèle être l'instrument par lequel nous parvenons au vrai ou, du moins, nous approchons du vrai.

→ Le langage n'est-il qu'un instrument de communication ? Notre réponse à cette question se précise et s'affine. Le langage, s'il est bien l'outil par excellence de la communication, n'en a pas moins d'autres effets (I) et nous pouvons, au terme de notre deuxième partie, affirmer avec Alain que « *La langue [donc, le langage] est un instrument à penser* » (*Humanités*).

→ Nous remarquons ici que nous avons adopté comme allant de soi la définition du langage comme « instrument » : le langage est un outil qui permet aux hommes de communiquer et, par là, de vivre, de mieux vivre, d'organiser leur existence au sein de la Cité et de penser. Mais a-t-on raison de ne voir dans le langage qu'un simple instrument, un moyen ?

## C. Le langage est la pensée

### 1. Oui, le langage est un instrument à penser

Si le langage se réduisait à un instrument de communication, les mots ne seraient que les vêtements qui habilleraient nos pensées. Or, nous avons établi qu'il n'y avait pas d'idée claire sans les mots. Le langage est un instrument à penser autant qu'un instrument de communication.

### 2. Peut-on toutefois parler d'« instrument » ?

Cependant, qu'est-ce qu'un instrument ? Un outil, un moyen par lequel on produit un certain résultat. L'instrument se distingue de ce qu'il produit ; un couteau n'est pas la viande découpée pas plus qu'une harpe n'est la mélodie qui s'en échappe. « Instrument de la pensée », le langage devrait donc demeurer extérieur à la pensée. Est-ce bien le cas ?

### 3. Le langage est le corps de la pensée

Qui nous dirait « je parle, puis je pense » ? Il semble qu'il y ait entre le langage et la pensée simultanéité et indissoluble union. Pour Oscar Wilde, « *nos pensées naissent tout habillées* ». Il n'y aurait donc pas d'idée avant le mot, en dehors du mot. En d'autres termes, plutôt que les vêtements de la pensée, les mots sont le corps de la pensée, la chair de la pensée et la pensée est langage.

Le langage n'est pas qu'un instrument de communication. Il est chez l'homme LA communication et LA pensée.

# C'est à vous !

Entraînez-vous, d'une part, à présenter un exemple tiré de votre expérience personnelle comme un exemple hypothétique à valeur universelle et, d'autre part, à utiliser le pronom « je » pour parler de « moi qui suis un sujet », n'importe quel homme.

**Quelques sujets...**

La diversité des langues est-elle un obstacle à l'entente entre les peuples ?
Le dialogue est-il le chemin de la vérité ?
Le langage est-il un outil ?

# CHAPITRE 5
# L'art

## Introduction

L'art est la **recherche du beau**. Mais, qu'est-ce que le Beau?
Faut-il définir exclusivement l'art comme la recherche du Beau?
Que faut-il entendre par le jugement « *c'est beau* »?

# I. Qu'est-ce qui fait l'originalité de l'œuvre d'art?

## A. L'art se réduit-il à une technique?

### 1. Quelles ressemblances y a-t-il entre l'art et la technique?

Un mot unique désignait dans l'Antiquité l'art et la technique: *technè* en grec et *ars* en latin.

Tout art en effet présuppose une certaine technique, un savoir-faire. « *La loi suprême de l'invention humaine est que l'on n'invente qu'en travaillant. Artisan d'abord* » (Alain, *Système des Beaux-Arts*).

Cependant, tout artisan n'est pas artiste. L'art présuppose un don qui relève de la nature et de l'inné.

### 2. À quoi reconnaît-on l'œuvre d'art?

Parler de « **beaux-arts** » indique que la fin de l'art est la beauté.

L'objet technique est un objet fonctionnel et qui a valeur de moyen; il est donc fait pour être utilisé. Inversement, l'œuvre d'art est désintéressée, gratuite, destinée à plaire et à être contemplée.

→ La **création** artistique n'est nullement réductible à la **fabrication** technique.

## B. Pourquoi parler de « création artistique »?

### 1. Qu'est-ce que créer?

Au sens strict, la création est production *ex nihilo*, à partir de rien. L'artiste n'est donc pas absolument créateur.

Mais, au sens large, la création désigne la production de nouveauté.

→ L'artiste reproduirait à l'échelle humaine le geste créateur originel.

### 2. En quel sens l'artiste est-il créateur?

L'artiste, à l'instar de Dieu, donne naissance à un monde et à des créatures (les personnages) qui sont à son image. On peut donc affirmer avec Flaubert que « *L'auteur dans son œuvre doit être comme Dieu dans l'univers, présent partout et visible nulle part.* » (*Lettre à Louise Colet*). Ou nous pouvons considérer que l'artiste crée sous le coup de l'inspiration qui est, selon Platon, un enthousiasme, c'est-à-dire une prise de possession de l'homme par le divin. « *C'est par un privilège divin que les bons poètes sont près de nous les interprètes des dieux* » (*Ion*).

## C. L'art est-il un jeu?

### 1. Quelles ressemblances y a-t-il entre l'art et le jeu?

Aux antipodes du travail, l'art et le jeu, enfants du loisir, expriment une quête de **plaisir**.

Tous les deux s'enracinent dans **l'imagination** et créent des illusions. Le métier de l'acteur est bien de « jouer ».

L'art et le jeu témoignent d'un **esprit de liberté** qui les amène à transgresser toutes les lois.

→ L'art, de même que le jeu, est un **moyen d'évasion**.

### 2. L'art n'est pas un jeu

L'artiste est un adulte qui doit gagner sa vie. Il y a donc du sérieux dans l'art et l'on pourrait poser que: « art = jeu + travail ».

On ajoutera que l'œuvre d'art est destinée à un spectateur, fût-il virtuel, et n'accède au statut d'œuvre d'art que dans la conscience de ce spectateur.

→ L'art, sans être un jeu, s'apparente à l'esprit de jeu, c'est-à-dire l'esprit d'enfance.

### 3. L'esprit d'enfance

Pour Baudelaire, « *Le génie, c'est l'enfance retrouvée à volonté* » (*L'art romantique*). En effet, « *L'enfant voit toujours tout en nouveauté; il est toujours ivre.* » Ivre de sensations, de désirs et de vie, l'artiste, lui aussi, ressent les choses en profondeur.

L'ivresse, confirme Nietzsche, si on entend par là l'exaltation de l'âme qui sent les hauteurs des sommets ou les profondeurs de l'abîme, est l'origine et l'effet de l'œuvre d'art: « *L'ivresse exercée par l'œuvre d'art revient à susciter l'état créateur artistique : l'ivresse.* » (*Crépuscule des idoles*).

L'art est une quête éternelle du Beau et l'artiste, n'étant pas absolument créateur, ne peut que s'inspirer de ce que la réalité offre à son regard.

Doit-il alors reproduire la réalité?

## II. L'art est-il une imitation du réel ?

### A. Le réalisme

#### 1. Qu'est-ce que le réalisme ?

Le réalisme est le courant esthétique qui prône l'imitation de la réalité. L'art est donc *mimesis*, copie, reflet du réel.

En conséquence, l'œuvre réussie est celle qui est si ressemblante avec son modèle que l'illusion est parfaite et qu'on la prend pour le modèle. Zeuxis, dit-on, aurait dans l'Antiquité peint une grappe de raisins avec une telle exactitude qu'un oiseau serait venu picorer la toile.

#### 2. Imiter la nature

- L'art doit représenter le beau.
- Or, le beau réside dans la nature.
- Donc, l'art doit représenter la nature : « *L'art imite la nature.* » (Aristote, *Poétique*)
  Mais, pourquoi imiter ? Hume répond : « *L'esprit est mécontent lorsqu'il rencontre une peinture qui ne ressemble à aucun original* » (*Essais esthétiques*).

#### 3. Imiter la nature humaine

Poésie, théâtre, romans, opéras présentent l'intériorité de l'homme. « *La tragédie est une imitation et l'imitation est toujours agréable.* » (Hume).

Il existe un réalisme psychologique qui restitue les sentiments, les désirs qui agitent l'âme humaine.

Il existe de même un réalisme social. Courbet le revendique : « *Être à même de traduire les mœurs, les idées, l'aspect de mon époque* [...] *En un mot, faire de l'art vivant, tel est mon but.* »

#### 4. Le paradoxe de l'art

Certes, la reproduction d'une belle réalité est belle et ne peut que plaire. Mais, il y a de nombreux aspects déplaisants, vulgaires, sordides dans la réalité. Là est le paradoxe de l'art : « *Quelle vanité que la peinture, qui attire l'admiration par la ressemblance des choses dont on n'admire point les originaux !* » (Pascal, *Pensées*).

C'est que l'art introduit dans les choses une dimension esthétique : « *L'art n'est pas la représentation d'une belle chose mais la belle représentation d'une chose.* » (Kant, *Critique de la faculté de juger*).

#### 5. L'art est un libérateur

L'art, selon Aristote, opère une catharsis, une purification de l'âme : il nous purge de nos passions, il nous en libère.

L'art ne peut-il pas s'affranchir de la réalité ?

### B. Critique du réalisme

Hegel utilise un raisonnement par l'absurde. Posons comme principe que l'art doit imiter le réel. Quelles en sont les conséquences ?

- D'abord, l'œuvre d'art est inévitablement condamnée à échouer puisque l'œuvre produite, au mieux, ne fera illusion qu'à un seul de nos sens (« peintures en trompe-l'œil »).
- De même, l'œuvre échoue à nous procurer le plaisir escompté. L'homme éprouve en effet plus de satisfaction devant les instruments techniques, qu'il invente, que devant ce qu'il reproduit.
- L'œuvre réaliste n'a pas de raison d'être. À quoi bon refaire ce qui existe déjà ?
- La conception réaliste de l'art exclut la liberté car il faut que l'artiste s'assujettisse au réel pour copier ce qu'il voit.

Ajoutons encore : qu'en est-il de notre postulat « la nature est belle » ? Baudelaire répond : « *Je trouve inutile et fastidieux de représenter ce qui est, parce que rien de ce qui est ne me satisfait. La nature est laide* [...] » (*Curiosités esthétiques, Salon de 1859*).

## C. Une expression de la conscience

### 1. Peindre l'idéal

Le monde imaginaire rêvé par l'homme, seul, est beau. Rousseau le confirme : « *Hors l'Être existant par lui-même, il n'y a rien de beau que ce qui n'est pas.* » (*Julie ou la Nouvelle Héloïse*).

La réalité n'est alors qu'un support pour l'imagination de l'artiste. Pour « faire beau », l'artiste n'hésitera pas à tricher avec la réalité.

→ L'artiste ne peint pas le monde mais *son* monde.

### 2. Une expression de soi

Quand bien même nous vivons dans le même monde réel, celui-ci éclate, pour ainsi dire, en d'innombrables images qui composent autant de tableaux virtuels. L'œuvre d'art est donc essentiellement subjective.

### 3. Une expression de l'universel

Flaubert aurait déclaré : « *Madame Bovary, c'est moi !* ». Or, nombreux furent les lectrices et lecteurs qui se sont reconnus dans son personnage, à tel point que fut créé le terme « bovarysme ».

Comment puis-je avoir l'impression que l'artiste me parle de moi ?

Hume répond : « *Nous choisissons notre auteur favori comme nous choisissons un ami* [...] *Quel que soit le trait qui l'emporte en nous, il nous met en sympathie particulière avec l'écrivain qui nous ressemble* » (*Essais esthétiques*).

C'est que l'artiste se peint en dépouillant son moi de sa particularité de telle sorte qu'il accède à l'universel : il peint un trait de l'Homme en général, il dresse un portrait de la nature humaine et de « *l'humaine condition* » (Montaigne).

→ L'art introduit le beau dans les choses.

Cependant, à quoi reconnaît-on qu'un objet est beau ?

## III. Comment juger la valeur d'une œuvre d'art?

### A. Qu'est-ce que le goût?

On dira volontiers qu'il y a des hommes de goût: des « connaisseurs », des « amateurs ». Inversement, d'autres, les béotiens, « n'y connaissent rien ». **Le goût** est la sensibilité au beau, la capacité de bien juger de la beauté.

Pour faire comprendre ce qu'est la « délicatesse de goût », Hume utilise un épisode du *Don Quichotte* de Cervantès. Sancho Pança raconte que deux de ses parents ont eu à juger un vin. L'un d'eux lui trouve un petit goût de cuir et l'autre un arrière-goût de fer. Lorsque l'on vide le tonneau, on y découvre une clef attachée à une lanière de cuir. Tel est le goût, qu'il s'agisse d'œnologie ou d'esthétique: il consiste en perceptions fines, subtiles, déliées. Le goût, d'ailleurs, s'éduque.

Mais, au nom de quoi le goût de l'expert serait-il supérieur au mien? C'est que, répond Hume, il y a un consensus au sujet des œuvres d'art. La permanence des œuvres atteste qu'il y a des normes du goût.

Ces normes, quelles sont-elles?

### B. Qu'est-ce que le beau?

Le Beau plaît. Mais, quelle est la nature du **plaisir esthétique**? À quelles conditions disons-nous qu'un objet est beau? Kant répond à ces questions dans la *Critique de la faculté de juger.*

1. L'objet d'une satisfaction désintéressée: « *La satisfaction qui détermine le jugement de goût est désintéressée.* »

Le plaisir s'éprouve dans la sensation: je ressens la sensation d'agréable. Les plaisirs des sens sont des plaisirs intéressés.

Le plaisir esthétique, lui, est un plaisir désintéressé. J'ai plaisir à contempler la chose représentée et le fait que celle-ci existe ou non m'indiffère. « *Le jugement de goût est seulement contemplatif* ».

2. L'objet d'une satisfaction universelle: « *Le beau est ce qui est représenté sans concept comme l'objet d'une satisfaction universelle.* »

- **L'agréable** renvoie à la faculté de désirer. Chacun a sa sensibilité, ses désirs, ses préférences. L'appréciation de l'agréable est donc relative et subjective et l'on a raison de dire « À chacun son goût ». Le jugement portant sur l'agréable se traduit par la formule « CELA ME PLAÎT ».
- En revanche, j'ai le sentiment que le **beau** est plus que l'agréable. J'ai le sentiment que le Beau est un absolu. Ainsi, le jugement esthétique se traduit-il par la formule « CELA EST BEAU ».

Mais, objectera-t-on, il n'y a jamais universalité, dans les faits, du jugement esthétique; aucune œuvre ne fait l'unanimité. C'est que, répond Kant, l'universalité du jugement esthétique est une « universalité subjective ». Elle existe en tant qu'exigence de ma conscience : « *Lorsque quelqu'un juge qu'une chose est belle, il attribue aux autres la même satisfaction, il exige leur accord* ».

### 3. Le beau est ce qui plaît sans concept

Il n'y a pas de concept du beau c'est-à-dire que nul ne possède une définition du beau préalable aux œuvres d'art.

Pourtant, face à une œuvre belle, on sait qu'elle est belle. Le beau s'éprouve mais ne se prouve pas ; et, comme le dit Kant, on ne dispute pas du beau (la dispute argumente) mais on en discute (on échange des avis).

Finalement, comment sait-on qu'une œuvre est belle ? Aucun savoir rationnel n'existe dans le domaine de l'art. Il s'agit plutôt d'un acte de foi. Le mérite de Kant est d'avoir, du moins, défini ce qui se passe en nous lorsque nous disons qu'un objet est beau.

## Conclusion

« *L'art, la religion et la philosophie ne diffèrent que par la forme ; leur objet est le même* » (Hegel, *Esthétique*) et cet objet est l'Absolu.

Née de la raison, la philosophie est une connaissance discursive qui pense par concepts alors que l'art, enfant du désir et de l'imagination, met en scène des situations particulières et parle au cœur. La philosophie est la recherche de la vérité ; l'œuvre d'art est la manifestation sensible du vrai.

## Les notions à ne pas confondre

**Beau/esthétique.** Si le terme « esthétique » est couramment tenu pour synonyme de « beau », l'esthétique est aussi la théorie de l'art et donc de ce qui plaît dans l'art. Or, le beau n'est pas seul à plaire. Le comique, le difforme, le grotesque plaisent et il est des laideurs esthétiques qui fascinent et captivent le regard.

**Fabrication/création.** Il convient de bien distinguer la fabrication, l'acte de façonner la matière, et la création qui est l'art de faire surgir une forme nouvelle de la matière et d'insuffler la vie ou l'esprit à celle-ci.

**Figuratif/réaliste.** Opposé notamment à l'art abstrait, l'art figuratif représente les choses telles qu'elles sont (telles qu'on les voit). Une œuvre d'art peut cependant être réaliste sans être figurative dans la mesure où elle se propose de restituer la quintessence de la réalité et de révéler la réalité. C'est ainsi que Picasso déclare à propos de Guernica : « *Je ne suis jamais sorti de la réalité. Je suis toujours resté dans la réalité de la réalité.* »

**Joli, beau, sublime.** Il n'y a pas seulement entre ces trois termes une différence de degré mais aussi une différence de nature. Le joli plaît et charme sans grandeur. Le beau, né de l'harmonie et la régularité des formes, se contemple dans un plaisir admiratif, désintéressé et serein. Le sublime, analogue au respect kantien, exalte l'âme par sa grandeur et fait naître en elle un appel à l'infini qui ne va pas sans souffrance et trouble.

**Objet/œuvre.** Une œuvre d'art n'est pas un objet parmi d'autres, un simple produit fabriqué, une chose. Elle a une dimension de spiritualité : « *Sous son aspect de chose, l'œuvre d'art n'est justement pas une œuvre d'art ; elle n'est œuvre d'art qu'en tant que spiritualité* » (Hegel, *Esthétique*).

## Les repères

**Absolu/relatif.** L'agréable est relatif ; chacun juge de ce qui lui est agréable. Le Beau s'impose comme un absolu.

**Abstrait/concret.** L'œuvre, concrète, traduit l'idéal, la pensée, les sentiments de son auteur : un monde spirituel que l'on peut qualifier d'abstrait.

**Concept/image/métaphore.** L'art traduit des sentiments en images (ex : *le soleil noir de la mélancolie »* chez Nerval et parfois des concepts (l'art abstrait particulièrement). Il rend sensible les idées abstraites car il parle la langue du cœur (c'est une métaphore). Rousseau s'interroge sur l'origine des langues. *« Comme les premiers motifs qui firent parler l'homme furent des passions, ses premières expressions furent des tropes. »(Essai sur l'origine des langues*, ch. 3). Un trope est le sens figuré d'un mot. Le premier langage de l'homme dut donc être un langage figuré. Ex : la flamme du désir, les griffes de l'angoisse, avoir le cœur brisé,… La première langue est une « *langue de poète* » et la poésie ou la littérature en général parle cette première langue qui est celle des passions et de la sensibilité.

**Croire/savoir ; Persuader/convaincre.** La science nous apporte le savoir, rationnel et froid, objectif et vérifiable. L'art naît du cœur et nous amène à croire et aimer. Ainsi, l'art persuade là où la raison vise à convaincre.

**En acte/en puissance.** L'émotion, la perception, le rêve et la rêverie fournissent autant d'images et d'œuvres virtuelles que l'artiste a le privilège de savoir concrétiser et actualiser en sons, formes, couleurs et mouvements.

**Exemple/preuve.** L'art illustre des idées, des croyances, des connaissances et donne des exemples de comportements humains. Phèdre est un bon exemple de passion amoureuse et des ravages de celle-ci. Freud voit dans la *Gradiva* de Jensen un magnifique exemple de l'importance des rêves (*Le délire et les rêves dans la Gradiva de W. Jensen*). L'art nous permet donc de mieux comprendre. Mais une représentation artistique ne saurait constituer une preuve : l'art n'établit pas qu'un phénomène existe (*Interstellar* de Nolan ne prouve rien sur les voyages dans l'espace et dans le temps) ni qu'une thèse est valide. L'art, comme la vie, fournit des exemples des idées que démontre la philosophie ou qu'établit la science. L'art montre mais ne démontre pas. Il persuade sans convaincre.

**Expliquer/comprendre.** La science explique les choses alors que l'art, comme la philosophie ou la religion, les interprète et les comprend. Il donne sens aux choses.

**En fait/en droit.** * En droit, la valeur d'une œuvre d'art est absolue et, par conséquent, non quantifiable. En fait, le marché de l'art attribue une cote aux artistes et une valeur marchande (donc relative) aux œuvres d'art.

* En droit, le jugement esthétique est universel (je juge au nom de l'humanité). En fait, des éléments anesthétiques parasitent mon jugement esthétique et je ne vois pas toujours ce qui, dans mon appréciation de l'œuvre, relève plutôt de mon goût personnel et de l'agréable.

**Idéal/réel.** Si l'art doit représenter le beau, il se tournera, selon les convictions et le tempérament de l'artiste, vers la réalité concrète ou vers le monde intérieur fait de rêves, d'espoirs et de sentiments. La question est donc : le beau est-il dans les choses ou est-il un idéal ?

**Intuitif/discursif ; Médiat/immédiat.** Science et philosophie sont des connaissances discursives alors que l'art, qui parle au cœur, est intuitif.

L'œuvre d'art nous fait saisir de manière immédiate une vérité sur l'homme.

**Objectif/subjectif/intersubjectif.** L'œuvre d'art ne prétend pas nous montrer le monde tel qu'il est mais seulement le monde tel que le vit et le ressent l'artiste. L'art est donc délibérément subjectif. Il ne nous enferme pas pour autant dans la solitude du sujet. L'artiste par la pensée dialogue avec son public, le spectateur à son tour imagine un dialogue avec l'artiste et les débats entre les spectateurs témoignent que l'idée que l'on a du Beau se construit par nos perpétuels échanges. Juger du Beau suppose la référence à autrui. Autrui (écrit avec majuscule) désigne chez Deleuze la structure du possible : autrui (avec minuscule : un autre) ne perçoit pas les choses comme moi. La structure Autrui me déstabilise. Elle est au cœur de l'intersubjectivité. Et sans elle il n'y aurait pas de jugement esthétique.

L'agréable est purement subjectif alors que nous avons le sentiment que le beau est (objectivement ou plutôt absolument) dans l'œuvre ou la chose considérée.

**Public/privé.** Qu'il s'agisse de créer une œuvre ou de la contempler l'art relève de l'intériorité du moi et donc de la sphère personnelle : il est quelque chose de fondamentalement intime. Mais les œuvres doivent être diffusées pour exister. Le succès de l'art, son accessibilité dépendent d'une politique publique (subventions aux artistes, aux théâtres, gratuité des musées etc.).

**Transcendant/immanent.** Le Beau n'est pas dans les choses, immanent aux choses. Il est un idéal, une valeur transcendante qui dépasse l'expérience sensible et quotidienne.

**Universel/général/particulier/singulier.** Les œuvres d'art que nous contemplons sont concrètes, singulières, toutes différentes les unes des autres. Mais nous les qualifions de « belles » et, ainsi, nous nous référons implicitement à un sentiment universel du Beau.

## ZOOM sur NIETZSCHE (1844-1900) :

*« L'artiste a le pouvoir de réveiller la force d'agir qui sommeille dans d'autres âmes. » (Le Gai Savoir, Fragments posthumes, 17- 17)*

### ▸ Qui est Nietzsche ?

Philosophe de la **transvaluation de toutes les valeurs**, Nietzsche fut l'incarnation de la pensée dynamique, parfois contradictoire, à l'image de la vie.

### ▸ Quelques faits

Né le 15 octobre 1844, à Röcken, en Saxe (Prusse), d'une famille ecclésiastique luthérienne, Friedrich Nietzsche voit les premières années de sa vie placées sous l'ombre de la souffrance et de la folie : la raison de son père s'est égarée un an avant sa mort.

Tout au long de ses études, Nietzsche se montre un élève brillant et un excellent helléniste.

Il commence cependant à son tour à souffrir de violents maux de tête et de troubles visuels. Sa vie durant, il connaîtra des crises d'une insupportable douleur.

À 24 ans il est nommé professeur de philologie à Bâle en Suisse.

Jeune philosophe, Nietzsche est fasciné par le pessimisme de **Schopenhauer**. Amoureux de musique et musicien, il est tout autant captivé par la musique de **Wagner**. L'amitié qui se noue entre les deux hommes est intense et la déception bientôt n'en sera que plus douloureuse.

À partir de 1879, trop malade pour continuer à enseigner, Nietzsche obtient une pension et renoue avec une vie itinérante… qui le mène à Turin où, le 3 janvier 1889, un accès de démence le jette au cou d'un cheval frappé par son cocher.

C'est à Weimar, en Allemagne, que Nietzsche, aliéné, meurt le 25 août 1900, après de longues années d'apathie et d'inconscience.

### ▸ Quelques idées

Artiste et poète dans l'âme, Nietzsche écrit souvent par aphorismes, des textes très courts qui sont autant de fulgurances intellectuelles, de même qu'il s'exprime volontiers par métaphores.

#### Dionysos et Apollon

Nietzsche oppose Dionysos, qui symbolise la force de vie, dynamique, exubérante, créatrice et joyeuse, à Apollon, le dieu de l'ordre et de la mesure, de la vérité rationnelle et froide, de la perfection classique.

### Le devenir

Comme l'enseignait Héraclite, le combat est père de toutes choses, le monde est en perpétuel mouvement.

### La mort de Dieu et la morale des faibles

Pourfendeur de la métaphysique classique issue du platonisme, de la morale traditionnelle et de la religion, qui, toutes, déprécient la vie sensible au nom de vérités prétendues supérieures, Nietzsche proclame la mort de Dieu. La morale issue du christianisme est le résultat d'une force réactive, d'une volonté de puissance dénaturée qui, n'arrivant plus à vivre, s'affirme dans le mépris de la vie. C'est la morale des faibles et du grand nombre.

### La volonté de puissance

La volonté de puissance est, dans la logique de la vie, affirmation de soi, création de soi, dépassement de soi, perpétuel mouvement vers un plus de vie. Cette volonté de puissance authentique et saine s'incarne dans les figures de l'artiste et du surhomme qui aspire toujours à se dépasser.

### L'éternel retour

Enfin, la vision de « l'éternel retour du même », par laquelle le sujet envisage que tout ce qu'il a vécu se répète, encore et encore, dans un cercle sans fin, est le test décisif qui permet d'évaluer son amour de la vie. Qui accepte joyeusement l'éternel retour est le fort qui aime vivre.

## Quelques propos

« *L'homme est une corde tendue entre l'animal et le surhomme – une corde au-dessus de l'abîme.* » (*Ainsi parlait Zarathoustra*, Prologue, 4)

« *Aux contempteurs du corps je veux dire leur fait.* » (*Ainsi parlait Zarathoustra*, I)

« *Pour vivre seul, il faut être une bête, ou un dieu, dit Aristote. Reste un troisième cas : il faut être les deux à la fois… philosophe…* » (*Le crépuscule des idoles*, maximes et traits, 3)

« *Aie souci de n'être fidèle qu'à toi-même.* » (*Le gai savoir*, « Plaisanterie, ruse et vengeance », 7)

# FICHE MÉTHODOLOGIQUE

## LES EXEMPLES

### Ce qu'il faut savoir

#### A. Se familiariser avec le sujet

Vous avez tout intérêt, dès le début de votre réflexion, à chercher quelques exemples qui vous permettront d'apprivoiser votre sujet.

#### B. Un exemple illustre une idée

Attention ! Si les exemples favorisent la compréhension du problème et suscitent les idées, il faut, au moment de la rédaction, inverser l'ordre de présentation et « découvrir » l'idée pour ensuite seulement l'illustrer par l'exemple.

#### C. Utiliser des exemples artistiques

N'oubliez jamais que l'art parle de l'homme et de la condition humaine et que vous trouverez donc toujours une œuvre pour illustrer votre propos, quel que soit le sujet traité.

#### D. Ou d'autres exemples

L'histoire recèle une mine d'exemples à travers les actions, les cas de conscience et les choix des grands hommes mais elle fourmille aussi d'anecdotes diverses qui, toutes, peuvent enrichir et confirmer une réflexion.

Aussi, chaque année offre son lot de lapsus chez les hommes politiques, de conflits, de débats sur un phénomène de société… L'actualité pourra donc fournir l'amorce de l'introduction pour amener un sujet ou illustrer une idée en cours de devoir.

## Un exemple guidé

*Une œuvre d'art peut-elle être belle et ne pas me plaire ?*

### A. En droit, une œuvre d'art plaît nécessairement

1. Œuvre d'art = œuvre belle

Une « œuvre d'art » est traditionnellement définie comme une œuvre belle. L'homme ordinaire citera ici spontanément la *Joconde* de Léonard de Vinci : une femme à l'expression énigmatique au premier plan, que le sfumato du maître nimbe de mystère.

2. L'œuvre d'art (œuvre belle) plaît

Quelle est notre réaction face à cette œuvre d'art ? Un sentiment de satisfaction : le beau plaît et l'on parlera de plaisir esthétique. Baudelaire est subjugué par la musique de Wagner : « *Il me semblait que cette musique était la mienne, et je la reconnaissais, comme tout homme reconnaît les choses qu'il est destiné à aimer.* » Van Gogh quant à lui se désespérait de voir que sa peinture ne plaisait pas ; ses tableaux n'étaient pas considérés comme des œuvres d'art.

3. L'œuvre d'art plaît nécessairement et de manière universelle

Comme le dit Kant : « *Le beau est ce qui est représenté sans concept comme objet d'une satisfaction universelle.* »

→ Le Beau est, par essence, ce qui doit plaire à tous.

→ Pour autant, les choses sont-elles toujours ce qu'elles doivent être ?

### B. En fait, il y a des œuvres belles qui ne me plaisent pas

1. Qu'est-ce qui me plaît ?

*La Joconde* fait l'unanimité. Pour autant, ME plaît-elle nécessairement ? Ce qui me plaît est ce qui flatte mes goûts, ce qui m'est agréable. L'agréable, comme l'explique Kant, est relatif et subjectif. **Rousseau aimait la musique italienne. Il n'aimait pas Rameau**.

2. Une œuvre, bien que belle, ne peut plaire à tous

On dit couramment « à chacun ses goûts ». Selon l'époque, la culture, les modes etc., on aimera les femmes rondes ou très minces, les nus plantureux de Botero ou les Tanagra… On aimera une œuvre figurative et pas un tableau cubiste, on pleurera à la mort du cygne dans le ballet de Tchaïkovski ou on bâillera d'ennui.

Même si je reconnaissais la beauté de tous les chefs-d'œuvre que l'on me présenterait, inévitablement, certains me plairont plus que d'autres.

### 3. Inversement, l'objet qui me plaît n'est pas forcément beau

Je peux me délecter de films d'horreur, voir et revoir la série des *Gendarme* et me tordre de rire aux grimaces de Louis de Funès, dévorer des romans à l'eau de rose, succomber aux charmes du dernier chanteur à la mode… je n'irais pas jusqu'à affirmer que ces œuvres qui me plaisent tant sont belles. J'établis une différence entre « j'aime/j'aime bien/j'aime beaucoup » et « cela est beau ».

→ Le beau, donc, n'est pas l'agréable et ne me plaît pas forcément.

→ Mais, si une œuvre d'art ne me plaît pas, comment puis-je l'apprécier?

## C. On apprécie une œuvre belle mais on aime l'agréable

La réflexion semble mener à une aporie: comment une œuvre d'art peut-elle à la fois plaire (elle est belle) et ne pas me plaire (je ne l'aime pas)?

### 1. Deux sortes de plaisir

L'agréable procure un plaisir sensoriel, sentimental ou affectif: un plaisir sensible, lié à ce qui fait que je suis moi. Je dirais donc « cela me plaît », « j'aime cet objet ».

Le Beau, lui, est ce qui plaît universellement: il procure un plaisir qui n'est ni sensible ni intéressé. Plaisir intellectuel? Disons que l'on *apprécie* le beau et qu'un homme de goût sait faire la part des choses et dire « cette œuvre est belle mais je ne l'aime pas ». Par « cette œuvre est belle », il juge au nom de l'humanité dont il est le porte-parole. Lorsqu'il ajoute « elle ne me plaît pas », il juge en son nom propre en tant que moi sensible, donc particulier.

### 2. Comment distinguer le plaisir esthétique de l'agréable?

Les critiques d'art, les experts, les esthètes tendent au jugement esthétique pur, libéré de tous les parasites liés à la singularité de chacun. Mais un homme, en dépit de tous ses efforts, reste un homme et ne peut s'empêcher de préférer telle ou telle œuvre. Grande est alors la tentation de rejeter du domaine de l'art et du Beau ce que simplement on n'aime pas. La photographie, nous dit Lamartine, n'est et ne peut être un art. Il n'est qu'à feuilleter des revues de cinéma pour constater que les plus grands critiques sont loin de toujours s'accorder.

### 3. Comment savoir si une œuvre est belle? Le jugement esthétique pur est un idéal

Pourquoi est-il si difficile à un homme de tracer la frontière entre l'agréable et le beau? Hume écrivait: « *Nous choisissons notre auteur favori à la manière d'un ami* ». Rappelons toutefois qu'il est possible d'apprécier et de respecter quelqu'un sans pour autant l'aimer. On peut même ne pas supporter une personne que l'on reconnaît comme quelqu'un de bien.

Le beau plaît; il reçoit notre admiration et on le respecte. Mais il peut ne pas plaire totalement, il peut ne pas nous charmer. On atteint ici les limites de l'œuvre d'art qui, de fait, se heurte à la sensibilité de chacun mais on découvre en même temps le mystère de ce Beau ineffable qui se dérobe si on prétend le définir.

## C'est à vous !

Cherchez dans votre culture personnelle quelles œuvres vous connaissez et pourriez exploiter (essayez de faire preuve d'un peu d'originalité). Renseignez-vous également sur les œuvres citées ici ; cherchez les reproductions des tableaux sur internet. Le but est de vous fabriquer une liste d'exemples que vous maîtriserez le jour de l'épreuve. Relisez ensuite le cours et, pour chacune de ses grandes idées, rédigez un paragraphe d'explication avec son exemple.

**Quelques sujets...**

Sans l'art parlerait-on de beauté ?

Les œuvres d'art éduquent-elles notre perception ?

L'artiste est-il maître de son œuvre ?

# CHAPITRE 6
# Le travail

## Introduction

- D'un point de vue physique, le travail est une **dépense d'énergie**.
- Ensuite, on désignera comme travail l'**activité utile**.
- Pour la société, le travail est l'activité **rémunérée**.
- D'un point de vue général, et plus philosophique, on entend par travail toute **activité productrice**. Il s'agit de produire un objet, une chose (une paire de chaussures) ou un service (un cours, une vente…).

Le mot « travail » vient du latin *tripalium* (triple pal), un instrument de torture. Il est synonyme de « labeur » qui vient de *labor*, « souffrance ».

Le travail est-il réellement une activité contre-nature ?

# I. Nature du travail

## A. Une activité spécifique

### 1. « L'homme est le seul animal qui soit voué au travail » (Kant, *Réflexions sur l'éducation*)

- L'activité animale est purement physique. Inversement, le travail suppose la conscience, l'intelligence.
- L'activité animale est instinctive. Au contraire, chacun l'expérimente en lui-même, rien, en nous, ne nous pousse à travailler. « *Ne rien faire est la première et plus forte passion de l'homme après celle de se conserver* » (Rousseau, *Essai sur l'origine des langues*).
- Programmée par la nature, l'activité de l'animal se conforme aux limites prescrites par la nature. L'homme, au-delà du strict nécessaire, produit du superflu.
- Enfin, la perfectibilité, ou aptitude à se perfectionner, est le propre de l'homme et le travail également évolue.

→ L'homme est un animal *laborans* : « *Les hommes commencent à se distinguer des animaux à partir du moment où ils se mettent à produire leurs moyens d'existence* » ; (Marx et Engels, *L'idéologie allemande*).

Mais pourquoi l'homme, seul, travaille-t-il ?

#### 2. Travail et raison

##### a. L'intelligence et la main

Pour Aristote, « *L'homme travaille parce qu'il a des mains* » (*Les parties des animaux*). La main humaine est la seule à avoir le pouce opposable aux autres doigts. Ainsi, « *La main semble bien être non pas un outil mais plusieurs, car elle est, pour ainsi dire, un outil qui tient lieu de tous les autres.* »

Or, pour que la main soit réellement utile, encore faut-il que celui qui la possède puisse concevoir toutes ses fonctions : « *L'homme a des mains parce qu'il est le plus intelligent* ».

##### b. Penser et faire

Pour Marx, « *Ce qui, d'emblée, distingue le plus mauvais architecte de l'abeille la plus experte, c'est qu'il a construit la cellule dans sa tête avant de la construire dans la ruche* » (*Le capital*). Le travail incarne dans la matière une forme qui a d'abord existé à titre de représentation, d'image mentale.

### B. Pourquoi travailler ?

#### 1. Une nécessité vitale

Poussé par l'instinct de conservation, l'homme entre dans une lutte contre la nature, pour la conquérir et se la soumettre. « *Le travail est d'abord un acte qui se passe entre l'homme et la nature* » (Marx, *Le Capital*).

#### 2. Une nécessité sociale

L'homme est un « *animal politique* » qui vit dans le cadre de la Cité. Il a des devoirs de citoyen et travailler en fait partie.

#### 3. Une nécessité psychologique

Il arrive qu'un individu soit passionné par son travail. « *S'il est choisi librement, n'importe quel métier engendre ses joies* » (Freud, *Malaise dans la civilisation*).

#### 4. Une nécessité métaphysique

L'homme, nous dit Pascal, est misérable et ne supporte donc pas le face-à-face avec lui-même. Il cherche à se fuir en s'étourdissant dans un tourbillon incessant d'activités. C'est le divertissement : la chasse, les voyages, le jeu, la conversation des femmes… De ce point de vue, il apparaît que le travail est le divertissement par excellence, puisque, de toutes nos activités, il est la plus universelle, la plus prenante, la plus absorbante.

→ On travaille pour faire taire l'angoisse existentielle, trouver un sens à son existence et fuir l'ennui : « *Il faut travailler, sinon par goût, du moins par désespoir, puisque, tout bien vérifié, travailler est moins ennuyeux que s'amuser.* » (Baudelaire, *Mon cœur mis à nu*).

Qu'est-ce que le travail nous apporte ?

## II. Ambiguïté du travail

### A. Le travail-servitude

#### 1. Travail et contrainte

##### a. Les contraintes du corps

Travailler, c'est être esclave de la vie, manifester que notre âme est assujettie au corps.

##### b. Une fatalité

Dans la tradition judéo-chrétienne, suite au péché originel, l'humanité fut condamnée au travail et à la souffrance :

« *Tu gagneras ton pain à la sueur de ton front* ».
« *Tu enfanteras dans la douleur* ».

##### c. La perte de l'indépendance

Rousseau distingue deux sortes de dépendances.

D'une part, il y a la dépendance à l'égard des choses (nous avons besoin, pour vivre, d'objets extérieurs). Elle est naturelle, donc négligeable.

D'autre part, il y a la dépendance à l'égard des autres qui, elle, est contre nature. La nature en effet veut que chaque homme, doté de conscience, n'appartienne qu'à lui-même et soit son propre maître. Mais la société crée des rapports de dépendance mutuelle que renforce le travail.

#### 2. Travail et loisir

Dans la Cité grecque, l'homme libre ne travaille pas ; il est l'homme du loisir qui est le temps de la réflexion et notamment de la philosophie et de la politique.

De nos jours, travail et loisir alternent dans la vie de l'individu. Dans le loisir, je choisis ce que je veux faire et les loisirs (au pluriel) sont synonymes de plaisirs.

Mais le travail est-il vraiment ce qui nie notre liberté ?

### B. Le travail, condition de la liberté

#### 1. Une maîtrise de la nature

Le travail est une **domestication de la nature**. Nous sommes sortis du monde sauvage pour vivre dans un monde humain.

#### 2. La dialectique du maître et du serviteur chez Hegel

À l'issue de la lutte pour la reconnaissance, la conscience qui n'a pas tremblé devant la mort est reconnue ; c'est la figure du maître. L'autre conscience est le serviteur.

Le maître, reconnu comme libre, n'affronte pas le monde. Il veut, il ordonne et il consomme ce que le serviteur lui apporte.

Le serviteur, lui, aux ordres du maître, doit travailler pour satisfaire les exigences de celui-ci en refrénant ses propres désirs. Ainsi, il entre en lutte avec la nature. Or, dans cette lutte, il prend conscience de lui-même : s'il façonne les choses et leur imprime sa marque, c'est bien qu'il est lui-même autre chose qu'un être naturel. Par le travail, l'homme se prouve sa liberté.

Finalement, on arrive à un renversement dialectique. Le serviteur, en s'émancipant de la nature, s'affirme comme un être libre qui n'a aucun besoin de son maître. Inversement, le maître, s'il a le statut théorique d'homme libre, ne peut se passer de son serviteur. Il est esclave de son esclave. (*Phénoménologie de l'esprit*, – Conscience de soi - IV, A III (Maître et esclave))

→ Sans le travail, la liberté demeure seulement théorique.

Le travail réalise l'homme et rend effective sa liberté. Pourtant, il reste perçu comme une activité contre nature.

Le travail est-il bien toujours tel que nous l'avons défini ?

## III. L'aliénation du travail

Le travail peut-il ne pas être émancipateur ?

Il faut, dit Marx, commencer par observer la réalité économique et sociale. Alors on comprend que le travail est aliéné.

### A. Les causes de l'aliénation

On assiste, dans la société industrielle de la fin du XIXe siècle, à une extension considérable du **machinisme**.

Cela va de pair avec une **division du travail** croissante.

Et on est dans un mode de production capitaliste qui repose sur l'**exploitation de l'homme par l'homme**, l'exploitation de l'ouvrier (le prolétaire) par le bourgeois.

Tous ces facteurs se conjuguent pour aboutir à ce que Marx nomme l'aliénation du travail.

À quoi reconnaît-on qu'un travail est aliéné ?

### B. Les caractères du travail aliéné

- Au travail libre, qui permet d'affirmer son talent et sa personnalité, s'oppose le **« travail forcé »** que l'individu effectue dans le seul but d'assurer sa subsistance.
- Le travail forcé et aliéné, c'est par excellence celui de l'**ouvrier** qui ne se reconnaît pas et ne peut pas se reconnaître dans ce qu'il fait.
- L'ouvrier n'exécute qu'une partie du produit fini. Ainsi, *le sens de son travail* lui échappe et il n'en tire aucune gratification.
- Enfin, le prix de son travail est un *salaire minimal* qui lui permet uniquement de reproduire sa *force de travail.*

→ Donc, l'homme voit, en fait, son humanité niée par son travail.

L'aliénation du travail et du travailleur se manifeste dans toutes les sociétés et à toutes les époques. Elle est, pour Marx et Engels un mal inhérent au capitalisme. Elle culmine dans le travail à la chaîne.

### C. Un exemple : le travail à la chaîne

Le travail à la chaîne est le résultat de la division du travail poussée à l'extrême et qui a l'avantage d'augmenter considérablement la productivité.

Friedmann ajoute aux analyses de Marx une psychosociologie du travail à la chaîne qu'il nomme « travail en miettes » (*Le travail en miettes*).

- Le geste, répétitif et monotone, entraîne la lassitude et une indifférence à l'entourage.
- L'ouvrier, qui n'exécute qu'une petite partie du produit fini, travaille sans compréhension, aveuglément, et par là aussi sans fierté.
- Cette vie abrutissante que l'on mène à l'usine entraîne une fuite des responsabilités car le « bon ouvrier », c'est l'ouvrier docile, ponctuel, assidu, qui exécute tout ce qu'on lui ordonne sans un mot, telle une machine.
- Le travail, pénible et fastidieux, use le travailleur : il génère un stress diffus, une tension nerveuse, une asthénie, des insomnies…
- Finalement on assiste à une érosion de la personnalité qui se répercute sur le temps de loisir. L'ouvrier est si épuisé par son travail qu'il n'a plus d'énergie pour ses loisirs qui sont eux-mêmes aliénés et abrutissants.

## Conclusion

Le travail est l'un des aspects de la condition humaine. Il est construction : construction d'un monde humain, construction de l'humanité, construction de soi.

Il est aussi une condition sine qua non de la liberté ne serait-ce que parce que « *pour être libre, l'homme doit s'être libéré des nécessités de la vie.* » (Arendt, *La Crise de la culture)*

Cependant le travail n'est pas toujours ce qu'il doit être. Il peut nous asservir voire nous abrutir.

- Comment surmonter l'aliénation du travail ? Comment organiser le travail de telle sorte que chacun puisse s'y épanouir ?

L'homme s'efforce de lutter contre sa propre aliénation avec la naissance et le développement du syndicalisme, les mouvements sociaux et, plus récemment, l'exigence d'un « commerce équitable ». Une lutte à poursuivre et intensifier.

## Les notions à ne pas confondre

**Activité/travail.** Le travail est une activité, une action. Toute activité cependant n'est pas travail (le bénévolat, le jeu, les activités des retraités etc.).

**Le divertissement/les divertissements ; Se divertir/s'amuser.** Si les divertissements (au pluriel) sont pour nous synonymes d'activités plaisantes et agréables (des passe-temps, des amusements), le divertissement chez Pascal désigne une permanente fuite en avant : il s'agit de s'agiter, de s'affairer, d'être pris dans le tourbillon d'une activité incessante afin d'ajourner indéfiniment la prise de conscience de sa condition. Le travail et la guerre relèvent du divertissement pascalien.

**Le loisir/les loisirs.** On entend par « le loisir », le temps où l'on ne travaille pas, le « temps libre », et par « les loisirs » les activités, agréables le plus souvent et choisies, auxquelles on consacre son temps libre.

## Les repères

**Abstrait/concret.** Pour Marx, il ne faut pas étudier « l'homme spirituel, abstrait » mais plutôt « l'homme réel, charnel » et, de même, il ne faut pas se limiter à une analyse théorique du travail mais observer ses formes concrètes, ce qui permet de constater son aliénation.

**Concept/image/métaphore.** Le travail est conçu comme l'activité contrainte par excellence, répétitive et parfois absurde. Il est sans fin. Le mythe de Sisyphe, condamné pour l'éternité à rouler un énorme rocher au sommet d'une montagne pour le voir aussitôt retomber, est en ce sens l'image de la condition humaine. Quel que soit le métier que l'on exerce, « il faut pousser son rocher » ; c'est une métaphore, de même que les expressions « se tuer au travail » ou « se noyer dans son travail ».

**En acte/en puissance.** Il existe en l'homme un certain nombre de germes ou potentialités qui s'actualisent par le travail et c'est en ce cela que le travail est une réalisation de soi.

**En fait/en droit ; idéal/réel ; théorie/pratique.** En droit (dans l'idéal/théoriquement), le travail est la vocation de l'humanité, ce par quoi l'homme se réalise et réalise sa liberté dans le monde.

Mais, en fait (en réalité/en pratique), c'est-à-dire concrètement, les conditions matérielles, économiques et sociales dénaturent le travail. Le travail aliéné dépossède l'homme de sa pensée et de sa liberté.

Le travail authentique serait celui qui serait pleinement conforme à son essence et l'activité de l'artiste en est le meilleur exemple.

**Formel/matériel.** Travailler signifie donner forme à une matière, incarner dans cette matière une forme abstraite conçue ou imaginée par l'esprit.

**Légal/légitime.** Le travail aliéné, encadré par les lois, est légal et néanmoins illégitime pour une conscience éprise de véritable justice.

**Obligation/contrainte.** L'homme est contraint de travailler, à la fois par la nature et la société ; il lui faut travailler pour vivre et obtenir soit les objets nécessaires à sa subsistance, soit le salaire qui lui permet de les acquérir.

Travailler est aussi une obligation, un devoir que la raison nous impose à la fois en tant que citoyen et en tant qu'homme destiné à l'humanité.

**PRINCIPE/CAUSE/FIN.** Aristote distingue quatre causes et, afin de mieux les faire comprendre, il prend l'exemple d'une statue de marbre. Pourquoi cette statue existe-t-elle? Il y a d'abord la *cause matérielle* qui correspond à « ce dont la chose est faite » (ici, le marbre). Travailler, c'est façonner une matière. Il y a ensuite la *cause efficiente*: l'agent qui provoque la transformation (le sculpteur). Le travailleur est cause efficiente du produit fini. Il y a aussi la *cause formelle*: la forme de la chose, son idée, sa nature ou essence (le sculpteur qui veut réaliser une statue d'Achille a en tête une forme autre que celle d'Hercule ou de Zeus et c'est cette forme qui organise son travail). Dans le travail authentique le travailleur a un projet qu'il veut concrétiser. Et il y a enfin la *cause finale*, c'est-à-dire le résultat à atteindre, le « ce en vue de quoi » la chose est produite (l'intention qu'a le sculpteur de vendre sa statue ou bien de l'offrir). – Quel que soit l'objet produit on peut dire que la cause finale ou la *fin* du travail est toujours le maintien ou l'amélioration de la vie humaine. – Et le monde du travail est régi par le principe de finalité, « la nature ne fait rien en vain », dès lors que l'on substitue « l'homme » à « la nature »: « l'homme ne fait rien en vain ».

## ZOOM sur HEGEL (1770-1831):
*« C'est par la médiation du travail que la conscience vient à soi-même. » (Phénoménologie de l'esprit, (B) IV-A)*

### Qui est Hegel?

Georg Wilhelm Friedrich Hegel est le philosophe dont la pensée totalisante veut saisir l'**Absolu**.

### Quelques faits

Né à Stuttgart, Hegel, durant ses études au séminaire protestant de Tübingen, fréquente le poète romantique Hölderlin et Schelling. Ils vont être, à la suite de Fichte, les principaux représentants de l'**idéalisme allemand**.

Hegel travaille comme précepteur avant d'obtenir un poste de maître de conférences à l'université d'Iéna. Profondément marqué par la révolution française et l'épopée napoléonienne, il voit en 1806 dans cette ville Napoléon, « l'Esprit du monde à cheval ».

Nommé à Berlin, ses cours sur l'histoire, l'esthétique, le droit, sont réputés. Les étudiants affluent et notent scrupuleusement ses paroles.

Promu recteur de l'Université, le philosophe meurt du choléra en 1831. La publication des notes de ses étudiants va permettre de compléter et conserver sa doctrine.

## Quelques idées

Le système de Hegel se présente comme une encyclopédie qui saisirait tous les aspects du savoir et de la réalité.

### Les trois figures de l'Absolu

L'**art**, pour Hegel, est la manifestation sensible de l'idée. La **religion** est un dépassement de l'art car l'esprit y prend conscience de lui-même et de sa propre infinité mais cette infinité est posée comme extérieure. La **philosophie** représente le savoir absolu : l'esprit se connaît lui-même comme esprit absolu.

### La dialectique

La dialectique définit ce mouvement qui, dans la pensée et dans le réel, progresse en dépassant ses propres contradictions. Chaque moment est affirmé, puis nié dans un autre qui le dépasse, c'est-à-dire le supprime tout en le conservant.

### La conscience

*La phénoménologie de l'esprit* présente le mouvement dialectique de la conscience qui, d'abord essentiellement conscience d'objet, devient conscience de soi et conscience d'autrui, et enfin raison qui se connaît elle-même et parvient au savoir absolu. À l'intérieur de ce mouvement par lequel la conscience passe de la certitude à la vérité, la dialectique du maître et du serviteur inverse les rôles en montrant comment le serviteur se libère de la nature et du maître par son travail.

### La liberté

Entièrement rationnelle, l'**histoire universelle** est la réalisation de l'Esprit et de la liberté, la prise de conscience de cette liberté qui est l'essence de l'Esprit. Nous vivons aujourd'hui dans l'État de droit : l'État moderne qui est la condition de réalisation effective de la liberté.

## Quelques propos

« *La substance, l'essence de l'esprit est la liberté.* » (*Leçons sur la philosophie de l'histoire*)

« *La fin de l'esprit, comme conscience, est d'identifier son phénomène avec son existence, d'élever à la vérité la certitude de soi-même.* » (*Phénoménologie de l'esprit*)

« *L'art a pour objet la présentation de la vérité.* » (*L'esthétique*)

« *C'est à la tombée du jour que l'oiseau de Minerve prend son envol.* » (*Principes de la philosophie du droit*, Préface)

# FICHE MÉTHODOLOGIQUE

## RÉDIGER UNE PARTIE AVEC DES TRANSITIONS

## Ce qu'il faut savoir

Une partie commence par formuler l'un des problèmes du sujet, sous forme de question ; c'est **l'amorce**, le chapeau introductif.

Toute la partie établit une réponse à cette question : une **thèse**.

Cette thèse se construit par une réflexion progressive, ce qui implique des **paragraphes**.

Toutes les idées et tous les paragraphes doivent impérativement être articulés par des **transitions**. Ces **articulations logiques** ne se réduisent pas à l'emploi de vagues « mots de transition » que l'élève emploie pour faire joli mais qui souvent ne signifient rien ; « de plus », « en outre », « par ailleurs » « ensuite », loin d'articuler des idées, signalent que l'on passe sans aucun rapport d'une idée à une autre. Il faut donc travailler à rédiger des **phrases de transition**.

Toute partie se termine par un **bilan** qui résume, de manière claire et précise, la réponse qui vient d'être apportée et développée.

Cette réponse toutefois n'en laisse pas moins subsister certaines difficultés ou pose un nouveau problème que l'on formule avec une **question de transition** qui permet de passer à la partie suivante (sauf, bien évidemment, dans la troisième et dernière partie).

Voici quelques exemples.

### A. Amorcer un premier paragraphe

Que nous dirait ici la conscience commune ?

À la question « … ? », on répondrait spontanément : …

Que nous apprend l'expérience courante ?

Tout d'abord, il convient de se demander : « qu'est-ce que… ? »

### B. Expliquer une idée

Tout d'abord,

Dès lors, nous voyons que/nous comprenons que…

En allant plus loin, on s'aperçoit que...
En d'autres termes...

## C. Ajouter une idée qui complète la thèse

Encore faut-il ajouter que.../ Ajoutons ici que...
Rappelons que/Nous rappellerons que/Il ne faudrait pas oublier que...
Il convient de préciser...
Cette idée d'ailleurs se vérifie par une expérience toute simple : ...

## D. Confirmer une idée

En effet/Effectivement...
Comment en douter?......
Cette idée/réponse est incontestable puisque/dans la mesure où...
X (philosophe, artiste, savant ou autre) en donne lui aussi la confirmation : ...

## E. Formuler une objection

Mais/Cependant/Toutefois/Néanmoins...
On pourrait sans doute nous objecter que...
On nous dira peut-être...

## F. Réfuter une objection

À cela nous répondrons...
Nous répondrons que...
Nous rappellerons que... Et que, par conséquent...

## G. Formuler une conséquence

Donc/Par conséquent/En conséquence
À ce stade de notre étude, nous devons déduire que...
Il est par conséquent évident, à ce stade de notre analyse...

## H. Amener un bilan

Au terme de cette première partie, nous déduisons clairement que : ...
Cette étude nous permet donc de fournir une première réponse au sujet : ...
Finalement, il est clair que...
Bref/Pour résumer/Si nous résumons...
Ainsi, pour... (la conscience commune/un philosophe/un courant philosophique) il est clair que...

## I. Quelques questions de transition

Cependant, toute logique que soit cette première réponse, s'accorde-t-elle avec l'expérience?

Que vaut cette première réponse ?
Qu'en est-il en réalité ?
Pourtant… (formuler une objection). – Comment résoudre cette contradiction ? – Comment sortir de ce paradoxe ?
Faut-il pour autant en déduire que… ?
Que nous dirait X (philosophe ou autre) sur ce point ?

## Un exemple guidé

*Gagne-t-on sa vie en travaillant ?*

### A. Le plan proposé

**I. Travailler, en droit, c'est GAGNER sa vie**

**Transition** : Si on gagne sa vie en travaillant, comment comprendre que tant de gens déclarent « se tuer au travail » ?

**II. En fait, on peut PERDRE sa vie en travaillant**

**Transition** : Cette prise de conscience nous amène à remettre en question notre rapport au travail. À quelles conditions peut-on être assuré de gagner sa vie en travaillant ?

**III. Comment gagner sa vie en travaillant ?**

**Note.** La formulation du plan utilise le repère « en fait/en droit ».

### B. Rédiger la première partie

En **(gras)** sont indiquées les étapes du raisonnement.

Les réponses au sujet et les transitions sont soulignées.

**(Amorce)**

Travailler, nous dit la conscience commune, c'est « gagner sa vie ». Que faut-il entendre par là ?

**Paragraphe 1 (déduire une réponse de la définition de la notion clef – le travail)**

À l'état de nature, le travail est une lutte contre la nature (Marx). Il s'agit de contraindre la nature à donner aux hommes les moyens de leur subsistance (nourriture, armes, protections etc.). Sans travail, l'individu dépérit et meurt. Travailler, originellement, est donc synonyme de « gagner sa vie » : obtenir de quoi vivre. **(première réponse au sujet)**

**(Transition)**

Ce n'est pourtant pas le sens courant de l'expression « gagner sa vie ». Qu'entendons-nous par quelqu'un qui « gagne sa vie » ?

**Paragraphe 2 (la réponse commune)**

À l'état social, les hommes, pour la plupart, n'affrontent plus directement la nature. Le travail se définit comme l'activité productrice par excellence : travailler, c'est produire un objet ou un service utile. Quiconque nettoie sa maison de fond en comble de ce point de vue « travaille ». Pourtant, la femme au foyer qui se livre à cette activité est considérée comme une inactive. Le bénévolat, de même, n'est pas appelé « travail ». Ce serait donc le salaire qui fait d'une activité un travail. Or, recevoir un salaire, c'est « gagner sa vie ». Ainsi, on gagne sa vie en travaillant. **(deuxième réponse au sujet)**

**(Bilan des deux paragraphes)**

La conscience commune a raison d'affirmer que « travailler, c'est gagner sa vie » puisque ce salaire sera échangé contre les objets nécessaires à notre subsistance. **(synthèse des deux premières réponses)**

**(Transition)**

La vie cependant doit-elle ici n'être comprise qu'en son sens biologique ?

**Paragraphe 3 (déduire une réponse de la définition de la deuxième notion clef – la vie –)**

Le propre de l'homme est la conscience. Il est donc pour lui une vie humaine, une vie spirituelle. Gagner sa vie, de ce point de vue, ou réussir sa vie, c'est épanouir les possibilités de sa conscience, c'est penser. Or, travailler mobilise nos facultés et nous permet de nous élever à l'humanité. « *Tout travail travaille à faire un homme en même temps qu'une chose* » nous dit Mounier. On gagne sa vie en travaillant parce qu'on gagne son humanité en travaillant. **(troisième réponse au sujet)**

**Paragraphe 4 (compléter la réponse)**

Ajoutons que qui dit conscience dit liberté. L'homme, par nature, en tant que sujet, est libre. Mais cette liberté doit s'accomplir et se manifester dans le monde. À travers sa dialectique du maître et du serviteur Hegel nous montre que le travail est la conquête de notre liberté. Oisif, le maître ne « vit » pas. Le serviteur, par son travail, gagne la liberté et donc cette vie qui est propre à l'homme.

**Bilan et transition**

C'est bien sa vie que l'on gagne, à tous les sens du terme, en travaillant. **(synthèse des réponses apportées dans la première partie)** On serait donc toujours gagnant lorsqu'on travaille. Pourquoi alors tant de gens se plaignent-ils de ne pas « vivre » à cause de leur travail ? **(question de transition à laquelle la deuxième partie va répondre)**

## C'est à vous !

En relisant vos cours, les devoirs corrigés durant l'année et au fil de vos lectures des textes philosophiques, notez soigneusement les mots, expressions et phrases de transition rencontrés afin de compléter la liste proposée. Entraînez-vous à les utiliser pour construire votre réflexion afin d'acquérir quelques automatismes.

**Quelques sujets...**

Les hommes doivent-ils travailler pour s'accomplir ?

Travailler moins est-ce mieux vivre ?

Ne pas travailler, est-ce perdre son temps ?

CHAPITRE 7

# La technique

## Introduction

D'après le **mythe de Prométhée**, rapporté et interprété par Platon dans le *Protagoras*, la technique est ce qui sauve l'humanité.

Kant renoue avec ce mythe lorsqu'il rappelle que l'homme est, physiquement, le plus faible, le plus nu, le plus vulnérable des animaux mais que c'est un animal doté de raison.

La technique pourvoit à tous nos besoins. Elle facilite notre vie et la rend agréable.

Pourquoi alors se méfie-t-on du progrès technique ?

- La technique exprime-t-elle une (regrettable) rupture avec la nature ?
- La technique nous permet-elle vraiment de « bien vivre » ?
- Devrait-on fixer des limites au progrès technique ?

## I. Construire un « monde humain »

Qu'est-ce que la technique ?

C'est l'ensemble des procédés, des moyens que l'on met en œuvre pour produire de manière efficace un certain résultat. La technique, donc, renvoie au **savoir-faire**.

### A. Quelles sont les origines de nos techniques ?

#### 1. Le hasard, l'expérience, l'imitation

À l'origine, les techniques des hommes furent grossières et simplistes. Ils apprirent à exploiter les forces de la nature (ex : faire du feu).

Une fois découverte, peut-être de manière fortuite, une technique se perpétue par l'imitation. Et les hommes n'ont de cesse de la perfectionner.

L'expérience nous instruit. Nos premières techniques sont empiriques.

#### 2. La science

Les hommes découvrent peu à peu les lois qui régissent la nature. Et ils apprennent à les mettre à leur service (ex. : l'équation d'Einstein « $E = mc^2$ » a permis la fabrication de la bombe atomique).

La science est le *savoir ;* la technique, est le *savoir-faire,* l'exploitation des connaissances scientifiques.

Quels sont nos instruments d'action sur la nature ?

## B. Les objets techniques

### 1. Le corps

« *Le corps est le premier et le plus naturel instrument de l'homme.* » (Mauss, *Les techniques du corps*, ch. 1)

Le corps est un *objet naturel-technique*. Je le reçois de la nature mais j'apprends à l'utiliser. Il est notre premier outil. « *Avant les techniques à instruments, il y a les techniques du corps* » (*ibid.*).

### 2. L'outil

#### a. Qu'est-ce qu'un outil ?

- D'abord, l'outil est objet *artificiel*, fabriqué par l'homme.
- Ensuite, l'outil est objet *utile* : il a une fonction.
- De là dérive sa *rationalité*. Tout, dans l'outil, est pensé et agencé pour qu'il remplisse au mieux sa fonction.

#### b. Quelle est la fonction de l'outil ?

L'outil est la projection, hors de soi, d'une fonction du corps, et plus particulièrement de la main. Pour Bergson, « *L'outil de l'ouvrier continue son bras ; l'outillage de l'humanité est donc le prolongement de son corps* ». (*Les deux sources de la morale et de la religion)*

### 3. La machine

La machine est un outil à part dans la mesure où elle est animée d'une force motrice. « *Le moteur donne l'impulsion à tout le mécanisme.* » (Marx, *Le Capital,* Quatrième section, chapitre XV- I)

Sa puissance va plus loin que celle de l'outil : elle manie en même temps et très vite plusieurs outils. Ainsi une machine remplace plusieurs artisans ou plusieurs ouvriers.

La multiplication des machines a été le point de départ de la révolution industrielle. Nous vivons désormais dans un monde en grande partie technique.

Jusqu'où notre pouvoir sur la nature s'étend-il ?

## C. Pouvons-nous maîtriser la nature ?

### 1. La peur de la technique

#### a. Suivre la nature

Pour Zhuang zi, « *Il ne faut pas violenter la nature, même sous prétexte de la rectifier.* » (*Zhuang zi*, VIII) La main de l'homme ne doit pas perturber le cours des choses. L'homme, au contraire, doit aider le monde à suivre son cours.

Il faut, disent les taoïstes, épouser le Dao et se faire compagnon des dix mille êtres. « *Il faut laisser le monde aller son train et ne pas prétendre le gouverner.* » (*ibid*, XVII)

b. Ne pas défier le Dieu créateur

– On peut considérer que Dieu, l'Être parfait, a créé le monde. Dès lors ce monde ne saurait qu'être bon. La technique serait une manière de s'éloigner de Dieu.

Cette méfiance apparaît dans l'étymologie grecque du mot « machine » : *mêkhané* signifie « invention ingénieuse » d'où un engin, une machine, puis une ruse, une machination.

– On dit aussi que Dieu a créé l'homme à son image. Or Dieu est *l'architecte* du monde, l'*ingénieur* du monde, le « *grand horloger* ».

L'homme ne doit-il pas être l'artisan de son propre monde ?

2. « Nous rendre comme maîtres et possesseurs de la nature » (Descartes)

L'homme conquiert sa liberté face au monde par la science et par la technique qui en est le prolongement.

« *La nature est alors vaincue deux fois, vaincue dans son mystère et vaincue dans ses forces.* » (Bachelard, *L'activité rationaliste de la physique contemporaine*, 222)

Enfant de la nature, l'homme en modifiant son milieu ne se change-t-il pas lui-même ?

## II. Construire un « homme humain » ?

Quelles sont les répercussions de notre activité technique sur notre être ?

### A. Construire son humanité

Selon le mythe de Prométhée, l'homme, originellement nu, est la plus défavorisée de toutes les créatures. Mais, par la technique, il rattrape son retard et surpasse les autres êtres naturels.

Est-ce par la technique ou par l'intelligence que l'homme se distingue des autres animaux ?

Qu'est-ce que l'intelligence ?

« *L'intelligence est la faculté de fabriquer des instruments inorganisés, c'est-à-dire artificiels.* » (Bergson, *L'évolution créatrice*, ch. II) Sa fonction essentielle est, en toutes circonstances, de démêler « *le moyen de se tirer d'affaire* ».

Notons que les âges de la Préhistoire sont désignés par leur innovation technique majeure dans le domaine de l'outillage : l'âge de la pierre, l'âge du bronze, l'âge du fer. Dans quelques siècles nous parlerons peut-être, dit Bergson, de l'âge de la machine à vapeur. « *La révolution qu'elle a opérée dans l'industrie* (a) *bouleversé les relations entre les hommes. Des idées nouvelles se lèvent. Des sentiments nouveaux sont en voie d'éclore.* » (*ibid.*).

Dans ces conditions, comment définir l'homme ?

« *Nous ne dirions peut-être pas Homo sapiens, mais Homo faber.* » (*ibid.*). **Homo faber** : homme fabricateur d'objets.

L'homme fabrique des outils et des objets qui, en modifiant ses conditions matérielles d'existence, induisent des changements dans ses habitudes, sa manière de penser, voire ses sentiments. Ainsi il réalise son essence et se fait homme.

## B. Les promesses de la technique

### 1. Une promesse de liberté

#### a. La liberté dans le monde

La technique nous libère des tâches fastidieuses et répétitives.

Elle nous libère en partie des activités consacrées à notre conservation. Elle nous octroie du « temps libre » pour vivre, aimer, rêver, se cultiver. Ou philosopher. En effet, *« presque toutes les nécessités de la vie, et les choses qui intéressent son bien-être et son agrément avaient reçu satisfaction, quand on commença à rechercher une discipline de ce genre.* » (Aristote, *Métaphysique*, A 2)

→ La technique libère le corps et l'esprit.

#### b. L'émancipation de l'esprit

Un homme qui ne sait ni lire ni écrire est sous la tutelle de ceux qui savent. L'instruction est donc pour Condorcet la clef de la liberté au sein d'une démocratie. Mais, pour apprendre à lire, encore faut-il avoir des livres.

- Le papier est né en Chine (sans doute au IIe siècle A.C.). Le papier, le pinceau, l'encre et la pierre à encre, les « quatre trésors du lettré », sont indissociables de l'essor de la civilisation chinoise.
- Inventée au XVe s par Gutenberg, l'imprimerie a mis le savoir à la portée de tous. L'impression *éclaire* les esprits. *« L'imprimerie multiplie indéfiniment, et à peu de frais, les exemplaires d'un même ouvrage* [...] *et cette facilité de lecture a augmenté et propagé le désir et les moyens de s'instruire.* » (Condorcet, *Esquisse d'un tableau historique de l'esprit humain*)
  **Révolution technique**, l'imprimerie fut une **révolution culturelle.**
- Il en va de même à la fin du XXe siècle avec la mise au point d'internet.

→ Ces inventions techniques ont émancipé l'esprit de l'homme en lui offrant l'infinie possibilité de s'informer, critiquer et donc juger de manière autonome.

### 2. Une promesse de bonheur

- Parce que nous avons des **besoins** auxquels la nature ne donne pas satisfaction, nous avons dû, pour survivre, inventer et fabriquer le nécessaire.
- Lorsque notre conservation est assurée nous prenons conscience que nous avons des **désirs**. Se nourrir, soit; mais nous y ajoutons les « arts de la table ».

→ La technique nous permet de « bien vivre » c'est-à-dire de profiter de la vie ou plus exactement de « mieux vivre ».

- Le bien-vivre chez Aristote désigne le bonheur qui résulte de l'épanouissement de l'âme. On nourrit son âme entre autres avec l'art. La technique l'a mis peu à peu à portée de tous. Prenons l'exemple de la musique. Le transistor, dans les années 1960, fut une révolution sociologique. Parallèlement, s'est développée l'industrie du disque microsillon. Puis sont venus les CD et maintenant le téléchargement sur internet.

→ De prime abord, la technique est le remède aux maux qui nous affligent.

Pourquoi alors des voix s'élèvent-elles contre le progrès technique ? La technique ne tiendrait-elle pas ses promesses ?

## C. Les effets pervers de la technique/Une perte d'humanité

### 1. Une puissance mal maîtrisée

Comme le souligne Hannah Arendt, la technique a conféré à l'homme une considérable puissance de destruction.

Cette formidable puissance est l'origine du dérèglement climatique et des catastrophes écologiques qui l'accompagnent.

→ L'homme ne maîtrise pas totalement ses inventions.

### 2. L'aliénation aux objets techniques

Dans le monde du travail, la tâche de l'homme n'est plus que de programmer la machine, la surveiller et éventuellement de sa main corriger ses erreurs. « *Les travailleurs sont simplement adjoints comme organes conscients à ses* (la machine) *organes inconscients et avec eux subordonnés à la force motrice central*e. » (Marx, *Le capital*, Quatrième section, ch. XV- IV) L'ouvrier n'est plus qu'un rouage de la machine.

Dans la vie quotidienne nous ne pouvons plus vivre sans les objets techniques. Mais nous ignorons tout de leur fabrication, leur fonctionnement, leur réparation. Nous n'avons aucun pouvoir sur les objets qui facilitent notre vie.

« *Les hommes deviennent les esclaves des machines qu'ils ont inventées* » (Arendt, *La Condition de l'homme moderne*). C'est la version moderne de la dialectique hégélienne du maître et du serviteur :

### 3. Un détournement de la pensée technique

La technique est un savoir-faire, elle a une valeur instrumentale. Aucun instrument n'est par lui-même bon ou mauvais.

Le problème est que l'homme transfère ce que l'on pourrait appeler « la pensée technique » à d'autres domaines. La pensée technique, c'est la pensée pragmatique, utilitaire, en termes d'efficacité, de rendement et de profit.

#### a. Une déshumanisation de l'existence

On ne considère plus la vie comme quelque chose de gratuit, qui serait à improviser, de manière libre, à la manière d'une œuvre d'art. Dans nos sociétés industrielles la vie est devenue un objet que l'on doit rentabiliser (emploi du temps surchargé sans « temps mort »).

L'existence elle-même devient mécanisée et souvent machinale.

#### b. Une déshumanisation de l'homme

Kant le dit clairement, le rapport à l'humanité doit être un rapport de *respect*, et le respect consiste à traiter l'homme « *toujours comme une fin et jamais simplement comme un moyen* ». Or nous avons une telle habitude d'utiliser les objets que la technique met à notre disposition qu'il nous paraît naturel d'user de tout. Ainsi, un homme devient pour nous un objet à exploiter.

Les rapports humains en viennent à être instrumentalisés et par là-même aliénés.

→ Il y a une perversion de la technique, qui, originellement destinée à servir l'homme, se retourne finalement contre lui.

Face à cette prise de conscience des dangers de la technique, que pouvons-nous/que devons-nous faire?

## III. Pour une « technique humaine »

Doté de conscience et de libre arbitre, l'homme est responsable de son usage de la technique et il est donc le responsable des maux qu'elle entraîne.

Comment devons-nous nous comporter aujourd'hui face au progrès technique?

### A. Un avenir inquiétant

Les nouvelles formes de « l'agir humain », constate Hans Jonas, font peser sur l'environnement et sur l'humanité de graves menaces. Nous constatons les effets néfastes du progrès technique et l'avenir paraît de plus en plus sombre.

Que devons-nous faire? Qu'est-ce qui peut nous guider?

*« Qu'est-ce qui peut servir de boussole? »* (*Le principe responsabilité*, Préface)

Il faut formuler les principes d'une éthique nouvelle que Jonas nomme « *l'éthique de l'avenir* ».

### B. Le principe responsabilité

L'immense pouvoir que la technique nous a conféré sur la nature et sur la vie nous fait prendre conscience d'une nouvelle responsabilité et de nouveaux devoirs.

#### 1. Notre responsabilité envers l'espèce humaine

À l'impératif catégorique kantien (cf. ch. 16 « Le devoir ») Jonas ajoute un nouvel impératif, adapté aux effets du progrès technique: « *Agis de façon que les effets de ton action soient compatibles avec la permanence d'une vie authentiquement humaine sur terre.* » En d'autres termes, « *Ne compromets pas les conditions pour la survie indéfinie de l'humanité sur terre.* » (*ibid.*, chapitre Premier, V)

Nos nouvelles responsabilités portent sur la perpétuation de l'espèce humaine: nous avons des obligations envers les individus à venir.

Et cela implique des devoirs et une responsabilité envers la nature et les créatures vivantes. En quoi plus précisément la nouvelle éthique, l'éthique d'avenir, consiste-t-elle?

#### 2. L'heuristique de la peur

Nous devons d'abord nous procurer une idée des effets lointains de nos inventions. Et ce qui doit nous guider dans « l'éthique d'avenir » est la crainte. C'est ce que Jonas appelle « *l'heuristique de la peur* ».

→ La peur doit être notre boussole.

« *Il faut davantage prêter l'oreille à la prophétie du malheur qu'à la prophétie du bonheur.* » (*ibid.*, chapitre II, II-1). Nous devons toujours envisager le pire scénario et agir en conséquence.

Nous avons en effet une **responsabilité envers la postérité** et envers l'idée que nous avons de l'homme.

## Conclusion

Nous avons les moyens aujourd'hui de modifier non seulement notre milieu physique mais également les êtres vivants, notre corps et même notre esprit.

C'est de notre être qu'il est question lorsque nous réfléchissons sur la technique.

Doit-on se fier aux prouesses de la technique?

Mal contrôlée, asservie aux passions mauvaises et au fantasme d'une vie oisive dans le luxe, la technique finit par nous déshumaniser. Une totale confiance en la technique serait donc désormais insensée.

Pour autant, envisager toujours le pire risque de nous paralyser. Et la curiosité est inhérente à la nature humaine...

La technique est faite *pour* l'homme, au service de ses fins. Il nous incombe de discerner quelles sont les fins légitimes à poursuivre.

Nous devons prendre conscience de notre responsabilité face à la nature, face à nos descendants, face à notre espèce et à notre avenir.

## Les notions à ne pas confondre

**Art/technique.** L'art est l'activité de l'artiste dont la fin est le Beau (ex: école des beaux-arts). Son domaine est l'esthétique. Mais le mot « art » est aussi synonyme de savoir-faire (ex: école des arts et métiers). On maîtrise l'art du feu, l'art de la poterie, l'art culinaire,.... On connaît les règles à appliquer pour produire le résultat voulu. L'art en ce sens est du domaine de la technique. On peut posséder l'art de la versification. On a le savoir-faire pour *produire* des poésies. Celles-ci ne seront pas pour autant des œuvres d'art car l'art est création et non production.

**Arts libéraux/arts mécaniques.** Au Moyen Âge on opposait les arts libéraux, les sept disciplines enseignées à l'université, et les arts mécaniques, manuels. Les arts libéraux (grammaire, rhétorique, dialectique, arithmétique, musique, géométrie et astronomie) forment l'esprit et le dotent d'une solide culture générale. Aristote déjà définissait la philosophie comme une connaissance libérale: « *Mais, de même que nous appelons libre celui qui est à lui-même sa fin et n'existe pas pour un autre, ainsi cette science est aussi la seule de toutes les sciences qui soit une discipline libérale, puisque seule elle est à elle-même sa propre fin.* » (*Métaphysique,* A-2) Les arts mécaniques, où on se confronte à une matière pour la transformer (menuiserie, maçonnerie, céramique, etc.) sont des arts utilitaires et donc des arts serviles. Ils préparent aux multiples métiers de l'artisanat.

Cette opposition entre la science, désintéressée, et la technique n'est plus de mise aujourd'hui. D'une part, la plupart des découvertes scientifiques sont le fruit d'innovations technologiques. D'autre part, les techniques mettent en application les connaissances scientifiques. Science et technique sont en réalité les deux faces d'une même réalité.

**Besoin/désir.** Le besoin est un manque physique, une exigence du corps et une exigence vitale : l'objet du besoin est un objet nécessaire. Tous les hommes ont donc les mêmes besoins. La technique naît précisément pour l'homme de la nécessité de pourvoir par lui-même à ses besoins. Le désir est un manque psychologique, une envie, plus ou moins forte qui se porte vers un objet agréable. On peut vivre sans l'objet désiré. Et le désir, étant un fait de conscience, est subjectif : les désirs varient selon les individus et les cultures. Les désirs des hommes sont donc innombrables. Une fois nos besoins assouvis, la technique produit les objets désirés. Elle devance même nos désirs et fabrique des produits qui créent le désir (ex : le téléphone portable). Le progrès technique est donc l'origine du luxe et de la société dite de consommation ;

**Fabriquer/produire.** Fabriquer, c'est réaliser de ses mains un objet. « *Fabriquer consiste à tailler dans une matière la forme d'un objet.* » (Bergson, *L'Évolution créatrice*, ch. II). C'est produire un ou des objets. La technique augmente notre aptitude à la fabrication. Mais on peut produire autre chose qu'un objet concret. La conscience produit des images et des souvenirs. On peut produire une idée. Un homme produit des services : garder les enfants d'un voisin, donner une consultation médicale, une conférence, une performance artistique, etc.

L'activité productrice (et, en société, rémunérée) d'un bien ou d'un service, rappelons-le, est le travail. La technique est l'activité fabricatrice.

**Technique/technologie.** La technique est l'art de faire quelque chose, le *savoir-faire*. La technologie a d'abord été l'étude des techniques, des procédés, des outils. Aujourd'hui le terme désigne les applications industrielles des connaissances scientifiques.

## Les repères

**Abstrait/concret.** Si la philosophie et les sciences de la nature portent sur le réel (le concret) elles sont cependant des connaissances abstraites puisqu'elles élaborent des concepts (ex : la dureté) et formulent des lois (ex : E = mc2). Inversement l'essence de la technique est le rapport au concret, à la matière et la transformation de la matière.

Il y a un perpétuel va-et-vient entre science et technique : les savoirs théoriques (ex : les mathématiques) ont des applications concrètes et débouchent sur des techniques (ex : les systèmes électroniques) qui vont permettre de nouveaux progrès dans les sciences.

**Concept/image/métaphore.** Selon le mythe de Prométhée, les dieux, ayant façonné les êtres vivants, chargèrent Epiméthée de répartir entre eux les capacités. Epiméthée distribue ainsi force, vitesse, ailes, griffes etc. de sorte que la conservation de chaque espèce est assurée. Il est malheureusement imprévoyant : il a tout donné aux animaux qui ne parlent pas. Lorsque l'homme se présente il n'y a plus rien. Venu pour contrôler la répartition, son frère Prométhée voit ainsi « *l'homme nu, sans chaussures, sans couverture, sans armes.* » (Platon, *Protagoras)* Il va donc voler le savoir technique d'Héphaïstos et d'Athéna ainsi que le feu sans lequel ce savoir est vain et les lui offre pour le secourir. « *De cette manière, l'homme était donc en possession du savoir qui concerne la vie* ». (*ibid.*)

Platon est philosophe et, en reprenant ce mythe, il illustre un concept que Kant formulera : « *Le soin d'inventer ses moyens d'existence, son habillement, sa sécurité et sa défense extérieure (pour lesquelles elle* (la nature) *ne lui avait donné ni les cornes du taureau, ni les griffes du lion, ni les crocs du chien, mais seulement des mains), tous les divertissements qui peuvent rendre la vie agréable, son intelligence, sa sagesse même, et jusqu'à la bonté de son vouloir, devaient être entièrement son œuvre propre.* » (*Idée d'une histoire universelle au point de vue cosmopolitique,* Troisième proposition)

Le feu symbolise (entre autres) la culture et l'accès à la technique. Notre peur instinctive de la technique, notre intuition de ses dangers, s'expriment à travers la métaphore : « il ne faut pas jouer avec le feu ». La métaphore de Jacques Chirac au Sommet de la Terre de Johannesburg (2002) est célèbre : « *Notre maison brûle et nous regardons ailleurs.* »

**En acte/en puissance.** L'homme est par nature animal raisonnable. Il est *Homo sapiens* et même *Homo sapiens sapiens* (conscient de lui-même, il sait qu'il pense). Mais penserait-on si on ne fabriquait pas ? Le schéma « conception/réalisation » est, certes, logique. Il a cependant le défaut d'être purement théorique. En réalité, on fait, ce qui éveille une pensée d'abord virtuelle. On corrige ce que l'on a fait, ce qui développe la pensée. Ainsi il y a un perpétuel va-et-vient entre penser et faire et un homme qui ne produirait rien, sans doute, ne penserait rien, demeurant dans une pensée confuse et nébuleuse.

La raison est une faculté, une puissance, qui s'effectue au fur et à mesure que l'homme fabrique des objets. La technique est donc l'un des éléments qui d'un homme, être rationnel, font un homme humain, être raisonnable.

**En fait/en droit.** En droit la technique nous libère : de la nature, des tâches fastidieuses et donc (en partie) du travail, des autres et même de l'ignorance. C'est là son devoir-être.

En fait, ce que l'on constate dans la vie quotidienne et dans le monde du travail, c'est que la technique nous aliène. Elle nous asservit aux machines, à ceux qui les conçoivent et les fabriquent ainsi qu'à nos appétits les plus bas.

Le droit est la norme du fait. L'idée de ce que doit être la technique (son essence libératrice) devrait donc nous guider pour lutter contre les maux qu'elle a de fait engendrés.

**Impossible/possible.** L'impossible absolu (l'impossible logique) caractérise ce dont l'idée implique contradiction (ex : un cheval blanc non blanc, un carré à cinq côtés). On qualifie donc de possible ce qui n'est pas mais pourrait être puisque son existence n'est pas inconcevable. Le champ du possible est infiniment plus vaste que le champ de la réalité.

Ensuite, d'un point relatif, une chose est possible en fonction de certaines conditions physiques. C'est ici qu'intervient la technique : elle crée de nouvelles conditions qui permettent la concrétisation d'objets (ex : parapente, avion) et de gestes (voler dans les airs) jusque-là impossibles car contraires aux lois de la nature. Les transhumanistes ont le projet de conquérir, de diverses manières, l'immortalité, ce qui est du point de vue de la nature et de la vie une impossibilité de fait.

La technique recule les limites du possible.

**Principe/cause/fin.** L'homme fabrique les objets techniques : il est donc la cause de leur existence.

Il les fabrique en fonction des fins qu'il se fixe. Il veut aller sous l'eau ? Il conçoit et réalise la combinaison de plongée et le sous-marin.

La raison qui est ici à l'œuvre est une raison purement pragmatique (utilitaire). C'est pourquoi les règles (principes) du travail et de la technique doivent être rangés dans la catégorie des *impératifs hypothétiques*. « *Ces impératifs peuvent être appelés en général impératifs de l'habileté. Il ne s'agit pas de savoir si le but qu'on se propose est raisonnable et bon, mais de déterminer ce qu'il faut faire pour l'atteindre* » (Kant, *Fondements de la métaphysique des mœurs,* Deuxième section). Le domaine de la technique est donc, à l'origine et par essence, extérieur à la morale.

Mais, les progrès techniques finissent par poser des problèmes éthiques (ex : les techniques de manipulation du vivant et la bioéthique). Désormais des menaces pèsent sur la planète, les espèces vivantes, l'homme et son avenir. Nous devons soumettre notre puissance fabricatrice à la morale. C'est ce à quoi nous exhorte Hans Jonas avec son principe responsabilité (ou principe de responsabilité). Les principes moraux sont au-dessus des principes techniques et doivent présider à la décision de mettre en œuvre nos nouvelles compétences.

**Public/privé.** De prime abord, la morale est une affaire privée. Dans son for intérieur l'individu s'interroge sur les mobiles de son action et sent/sait s'il a fait le bien ou si ses intentions sont pures. Il appartient à chacun de bien se conduire et de rendre compte de ses actes à sa conscience.

Au XX^e^ siècle, avec l'éthique de l'avenir proposée par Jonas, s'opère un changement radical : « *le nouvel impératif s'adresse beaucoup plus à la politique publique qu'à la conduite privée.* » (*Le principe responsabilité,* chapitre Premier, V) Il appartient à l'État notamment de fixer les règles d'une politique écologique et de les imposer à tous en veillant à leur application.

**Ressemblance/analogie.** La main ne ressemble de visu à aucun des outils que nous connaissons. Elle n'en est pas moins notre premier outil. En effet à l'outil est dévolu une fonction que la main à l'origine exécute. On peut donc toujours établir une analogie entre un outil et la main : entre un bol, par exemple, et deux mains en coupe puisque leur fonction est la même (porter l'eau à ses lèvres), une machine à coudre et la main de la couturière.

**Théorie/pratique.** D'abord, la science (la théorie) nous offre une maîtrise intellectuelle de la nature. Je suis passif et dépendant aussi longtemps que je suis déterminé par des lois dont j'ignore tout. La connaissance est libératrice et en ce sens nous sommes d'autant plus libres que la science progresse et nous explique le monde.

Ensuite, la technique (la pratique) nous fournit une maîtrise concrète de la nature.

Science et technique, théorie et pratique se distinguent et se complètent comme le *savoir* et le *savoir-faire*.

## ZOOM sur MARX (1818-1883) :

*« La machine est innocente des misères qu'elle entraîne. » (Le capital, Quatrième section, ch. XV- VI)*

### Qui est Marx ?

Philosophe, économiste et homme politique, Karl Marx est le théoricien de la révolution socialiste et du **communisme**.

### Quelques faits

Né à Trèves en 1818, Marx, après avoir étudié le droit et la philosophie, se tourne vers le journalisme et la politique.

À Paris, il rencontre Friedrich Engels qui va devenir son collaborateur et ami.

Expulsé de France, Marx publie en 1848 *le Manifeste du parti communiste*, rédigé avec Engels à la demande de la Ligue des communistes.

Un an plus tard il s'installe à Londres avec sa famille. Il va y passer, en exil, la dernière période de son existence : une période sombre parce qu'on se méfie de lui et de ses idées et qu'on le surveille, parce qu'il est pauvre aussi et que la vie quotidienne, en dépit de l'aide financière et morale du fidèle Engels, demeure précaire et misérable. Marx, malgré tout, continue son œuvre.

Après sa mort à Londres en 1883, c'est Engels qui achève la rédaction des deux derniers livres du *Capital*. Le marxisme va bientôt entrer dans l'histoire en inspirant les révolutions russe et chinoise.

## Quelques idées

### Le matérialisme

Marx exige que l'on parte du réel pour penser l'homme. Ainsi, il retient de Hegel la **dialectique**, ce mouvement qui s'effectue par dépassement des contradictions, mais avec le projet de remettre « *la dialectique hégélienne sur ses pieds* » en partant du concret : les conditions matérielles et sociales des hommes. Dans toute société existe d'abord **l'infrastructure** : les conditions économiques, les modes de production, l'organisation du travail, le système des échanges. Au-dessus est la sphère de la **supra-structure** : les réalités que l'on nomme spirituelles à savoir notamment l'art, la religion, le droit, la philosophie.

### L'idéologie

L'idéologie dans le vocabulaire marxiste désigne toute représentation collective qui se donne comme vraie alors qu'elle est en réalité destinée à entériner une situation de fait et à servir les intérêts du groupe qui la défend. « *Opium du peuple* », la **religion**, qui justifie les inégalités sociales, est l'idéologie de la classe dominante.

### Le capitalisme

Le capitalisme repose sur l'exploitation de l'homme par l'homme, l'exploitation de l'ouvrier, ou prolétaire, qui, ne possédant pas les moyens de production, est contraint pour subsister de vendre sa force de travail au bourgeois qui, lui, possède ces moyens de production. Le travail de l'ouvrier produit une plus-value que le capitaliste ne paie pas et dont il tire profit.

### Le matérialisme historique

Il faut, pour comprendre l'histoire, partir du concret, à savoir les modes de production des sociétés et les rapports sociaux. L'histoire des hommes est l'histoire de la **lutte des classes**.

### La révolution socialiste

La révolution doit instituer une dictature du prolétariat dont naîtra la société communiste, la **société sans classes** où sera abolie la propriété privée et qui sera la dernière étape de l'histoire.

## Quelques propos

« *Les philosophes n'ont fait qu'interpréter de diverses manières le monde ; ce qui compte, c'est de le transformer.* » (*Thèses sur Feuerbach*)

« *Ce n'est pas la conscience qui détermine la vie ; c'est la vie qui détermine la conscience.* » (*L'idéologie allemande*)

« *L'utilité d'une chose fait de cette chose une valeur d'usage.* » (*Le capital*, Livre I, Première section, chapitre 1)

« *Les communistes peuvent résumer leur théorie en cette seule expression : abolir la propriété privée.* » (*Manifeste du parti communiste*)

# FICHE MÉTHODOLOGIQUE

## RÉDIGER L'INTRODUCTION D'UNE DISSERTATION

### Ce qu'il faut savoir

#### A. Au préalable... Trois rappels

1. Quand rédiger l'introduction?

Vous ne pouvez rédiger votre introduction qu'**après** avoir établi un plan définitif.

2. L'introduction questionne

Vous ne devez en aucun cas annoncer vos réponses, « ce qu'on va voir », mais **demander** si, pourquoi, comment, à quelles conditions...

3. Présenter son introduction

Une introduction est un tout et ne forme qu'un seul et unique **paragraphe**: vous la commencez par un alinéa et n'allez plus à la ligne ensuite.

Au brouillon cependant, vous pourrez, par facilité et pour être certain de ne rien omettre, traiter séparément les différents moments de l'introduction.

#### B. L'accroche

Bien évidemment, il est hors de question de commencer directement par le sujet; ce serait brutal, maladroit et arbitraire (pourquoi ce sujet plutôt qu'un autre?). La première phrase est donc une phrase d'accroche qui, partant soit d'un thème ou d'un constat très général soit, au contraire, d'un exemple et d'un cas particulier, **amène** le sujet à se poser.

#### C. Le sujet

Dès lors, on comprend que se pose nécessairement une certaine question. C'est le sujet. On l'**énonce** (on le recopie).

### D. L'explication/La reformulation du sujet

Puis, on le reformule par une phrase qui commencera en général par « en d'autres termes », et qui permet de l'**expliciter** et de montrer comment on le comprend et en quoi exactement il fait problème.

**OU**, pour l'élégance du propos et la logique de la démarche, on inverse **B** et **C**.

### E. L'annonce de la problématique

Enfin, une **analyse** plus précise de ce problème permet de présenter, dans **le style interrogatif direct ou indirect**, les trois grandes parties du devoir.

## Un exemple guidé

*Peut-on être esclave d'un objet technique ?*

### I. Supposons que le plan ait été :

*Le fil conducteur adopté est : « Comment définir et nommer notre aliénation aux objets techniques ? »*

1. De toute évidence on peut être esclave d'un objet technique

- Être esclave = dépendre de quelqu'un ou de quelque chose.
- Le fait est que nous dépendons des objets techniques.
- Explications

Pourquoi cette dépendance ? Et le terme « esclave » convient-il ?

2. Non, nous ne sommes pas au sens strict « esclaves » des objets techniques

- L'esclavage désigne une situation économique et historique précise : l'esclave est l'homme qui appartient à un autre. Le maître exige, ordonne et l'esclave exécute.
- Or, un objet ne peut me commander. Je ne peux pas « appartenir » à un objet. C'est lui, au contraire, qui est en ma possession.
- La technique a vocation à nous libérer de la nature et des tâches fastidieuses. En droit, on est libéré, émancipé par les objets techniques.

Nous ne pouvons pas être « esclaves » des objets techniques et pourtant nul ne peut nier le fait que nous dépendons de ces objets. Comment résoudre cette contradiction ?

3. De quoi sommes-nous « esclaves » lorsque nous dépendons d'un objet technique ?

- Nous dépendons d'un objet auquel nous accordons une valeur telle qu'il nous devient indispensable.

- Or, c'est le désir qui crée la valeur. Nous sommes donc esclaves de nos désirs. Si je cesse de désirer posséder un téléphone portable, si cet objet me devient totalement indifférent, je retrouve ma liberté.
- Nous sommes, pour parler rigoureusement, *soumis* aux objets techniques et plus précisément *nous nous soumettons* aux objets techniques.
- On est plus « esclave » de soi-même que de l'objet technique.

## II. Comment introduire le sujet ?

- Amorcer le sujet : **l'accroche**

*Quel élève n'a jamais entendu, au cours de sa scolarité, ce reproche : « il est esclave de son portable » ?*

- **Poser le sujet (1) :** expliquer le **problème (paradoxe) du sujet**

*Les objets techniques sont des instruments : ils sont à notre service. Comment dans ces conditions pourraient-ils nous asservir ?*

- **Poser le sujet (2)** : **formuler (copier) le sujet**

*Peut-on être esclave d'un objet technique ? Telle est la question que nous sommes, aujourd'hui plus que jamais, dans la nécessité de nous poser.*

- **Annoncer les trois parties du plan** sous forme interrogative

*De prime abord, notre dépendance aux objets techniques n'est-elle pas une évidence ? Pour autant, devons-nous parler d'« esclavage » ? Et est-ce vraiment de l'objet technique que nous sommes « esclaves » ?*

## C'est à vous !

Le sujet vous a été proposé avec un plan et des transitions. À vous maintenant de rédiger une ou des parties et de réfléchir à une possible conclusion.

**Quelques sujets…**

Faut-il chercher à se rendre maîtres et possesseurs de la nature ?

Serait-on libre sans le progrès technique ?

Le développement technique transforme-t-il les hommes ?

CHAPITRE 8

# La religion

## Introduction

Il existe, pour le mot « religion », deux étymologies possibles.

- Soit *religere*, recueillir, qui insiste sur la dimension privée de la religion, la présence du divin en soi.
- Soit *religare*, relier, qui met l'accent sur la dimension publique de la religion, l'ouverture au divin et à autrui.

La religion consiste à **croire** en la présence du divin et, en Occident, d'un Dieu unique et créateur.

Qui est Dieu ? Dieu existe-t-il ?

# I. Du sentiment religieux à l'idée de Dieu

## A. Le sentiment du sacré

### 1. Une pluralité de religions

Dès la Préhistoire, à travers le culte des morts, se fait jour un **sentiment religieux** qui, au fil des temps et des lieux, prend des formes très différentes.

### 2. Le sacré et le profane

Le sentiment religieux est le sentiment du **sacré**. Le sacré est ce qui ne peut être touché sans le souiller ou sans se souiller. Il inspire un sentiment de respect doublé de terreur.

Inversement, est profane tout ce qui est quotidien, banal, humain et prosaïque, dénué de sens.

### 3. Qu'est-ce qu'une religion ?

Avoir une religion, c'est d'abord croire, ce qui va de la croyance vague et conventionnelle à la **foi** ardente du mystique et du fanatique.

C'est ensuite adopter une disposition intérieure, une attitude du cœur, affective et morale (amour, soumission à Dieu…).

C'est enfin se conformer à un certain nombre de pratiques. « *Il n'y a pas de religion sans rites et cérémonies* » (Bergson, *Les deux sources de la morale et de la religion*).

## B. Qui est Dieu ?

### 1. L'Être parfait

La nature de Dieu est LA **perfection**, toutes les perfections, et la perfection va avec **l'infinité**. « *J'entends par Dieu un être absolument infini* » (Spinoza, *Éthique*).

- La science
  Dieu possède un entendement infini : il connaît tout (omniscience) et de manière parfaite.
- La puissance
  Dieu peut tout ce qu'il veut : il est omnipotent.
- La bonté
  Dieu veut le bien, il ne veut que le bien et ne peut pas vouloir autre chose que le bien ; sa volonté est sainte.

→ « *Cette cause intelligente doit être infinie de toutes les manières et absolument parfaite en puissance, en sagesse, en bonté* » (Leibniz, *Essais de théodicée*).

#### 2. Le créateur du « meilleur des mondes possibles » : l'optimisme leibnizien

Comment Dieu a-t-il voulu et créé notre monde ?

D'abord, l'être vaut mieux que le néant. Il est donc préférable qu'un monde existe.

Mais, pourquoi le nôtre ? Dieu, doté d'un entendement infini, conçoit une infinité de choses possibles (virtuelles). Il envisage lesquelles sont compatibles (les compossibles) et il conçoit ainsi une infinité de mondes possibles qu'il compare entre eux.

Parce que Dieu ne veut que le bien, il ne peut choisir de porter à l'existence que le meilleur de tous ces mondes possibles, « *ce qui est justement le plan de l'univers actuel.* » (*Essais de théodicée*).

### C. L'existence du mal

Il subsiste un problème. Soit Dieu est tout-puissant ; il pouvait empêcher le mal. Or, le mal existe ; c'est que Dieu l'a voulu et dans ce cas il n'est pas bon. Soit Dieu est infiniment bon ; il ne veut pas le mal. Or, le mal existe et dans ce cas Dieu n'est pas tout puissant.

Dieu, répond Leibniz, ne veut pas le mal mais il permet que le mal existe et si l'on voyait avec suffisamment de recul la totalité de l'univers on comprendrait que le mal y a sa place comme une note dissonante au cœur d'une symphonie.

La croyance en Dieu serait-elle rationnelle ?

## II. La raison et la foi

A-t-on raison de croire ?

### A. Croire et savoir/religion, science, philosophie

#### 1. La raison et le savoir

La raison vise des vérités justifiées et prouvées.

Elle ordonne de penser par soi-même, douter et critiquer.

L'optimisme des Lumières considère que la raison peut tout expliquer.

### 2. La religion et la foi

La foi, au contraire, est irréductible à toute expérience et à toute preuve concrète. On croit quand on ne sait pas, parce qu'on ne sait pas.

La foi signifie que l'on se fie à une autorité extérieure. La religion ordonne de croire.

La religion repose sur l'affirmation qu'il existe des vérités supra-rationnelles et que la raison ne peut tout expliquer.

La foi serait donc une démission de la raison.

Ne peut-on concilier la raison et la foi ?

## B. La raison, au service de la foi : les preuves de l'existence de Dieu

### 1. La preuve ontologique (St Anselme et Descartes)

Dieu est conçu comme étant par essence l'Être parfait, possédant toutes les perfections. Or, l'existence est une perfection. Donc, Dieu existe nécessairement. « *Je trouve manifestement que l'existence ne peut être séparée de l'essence de Dieu* » (Descartes, *Méditations métaphysiques*).

### 2. La preuve par l'idée de parfait (Descartes)

J'ai dans mon esprit l'idée de parfait. Or, une idée est copie, tableau d'une chose. Qu'elle est alors l'origine de cette idée de parfait ? Elle ne peut venir des choses (imparfaites) ni de moi (imparfait). Il faut donc qu'elle vienne d'un être parfait, transcendant, Dieu, qui l'a déposée dans mon esprit « comme la marque de l'ouvrier sur son ouvrage ».

### 3. La preuve par la contingence du monde (Leibniz)

Chaque chose dans le monde est contingente ; elle existe parce qu'une autre lui a donné l'existence et cette autre chose à son tour existe parce qu'une autre… Il ne peut y avoir régression à l'infini et l'on doit bien poser une cause première : Dieu.

### 4. La preuve par l'ordre du monde (les stoïciens)

Le monde dans son ensemble est organisé (cosmos signifie « l'ordre » et « le monde ») et chaque être du monde (microcosme) est organisé. Or, comment l'ordre pourrait-il naître du hasard ?

« *L'univers m'embarrasse et je ne puis songer*
*Que cette horloge existe et n'ait point d'horloger* » (Voltaire, *Poésies*).

→ Les preuves rationnelles de l'existence de Dieu visent à **convaincre** que Dieu existe.

Ce Dieu des philosophes n'est pas le Dieu de la religion, le Dieu par exemple « *d'Abraham, d'Isaac et de Jacob* » (Pascal).

## C. « Dieu sensible au cœur » : le pari pascalien

On peut démontrer que Dieu existe. On peut tout aussi bien démontrer qu'il n'existe pas. Pourtant, il faut choisir : croire en Dieu et vivre avec Dieu (une vie sage et honnête) ou ne pas croire en Dieu et vivre sans Dieu (une existence de plaisirs et de libertinage).

Pascal s'adresse aux libertins de son temps qui affectionnent particulièrement les jeux de hasard. Il se place sur leur propre terrain pour leur montrer qu'ils ont tout intérêt à parier que Dieu existe. Miser peu pour gagner beaucoup est une tentation qu'aucun joueur ne saurait refuser.

Ici, la mise est : la vie terrestre, sensible, une petite vie de petits plaisirs, ternes et médiocres. Le gain (possible mais incertain) : la vie éternelle infiniment heureuse (double gain : une infinité de vie + une infinité de bonheur).

Envisageons maintenant les différentes possibilités.

- Soit je parie que Dieu n'existe pas.
  Ou je gagne. Je ne gagne pas grand-chose : une petite vie de plaisirs.
  Ou je perds. Je perds tout : je suis passé à côté de l'éternité et de la béatitude.
- Soit je parie que Dieu existe.
  Ou je gagne. Je gagne tout ; une infinité de vie et de bonheur.
  Ou je perds. Je ne perds pas grand-chose (une petite vie de plaisirs médiocres). Et même, j'ai vécu en chrétien. Or, « *nul n'est heureux comme un vrai chrétien* ». Donc, j'ai perdu mon pari mais je suis malgré tout gagnant.
  Conclusion : j'ai tout intérêt à parier que Dieu existe.

→ À travers le pari, on comprend bien la nature de la foi : croire sans savoir, s'engager à croire.

La religion pourrait-elle alors s'opposer à la raison ?

## D. La raison, contre la religion

### 1. Religion et superstition

La religion, explique Spinoza, est une connaissance qui procède de **l'imagination**. Alimentée par les craintes des hommes, l'imagination interprète de manière délirante les phénomènes de la nature. Ainsi naît la superstition.

### 2. Religion, superstition, fanatisme

L'idée de Dieu n'est pas en elle-même contraire à la raison. C'est le cortège de représentations et de superstitions qui l'accompagnent qui est déraison et folie.

Or, la superstition est le germe du **fanatisme**, croyance fervente, aveugle, à une valeur pour laquelle on est prêt à tout sacrifier. « *Le superstitieux est gouverné par le fanatique et le devient* » (Voltaire, *Dictionnaire philosophique*).

→ Il faut lutter contre le fanatisme dont on triomphe par l'esprit philosophique.

## E. Religion et morale

Pour Spinoza, si l'on interprète les textes sacrés (exégèse), on voit qu'ils s'accordent avec la raison et ne donnent rien d'autre que des leçons de morale.

Rousseau opte pour la religion naturelle et le déisme : « *Les vrais devoirs de la religion sont indépendants des institutions des hommes. Un cœur juste est le vrai temple de la Divinité* »

(Émile, *Profession de foi du vicaire savoyard*). La conscience est la voix de Dieu en l'homme et elle indique bien plus sûrement que les prêtres le bien que nous devons vouloir.

## III. Les critiques de l'illusion religieuse

### A. Une source d'aliénation

#### 1. La conscience malheureuse

La conscience religieuse, pour Hegel, est une conscience malheureuse qui s'ignore elle-même en projetant hors d'elle sa propre infinité. L'homme fini vénère un Dieu infini.

#### 2. La conscience aliénée

Pour Feuerbach, les hommes se dessaisissent de leur essence (« *raison, amour, volonté* ») pour l'attribuer à un être supérieur ; ils s'amputent de leurs plus belles qualités pour les vénérer, magnifiées, en Dieu. « *Les dieux sont les vœux de l'homme réalisés* ». Par là, les hommes s'appauvrissent ; « *L'homme pauvre possède un Dieu riche* » (*L'essence du christianisme*).

#### 3. Une idéologie et « l'opium du peuple »

Dans une société capitaliste qui repose sur « *l'exploitation de l'homme par l'homme* », la religion, nous dit Marx, est une **idéologie** au service de la classe dominante. Elle « justifie » les inégalités sociales et enseigne à l'ouvrier misérable la résignation. Elle est donc l'opium du peuple, la drogue qui lui fait oublier ses souffrances sans les supprimer.

Il faut en conséquence agir pour libérer le peuple ; ce sera le rôle de l'action révolutionnaire. « *Abolir la religion, ce bonheur illusoire du peuple, c'est exiger son bonheur réel* » (Marx, *Contribution à la critique de la philosophie du droit de Hegel*).

### B. Un refus de la vie (Nietzsche)

#### 1. Dévaluer la vie

Dans la pensée de Nietzsche, la **volonté de puissance** authentique veut la vie et affirme la valeur de la vie ; c'est la volonté affirmative et créatrice des forts.

La volonté de puissance des faibles, qui disent avec réticence « oui » à la vie, déprécie la vie et invente des valeurs négatives qui vont contre la vie. La religion, et particulièrement la religion chrétienne, s'inscrit dans cette dévaluation de la vie et des valeurs vitales.

#### 2. L'idéal ascétique chrétien

Si l'oubli est force vitale qui permet de dépasser le passé, **le ressentiment**, lui, mémoire venimeuse, ressasse le passé (« ressentir » est sentir encore et encore) et accuse (« c'est ta/sa faute »).

À force d'être accusé, l'individu intériorise l'accusation (c'est le *mea culpa* chrétien). On passe alors à la mauvaise conscience : l'individu souffre d'avoir fait le mal mais se félicite d'en souffrir.

L'idéal chrétien mortifère culmine dans la figure du prêtre, antithèse de l'artiste. On exaltera dès lors toutes les valeurs qui briment et déprécient la vie et le corps : chasteté, pureté, jeûne…

3. « Dieu est mort »

Les hommes ont cessé peu à peu de croire en Dieu ; l'athéisme se répand. La mort de Dieu engendre tour à tour des sentiments contradictoires.

Tantôt la plus grande inquiétude : « *Ne fait-il pas nuit sans cesse, et de plus en plus nuit ?* » (*Le gai savoir*) La mort de Dieu semble annoncer le triomphe du nihilisme.

Tantôt la plus grande exaltation. La mort de Dieu peut-être annonce l'avènement du surhomme. « *Dieu est mort : maintenant nous voulons que le surhomme vive* » (*Ainsi parlait Zarathoustra*).

### C. La névrose universelle de l'humanité

Pour Freud, la religion est une **illusion**. « *Ce qui caractérise l'illusion, c'est d'être dérivée des désirs des hommes* » (*L'avenir d'une illusion*).

- Désireux d'être aimé et protégé, l'homme se réfugie dans l'idée d'une Providence bienveillante qui veille sur lui, d'un Dieu le Père tout-puissant.
- Désireux de justice, il se fie à des religions qui promettent un jugement dernier plus juste que les jugements des hommes.
- Désireux de savoir, il trouve dans les religions des réponses aux problèmes que la science ne peut encore résoudre.
- Redoutant la mort, il est consolé par les religions qui lui promettent une autre vie.

→ La religion, calmant les angoisses des hommes, n'est donc qu'un « *pare-angoisse* ».

Comme la névrose, la religion symbolise et ritualise. En conséquence, « *La religion serait la névrose obsessionnelle de l'humanité* ».

## Conclusion

Dieu existe-t-il ? La question demeure sans réponse objective. « *C'est le cœur qui sent Dieu et non la raison* » (Pascal, *Pensées*).

Un homme peut ne pas croire en Dieu. Il n'en adoptera pas moins sans doute certaines valeurs sacrées à ses yeux. On peut avoir foi dans les valeurs laïques de la République, on peut croire en quelqu'un et, dans l'amour passion qui idolâtre son objet, il y a un sentiment religieux, tout comme on a le sentiment du sacré face à un chef-d'œuvre.

Donc, même s'il n'adopte aucune religion, un homme demeure *homo religiosus*, habité par le sentiment religieux.

## Les notions à ne pas confondre

**Agnosticisme/athéisme.** L'athéisme (du grec *a theos*, « absence de dieux ») est la profession de foi qui consiste à affirmer l'inexistence de Dieu et du divin. L'agnosticisme (du grec *agnostos*, « ignorant ») consiste à affirmer qu'en ce qui concerne le divin on ne peut rien savoir.

**Essence/existence.** L'être (du latin, *esse*) désigne tantôt l'essence (la nature d'une chose, son noyau, profond et immuable, c'est-à-dire ce qu'est cette chose) tantôt l'existence (le fait d'être, de se trouver là, d'être au monde). Dieu est le seul être dont l'essence implique l'existence.

**Idée/Idéologie.** Une idée est une représentation mentale. Dans la pensée marxiste, « idéologie » est un terme à connotation péjorative désignant un ensemble de représentations collectives illusoires au service des intérêts d'une classe sociale.

**Sentiment/ressentiment.** Un sentiment est un état d'âme, un état affectif; c'est « ce que l'on ressent », c'est-à-dire ce que l'on éprouve (et l'on ne dira jamais un « ressenti » !) Le ressentiment quant à lui est un sentiment bien particulier d'aigreur, de rancœur, de rancune; on en veut à celui qui nous a fait du mal.

## Les repères

**Absolu/relatif.** Dieu est l'Être absolu, d'abord parce qu'il est achevé, parfait, infini (il est Tout) et ensuite parce qu'il est l'Être inconditionné, n'étant causé par rien (il est cause de soi), incréée cause de tout ce qui est.

Toute chose de ce monde au contraire est relative puisque son existence est conditionnée par une autre et qu'elle ne peut donc être pensée par elle-même.

**Abstrait/concret.** Les êtres du monde, dont nous sommes, sont des êtres concrets, matériels, physiques; nous pouvons les voir, les toucher, les sentir.

Dieu est en dehors de la réalité concrète. Purement intelligible, il est un être abstrait qui ne peut être que conçu par l'intelligence. Dieu est donc une réalité métaphysique.

**Concept/image/métaphore.** Le concept de Dieu est celui d'un être infiniment parfait. Ce concept dépasse les bornes de notre entendement. C'est pourquoi les hommes créent des images de Dieu. Le dieu égyptien Aton était représenté sous la forme du disque solaire dont chaque rayon se terminait par une petite main. Les multiples bras des divinités hindoues symbolisent leur toute-puissance. Et l'on connaît l'image d'Épinal du Dieu chrétien, vieillard barbu, trônant sur un nuage. Dans toutes les religions on a recours à des images, visuelles ou littéraires et donc à des métaphores comme « le Père éternel ».

**Contingent/nécessaire.** Pour Leibniz, Dieu est le seul être nécessaire : il ne peut pas ne pas exister.

Tous les autres êtres sont contingents. Tout ce qui est, certes, est mais aurait pu ne pas être ou aurait pu être autrement. Le monde et les êtres du monde ne sont pas nécessaires. Plus exactement ils ne sont pas absolument nécessaires. Ils sont contingents.

Cependant, affirmer que notre monde existe parce qu'il est le meilleur des mondes possibles revient à lui accorder une nécessité relative.

**Croire/savoir.** On croit en l'absence de preuve, on choisit de croire quand et parce que le savoir est impossible. Ainsi, le domaine de la religion est le domaine par excellence de la croyance. L'existence de Dieu, de la liberté humaine et de l'immortalité de l'âme sont chez Kant des postulats de la raison pratique.

**Exemple/preuve.** Transformer l'eau en vin, rendre la vue à un aveugle et faire se lever et marcher le paralytique ; autant de miracles accomplis par le Christ. La croyance aux miracles (guérisons miraculeuses notamment ou grossesses miraculeuses) se retrouve dans toutes les religions. Un miracle, qui contredit les lois de la nature, est un exemple de la toute-puissance divine. Mais il n'est pas une preuve matérielle de l'existence et de la puissance de Dieu. La foi du croyant est renforcée. L'athée ne se convertit pas.

**Impossible/possible.** Le possible (possibilité logique) est ce qui peut être conçu sans contradiction. Pour Leibniz, une infinité de choses possibles et de mondes possibles sont conçus par l'entendement infini de Dieu. Dieu peut concevoir un monde avec Brutus puissant, riche, honoré et heureux ; il peut concevoir un monde avec Brutus criminel et malheureux ; il peut concevoir un monde sans Brutus. Dès lors qu'un monde existe (le nôtre), le champ des possibles (possibilité matérielle) en ce monde est considérablement réduit. Brutus existe ou n'existe pas. S'il existe, il ne peut pas être à la fois heureux et malheureux.

**Intuitif/discursif ; Médiat/immédiat.** La foi est connaissance intuitive et donc immédiate de Dieu.

**Origine/fondement.** Tout être du monde naît dans le temps parce que d'autres êtres, en certaines circonstances, lui ont donné naissance : il a un début et il aura une fin.

Cause première, incréée cause de tout ce qui est, Dieu est le fondement du monde et de l'existence des hommes ; il est leur raison d'être, leur justification. Il donne sens à tout ce qui est et légitime tout ce qui est.

Aussi, les philosophes qui rejettent Dieu parviennent-ils à l'idée d'un monde et d'une existence sans fondement, bref, absurde.

**Persuader/Convaincre.** La métaphysique classique tente de démontrer que Dieu existe et vise donc à convaincre. Toutefois, aucune des preuves de l'existence de Dieu ne fera jamais croire un athée non plus que la réfutation de ces preuves n'ébranlera la foi d'un croyant.

C'est que la foi est de l'ordre de la persuasion. Croire, c'est être persuadé que Dieu existe et on ne peut amener un adversaire à croire qu'en agissant sur son cœur et en l'influençant de telle sorte qu'on lui communique, comme par contagion affective, son sentiment.

**Principe/cause/fin.** Dieu est le principe premier, fondement de toute réalité et, dans l'ordre de l'existence, la cause première, elle-même non causée, de tout ce qui est. On peut, selon le principe de finalité, penser que toute chose a une raison d'être et une fin. Mais Dieu, de même qu'il est cause non conditionnée (*causa sui*, cause de soi) est à lui-même sa propre fin.

**Public/privé.** La croyance en un ou des dieux, l'adhésion à une religion, relève de l'intimité de la conscience. Affirmé dans certains États, le principe de laïcité le reconnaît : l'État ne doit pas intervenir dans les croyances de ses citoyens et quelle que soit leur religion, ceux-ci sont égaux devant la loi. Il y a néanmoins un aspect public, par nature, dans la religion : c'est tout ce qui a trait au culte (cérémonies, rites, fêtes). Et la dimension privée est de fait parfois niée. Il y a eu et il y a des États dans lesquels s'impose un culte officiel et où l'on persécute les réfractaires. En effet la religion qui tisse un lien social solide peut devenir un instrument au service du ou des dirigeants.

**Transcendant/Immanent.** Dieu est-il un être transcendant, hors du monde et infiniment supérieur à ce monde ? Oui, si l'on affirme l'existence d'un Dieu personnel créateur du monde. Non, si on considère avec les stoïciens que l'univers est régi par une Nécessité interne ou, avec Spinoza, que Dieu est la Nature : « *Deus sive natura* » (« Dieu ou la Nature »).

**Vrai/probable/certain.** Une idée vraie est une idée adéquate à son objet. Dieu existe-t-il ? Jung répond : « *L'existence de Dieu est une fois pour toutes une question à laquelle on ne saurait répondre* ». Ce n'est pas pour autant que les hommes demeurent dans le doute : la plupart affirment soit que Dieu existe soit qu'il n'existe pas. Ils ont une certitude, une assurance purement subjective.

Pour Pascal « *Tout joueur hasarde avec certitude pour gagner avec incertitude* » et le pari qu'il propose, comme tout pari d'ailleurs, repose sur un calcul, fût-il inconscient, des probabilités. On estime qu'on a plus de chances de gagner que de perdre.

Bergson reconnaît qu'on ne peut être certain de l'immortalité de l'âme. Mais il ajoute : « *Plus nous nous accoutumons à cette idée d'une conscience qui déborde l'organisme, plus nous trouvons naturel que l'âme survive au corps.* » L'immortalité de l'âme n'est ni démontrée ni prouvée mais elle est une probabilité pour l'intelligence et une espérance pour le cœur.

## ZOOM sur PASCAL (1623-1662) :
*« La foi est différente de la preuve. L'une est humaine, l'autre est un don de Dieu. » (Pensées, I- 5)*

### Qui est Pascal ?

Pascal est un mathématicien, un savant et un philosophe, et un croyant fervent.

### Quelques faits

Dès son enfance, Pascal témoigne de très grandes capacités intellectuelles et d'un amour passionné pour les sciences et les mathématiques. Afin d'aider son père, collecteur d'impôts, il invente, à 19 ans, la machine à calculer, la pascaline.

Durant sa « période mondaine » il va se consacrer avec ferveur à la science. Il étudie les fluides et reprend les travaux de Torricelli sur la pression et le vide, publiés dans sa *Préface pour un traité du vide* (1647).

Pascal est aussi un homme malade. Il accepte cependant de souffrir et même veut souffrir parce que la souffrance est l'état naturel du chrétien.

La vie de Pascal est essentiellement placée sous le signe de Dieu et de la foi. Dès 1646, il est amené à rencontrer les jansénistes dont il prendra quelques années plus tard la défense dans les *Provinciales*.

En 1654, Pascal a un accident de carrosse sur le pont de Neuilly et il sent toute l'horreur de la mort imminente. Deux semaines plus tard, la nuit du 23 novembre 1654, il a une vision que, pour lui-même, il note immédiatement : « *Feu. Dieu d'Abraham, Dieu d'Isaac, Dieu de Jacob, pas des philosophes ni des savants...* » La note s'achève ainsi : « *Je n'oublierai pas ces mots. Amen.* » C'est la nuit du **mémorial**, ce document que Pascal coud et que désormais il portera toujours sur lui.

Deux ans plus tard, Pascal est le témoin d'un miracle. Sa foi en est renforcée et il décide de rédiger une *Apologie de la religion chrétienne* afin de convertir les athées. Ce projet est interrompu en 1662 par la mort mais les notes qui nous sont restées seront publiées sous le titre de *Pensées*.

### Quelques idées

#### L'angoisse existentielle

Pourquoi est-ce que j'existe ? Pourquoi suis-je moi ? Par ces questions, Pascal apparaît comme un précurseur de l'existentialisme moderne.

#### Misère et grandeur de l'homme

Moraliste, Pascal dénonce l'amour-propre, ou l'amour de soi, qui concentre le moi sur lui-même et le rend égoïste et vain. Le **divertissement**, cette agitation permanente des hommes par laquelle ils s'efforcent d'oublier et de fuir leur condition mortelle et misérable est en réalité la plus grande de leurs misères. Mais, l'homme est aussi doté de conscience et la conscience fait sa grandeur et sa dignité.

### Le cœur

La raison humaine a ses limites : elle ne peut ni démontrer les premiers principes, fondements de tout raisonnement, ni embrasser l'infini. Le cœur, supérieur à la raison, nous fait sentir les premiers principes et nous fait sentir Dieu.

### Dieu

Dieu est le seul remède à la misère de l'homme et la foi, seule, peut nous sauver. Janséniste sincère et fervent, Pascal invite à se tourner vers le Dieu chrétien et nul autre que lui.

## ▶ Quelques propos

« *Mais, quand l'univers l'écraserait, l'homme serait encore plus noble que ce qui le tue, puisqu'il sait qu'il meurt, et l'avantage que l'univers a sur lui, l'univers n'en sait rien.* »

« *La grandeur de l'homme est grande en ce qu'il se connaît misérable.* »

« *Toute notre dignité consiste donc en la pensée.* »

« *Le cœur a ses raisons que la raison ne connaît point.* » (*Pensées*)

# FICHE MÉTHODOLOGIQUE

# RÉDIGER LA CONCLUSION D'UNE DISSERTATION

## Ce qu'il faut savoir

### A. Rappel

La conclusion, à l'instar de l'introduction, forme un **paragraphe**, c'est-à-dire un bloc. Nous allons, dans l'exemple qui suit, séparer par souci de clarté, chacune de ses étapes mais cela ne doit EN AUCUN CAS apparaître dans le devoir rédigé.

### B. Amorcer la conclusion

Commencez votre conclusion par une formule comme « Au terme de notre étude », « Au terme de notre réflexion », « Au terme de notre analyse » (« les termes » et surtout pas « les thermes » !), « Finalement » (surtout pas « Au final » !)….

Cette formule annonce une synthèse du développement.

### C. Procéder à la synthèse

Une synthèse n'est pas un résumé ! Il ne s'agit pas de répéter ce qui a été dit mais de simplement ramasser en une phrase la démarche des trois parties afin que soit rappelé le progrès de la réflexion avec ses grands axes de réponses.

### D. Répondre au sujet

En toute logique, ce rappel permet de conclure, c'est-à-dire de formuler **sa réponse** claire, nette, précise au sujet.

Surtout, vous devez impérativement proscrire les « on ne peut pas répondre à cette question » (un constat d'échec, ce qui est fâcheux) ou « les avis sont partagés » (la réflexion a été menée précisément pour trancher entre ces différents avis).

## E. Éventuellement, élargir le sujet

On recommande souvent une dernière phrase d'ouverture ; à manier toutefois avec précaution car parfois, malheureusement, l'élève qui croit « ouvrir » sa réflexion pose enfin (trop tard !) la question clef qu'il fallait dégager en introduction et traiter dans le développement.

# Un exemple guidé

### *Le sentiment religieux n'habite-t-il que les religions ?*

Rédiger sa conclusion suppose que l'on soit pleinement maître de son sujet. Vous avez donc écrit l'essentiel de votre devoir.

**I. De toute évidence le sentiment religieux habite les religions**

**II. MAIS le sentiment religieux n'habite-t-il QUE les religions ? Le sentiment religieux pourrait-il résider ailleurs que dans une religion ?**

- Le sentiment religieux est le sentiment du sacré.
- Le champ du sacré ne se réduit pas au champ du divin : le sentiment religieux peut habiter l'art, une passion amoureuse, une activité professionnelle. On peut « avoir le culte » de beaucoup de choses et cela en dehors de toute religion.

**III. Pourquoi parler de sentiment religieux si le sentiment du sacré n'est pas propre aux religions ?**

- Nous rappellerons ici que la troisième partie est souvent la plus libre, la plus créative ; celle où l'élève peut davantage s'exprimer, bref, la partie la plus « ouverte ». À chacun de trouver sa réponse !

**Comment conclure ?**

- <u>Indiquer que l'on conclut et faire la **synthèse** du développement</u> : *Au terme de notre étude, nous pouvons constater que si, de toute évidence, qui dit religion dit sentiment religieux, en réalité on peut pratiquer une religion sans éprouver de sentiment religieux tout de même qu'il existe des athées qui, pour être dépourvus de religion, n'en témoignent pas moins d'un très vif sentiment religieux. Ce constat nous a donc invités à redéfinir le sentiment religieux.*
- <u>Apporter la **réponse**</u> : *Le sentiment religieux est, par essence, le sentiment du sacré, c'est-à-dire d'une réalité transcendante qui nous dépasse, qui nous fascine et nous terrifie. Incontestablement, ce sentiment déborde considérablement le cadre de la religion, ou des religions. Les religions n'ont pas le privilège du sentiment religieux.*
- <u>**Ouverture** du sujet</u> : *La véritable question serait, dans ces conditions, « pourquoi s'obstiner à vouloir parler d'un sentiment religieux » ? Pourquoi voulons-nous toujours associer le sacré et le religieux ?*

## C'est à vous !

Vous pouvez vous attacher à définir tous les mots-clefs et subtilités du sujet proposé, vous pouvez l'analyser, rédiger une ou plusieurs parties en soignant les transitions, rédiger l'introduction, chercher des exemples précis…

**Quelques sujets…**

Existe-t-il en l'homme un besoin de croire ?

Avoir une religion, est-ce croire au divin ?

Une société sans religion est-elle possible ?

# UNE DISSERTATION RÉDIGÉE

Au cours du premier chapitre, consacré à la conscience, vous avez appris à problématiser un sujet. L'exemple était : « *Toute conscience de soi est-elle une illusion sur soi ?* » Vous avez ensuite abordé toutes les étapes de la dissertation.

À quoi le produit fini pourrait-il ressembler ?

Voici un exemple de dissertation rédigée.

## *Toute conscience de soi est-elle une illusion sur soi ?*

Les autoportraits, les autobiographies témoignent de la fascination que le sujet a pour lui-même. Ainsi Chateaubriand dans ses *Mémoires d'outre-tombe* se propose de « *rendre compte de moi à moi-même* » En effet, ajoute-t-il, « *personne n'a connu entièrement le fond de mon cœur.* » Mais un homme peut-il être parfaitement lucide sur lui-même ? La conscience de soi permet-elle de se voir tel que l'on est ? Ou, au contraire, nous fournit-elle des images déformées de soi ? Allons plus loin. Lorsque je pense ou dis « je suis tel ou tel », est-ce que je ne suis pas toujours et inévitablement condamné à me tromper ? En d'autres termes, toute conscience de soi est-elle une illusion sur soi ? Avoir conscience de soi, n'est-ce pas se connaître et donc accéder à des vérités sur soi ? Pourtant n'est-on pas parfois dupé par sa conscience ? Doit-on en déduire qu'il est impossible de se libérer des illusions sur soi ?

Quiconque se demande si la conscience de soi est illusion sur soi doit d'abord demander : « Qu'est-ce la conscience ? » Tous répondront que conscience est synonyme de connaissance. Avoir conscience de soi par conséquent, c'est se connaître. Ajoutons que connaître une chose, c'est la voir telle qu'elle est et donc sans illusion. Notre première réponse serait donc que la conscience de soi n'est pas illusion sur soi. *Aucune* conscience de soi n'est illusoire.

Que vaut cette réponse ? Peut-on affirmer que l'on se voit toujours tel que l'on est ?

Avoir conscience de soi, c'est avoir connaissance de son moi le plus profond, de son intimité, de son intériorité. Or, de ce point de vue, Rousseau reprend le postulat cartésien de la transparence de la conscience. Il est incontestable que je me connais intuitivement : « *je sens mon cœur* », dit-il, et cela se justifie aisément puisque « *passant ma vie avec moi je dois me connaître* ».

Ma conscience, certes, peut être dans l'illusion. D'une part, je peux être dupé par mes sens ; c'est l'illusion sensible ou illusion de la perception. « *J'ai quelquefois éprouvé* », comme le rappelle Descartes, « *que les sens étaient trompeurs* ». Ma conscience du monde extérieur est alors faussée : je me trompe en croyant savoir ce qu'est un objet. D'autre part, je peux être dupé par autrui. Un menteur, un illusionniste, un comédien me feront croire en la réalité de choses qui n'existent pas ou qui ne sont pas telles qu'ils me les présentent. Ils me plongent alors dans l'illusion. Mais ma conscience ne peut me tromper sur ce que je suis. Je peux tromper autrui sur ce que je suis. Je peux lui mentir ou jouer à paraître ce que je ne suis pas. Mais je ne peux me duper moi-même. Au fond de moi, je sais très bien qui je suis.

À première vue, la conscience de soi étant connaissance de soi par soi, elle exclut *toute* possibilité d'illusion.

Cela dit, nous avons jusqu'à présent réfléchi sur une conscience de soi purement abstraite. Or, qui dit conscience de soi dit sujet, individu, un moi particulier et concret. Il faut donc maintenant observer les individus que nous connaissons, et il faut que chacun s'observe lui-même, afin de vérifier si cette réponse théorique est bien toujours valable. En réalité un homme est-il bien toujours dénué de toute illusion sur lui-même ? Se connaît-il parfaitement ?

Est-on toujours parfaitement lucide sur son être intime ?

Si ma conscience me fournit un certain nombre d'images sur mon moi, il arrive qu'autrui conteste la véracité de ces images. J'ai conscience d'être un homme sincère et courageux. Voilà que mon père qui m'a vu grandir et me connaît bien me rappelle les nombreuses circonstances où j'ai menti et/ou fait preuve de lâcheté. Lorsque l'image que j'ai de moi contredit celle qu'autrui a de moi, je suis contraint de m'interroger : qui a raison ? Qui me voit tel que je suis ? L'autre peut-être se trompe et n'a de moi qu'une image illusoire. Mais il n'est pas impossible que ce soit moi qui sois dans l'illusion. Une illusion est une fausse perception qui consiste à percevoir un objet de manière déformée, autre que ce qu'il est en réalité. Une illusion sur soi consisterait donc à se méconnaître. Faudrait-il l'imputer à la conscience ?

La conscience fournit des images de toutes choses. Elle est le miroir où toute chose peut se refléter. Or, il est nombre d'images inexactes et déformées qui travestissent, pour l'embellir ou l'enlaidir, l'objet qu'elles sont censées représenter. Un reflet n'est jamais la copie conforme de la chose reflétée et un miroir peut-être déformant. Il est donc légitime de s'interroger : la conscience de soi, qui me fournit des images de mon moi, est-elle toujours et parfaitement conforme à la réalité de ce moi ?

La conscience peut me tromper sur les choses extérieures. C'est le cas dans les illusions de la perception et rien ne nous assure que quand nous percevons nous ne nous trompons pas toujours ou nous ne rêvons pas (argument du rêve chez Descartes). Dès lors, pourquoi la conscience ne me tromperait-elle pas sur ce que je suis, sur ces choses intérieures que sont mes pensées, mes sentiments, mes désirs, ma personnalité ? L'expérience en effet me montre que j'entretiens des illusions sur moi-même : sur mon corps (en témoignent les complexes) et sur mon cœur (la haine peut dissimuler de l'amour, les tragédies de Racine en font foi). Nul n'est à l'abri. Il y a bien, comme le présuppose le sujet, *des* illusions sur soi : *certaines* prises de conscience de soi sont illusoires.

Comment comprendre ce phénomène ? Qu'est-ce qui vient enrayer la fonction de connaissance de la conscience pour qu'elle produise ces illusions sur soi ?

D'abord le désir, par nature, idéalise son objet et l'on pare par exemple de toutes les qualités la personne aimée (cristallisation chez Stendhal). Spontanément, puisque l'on s'aime soi-même on se façonne une image idéale de soi. Ainsi on se voit (on prend conscience de soi) tel que l'on voudrait être et non tel que l'on est.

Ensuite, l'amour-propre incline l'individu à se dissimuler et à paraître ce qu'il n'est pas. À force de me déguiser pour autrui, j'en viens à me déguiser pour moi-même et, victime de la comédie que je joue, je suis persuadé d'être le personnage que je parais. « *Nous sommes si accoutumés à nous déguiser aux autres qu'enfin nous nous déguisons à nous-mêmes* » résume La Rochefoucauld dans ses *Maximes.*

Qui plus est, si l'on admet avec Freud, l'idée qu'existe un inconscient, celui-ci étant par essence opaque et inconnaissable, alors la conscience que j'ai de moi-même ne reflète que l'écume de mon être. La nature du psychisme serait telle que la conscience de soi ne pourrait qu'engendrer des illusions sur soi.

Enfin, le moi est une entité plurielle et mouvante et, comme le rappelle Montaigne, « *Moi à cette heure et moi tantôt sommes bien deux* ». Je ne suis pas un mais multiple et croire que tel ou tel aspect de ma personne me définit et constitue ma nature, c'est me tromper sur mon moi qui est un flux permanent ; c'est m'illusionner. Tout individu sûr et certain de se connaître, qui affirme que jamais il ne fera telle ou telle chose, est en fait un individu qui ignore sa vraie nature. Il a l'illusion qu'il est et sera toujours le même.

L'expérience nous apprend que nombreuses sont les illusions qu'un individu nourrit sur lui-même. Toutes renvoient aux désirs (plus ou moins conscients/plus ou moins inconscients) de cet individu. Et la plus grande des illusions sur soi, fournie par la conscience, serait la certitude de se connaître.

Est-on pour autant condamné à ne jamais se connaître, à ne jamais se voir tel que l'on est ? *Toute* conscience de soi est-elle inévitablement illusoire ? N'avons-nous aucune chance d'accéder à notre intimité ?

Le cœur humain est contradictoire : il existe en nous un désir de se connaître parce que nous désirons la vérité. Socrate en son temps reprenait l'injonction delphique, le « *connais-toi toi-même* ». N'avons-nous pas le devoir de rompre les chaînes de l'illusion et de « sortir de la caverne » ? Nous devons « ouvrir les yeux », gagner en lucidité et particulièrement sur nous-même.

Ce devoir est-il réalisable ? À ce stade de notre analyse nous comprenons qu'il faut douter de soi et de la fiabilité de sa conscience. Rappelons ici la démarche cartésienne. « *J'ai quelquefois éprouvé que les sens étaient trompeurs* » et, pour éviter toute erreur, je dois ne plus rien croire de ce que me disent mes sens. De même, j'ai quelquefois éprouvé que ma conscience, en prétendant me définir, était trompeuse et je dois logiquement, si je vise la vérité, ne plus la croire. Je dois donc douter des témoignages de ma conscience. Tout ce que ma conscience m'apprend sur mon moi est peut-être faux. Mais, si je doute, je pense, et si je pense, je suis, j'existe, en tant précisément que « *chose qui pense* ». Le *cogito* est l'évidence première, la vérité fondamentale, aveuglante, dont je ne puis douter. Ainsi, il est possible (et fréquent) que *beaucoup* des images que ma conscience me fournit sur moi-même soient fausses. Il n'en reste pas moins qu'elles ne sauraient être *toutes* illusoires. Le cogito, la conscience de penser et d'exister, est une conscience vraie. Le cogito ne peut être une illusion.

Puisqu'*une* conscience de soi est forcément vraie, il est possible que *la* conscience de soi devienne peu à peu de plus en plus lucide. En d'autres termes, il doit être possible de réduire la part d'illusions sur soi qu'un sujet se plaît à entretenir.

Comment devenir de plus en plus lucide ? Comment se connaître de mieux en mieux ? La première condition est la volonté et donc l'effort sur soi. Seul celui qui veut se connaître peut réduire les illusions qu'il a sur lui-même. « *Je sais que je ne sais rien* », disait Socrate : prendre conscience de son ignorance est le premier pas vers la vérité. Soupçonner que l'on peut s'illusionner sur soi est de même le premier pas vers la possibilité d'une connaissance lucide de soi.

C'est en refusant de se fier aux images produites par sa conscience que l'on peut « prendre conscience de soi » et cela implique une introspection, un regard le plus attentif et critique possible au plus profond de soi. Pour autant l'introspection, examen de soi par soi, n'a-t-elle pas ses limites ? Puis-je, seul, lever les voiles qui me dissimulent à moi-même ? L'effort d'impartialité doit aller plus loin : « *Il fallait que je dise de quel œil je me verrais si j'étais un autre* » (Rousseau).

Et s'il existe dans le sujet une partie impénétrable à l'introspection, la psychanalyse nous fournit les clefs pour en découvrir les secrets. Médiateur entre moi et moi-même l'analyste me permet, en me faisant prendre conscience de mon inconscient, de dissiper nombre d'illusions sur moi (illusion par exemple de l'hétérosexualité dans une culture qui exalte les vertus viriles).

Il existe donc bien des moyens, si on le veut sincèrement, de se libérer de nombre d'illusions sur soi. *Toute* conscience de soi n'est pas illusoire.

Au terme de notre analyse nous pouvons affirmer que *toute* conscience de soi n'est pas illusion sur soi. D'une part, la conscience d'exister comme chose qui pense est nécessairement vraie. D'autre part, l'individu qui *veut* se connaître peut mieux se connaître et triompher de ses illusions. L'homme cependant demeure un être imparfait. Il est sans doute inévitable que subsiste une part d'illusions sur soi. Quels que furent ses efforts, pourrait-on affirmer que Rousseau s'est vu exactement tel qu'il était ? Croire qu'*aucune* image de soi n'est illusoire serait une illusion. Être lucide sur soi-même demeure un idéal que l'on réalise plus ou moins au cours de sa vie.

## C'est à vous !

Vous avez désormais toutes les informations pour construire et rédiger une dissertation. Entraînez-vous à la rédaction à partir des sujets proposés à la fin de chaque chapitre. Lorsqu'un sujet vous paraît difficile, ne le négligez pas mais forcez-vous à réfléchir à un plan. Vous serez alors certain de ne pas être pris au dépourvu le jour de l'épreuve quels que soient les sujets.

# CHAPITRE 9
# La nature

## Introduction

Qu'est-ce que la nature?

Le mot « nature », *natura* en latin, dérive de *natus,* « né » (*nascor,* naître). En grec la nature se dit *phusis*: action de faire naître, formation, production.

L'art (l'artifice) s'oppose à la nature. Est naturel tout ce qui n'a été ni produit ni transformé par l'homme.

La nature est le monde extérieur, physique, avant intervention humaine.

- Quelle est la place de l'homme dans la nature?
- Quels rapports l'homme entretient-il avec la nature?
- Quels rapports doit-il/devrait-il entretenir avec la nature?

# I. L'homme est un animal qui échappe à la nature

## A. L'homme, un enfant de la nature

### 1. La nature: le monde physique (matériel)

La nature désigne l'ensemble des êtres qui, indépendamment de toute action humaine, composent l'univers: l'ensemble des corps, des êtres matériels.

Pour les atomistes comme Démocrite et Épicure, les corps se décomposent en dernière instance en de petites particules élémentaires et insécables: les atomes.

Pour Voltaire au contraire, la matière est divisible à l'infini: « *De quoi est fait le corps? De parties, et ces parties se résolvent en d'autres parties. Que sont ces dernières parties? Toujours des corps. Vous divisez sans cesse et vous n'avancez jamais.* » (*Dictionnaire philosophique,* - Corps)

Finalement, que connaissons-nous de la matière et de la nature?

### 2. L'homme: un être naturel

L'homme est un produit de la nature. Il est un corps et on le définit depuis Aristote comme « un animal/être vivant qui... ».

Mais, pourquoi faire de l'homme un être à part dans la nature? Pour les atomistes antiques, l'âme est bien matérielle. « *L'âme est un corps subtil répandu dans toute l'étendue de l'agrégat, l'organisme.* » (Épicure, *Lettre à Hérodote*). « *La substance de l'esprit et de l'âme est matérielle* » (Lucrèce, *De la nature,* I- Livre III). Et La Mettrie affirme: « *Les divers états de l'âme sont toujours corrélatifs à ceux du corps* » (*L'homme-machine,* II) et « *Toutes les facultés de l'âme dépendent* [...] *de la propre organisation du cerveau et de tout le corps.* » (*ibid.* VII)

→ L'homme est un être naturel un peu plus complexe que les autres.

### 3. L'élève de la nature

Un animal reçoit toute son instruction de la nature. **L'instinct** est en effet un savoir et un savoir-faire innés.

Pour Aristote, « *L'art imite la nature* ». Originellement démunis les hommes se sont mis à l'école des bêtes. Ils ont imité l'araignée pour le tissage, l'hirondelle pour l'architecture, le rossignol pour le chant.

C'est la nature qui nous a donné la raison (qui conçoit), l'imagination (qui représente ce qui pourrait être), la main (qui réalise). La technique pour l'homme est donc naturelle.

Si les Grecs pensaient l'homme en harmonie avec le cosmos, le christianisme a introduit l'idée que Dieu a fait de l'homme le centre de la création et a mis toutes les autres créatures à sa disposition.

L'homme n'a-t-il pas une place à part dans la nature?

## B. Le modèle mécaniste

### 1. La nature-machine

Descartes conçoit la nature comme une immense machine, fabriquée par un Dieu architecte ou horloger, l'Artisan du monde. Alors tout dans la nature est déterminé.

### 2. L'animal-machine

Tout être naturel est, à son tour, une petite machine.

Qu'est-ce qu'une machine? Un objet fabriqué par l'homme, certes, mais surtout un objet complexe, composé de différentes pièces solidaires les unes des autres et dont chacune a sa fonction. La machine se caractérise par son autonomie (relative): elle est un objet qui se meut de lui-même.

Suivons Descartes… « *Je ne reconnais aucune différence entre les machines que font les artisans et les divers corps que la nature seule compose.* » *Principes de la philosophie,* IV, & 203) L'animal est par essence **un automate**. « *Les bêtes* […] *agissent naturellement et par ressorts.* » (*Lettre au marquis de Newcastle*) Leibniz le confirme: « *Chaque corps organique d'un vivant est une espèce de machine ou d'automate naturel qui surpasse absolument tous les automates artificiels.* » *(Monadologie*)

Entre un programme informatique et un programme génétique, quelle différence? Aucune.

L'animal est-il vraiment réductible à une machine?

### 3. Les limites du mécanisme

Comme une montre ou une horloge, un organisme est une structure, un tout dont les éléments sont interdépendants.

Il n'en reste pas moins une différence irréductible: l'organisme seul est capable de s'auto-réparer et s'auto-réguler. Un être vivant est un être qui s'auto- organise. Il est aussi un être qui « se » reproduit. « *Dans une montre un rouage ne peut en produire un autre et encore moins une montre d'autres montres* »; (Kant., *Critique de la faculté de juger*, II-Section 1- & 65)

Il y a une autonomie du vivant et une **spontanéité** de l'être naturel dont le modèle mécaniste ne peut rendre compte.

### C. L'homme : un sujet

À la matière, dont les corps sont formés, s'oppose la pensée : la substance des âmes ou esprits.

Doté de conscience, l'homme est un sujet. Il existe donc un certain nombre de différences entre l'homme et les autres êtres vivants. L'homme s'habille, parle, travaille, se donne des lois...

→ L'homme s'est émancipé de la nature et de la vie naturelle.

Quel est le sens de cette émancipation ?

## II. Pourquoi l'homme s'oppose-t-il à la nature ?

### A. Dominer la nature

L'homme doit lutter contre la nature pour survivre. Le travail est cette lutte. (ch. 6, Le travail). La science et la technique nous permettent de nous rendre « *comme maîtres et possesseurs de la nature* ».

### B. Nier la nature pour conquérir son humanité

#### 1. L'homme est un être de culture

On oppose traditionnellement nature et culture. Cette opposition rejoint celle de **l'inné** et de **l'acquis**.

On reconnaît le **naturel** dans une espèce à deux caractères : l'*universalité* et la *nécessité*.

Qu'est-ce que la **culture** ?

Elle est un ensemble de comportements acquis, un savoir-vivre défini par les hommes eux-mêmes et cela contre le savoir-vivre inné qu'est l'instinct. La culture renvoie à la *convention* et à *la règle*. « *Il n'est chose en quoi le monde soit si divers qu'en coutumes et lois.* » (Montaigne, *Essais*)

On reconnaît qu'un phénomène chez les hommes est culturel à deux caractères : *relativité* et *contingence*.

La culture est le processus par lequel l'homme devient homme.

#### 2. La voix de la raison contre la voix de l'instinct

Un homme a faim. Son instinct, comme celui de l'animal, le pousse vers la nourriture. Mais pour x raisons et parce qu'il est doté de libre arbitre il se retient et diffère le moment de la satisfaction. « *Le grand principe, le fondement de toute vertu, de tout mérite, c'est que l'homme soit capable de se refuser à lui-même la satisfaction de ses propres désirs, de contrarier ses propres inclinations, et de suivre uniquement la voie que la raison lui indique comme la meilleure, quoique ses appétits l'inclinent d'un tout autre côté.* » (Locke, *Quelques pensées sur l'éducation,* Section II, *L'éducation de l'âme. Des soins de l'âme,* &33, p. 84)

→ La raison permet aux hommes de se donner des lois et de conformer leur conduite à ces lois.

3. L'éducation à l'humanité

L'éducation permet à l'enfant d'intérioriser les valeurs et les règles de sa culture. Elle stimule et développe sa raison pour qu'il se constitue véritablement comme un sujet libre et responsable.

« *L'homme ne devient homme que par l'éducation* » (Kant, *Réflexions sur l'éducation*).

→ Un homme naît animal et devient homme par la culture.

### C. « L'homme est par nature un être de culture » (Cyrulnik)

Qu'est-ce qui distingue l'homme des animaux?

Pour Rousseau, c'est la **perfectibilité** : « *C'est la faculté de se perfectionner; faculté qui, à l'aide des circonstances, développe successivement toutes les autres et réside parmi nous tant dans l'espèce que dans l'individu.* » (*Discours sur l'origine et les fondements de l'inégalité parmi les hommes*) Un animal naît achevé: il est très vite ce qu'il doit être et c'est ainsi que l'espèce demeure toujours la même. Un homme, quant à lui, vient au monde avec des possibilités. La culture développe ces possibilités et fait de lui l'homme que la nature le destinait à être.

→ En réalité, la nature de l'homme est d'être une histoire.

L'homme a-t-il raison de vouloir rompre avec la nature?

## III. Doit-on « suivre la nature »?

La nature doit-elle être une norme?

### A. L'homme devrait-il se comporter comme l'animal?

Posons comme principe que la *spontanéité* est l'expression de la nature. Un animal sauvage suit la nature.

Devrions nous imiter l'animal sauvage?

Oui, répond Calliclès dans le *Gorgias.* D'une part, la justice selon la nature consiste à revenir à la loi du plus fort. (ch. 13, La justice) D'autre part, le bonheur selon la nature réside dans l'effort permanent pour assouvir tous ses désirs. (ch. 17, Le bonheur)

Mais ce qui convient à l'animal, pur être naturel, convient-il à l'homme?

S'il se comporte *naturellement* c'est-à-dire *spontanément* l'homme néglige sa conscience, faculté de penser, de choisir et de différer son action. Or la conscience est ce qui constitue notre *nature humaine.*

### B. Suivre *sa* nature : suivre la raison

La nature nous a dotés de raison. En conséquence, suivre la nature c'est, pour nous, suivre la raison.

Cela signifie :

- Se donner des lois pour vivre en paix
- Apprendre à régler ses désirs
- Et/Ou Entendre et suivre sa conscience car la conscience, « instinct moral » est pour Rousseau la voix de la nature qui parle en nous.

→ L'homme ne peut pas échapper à la nature.

Quand bien même, par la technique et tous les artifices qui composent la culture, il le voudrait, il ne fait jamais que déployer *sa* nature. On dit bien : *« Chassez le naturel, il revient au galop »*. Quoi que nous fassions, nous manifestons toujours un aspect de notre nature.

## Conclusion

Qu'est-ce qui est naturel ?

Dans le monde, est naturel tout ce qui existe indépendamment de toute intervention humaine.

Paradoxalement, dans l'homme, ce qui est naturel, c'est la culture. Un enfant sauvage, totalement « naturel » à première vue, n'est que biologiquement homme. Il est une monstruosité culturelle : un enfant qui n'est ni animal (puisque membre de l'espèce humaine) ni homme (puisque non éduqué, non culturé).

La nature, *« notre mère à tous »* (Sade) nous a faits et nous a donné les moyens de notre émancipation. À l'instar de l'adulte qui doit veiller sur ses parents âgés il nous appartient peut-être aujourd'hui de prendre conscience que nous avons certains devoirs envers la nature. Nous sommes, en partie, responsables de la nature.

## Les notions à ne pas confondre

**Culture.** Au sens propre, cultiver une terre, c'est la travailler pour la faire fructifier. De même la culture est ce par quoi l'homme exploite ses aptitudes naturelles. - Du point de vue intellectuel (un esprit/un homme *cultivé*), la culture est savoir, érudition. L'intelligence porte ses fruits et s'épanouit : on est passé de la faculté de connaître à la connaissance. - Lorsqu'on parle *des* cultures au pluriel, il s'agit des manières collectives d'agir, de penser et de sentir qui renvoient à une société ou un groupe social : les coutumes, les façons de se vêtir, de se nourrir, la langue, la religion… L'homme en ce sens est *civilisé*. - Si on parle de *la* culture au singulier, c'est le processus par lequel l'homme, quelle que soit la société à laquelle il appartient, devient homme. Partout, les hommes sont habillés, ils parlent, ils construisent des habitations, ils ont des rites et fabriquent des objets. L'homme n'est plus un simple animal, il ne vit plus à l'état sauvage : il est *culturé*.

**Matérialisme.** Nous taxons volontiers aujourd'hui de matérialisme l'individu qui ne se soucie que d'acquérir des biens matériels au détriment des valeurs spirituelles, tels l'amour, l'amitié, l'honnêteté. Mais le matérialisme est aussi (et c'est en ce sens que le terme doit être employé dans un devoir de philosophie) la doctrine philosophique qui affirme que la matière est la seule réalité et que tout se réduit à la matière.

**Nature/nature d'un être.** La nature (Nature) est « l'univers sans l'homme », le monde avant toute intervention humaine. La nature d'un être est son essence, l'ensemble des propriétés qui, de naissance, le constituent.

**Nature naturante/nature naturée.** Pour Spinoza, Dieu est la substance absolument infinie dont tout être est une émanation (un mode). Il est la seule réalité et se confond par conséquent avec la nature : « *Dieu ou la nature* ». Cependant il convient de distinguer la nature naturante, identifiée à Dieu, cause productrice et conservatrice de tout ce qui est, et la nature naturée, soit l'ensemble des êtres produits.

**Naturalisme.** Le naturalisme est en philosophie la doctrine qui affirme qu'il n'existe pas d'autre réalité que la nature (elle rejette donc toute possibilité de surnaturel) et dans l'esthétique une école littéraire (dont Zola est le chef de file) qui se propose de décrire la réalité telle qu'elle est y compris dans ses aspects les plus vulgaires ou les plus sordides.

## Les repères

**Concept/image/métaphore.** La science conçoit la nature comme un tout structuré par un ensemble de lois qui prennent la forme d'équations. Galilée disait : « *La nature est écrite en langage mathématique* ».

Il existe cependant en l'homme un émerveillement spontané devant la nature. Bachelard constate que la terre, l'air, l'eau, le feu, le sang et autres éléments naturels fondamentaux sont des substances valorisées. On les interprète, on les fantasme, on les exprime à travers des images, visuelles ou poétiques : la force et la stabilité d'un roc, la fureur de l'orage, un bosquet accueillant… Il faut psychanalyser ces images car elles nous disent quelque chose de l'infinie richesse de la nature.

Dire « *notre mère à tous* » pour désigner la nature est une métaphore.

**Contingent/nécessaire.** Les lois qui régissent la nature sont des rapports immuables et nécessaires.

Les objets, les êtres, les faits régis par ces lois sont quant à eux contingents. Il est nécessaire qu'une pierre qu'on jette tombe mais qu'il s'agisse de cette pierre-ci et non d'une autre est un fait contingent.

On peut cependant se demander si ce sentiment de contingence n'est pas en réalité l'aveu déguisé de notre ignorance de la totalité des lois naturelles. « *Le hasard n'est que la mesure de notre ignorance* » dit Poincaré (*Science et méthode*, 65)

Ou y a-t-il réellement de l'indéterminisme dans la nature? C'est ce que pose, avec Heisenberg, la physique quantique. La biologie quant à elle reconnaît un caractère aléatoire et donc contingent des mutations.

La nature est-elle entièrement déterminée?

**En acte/en puissance.** Une puissance est un germe, une potentialité, une promesse. La graine est fleur en puissance ; la larve est papillon en puissance. Pour la plupart des êtres naturels la puissance s'actualise assez vite et assez simplement. *« Un animal est au bout de quelques mois ce qu'il sera toute sa vie.* » (Rousseau, *Discours sur l'origine et les fondements de l'inégalité parmi les hommes*, Première partie). L'homme est l'être de la nature dont la puissance (l'humanité) ne cesse de s'actualiser sans être jamais totalement effective. Quand peut-on dire d'un individu (plus enfant ni adolescent mais adulte) qu'il est *homme*? Jamais parce que l'humanité est toujours devant nous.

**Essentiel/accidentel.** La nature d'un être est son essence. Socrate, par exemple, est un homme. L'analyse cartésienne du morceau de cire nous enseigne que l'essence de celui-ci est la matière, la substance étendue. Sans leur essence, Socrate et le morceau de cire ne peuvent ni être ni être conçus.

Les accidents sont les qualités secondaires qui caractérisent un être mais qu'il peut perdre ou qui peuvent se modifier sans qu'il cesse d'être ce qu'il est. Socrate est jeune; il avait les cheveux longs, il a aujourd'hui les cheveux courts. Et ce morceau de cire, qui avait la douceur du miel, l'odeur des fleurs, qui était dur et froid... Le voilà sans saveur, sans odeur, liquide et chaud. (Descartes, *Méditations métaphysiques*, II). Socrate cependant demeure Socrate et j'ai toujours devant moi un morceau de cire. Les qualités sensibles ne sont que des accidents.

**Expliquer/comprendre.** Selon la formule de Dilthey, « *nous expliquons la nature* »: nous déterminons par l'analyse rationnelle les lois qui régissent ses phénomènes.

Lamartine quant à lui demandait: « *Objets inanimés avez-vous donc une âme?* » (*Harmonies poétiques et religieuses*, -III *Milly ou la terre natale*) Les poètes et les rêveurs comprennent la nature de manière intuitive. Ils la saisissent de l'intérieur, par empathie, et dialoguent avec elle car ils lui prêtent âme et sens.

**Genre/espèce/individu.** Il faut définir les êtres naturels pour les connaître. La définition, qui consiste à nommer l'essence d'une chose, procède dans les sciences de la nature par distinctions et subdivisions successives. Depuis Aristote, la méthode de classification des êtres vivants en biologie s'est considérablement précisée. L'homme, par exemple, appartient au *règne* animal, à l'*embranchement* des vertébrés, la *classe* des mammifères, l'*ordre* des primates, la *famille* des hominidés, au *genre* Homo et à l'*espèce* Homo sapiens dont l'*individu* Socrate est un exemplaire.

**Origine/fondement.** Les savants peuvent remonter aux origines de la vie (comment la vie est-elle apparue sur terre ?) et de notre monde (comment notre monde s'est-il formé ?) mais le fondement, le pourquoi de la vie et de la nature nous échappe.

**Principe/cause/fin.** Le principe de finalité, ou principe téléologique, est énoncé par Aristote (*De l'âme*, III-12) : « *La nature ne fait rien en vain* ». La nature agit toujours en vue d'une fin (un but). En d'autres termes il y a des causes finales à l'œuvre dans la nature : tout objet naturel est fait en vue de quelque chose et tout organe par exemple a une fonction.

Ce principe est repris par Kant (*Idée d'une histoire universelle au point de vue cosmopolite*, Troisième proposition) qui explique : « *Toutes les dispositions naturelles d'une créature sont déterminées de façon à se développer un jour complètement et conformément à un but.* » (*ibid*, Première proposition). Concernant l'homme, la fin de la nature est qu'il tire tout de lui-même : l'homme a une destination morale.

**Ressemblance/analogie.** Il y a, de prime abord, bien des différences entre la nature, qui préexiste à l'homme et relève de la spontanéité, et une machine, par lui conçue et fabriquée. Descartes cependant constate plutôt leurs ressemblances et le mécanisme, dont il est l'un des plus illustres représentants, développe l'analogie de la nature et de la machine et plus précisément de l'animal et de la machine. Le cœur, par exemple, est à l'organisme ce que le moteur est à la machine. Médecin italien du XVII$^{e}$ s., Baglivi déclare : « *Les mâchoires armées de dents, qu'est-ce autre chose que des tenailles ?* [...] *; le cœur c'est un ressort* [...] *; qu'est-ce que les muscles sinon des cordes ?* ».

## ZOOM SUR ÉPICURE (341-270 av. J.-C.) :
## *« L'univers est composé de corps et de vide. » (Lettre à Hérodote)*

### Qui est Épicure ?

Épicure est un penseur **matérialiste** et un **hédoniste** de l'Antiquité grecque.

### Quelques faits

Le « philosophe de Samos », voit le jour en 341 av. J.-C. dans une période de troubles et d'instabilité politique.

Il étudie dès sa jeunesse la philosophie auprès d'un maître platonicien.

Lorsque le peuple de Samos, après la mort d'Alexandre le Grand en 323 av. J.-C., se soulève contre les colons grecs, la famille d'Épicure se réfugie à Colophon. Épicure fait ainsi l'expérience de l'exil et de la pauvreté.

Il s'installe ensuite à Athènes, où il fonde en 306 av. J.-C. son école, **le Jardin**, qui tire son nom de son emplacement. L'école est ouverte aux femmes, y compris aux prostituées, et aux esclaves.

Épicure toute sa vie fut un homme malade et cette expérience le prépare à savourer les instants de plaisir et de répit. Il vit donc conformément à ses principes, menant une existence frugale en compagnie de ses amis et disciples et il meurt en sage à Athènes en 270 av. J.-C.

## Quelques idées

### Le matérialisme

Épicure s'inspire de la physique de Démocrite, le père de **l'atomisme**. L'atome (« insécable » en grec) est la plus petite parcelle de matière qui puisse exister. Les atomes tourbillonnent dans le vide et s'assemblent pour former des corps. La mort n'est que la désintégration ou dissolution du corps dont les atomes se séparent. L'âme est elle-même composée d'atomes et donc matérielle. Les dieux sont eux aussi des êtres matériels, immortels, qui, vivant dans les inter-mondes, ne se soucient pas de nous.

### La connaissance

Les corps émettent de petites particules (les simulacres) qui se déposent en nous par l'entremise de nos sens (impressions rétiniennes, par exemple). La sensation est donc un contact avec l'objet et, comme telle, ne peut être trompeuse. Une sensation plusieurs fois réitérée laisse dans l'esprit une empreinte qui permet d'anticiper et prévoir.

### Le plaisir

La sensation est aussi le critère du plaisir qui est le principe et la fin de la vie heureuse. Il ne s'agit nullement de se jeter en affamé sur le premier plaisir venu. Bien au contraire, il convient d'éradiquer les désirs vains et de se livrer à **un calcul des plaisirs**. La **philosophie** et l'**amitié** sont des plaisirs nécessaires au bonheur

### Le quadruple remède

La morale d'Épicure se résume en ce qu'on appellera le quadruple remède (*tétra-pharmakon*) gravé sur la tombe d'un épicurien : « *Il n'y a rien à craindre des dieux/Il n'y a rien à craindre de la mort/On peut supporter la douleur/On peut atteindre le bonheur.* »

## Quelques propos

« *Ce n'est pas seulement le nombre des atomes, c'est le nombre des mondes qui est infini dans l'univers.* »

« *On ne peut rien concevoir de proprement incorporel que le vide.* » (*Lettre à Hérodote*)

« *La mort n'est rien pour nous puisque, tant que nous existons, la mort n'est pas, et, quand la mort est là, nous n'y sommes plus.* »

« *Parce que le plaisir est le bien primitif et conforme à notre nature, nous ne recherchons pas tout plaisir.* » (*Lettre à Ménécée*)

# FICHE MÉTHODOLOGIQUE

## IDENTIFIER LA THÈSE DU TEXTE

## Ce qu'il faut savoir

L'explication de texte vous invite à comprendre l'élaboration d'une pensée qui peut-être n'est pas la vôtre et à en rendre compte de manière minutieuse tant dans son contenu que dans sa forme.

Identifier la thèse est une étape décisive ; c'est la clef de la compréhension du texte.

### A. Qu'est-ce qu'une thèse ?

Attention ! La thèse n'est pas le thème. Le texte peut traiter du désir, de la société, de la science… Le mot-clef donne le thème. La thèse, elle, représente le jugement de l'auteur et doit donc s'énoncer à travers une **affirmation**.

### B. Comment formuler la thèse ?

Vous devez formuler en une phrase (sans reprendre les mots du texte) l'essentiel du texte : son **idée directrice**.

### C. Identifier le problème

Cette thèse est une réponse à une certaine **question**. Laquelle ? Vous devez la formuler et cela est une autre étape décisive. En effet, elle est l'équivalent du sujet de dissertation c'est-à-dire la question posée dans l'introduction, traitée à travers les trois parties de l'explication et critiquée ensuite dans le commentaire.

## Un exemple guidé

### *Quels sont les êtres naturels ?*

Parmi les êtres que nous voyons, les uns existent par le seul fait de la nature ; et les autres sont produits par des causes différentes.

Ainsi, c'est la nature qui fait les animaux et les parties dont ils sont composés ; c'est elle qui fait les plantes et les corps simples, tels que la terre, le feu, l'air et l'eau ; car nous disons de tous ces êtres et de tous ceux du même genre qu'ils existent naturellement.

Tous les êtres que nous venons de nommer présentent évidemment, par rapport aux êtres qui ne sont pas des produits de la nature, une grande différence ; les êtres naturels portent tous en eux-mêmes un principe de mouvement ou de repos ; soit que pour les uns ce mouvement se produise dans l'espace ; soit que pour d'autres ce soit un mouvement de développement et de destruction ; soit que pour d'autres encore, ce soit un mouvement de simple modification dans les qualités. Au contraire, un lit, un vêtement, ou tel autre objet analogue n'ont en eux-mêmes, en tant qu'on les rapporte à chaque catégorie de mouvement, et en tant qu'ils sont les produits de l'art, aucune tendance spéciale à changer. Ils n'ont cette tendance qu'en tant qu'ils sont indirectement et accidentellement ou de pierre ou de terre, ou un composé de ces deux éléments.

La nature doit donc être considérée comme un principe et une cause de mouvement et de repos, pour l'être où ce principe est primitivement et en soi, et non pas par simple accident.

Aristote, *Physique*, Livre II, ch. 1

### → Trouver la thèse dans le texte

L'idée principale (thèse) apparaît explicitement. Aristote la formule en effet à deux reprises.

- « *Les êtres naturels portent tous en eux-mêmes un principe de mouvement ou de repos* ».
- « *La nature doit donc être considérée comme un principe et une cause de mouvement et de repos, pour l'être où ce principe est primitivement et en soi.* »

### → Reformuler la thèse

« *Un principe de mouvement et/ou de repos* » qui est par essence DANS l'être (« *en soi* »), c'est la définition de la **spontanéité** qui est donc ici le mot-clef.

### → Rédiger la thèse

On reconnaît qu'un être est naturel à sa spontanéité : il est un être qui se meut de lui-même.

Retenez cette expression « il se meut de lui-même » du verbe « se mouvoir », bouger, se déplacer.

On trouve ainsi en même temps la **QUESTION** à laquelle le texte répond et qui est à donner dans l'introduction juste avant l'énoncé de la thèse :

*Qu'est-ce qu'un être naturel ?*

OU

*Qu'est-ce qui distingue l'être naturel de l'être artificiel ?*

OU

*À quoi reconnaît-on qu'un être est naturel ?*

## C'est à vous !

Nous venons d'entamer la méthodologie de l'explication de texte. D'une part, plusieurs textes vous seront proposés dans les chapitres suivants. Lisez-les et formulez, en une phrase (une affirmation), leur thèse. D'autre part, puisque vous avez compris la thèse du texte proposé dans ce chapitre, commencez à étudier ses idées et à le structurer. Vous y reviendrez plus tard.

**Quelques sujets**

Admettre le hasard, est-ce nier l'ordre de la nature ?

Ce qui est naturel peut-il être mauvais ?

Peut-on dire d'un acte qu'il est contre-nature ?

CHAPITRE 10

# La raison

## Introduction

Aristote définit l'homme : « *L'homme est un animal raisonnable.* » (*La politique*, Livre VII)

Qu'est-ce que la raison ?

Hobbes rappelle l'étymologie latine : « *Raison signifie calcul.* » (*Léviathan*, Livre I, ch. V) En effet « raison » vient de *ratio* qui en son premier sens veut dire « ration/part ».

Quelles sont les fonctions de la raison ?

- Dans le domaine intellectuel, celui de la pensée, la raison **théorique**, ou **spéculative**, vise la connaissance.
  Dans sa quête de savoir la raison humaine est-elle toute-puissante ?
- Dans le domaine de l'action (en grec, *pragma*), la raison **pragmatique** vise l'efficacité, la réussite. Elle calcule les moyens les meilleurs pour réaliser une fin voulue.
  N'y a-t-il pas de mauvais usages de la raison ?
- La raison, lorsqu'elle commande l'action morale, est appelée par Kant raison **pratique** (du grec, *praxis*, action).
  La raison en matière de morale et de devoirs a-t-elle toujours raison ?

## I. La raison permet-elle de tout connaître ?

La raison est chez Platon l'œil de l'âme. Or, il ne suffit-il pas d'ouvrir les yeux pour voir…

### A. Les pouvoirs de la raison

#### 1. Conduire sa raison

« *La puissance de bien juger et de distinguer le vrai d'avec le faux, qui est proprement ce qu'on nomme le bon sens ou raison, est naturellement égale en tous les hommes.* » (Descartes, *Discours de la méthode*, I)

Encore doit-on apprendre à « *conduire sa raison* ». Nous avons pour cela besoin d'une **méthode** (du grec *odos*, voie, route, chemin). Descartes en fixe les règles dans son *Discours de la méthode pour bien conduire sa raison et chercher la vérité dans les sciences.*

Mais, la méthode permet-elle de tout connaître ?

#### 2. Une raison toute puissante

Valorisant la raison, le **rationalisme** de Descartes lui reconnaît une réelle capacité de connaître. Rien n'échappe au pouvoir de la raison humaine qui peut même connaître Dieu et démontrer son existence.

La raison peut-elle vraiment tout connaître ?

## B. Les limites de la raison

« *La méthode est l'art de disposer une suite de plusieurs pensées pour découvrir et prouver* » (*Logique de Port- Royal).*

### 1. La raison peut-elle « tout définir et tout prouver »?

#### a. Peut-on prouver toutes les propositions?

Quoi que j'affirme, on peut toujours me demander de le prouver, puis de prouver ma preuve, puis la preuve de ma preuve et ainsi à l'infini. La **régression à l'infini** est l'argument qu'utilisent les sceptiques pour montrer qu'on ne peut jamais parvenir à aucune certitude.

Aristote l'admet : « *Il est absolument impossible de tout démontrer : on irait à l'infini, de telle sorte que, même ainsi, il n'y aurait jamais de démonstration* » (*Métaphysique*, Livre Gamma, ch. 4) Mais il réfute l'idée de régression à l'infini. Pour lui, il est nécessaire de s'arrêter dans notre exigence de démonstration. Il vient un moment où l'esprit bute sur des notions premières et des principes premiers. « *J'appelle principes de la démonstration les notions communes sur lesquelles tout le monde se base pour raisonner* ». (*Métaphysique,* Libre Bêta, ch. 2)

Pascal le confirme : on ne peut prouver toutes les propositions. Par exemple, « le tout est supérieur à la partie ».

#### b. Peut-on définir toutes les notions?

Il est des notions et donc des mots indéfinissables que chacun connaît. Par exemple, « *tous les hommes conçoivent ce qu'on veut dire en parlant du temps.* » Ou, « *Quelle nécessité y a-t-il d'expliquer ce qu'on entend par le mot* homme? *» (*Pascal, *De l'esprit géométrique,* section 1*).*

→ « *Tout définir et tout prouver* » : « *Cette méthode serait belle mais elle est absolument irréalisable* ». *(ibid.*)

Qu'est-ce qui, dans le domaine de la logique, échappe au pouvoir de la raison?

#### c. Qu'y a-t-il d'indémontrable?

Il est dans notre esprit, nous dit Descartes, des **idées** innées et donc universelles, telle l'idée de parfait : des « *semences de vérité qui sont naturellement en nos âmes* ». (*Méditations*, VI)

Il est encore dans notre esprit des **principes** qui sont innés. Le cogito cartésien (le « je pense ») en est un exemple. Ou le principe d'identité (« A est A »), le principe de non-contradiction (je ne peux affirmer d'un objet une chose et son contraire), le principe du tiers exclu (de deux propositions contraires, si l'une est vraie, l'autre est fausse).

Ces idées et ces propositions sont le socle inébranlable, le fondement, de tout raisonnement.

Comment les connaît-on si ce n'est par la voie de la démonstration et de la raison?

## C. Cœur et raison

Il existe, nous dit Pascal, deux sortes d'intelligences ou deux manières de connaître *(Pensées*, 466).

### 1. L'esprit de géométrie

Il y a d'abord l'esprit mathématique, rigoureux, méthodique : l'esprit d'analyse que Pascal nomme esprit de géométrie. Pourquoi ? Parce qu'il n'y a que dans la géométrie que les démonstrations sont pures et parfaites. *« Elle seule sait les véritables règles du raisonnement ».* (*De l'esprit géométrique*)

### 2. L'esprit de finesse

Tout ne se démontre pas et Descartes déjà l'affirmait : « *Les premiers principes eux-mêmes ne peuvent être connus que par intuition ».* (*Règles pour la direction de l'esprit*, règle III)

Qu'est-ce que **l'intuition** ? « *Il faut tout d'un coup voir la chose d'un seul regard et non pas par progrès de raisonnement* ». (Pascal, *Pensées,* 466)

L'esprit intuitif est l'esprit de finesse, un esprit de **synthèse** que nous pouvons illustrer avec l'illumination de Vincennes chez Rousseau. Rousseau, en allant rendre visite à son ami Diderot emprisonné à Vincennes, lit dans le *Mercure de France* la question posée par l'Académie de Dijon « *Si le progrès des sciences et des arts a contribué à corrompre ou à épurer les mœurs ».* En une fraction de seconde il saisit tous les éléments de sa philosophie future. Toute sa vie et dans tous ces écrits il tentera d'expliquer et justifier cette « *inspiration subite* » qui lui fit « *l'esprit ébloui de mille lumières* ». *(Confessions*, Livre VIII)

« *Nous connaissons la vérité non seulement par la raison mais encore par le cœur* » (Pascal, *Pensées*, 101)

### 3. Le cœur, faculté supra-rationnelle de connaître : l'intuition des valeurs

Le cœur est associé au **sentiment**. Nous aurions donc un sentiment du vrai… Effectivement, il est des vérités qui se donnent dans un acte de foi, d'adhésion spontanée à une idée, un idéal, une valeur.

Ainsi, nous dit Bossuet, « *J'ai un sentiment clair de ma liberté* ». (*Traité du libre arbitre,* II)

Ainsi encore « je sais/je sens » que Dieu existe car, pour Pascal, « *C'est le cœur qui sent Dieu et non la raison* ». (*Pensées*, 397)

→ Il convient pour Pascal d'« *humilier la raison* » (*Pensées,* 101). La grandeur de la raison est de reconnaître ses limites et de se soumettre au cœur.

## D. Jusqu'où s'étendent les pouvoirs de la raison ?

On constate que la raison, à travers la métaphysique traditionnelle, s'est empêtrée dans des contradictions insolubles. Pourquoi ? Parce qu'elle ne s'est pas posé au préalable la question de l'étendue de son pouvoir.

La raison peut-elle tout connaître de la réalité ?

La pensée de Kant est une pensée **critique** qui examine les pouvoirs de la raison.

Il distingue trois facultés de connaître.

- « *C'est au moyen de la sensibilité que des objets nous sont* donnés » (*Critique de la raison pure,* I,- Première partie, &1). La **sensibilité** nous permet de saisir (**intuition** sensible) les objets à connaître.
- L'**entendement**, qui forme des **concepts,** est la faculté de juger, « *le pouvoir des règles* ». Il *pense. À* l'aide des catégories, il ordonne les données de l'expérience et construit une explication des objets et des faits perçus.
- Quelle est la raison dernière de ces faits? Pourquoi ce monde existe-t-il? Pourquoi y a-t-il un monde? L'âme, le monde (l'univers), Dieu: ce sont des **idées de la raison** ou **idées transcendantales**. *« J'entends par idée un concept rationnel nécessaire auquel nul objet qui lui corresponde ne peut être donné dans les sens. » (ibid.*, I, Deuxième partie, Deuxième division, Livre I) La raison en effet est la faculté des principes. Toutefois, ce n'est pas parce que notre raison pose un inconditionné (Dieu, par exemple, ou l'Idée de Bien chez Platon) que nous sommes en droit de déduire que cet inconditionné existe.

La métaphysique, qui tente de métamorphoser les idées de la raison en objets de connaissance, est une illusion.

→ Finalement, « *Que puis-je connaître ?* »

La raison est incapable dans le domaine de la connaissance d'atteindre un inconditionné. L'homme ne peut connaître que les **phénomènes**, c'est-à-dire les objets tels qu'ils lui apparaissent, dans l'espace et le temps, à travers ses intuitions sensibles. Il n'accède pas et ne peut accéder à la chose en soi.

Qu'en est-il dans le domaine de l'action?

## II. Peut-on se fier à la raison pour bien agir?

On enjoint les enfants: « sois raisonnable ! ». Nous exigeons qu'ils apprennent à suivre leur raison plutôt que leurs appétits.

### A. L'autorité naturelle, dans l'âme, de la raison

#### 1. Sensibilité et raison

La sensibilité, en son sens psychologique, a plusieurs manifestations.

- Le **sentiment** est un état affectif stable (tendresse, amour, amitié). Il influence le jugement.
- L'**émotion** est intense et passagère, à la manière d'une secousse. Or, sous le coup d'une émotion, on perd la raison (on dit que l'on « perd la tête »). « *Je suis en colère et je déchire.* » (Alain, *Définitions, - Passion)*
- Le **désir** est une tendance qui nous porte vers un objet considéré comme agréable. Il idéalise son objet. Stendhal l'explique à propos de l'amour. « *Ce que j'appelle **cristallisation,** c'est l'opération de l'esprit qui tire de tout ce qui se présente la découverte que l'objet aimé a de nouvelles perfections.* » (*De l'amour*). Aux antipodes de la raison, le désir nous plonge dans l'illusion.
- La **passion** concilie l'intensité de l'émotion avec la durée du sentiment; par exemple l'amour fou. La passion bouleverse, aveugle. Elle est *déraison.*

La raison ne doit-elle pas lutter contre le désir en général et combattre les passions ?

### 2. La raison au pouvoir

#### a. **Les vertus d'une âme raisonnable**

L'âme, dans la pensée platonicienne, comporte trois fonctions qui correspondent symboliquement aux trois parties du corps et dont chacune a sa vertu.

| **Parties du corps** | **Fonctions de l'âme** | **Vertus de l'âme** |
|---|---|---|
| Tête | La **raison**, l'intellect (le *noûs*) est la fonction intellectuelle de l'âme. | La vertu de la raison est la **sagesse**, connaissance du Vrai et du Bien. |
| Cœur | Le **cœur** (*thumos*) est la partie ardente, combative de l'âme. | Le **courage** est la vertu morale du cœur lorsqu'il se soumet à la raison, comme un soldat se soumet à son chef pour lutter contre l'ennemi. |
| Ventre | Le désir représente la **partie appétitive** ou concupiscible de l'âme (l'*épithumia*). | Le désir doit être réglé, discipliné et la vertu de la partie appétitive est donc la **tempérance** ou continence. |

Une âme bien ordonnée est une âme sage, courageuse et tempérante, en d'autres termes, juste car la **justice** est l'harmonie des trois parties de l'âme.

#### b. Le mythe de l'attelage ailé dans le *Phèdre*

L'âme est un attelage ailé (le lieu naturel de l'âme est le Ciel des Idées).

- Cet attelage est conduit par un cocher (la raison).

Il est tiré par deux chevaux qui, chez les hommes, sont de nature différente.

- Le premier cheval est beau, docile et noble (le cœur, naturellement porté à suivre la raison).
- Le second cheval est massif, mal charpenté, rétif et violent (le désir, naturellement porté à faire dévier l'âme du droit chemin). Ce cheval de toute évidence doit être dompté.

Il appartient à la raison de commander l'âme. « *De même que l'enfant doit vivre selon les commandements de son père, de même notre faculté de désirer doit se conformer aux prescriptions de la raison.* » (Aristote, *Éthique à Nicomaque*)

Cependant, la raison conduit-elle nécessairement à la sagesse ?

## B. La raison est-elle toujours l'ennemie des passions ?

La raison a-t-elle le pouvoir de triompher des passions ?

### 1. La raison, au service des passions

#### a. La raison, servante de la passion

Hume rappelle que la raison n'est qu'une faculté de *connaître*. Elle ne peut donc agir sur la passion qui est un *vouloir*. « *La raison, prise exactement, à savoir comme jugement du vrai et du faux, ne peut jamais être, par elle-même, un motif de la volonté.* » (*Traité de la nature humaine*, Livre II, Partie III, section III) Bien au contraire, « *la raison est et ne peut être qu'esclave des passions* » *(ibid.)*.

#### b. La logique des passions

Ribot nomme « *logique des passions* » le mécanisme par lequel la passion s'invente des raisons qui la justifient et Alain, faisant parler le passionné, résumera la situation : « *mes raisonnements sont sophistiques et me paraissent bons* ». (*Propos sur le bonheur,* VI- Des passions)

Si la raison peut se mettre au service de la passion, n'est-elle pas susceptible de nous écarter du droit chemin ?

### 2. De mauvais usages de la raison

#### a. Délibérer sur les moyens

Aristote distingue le *souhait* et le *choix* : « *Le souhait porte plutôt sur la fin* » (*Éthique à Nicomaque).* Il relève du désir et donc de la sensibilité. « *Le choix* (porte) *sur les moyens pour parvenir à la fin* ».

Tous les moyens sont-ils bons pour parvenir à sa fin ?

- Du point de vue technique, on peut dire que « *tous les moyens sont bons* » pourvu que l'on atteigne son objectif.

  Mais qu'en est-il du point de vue moral ?
- L'actualité (les féminicides), l'histoire (les trahisons et les meurtres) nous le montrent : lorsqu'elle se met aux ordres de la passion, la raison contribue à nous égarer et nous conduit aux pires atrocités.

#### b. Des fins immorales

La raison délibère sur les moyens de réaliser une fin désirée. Or, il n'existe pour Aristote qu'une fin absolue : le bonheur. Toutes les autres fins sont relatives et sont donc moyens en vue d'une autre fin. Je désire vivre longtemps avec mes enfants. La raison me propose entre autres moyens de travailler à ma santé : la santé est donc une fin subalterne. Il existe une infinité de fins possibles, posées tantôt par la sensibilité tantôt par la raison.

Toutes les fins se valent-elles ?

La conscience commune parle d'une seule voix : il est des fins basses, mesquines, égoïstes et il est des fins nobles, généreuses, altruistes, que poursuivent les héros et les saints.

Quelle fin notre raison doit-elle viser ?

Pour Kant, c'est dans le domaine de la morale que la raison atteint l'inconditionné. L'impératif catégorique en effet est un absolu (cf. ch. 16. Le devoir).

Mais la raison suffit-elle à déterminer l'action ?

## C. Guider la raison

### 1. Un pouvoir limité

Rousseau constate : « *La seule raison n'est point active ; elle retient quelquefois, rarement elle excite, et jamais elle n'a rien fait de grand.* » (*Émile,* Livre IV). Aux antipodes de l'idéalisme moral, Hegel confirme que « *rien ne s'est fait sans être soutenu par l'intérêt de ceux qui y ont collaboré.* »(*Leçons sur la philosophie de l'histoire,* Introduction). L'intérêt ? Le désir, la passion, l'intention égoïste... Voilà ce qui nous fait déployer l'énergie de notre vouloir. Alors on se démène et on agit « *de tout son cœur* ».

2. Au-delà de la raison : le cœur ou la conscience

Le cœur, certes, peut nous égarer. Cependant il nous exalte et nous motive. Il est ainsi la source de nos plus grandes vertus : la générosité, le dévouement, l'héroïsme,....

Le cœur lorsqu'il guide la raison amène des actions éclatantes.

Ne doit-on écouter que la raison ?

a. Une justice supra-rationnelle

La raison est l'arbitre impartial qui calcule exactement la part qui revient à chacun. Le jugement de Salomon en est un bon exemple.

Mais que vaut la justice sans le cœur ?

Pour Alain, au-delà de la justice rationnelle il y a le pardon : « *Pardonner n'est pas un compte juste ; pardonner est plus que juste.* » *(Définitions,* - Pardon)

La justice doit être éclairée par le cœur, l'empathie, la compassion, les sentiments d'humanité.

b. Le cœur ? La conscience

Il ne suffit pas de connaître son devoir pour le faire. Il faut un intérêt, une motivation, un élan de l'âme. C'est ce qui, chez Rousseau, définit la conscience : le *sentiment* ou l'*amour* du Bien. Nous avons, dit-il, été créés par Dieu. « *Il nous a donné la raison pour connaître ce qui est bien, la conscience pour l'aimer, la liberté pour le choisir.* » (Rousseau, *Nouvelle Héloïse*, VI, Lettre VII ; *Émile*, IV, Profession de foi du vicaire savoyard).

→ La conscience est le vrai guide de l'homme. Il lui revient dans le domaine de l'action de « *conduire notre raison* ».

## Conclusion

Être de raison, l'homme est-il toujours raisonnable ?

La raison est dans la nature humaine un germe qui doit être cultivé par l'instruction, la morale, l'éducation. C'est le travail d'une vie et un travail qui se poursuit de génération en génération au fil de l'histoire de l'humanité.

L'homme cependant n'est pas et ne sera jamais tout à fait raisonnable car il demeure en partie « *animal* ».

Et, devons-nous être toujours raisonnables ?

Un homme qui ne suivrait que la raison serait insensible ; il serait donc amputé d'une part de son humanité.

La sensibilité n'est pas toujours trompeuse. Elle fournit des intuitions, des sentiments qui parfois mieux que la raison voire contre ses jugements nous éclairent.

Alors, faut-il toujours se fier à la raison ?

Répondons avec Pascal : « *Deux excès : exclure la raison, n'admettre que la raison.* » (*Discours sur les passions de l'amour*)

## Les notions à ne pas confondre

**Cœur.** Le terme « cœur » est ambigu car il désigne tantôt chez Pascal une faculté de connaître, puissance d'intuition supérieure à la raison, tantôt, au sens ordinaire, l'affectivité (les sentiments et les désirs) qui souvent nous trompe. Aussi, nous associons le cœur à la tendresse, la faculté d'aimer, tandis qu'il est chez Platon l'énergie, l'ardeur du vouloir.

**Entendement/raison.** Littéralement, l'entendement est la faculté d'entendre, c'est-à-dire de comprendre (par l'intelligence). Il peut donc être assimilé à la raison. Pour Bossuet, « *L'entendement est la lumière que Dieu nous a donnée pour nous conduire. On lui donne divers noms* [...] *; en tant qu'il juge et qu'il dirige au vrai et au bien, il s'appelle raison et jugement.* » (*Traité de la connaissance de Dieu et de soi-même,* I, 7) Kant, lui, distingue entendement et raison. L'entendement, la faculté de juger, pense les objets que la sensibilité lui fournit à travers les formes a priori de l'espace et du temps. La raison quant à elle est la faculté des principes qui sont au-delà de l'expérience.

**Intuition.** L'intuition désigne un mode de connaissance immédiat. C'est un genre qui comporte plusieurs espèces. – L'*intuition sensible* est l'appréhension immédiate d'un objet par un ou des sens (je sais instantanément si je pose la main sur une flamme que le feu brûle). – L'*intuition psychologique* est l'intuition du cœur ou de la conscience qui perçoit immédiatement un phénomène psychique, sentiment, intention, trait de caractère ou autre (« il me ment » ; « il est en colère »). - L'intuition intellectuelle (qui s'oppose à la déduction) est la conception immédiatement claire et distincte par l'esprit seul d'une idée. « *Par* intuition *j'entends* [...] *une représentation qui est le fait de l'intelligence pure et attentive* [...], *une représentation inaccessible au doute* [...] *qui naît de la seule lumière de la raison. » (Descartes, règle pour la direction de l'esprit,* III*)* (« je pense, je suis ») Cette intuition intellectuelle est rationnelle. - S'y ajoute l'*intuition métaphysique*, intellectuelle mais pas forcément rationnelle, qui nous fait saisir l'âme, le monde, Dieu (« Dieu existe »).

**Pragmatique/pratique.** On oppose traditionnellement la pratique (le domaine de l'action) à la théorie (la pure spéculation). Parmi les trois grandes questions de la philosophie formulées par Kant, la première *« Que puis-je savoir ?* » est, dit-il, « *simplement spéculative* ». Toute question portant sur l'action serait donc une question d'ordre pratique.

Pas chez Kant qui distingue l'action ordinaire, purement utilitaire, et l'action morale. « *Que faut-il faire pour atteindre tel ou tel but ?* » est une question pragmatique. Mais la question « *Que dois-je faire ?* » est la question morale, c'est-à-dire, dans sa terminologie, pratique. « *La deuxième question est simplement pratique.* » (*Critique de la raison pure,* 543)

**Rationnel/raisonnable.** L'homme est rationnel, c'est-à-dire doué de raison. Il doit devenir raisonnable en utilisant sa raison et en apprenant à agir selon la raison pratique. Un délire peut être rationnel (construit et argumenté, logique) ; il n'en est pas moins déraisonnable puisque contraire au bon sens et aux valeurs morales communément admises.

## Les repères

**Abstrait/concret ; Formel/matériel.** On peut raisonner en faisant abstraction de la réalité concrète. Il est ainsi des syllogismes qui sont cohérents, et donc valides (ils ont une vérité formelle), et qui pourtant sont faux *(Tout ce qui est rare est cher/ Un cheval bon marché est rare/Donc un cheval bon marché est cher*). La logique est une science formelle.

Inversement, d'autres syllogismes sont matériellement vrais (en adéquation avec l'objet concret) et sont invalides, formellement faux *(Tous les hommes sont mortels/ Or, Socrate est mortel/Donc, Socrate est un homme).*

Et d'autres enfin sont à la fois invalides et faux (*Tous les chats sont mortels/Socrate est mortel/Donc Socrate est un chat,* dans *Rhinocéros* de Ionesco).

Un raisonnement dès lors qu'il a une matière doit allier la rigueur formelle à l'exactitude de son contenu.

**Analyse/synthèse.** L'esprit de géométrie est l'esprit d'analyse qui décompose et explique.

L'esprit de finesse est celui qui rassemble toutes les données en une synthèse intuitive.

**Concept, image, métaphore.** Un concept peut être illustré par une image. Le mythe de l'attelage ailé est une image, une représentation, de l'âme telle que la conçoit Platon. Évoquer « *les ailes de l'âme* », « *le ciel des Idées* », « *le cocher de l'âme* », c'est recourir à des métaphores ou analogies implicites.

**Croire/savoir.** On croit sans preuve et sans argument décisif ou quand nos arguments peuvent être contrebalancés par d'autres. « *Nous ne croyons presque que ce qui nous plaît* » précise Pascal. La croyance s'enracine dans le cœur.

On sait à l'issue d'une démonstration ou d'une expérimentation, donc par l'intermédiaire de la raison.

**En acte/en puissance.** Par nature tout homme est doté de raison. Mais cette aptitude innée doit être travaillée pour s'actualiser. L'idée qu'il existe un « *âge de raison* » traduit notre conscience que (dans l'espèce comme dans l'individu selon les philosophies de l'histoire) la raison est un germe qui est destiné, et cela de manière indéfinie, à se déployer et fructifier.

**En fait/en droit.** En droit, l'autorité revient, dans l'âme, à la raison et par conséquent, dans les rapports humains, à la personne la plus raisonnable, sage et vertueuse.

Mais, en fait, nous constatons que souvent les rapports s'inversent : la raison se met aux ordres du désir, le sert, se fait esclave de la passion. C'est ainsi que des tyrans (politiques ou domestiques), emportés par la passion, parviennent à subjuguer les foules par de fallacieux raisonnements.

**Intuitif/discursif ; Médiat/immédiat.** L'intuition est une connaissance directe, immédiate, globale.

Au contraire de l'intelligence divine infinie qui, entièrement intuitive, saisit d'un seul regard toutes les vérités, la raison de l'homme doit cheminer, étape par étape, vers la vérité. La connaissance rationnelle est donc connaissance discursive : à la manière du discours, elle articule différentes propositions.

**Origine/fondement.** Les axiomes ou principes premiers sont le support et le fondement du raisonnement démonstratif, à la fois le socle, l'assise de celui-ci et ce qui le justifie.

L'origine d'une idée (son commencement), c'est par exemple quelqu'un qui me l'a transmise, ou un fait, une leçon,... L'acte de naissance d'une idée n'est en aucun cas son fondement car ce n'est pas parce que je sais d'où me vient cette idée que celle-ci est justifiée.

**Persuader/convaincre.** Un raisonnement logique ne peut pas ne pas entraîner l'adhésion d'un interlocuteur doté de raison : sa nature est de convaincre l'esprit.

L'adhésion peut toutefois n'être qu'intellectuelle : l'individu n'y croit pas. On peut être convaincu sans être persuadé lorsque le cœur rejette l'idée que la raison démontre.

Le cœur séduit et persuade et avec lui l'imagination, la passion, l'art ou le sophisme, ce raisonnement habile dont la virtuosité dissimule les failles.

**Principe/cause/fin.** Dans le domaine de la connaissance les principes sont les propositions que l'on pose au commencement de la démonstration et celle-ci consiste à en déduire les conséquences. Il existe des principes logiques indémontrables et fondamentaux :

- Le principe d'identité. *« Il est impossible qu'une chose soit et ne soit pas dans le même temps* » (« *A est A* »).
- Le principe de non-contradiction. « *Il est impossible que le même attribut appartienne et n'appartienne pas en même temps au même sujet et sous le même rapport* » (Aristote, *Métaphysique*, Livre Gamma, ch. 3). Je ne peux affirmer d'un objet une chose et son contraire.
- Le principe du tiers exclu (de deux propositions contradictoires, l'une est vraie, l'autre est fausse).

Dans le domaine de l'action, un principe est une règle (ex : « *j'ai pour principe de ne jamais donner de pourboire* »). Le principe a ici aussi une valeur de cause : il détermine l'action en vue d'une certaine fin que l'on s'est donnée.

Et, au sens strict (pratique), un principe est une règle morale. On a des principes (on a des valeurs), on ne transige pas avec ses principes… La fin, selon la doxa, est de faire le bien et nos principes sont la cause de notre action pour y parvenir.

Si la raison chez Kant ne peut atteindre les principes des choses (ses objets de connaissance) elle découvre en revanche le principe de la moralité. L'impératif catégorique nous ordonne d'agir sans considération d'une quelconque fin mais seulement « *par devoir* ».

**Ressemblance/analogie.** Il existe depuis l'Antiquité une analogie entre la raison et l'œil, la connaissance et la vision. *« La connaissance plaît à l'esprit, comme la lumière plaît aux yeux.* » (Locke, *Quelques pensées sur l'éducation,* Section XVI, *La curiosité,* & 118, p. 226) Cette analogie a donné son nom à la philosophie des Lumières.

**Théorie/pratique.** L'activité la plus haute de l'esprit est pour Aristote la contemplation (*theôria*), l'activité purement intellectuelle de connaissance. Mais la raison s'exerce aussi dans le domaine pratique, c'est-à-dire le domaine de l'action. Elle guide le faire, l'activité productrice ou fabrication (*poiêsis*) et elle guide l'activité morale et politique (*praxis*).

Kant réserve le qualificatif « *pratique* » à l'usage moral de la raison.

## ZOOM sur PLATON (427-347 av. J.-C.) :

*« N'est-ce pas à la fonction raisonnante qu'il sied de commander, en tant qu'elle est sage et que, pour l'âme tout entière, elle est une providence supérieure ? » (La République, Livre IV)*

### Qui est Platon ?

**Disciple de Socrate**, Platon met le *logos* (raison, discours) au cœur de sa philosophie qui est un **idéalisme**.

### Quelques faits

Fils d'une famille aristocratique, Platon vit dans l'Athènes démocratique du Ve siècle av. J.-C.

Socrate allait et venait, discutant avec qui voulait bien répondre à ses questions. C'est que la philosophie par essence est dialogue et Platon toute sa vie va s'en souvenir puisqu'il va rédiger des œuvres qui sont des dialogues, faisant ainsi de la **dialectique** sa méthode. Les premiers restituent le souvenir de Socrate vraisemblablement tel qu'il fut (*Apologie de Socrate*, par exemple, sur son procès).

Peu à peu cependant, Platon élabore sa philosophie : il apporte des réponses aux questions qu'il pose. Socrate devient alors son porte-parole, un personnage qui est son double.

En 387 av. J.-C., Platon fonde à Athènes son école, l'**Académie**, dont le fronton porte l'inscription : « *Que nul n'entre ici s'il n'est géomètre* ».

Profondément épris de justice, Platon, à trois reprises, tente d'établir en Sicile un gouvernement juste en conseillant les tyrans Denys de Syracuse et Denys le Jeune. Ses tentatives cependant échouent.

## Quelques idées

### La critique de l'opinion et des sophistes

La recherche de la vérité en philosophie se fait par une critique de la doxa qui n'est que la *semblance du vrai*. Les sophistes sont passés maîtres dans l'art de manipuler les apparences et de produire des opinions fausses.

### La théorie des Idées et la réminiscence

Les Idées, Essences des choses, sont des réalités intelligibles plus réelles que les choses concrètes. L'âme, avant de s'unir au corps, a contemplé les Idées que son incarnation ensuite lui a fait oublier. Ainsi, « *Connaître, c'est se ressouvenir* » dit le *Ménon*.

### La justice

La justice est la vertu fondamentale de la pensée platonicienne et le thème par excellence de la *République* et des *Lois*. La justice doit être réalisée dans l'âme et Platon propose à cette fin un idéal moral ainsi qu'un programme d'éducation. La justice doit aussi être réalisée dans la Cité : il faudrait que les philosophes deviennent rois ou que les rois soient philosophes.

## Quelques propos

« *Aussi longtemps que nous aurons notre corps et que notre âme sera pétrie avec cette chose mauvaise, nous ne pourrons tout à fait obtenir l'objet de notre désir ! Or cet objet, c'est, disons-nous, la vérité.* » (*Phédon*)

« *L'âme ayant tout appris, rien n'empêche qu'un seul ressouvenir lui fasse retrouver tous les autres, pourvu que l'on soit courageux et persévérant dans la recherche ; la recherche et le savoir en effet ne sont finalement que réminiscence.* » (*Ménon*)

« *La mesure et la proportion réalisent partout la beauté et la vertu.* » (*Philèbe*)

« *Chacun de nous, pour être heureux, doit rechercher la tempérance.* » (*Gorgias*)

# FICHE MÉTHODOLOGIQUE

## EXPLIQUER TOUTES LES IDÉES

## Ce qu'il faut savoir

Comprendre un texte, c'est pouvoir l'expliquer.

### A. Éviter la paraphrase

Répéter ce que dit le texte, avec vos mots à vous, est un auxiliaire de la compréhension. Mais il ne s'agit là que de restituer et traduire le texte. La paraphrase n'est pas une explication.

### B. Expliquer le texte : l'expliciter

Le texte dit quelque chose. Au-delà, que signifie-t-il ? Que ne dit-il pas ? Qu'est-ce que l'auteur a voulu dire ?

### C. Comment procéder à l'explication ?

Comme dans la dissertation, vous devez commencer par définir précisément les termes et notions clefs. Une fois encore, cherchez des synonymes afin d'établir des nuances et de procéder à d'utiles distinctions conceptuelles. Interrogez-vous aussi sur les présupposés de l'auteur : quelles notions suppose-t-il connues de son lecteur ? Sur quels principes s'appuie-t-il ? Se réfère-t-il à d'autres philosophes ? S'agit-il d'un texte polémique et l'auteur vise-t-il à réfuter une opinion ou l'idée d'un adversaire ? Enfin, cherchez quelques exemples, destinés à confirmer les idées du texte.

### D. S'identifier à l'auteur

Le principe de l'explication de texte est de restituer, en plus clair, plus détaillé et plus rigoureux, toutes les idées du texte. Ce travail suppose que vous êtes capable de vous mettre à la place de l'auteur. Vous devez donc procéder comme si vous étiez l'auteur lui-même en train de se justifier. L'intention doit être de remonter à sa pensée pour tâcher de voir comment ses idées se sont mises en place ; un peu comme si vous vous efforciez de retrouver son brouillon.

## Un exemple guidé

### *L'homme ne peut tout prouver*

« Si l'homme était forcé de se prouver à lui-même toutes les vérités dont il se sert chaque jour, il n'en finirait point. Il s'épuiserait en démonstrations préliminaires sans avancer ; comme il n'a pas le temps, à cause du court espace de la vie, ni la faculté, à cause des bornes de son esprit, d'en agir ainsi, il en est réduit à tenir pour assurés une foule de faits et d'opinions qu'il n'a eu ni le loisir ni le pouvoir d'examiner et de vérifier par lui-même, mais que de plus habiles ont trouvés ou que la foule adopte [...]

Il n'y a pas de si grand philosophe dans le monde qui ne croie un million de choses sur la foi d'autrui, et qui ne suppose beaucoup plus de vérités qu'il n'en établit ».

Tocqueville, *De la démocratie en Amérique*

Lisons le texte et isolons chacune de ses idées pour l'expliquer en détail. Nous [**indiquerons**] les éléments principaux de la démarche. Il va de soi que le cours doit être utilisé mais les références qui y sont faites ne seront pas indiquées car, le jour de l'examen, des élèves de différents horizons sont amenés à traiter un même sujet ou un même texte avec des cours différents. À chacun de puiser dans ce qu'il sait !

La **question** est : « L'homme peut-il tout démontrer ? »

« *Si l'homme était forcé de se prouver à lui-même toutes les vérités dont il se sert chaque jour* »

[**Reformulation**] Les hommes se servent quotidiennement d'un grand nombre de vérités. [**Explication et exemples**] Seul ou avec autrui dans le cadre d'un dialogue, nous nous basons sur des vérités logiques tels le principe d'identité ou la proposition évidente « *le tout est supérieur à sa partie* » mais aussi sur des vérités de fait, comme l'existence des camps de concentration pendant la seconde Guerre mondiale. Ces vérités sont d'ailleurs utiles et l'on s'en sert pour agir. Qui achète un morceau de viande (une partie) sait bien qu'il n'achète pas la bête entière et qui prépare un voyage ne doute pas de l'existence ou du lieu du pays qu'il compte visiter.

[**Articulation logique**] Comment connaît-on ces vérités ?

[**Une référence philosophique**] Pour Pascal, il faudrait dans l'idéal « *Tout définir et tout prouver* ». Telle est l'hypothèse que Tocqueville adopte : « *Si l'homme était forcé de se prouver à lui-même toutes les vérités* ». [**Explication**] Il faudrait alors toujours avoir soit un argument (preuve logique) suffisant soit une expérience (preuve matérielle) suffisante.

[**Articulation logique**] Cela est-il possible ?

À cette question, Tocqueville répond par la négative : « *il n'en finirait point.* » [**Références philosophiques**] Aristote déjà exposait le problème : « *Il est absolument impossible de tout démontrer : on irait à l'infini, de telle sorte que même ainsi, il n'y aurait pas de démonstration.* » [**Explication**] Il faudrait, pour tout jugement énoncé, prouver ce jugement, puis prouver sa preuve, puis la preuve de sa preuve... Et cela dans une démarche sans fin. Qui s'y risquerait « *s'épuiserait en démonstrations préliminaires sans avancer* ».

[**Articulation logique**] Alors, doit-on chercher à tout démontrer?

[**Une référence philosophique**] Les sceptiques arguaient de la régression à l'infini pour établir que la recherche de la certitude est vaine. Prétendre tout démontrer, confirme Tocqueville, serait une entreprise vouée à l'échec.

[**Articulation logique**] Pourquoi ne devons-nous pas chercher à tout démontrer?

La réponse de Tocqueville à cette question se fait en deux temps.

D'une part, l'homme, « *n'a pas le temps, à cause du court espace de la vie* ». [**Explication**] Pour conduire une régression à l'infini, il faudrait un temps infini : l'éternité. Or, notre vie est brève et ne dure que « *l'espace d'un matin* » (Malherbe).

D'autre part, nos capacités sont elles aussi limitées (les « *bornes de son esprit* »). [**Explication**] Finitude originelle, triste condition d'une âme incarnée dans un corps qui est son tombeau... Nous le savons bien, nous ne disposons pas d'une intelligence infinie capable d'accéder immédiatement à toutes les vérités.

[**Articulation logique**] Dans ces conditions, que faut-il faire?

[**Une référence philosophique**] Les sceptiques préconisaient de « *suspendre son jugement* ». Faut-il aller jusque-là?

Faute de savoir, on peut croire; telle est la réponse que Tocqueville préfère nous donner dans ce texte. Un homme, nous dit-il, « *en est réduit à tenir pour assurés une foule de faits et d'opinions qu'il n'a eu ni le loisir ni le pouvoir d'examiner et de vérifier par lui-même* ».

[**Explication (1)**] Le manque de « loisir » fait ici écho au « court espace de la vie » mentionné plus haut de même que le manque de « pouvoir » reprend le manque de « faculté » dû aux « bornes de son esprit ». Il est clair, avec une telle insistance, qu'un homme est incapable de tout prouver.

[**Explication (2) et exemples**] Par conséquent, il est contraint de se fier à ce que d'autres avant lui ont établi. Il doit, d'une part, tenir pour assurée une « foule de faits » qu'il n'a ni vécus ni expérimentés. Ainsi sommes-nous bien certains d'un grand nombre de faits historiques ou de faits de notre époque dont les médias nous abreuvent mais dont nous n'avons pas été le témoin. Et il doit, d'autre part et de même manière, tenir pour assurée « *une foule* [...] *d'opinions* », de croyances, de « on-dit ». [**Une référence philosophique**] Il existe, confirme Spinoza, différents genres de connaissance dont le premier est la connaissance par ouï-dire; « *Je sais par ouï-dire seulement quel a été mon jour de naissance; que j'ai eu tels parents et autres choses semblables, dont je n'ai jamais douté* ».

Notre culture scientifique en général est de cet ordre. Sans l'« *examiner et vérifier par lui-même* », un homme est bien certain que la terre tourne autour du soleil car il se règle sur ce que « de plus habiles », des savants comme Galilée, « ont trouvé » ou sur ce que « la foule adopte ». [**Références philosophiques**] Descartes en donne l'explication : « *C'est bien plus la coutume et l'exemple qui nous persuadent qu'aucune connaissance certaine* ». La plupart de nos vérités sont en fait des croyances.

[**Articulation logique**] Quelles vérités, alors, possédons-nous ?

[**Explication/Introduction de l'idée**] Le texte se clôt sur une remise en cause de la philosophie. Celle-ci, selon son étymologie, se définit comme l'amour et la recherche de la vérité. Or, un philosophe se questionne, élabore des réponses et parvient ainsi à ses vérités. Il a donc tendance à croire qu'il sait. [**Une référence philosophique**] De ce dogmatisme Hegel nous offre le plus bel exemple puisqu'il va jusqu'à affirmer qu'avec lui, « *la philosophie cessera d'être amour du savoir pour être savoir effectivement réel* ». Qu'en est-il en réalité ?

Le philosophe ne fait pas exception à la règle que Tocqueville vient d'établir : « *Il n'y a pas de si grand philosophe dans le monde qui ne croie un million de choses sur la foi d'autrui* ». [**Explication**] D'une part, le philosophe, comme tout le monde, « *se sert chaque jour* » de vérités reçues. Et, d'autre part, lorsqu'il philosophe, il en va de même : il croit en des faits attestés par d'autres (l'existence de Socrate, de son procès, de sa condamnation injuste) et il adhère à un certain nombre d'idées philosophiques (le cogito, l'idée de parfait) élaborées par d'autres.

[**Explication**] Ainsi, un philosophe, certes, apporte ses réponses ; il établit une vérité. Cette vérité toutefois est comme la partie émergée d'un iceberg constitué par l'immense quantité de croyances que le philosophe présuppose. Un philosophe, fût-il le plus grand et le plus illustre, « *suppose beaucoup plus de vérités qu'il n'en établit* ». Nous soulignerons ici les termes employés, « *croire* », « *foi* », « *supposer* », qui tous appartiennent au registre lexical de la croyance et donc de l'incertitude. Les vérités philosophiques elles-mêmes sont pour la plupart de l'ordre de la croyance et le philosophe n'est donc pas un savant.

## C'est à vous !

Deux textes, dans le chapitre précédent, vous ont été proposés et la formulation de la thèse vous guide. À vous maintenant d'expliquer très précisément chacune de leurs idées. Vous pourrez ensuite faire de même avec ceux qui se trouvent dans les chapitres suivants.

**Quelques sujets...**

Le doute est-il un échec de la raison ?

Est-il raisonnable d'aimer ?

La raison peut-elle vouloir le mal ?

CHAPITRE 11

# La science

## Introduction

« *Tous les hommes désirent naturellement savoir* » constatait Aristote (*Métaphysique,* A). Ce désir s'incarne dans des connaissances très différentes : connaissance par ouï-dire, Révélation religieuse, occultisme,...

Qu'est-ce qu'une connaissance scientifique ?

La science, en grec *épistèmè,* est un savoir supérieur : un savoir théorique et universel qui rompt avec les opinions et les croyances subjectives et qui a pour but de dévoiler la **réalité** des choses.

La science peut-elle tout expliquer ?

## I. La science ou les sciences ?

Quels sont les domaines de la connaissance scientifique ?

### A. Les sciences formelles

Les sciences formelles sont les sciences qui font abstraction du réel et de l'expérience. Il s'agit de la logique et des mathématiques. « *Ce que nous appelons ici savoir, c'est connaître par le moyen de la démonstration.* » (Aristote, *Organon,* IV)

Toutefois, la logique ne suffit pas dès lors qu'il s'agit de connaître un objet concret.

### B. Les sciences expérimentales

Les sciences expérimentales portent sur la nature, le réel. Ce sont les sciences physiques (physique, chimie, astronomie) ainsi que la biologie et la médecine.

Leurs raisonnements doivent être **vrais.**

### C. Les sciences humaines

On opposait autrefois aux sciences de la nature les sciences de l'esprit ou sciences morales : ce sont nos sciences humaines et sociales. Elles étudient l'homme en tant que sujet dans ses manières de sentir, de penser, d'agir : histoire, psychologie, sociologie, économie, ethnologie,....

### D. Les progrès de l'esprit dans les sciences

#### 1. Le positivisme

La philosophie de Comte affirme que l'esprit humain ne peut accéder à la connaissance des causes des choses. L'**esprit positif** est donc le véritable esprit philosophique. Il s'en tient au concret, aux faits : « *Il n'y a de connaissances réelles que celles qui reposent sur des faits observés.* » *(Cours de philosophie positive)*

2. La loi des trois états

L'esprit humain passe par trois stades qui correspondent à trois manières de philosopher.

- L'état **théologique** ou **fictif,** qui est le propre de l'enfance de l'humanité, éprise de connaissances absolues, interprète les phénomènes comme effets de volontés surnaturelles (fétichisme, polythéisme, monothéisme).
- Puis, l'esprit grandit et passe à l'état **métaphysique** ou **abstrait** : des forces abstraites, ou abstractions personnifiées, prennent le relais (Dieu, la Nature, ...).
- Enfin, parvenue à l'état **positif** ou **scientifique**, l'intelligence, désormais adulte, renonce au vain « pourquoi » pour se consacrer au « comment » et dégager les lois qui régissent les phénomènes.

3. La classification des sciences

Comte propose une classification des sciences sur les bases de la généralité décroissante et de la complexité croissante de leurs objets, chacune dépendant de celles qui la précèdent : mathématiques, astronomie, physique, chimie, biologie (*« physiologie »*), sociologie *(Cours de philosophie positive,* Deuxième leçon). La science la plus récente, la sociologie (Comte crée le terme), est la plus importante. « *Physique sociale* », elle a en effet pour objet l'humanité.

→ La science vise à expliquer la totalité du réel. Multiples donc sont ses objets. Il n'en existe pas moins une unité de la science qui est l'unité de la méthode : découvrir, définir, établir, prouver avec la raison pour guide.

Quelles sont les spécificités de la connaissance scientifique ?

## II. À quelles conditions une connaissance est-elle scientifique ?

On use et abuse dans les publicités de la formule : « *c'est scientifiquement prouvé* ». Une affirmation serait scientifique dès lors qu'elle serait confirmée par une expérience.

L'expérience suffit-elle pour faire d'une connaissance une science ?

### A. Rompre avec l'expérience première

1. Ne pas se fier à l'expérience sensible

- La perception est l'expérience sensible, immédiate, des objets extérieurs (ex : je me brûle).
- Elle se définit donc comme la **connaissance sensible** (je sais que le feu brûle).

Or, la perception est par nature *qualitative* et *relative* (le vent est froid, dit Socrate dans le *Théétète*, pour qui frissonne). Elle ne porte jamais que sur les apparences, changeantes, de l'objet, contrairement à la science qui vise l'être.

« *Il n'y a pas de connaissance scientifique par la perception* » (Aristote, *Seconds Analytiques*). Et Descartes le confirme : nous devons douter de nos premières expériences.

### 2. Les insuffisances de la connaissance empirique

Que nous enseigne l'expérience ? Des constats, des exemples, des faits particuliers. Ainsi, dit Aristote, *« les hommes d'expérience connaissent qu'une chose est, mais ils ignorent le pourquoi ».* (*Métaphysique,* A, 1) « L'opium fait dormir. » L'expérience nous permet de le constater. Mais quels sont ses constituants qui produisent cet effet ? « *Nous estimons posséder la science d'une chose* [...] *quand nous croyons que nous connaissons la cause par laquelle la chose est.* » (*Seconds analytiques,* I, 2- 71b)

→ L'expérience n'*explique* pas et l'expérience, donc, n'est pas la science.

### 3. La science se constitue contre l'expérience

L'expérience première est même, nous dit Bachelard, le premier **obstacle épistémologique** : « *La première expérience ou, pour parler plus exactement, l'observation première est toujours un premier obstacle pour la culture scientifique.* » *(La formation de l'esprit scientifique,* ch. I-III) Sensible, elle parle aux sens, elle séduit, se raconte mais ne s'explique pas pour autant. Décrire n'est pas connaître.

Il faut penser contre l'expérience première.

→ Il existe un **savoir empirique** incontestable que l'on ne doit pas négliger mais ce savoir n'est pas un **savoir scientifique**.

Pour autant la science pourrait-elle se passer de l'expérience ?

L'expérience donne son nom à la méthode des sciences de la nature : « les sciences *expérimentales ».*

Qu'est-ce qu'une expérience scientifique ?

## B. La méthode expérimentale

Galilée fonde au XVII$^{e}$ siècle la physique moderne en la faisant reposer sur la méthode expérimentale que Claude Bernard (XIX$^{e}$ s.) définira : « *La méthode expérimentale, considérée en elle-même, n'est rien d'autre qu'un raisonnement à l'aide duquel nous soumettons méthodiquement nos idées à l'expérience des faits.* » *(Introduction à l'étude de la médecine expérimentale)*

### 1. L'observation scientifique

La science naît de l'observation des faits et donc d'une expérience. L'observation scientifique toutefois se distingue radicalement de l'observation spontanée, passive, empirique et fortuite.

- L'observation scientifique est *active. « Dans la manière d'observer qu'on appelle scientifique, nous prenons un rôle actif. Au lieu d'attendre que la nature nous donne des situations à observer, nous essayons d'en créer. Autrement dit, nous nous livrons à des expérimentations »* (Carnap, *Les fondements philosophiques de la physique*).

- L'observation scientifique est *volontaire.* « *L'expérience n'est au fond qu'une observation provoquée dans un but quelconque.* » (Bernard, *Introduction à la méthode expérimentale,* I- I § 5)
- L'observation scientifique est *précise* (appareils d'observation et de mesure) et donc impartiale.
- L'observation scientifique est *sélective.* « *Quel que soit le phénomène considéré, il y a un nombre considérable de circonstances qui sont sans influence sur lui.* » (*ibid.*)
- Enfin, l'observation scientifique est interprétée, souvent par référence à une expérience antérieure ou une théorie ou une hypothèse.

→ L'expérience en science se nomme **expérimentation** et elle est questionnée dans le but d'en tirer un enseignement.

### 2. L'hypothèse scientifique

#### a. Élaborer une hypothèse explicative

Claude Bernard définit l'hypothèse scientifique comme l'« *idée anticipée* » de la loi qui régit le phénomène et de l'explication future.

Comment l'hypothèse explicative se forme-t-elle ?

#### b. L'invention de l'hypothèse

L'hypothèse se donne comme la prise de conscience intuitive de certains rapports. « *Deviner avant de démontrer. Ai-je besoin de rappeler que c'est ainsi que se sont faites toutes les découvertes importantes* ? » (Poincaré, *La valeur de la science*). Or, c'est l'imagination qui anticipe et synthétise et donc l'imagination participe à l'élaboration de l'hypothèse.

Cependant, quelle est la place de l'hypothèse dans les sciences de la nature ?

### 3. L'expérience scientifique : l'expérimentation

#### a. Nécessité de l'expérimentation

L'hypothèse expérimentale exige d'être testée pour être vérifiée et accéder ainsi au statut d'idée scientifique. *« Le théoricien pose certaines questions déterminées à l'expérimentateur et ce dernier essaie, par ses expériences, d'obtenir une réponse décisive à ces questions-là.* » (Popper, *La logique de la découverte scientifique)*

#### b. L'hypothèse à l'épreuve des faits

Que vaut l'hypothèse ?

Il appartient à l'expérience de le dire. Le test se fait soit par une nouvelle observation (dans les domaines où l'expérimentation est impossible comme l'astronomie) soit par une expérimentation ou expérience provoquée.

L'hypothèse est alors soit vérifiée, prouvée par l'expérimentation, soit invalidée, auquel cas il faut en formuler une nouvelle.

### 4. L'élaboration de la théorie scientifique

La théorie scientifique désigne une construction de l'esprit par laquelle un certain nombre de lois sont rattachées à un même principe ; par exemple, la théorie de l'évolution, la théorie de la relativité.

### C. À quoi reconnaît-on qu'une théorie est scientifique ?

Karl Popper se propose de tracer la frontière entre théories scientifiques et théories non scientifiques. Le critère qu'il adopte est la **falsifiabilité** ou **réfutabilité**. Il ne s'agit pas de vérifier qu'une théorie est vraie mais plutôt de la réfuter en tâchant de montrer qu'elle est fausse. Soit la théorie est réfutée et elle laisse alors la place à une autre moins réfutable. Soit on ne peut prouver qu'elle est fausse et on la retient comme, à ce moment de la recherche scientifique, *vraisemblable*, plus proche que les autres de la vérité.

Une théorie qui se donne pour « irréfutable » n'est pas forcément vraie; elle est en tout cas non-scientifique.

→ Concernant les objets du monde l'homme s'est doté d'une méthode qui lui permet de les connaître.

Le XX^e siècle quant à lui a vu l'essor des sciences humaines.

## III. Peut-on parler de « sciences de l'homme » ?

Peut-on de manière scientifique dégager les lois qui régissent en tous domaines le sujet humain ?

### A. L'homme est-il objet de « science » ?

Pour traiter la question il faut au préalable demander :

- Quels sont les objets d'une science ?
- Les faits humains entrent-ils dans cette catégorie ?

#### 1. La science porte sur le nécessaire

Aristote nous dit : « *Ce qui est objet de science existe de toute nécessité et a par suite un caractère éternel.* » (*Éthique à Nicomaque*, VII-2)

La science étudie les **lois**, rapports nécessaires et constants entre les phénomènes, qui font que l'objet ne peut-être autrement qu'il n'est. Ainsi toute science repose sur le postulat du **déterminisme** et exclut l'idée de hasard.

Or, l'homme est un sujet, c'est-à-dire un être libre et la liberté fait entrer la contingence dans le monde.

Les sciences de l'homme auraient pour fonction de dégager les lois qui déterminent un être libre. C'est un non-sens.

*Mais,* si le libre arbitre était une illusion ? Si le fait humain était déterminé par des causes trop complexes et trop infimes pour que l'on puisse les discerner toutes ?

→ Les limites des sciences humaines sont-elles dans l'objet d'étude ou dans le sujet connaissant ?

#### 2. « *La science porte sur le général* » (Aristote, *Seconds analytiques*, I)

##### a. L'étude du général

La science étudie des faits qui se reproduisent. Par exemple, « *l'eau bout à cent degrés* ».

La science porte aussi sur la nature immuable de l'objet et les propriétés qui lui sont inhérentes en tout temps et en tout lieu. L'anatomie est la science du corps humain « en général ».

b. Les faits humains sont de l'ordre de la particularité

Certes, l'histoire est un éternel retour. Pour autant le fait historique est, par essence, particulier, singulier, unique. Schopenhauer rejoint Aristote : « *Les sciences parlent toutes de ce qui est toujours, tandis que l'histoire rapporte ce qui a été une seule fois et n'existe plus jamais ensuite* ». D'où sa conclusion : « *L'histoire est une connaissance sans être une science* ». *(Le monde comme volonté et comme représentation*, Supplément au Livre troisième)

→ L'histoire est emblématique d'une difficulté inhérente aux sciences humaines et sociales.

## B. Que vaut le modèle expérimental pour les sciences humaines ?

### 1. L'expérience dans les sciences humaines et sociales

L'expérimentation au sens strict est impossible dans les sciences humaines. Certaines expériences cependant en tiennent lieu. Par exemple, l'expérience de psychologie de Milgram (publiée en 1963) évalue le degré de soumission à une autorité considérée par le sujet comme légitime (cf. *I comme Icare*, d'Henri Verneuil). Ou encore, « l'expérience de Stanford » (1971) montre que la situation peut amener un sujet à adopter une conduite contraire aux valeurs qu'il professe et à sa personnalité. Deux films s'en inspirent : *L'expérience* (2001) d'Olivier Hirschbiegel et son remake américain *The experiment* (2010) de Paul Scheuring.

Ces expériences sont-elles probantes ? De nombreuses critiques leur sont adressées.

→ Il n'y a pas de certitude consensuelle dans les sciences de l'homme.

### 2. Peut-on parler de vérité dans les sciences de l'homme ?

Les sciences humaines et sociales dégagent des causes, formulent des lois, affirment des « vérités » qui, la plupart du temps et même en leur sein, demeurent contestées. Est-ce vraiment la situation qui déclenche chez certains un comportement sadique ? C'est la conclusion de l'expérience de Stanford. Mais, doit-on exclure les prédispositions du sujet ?

### 3. Science d'où prévision

Comte résume : *« Science d'où prévoyance ; prévoyance d'où action. »* (*Cours de philosophie positive,* Deuxième leçon, II, 2)

Les sciences de la nature dégagent les lois de la nature. Dans la mesure où les mêmes causes produisent les mêmes effets, le savant sait que telles conditions étant réunies tel effet se produira.

Il n'en va pas de même pour le sujet. À un instant présent correspondent plusieurs avenirs possibles et nul ne peut prévoir lequel adviendra.

→ L'impossibilité de la prévision va dans le sens d'une critique de l'usage du mot « science » dans l'étude de l'homme et des faits humains.

Faut-il dénier toute scientificité aux « sciences de l'homme » OU peut-on parler d'objectivité dans les sciences de l'homme?

## C. Quelle objectivité pour les sciences humaines et sociales?

### 1. L'idéal d'objectivité

- L'objectivité désigne d'abord la **conformité à l'objet examiné,** l'adéquation au réel.
- Ensuite, et c'est le sens courant, objectivité signifie **impartialité.** Il s'agit alors de juger abstraction faite de sa sensibilité, de ses goûts, de ses valeurs et de ses croyances, par exemple religieuses ou politiques.

Quel sens la notion d'objectivité peut-elle avoir lorsque l'objet d'étude est un sujet?

### 2. De l'usage de la subjectivité dans les sciences de l'homme

#### a. La volonté d'objectivité

Aucun individu ne peut lorsqu'il étudie des faits humains « *déposer sa personnalité au vestiaire* ».

Faut-il en déduire qu'il ne peut y avoir de « *sciences de l'homme* »?

Les sciences humaines ne peuvent se constituer qu'en se démarquant des sciences expérimentales et en se dotant d'une méthode qui leur est propre. Ainsi, Ricœur nous dit: « *Nous attendons de l'histoire une certaine objectivité; l'objectivité qui lui convient* ». (*Histoire et vérité*)

De quelle objectivité s'agit-il?

#### b. Pas de compréhension sans subjectivité

Il convient, selon Gusdorf, d'opérer une « *conversion épistémologique* » et de réhabiliter dans les sciences humaines la subjectivité qui est et doit être bannie des sciences expérimentales. Dilthey précise: « *Nous expliquons la nature, nous comprenons la vie psychique* » (*Le monde de l'esprit,* I).

- On explique le fonctionnement d'un objet et on explique comment un phénomène naturel se produit en le rattachant, par un raisonnement déductif, à une loi.
- On comprend, on saisit *de l'intérieur* un sujet. « *Nous réservons le terme de comprendre à la connaissance obtenue par interpénétration psychologique* » (Jaspers, *Psychopathologie générale*).

Prenons l'exemple de l'histoire. L'historien Paul Veyne déclare: « *Telle est l'explication historique: pas scientifique du tout. Nous lui réservons le nom de compréhension* » (*Comment on écrit l'histoire*). L'histoire *comprend* le passé.

→ Au service d'une volonté scrupuleuse de vérité, la subjectivité, maîtrisée, devient, dans les sciences de l'homme, un auxiliaire et un guide indispensables pour l'interprétation.

## D. L'interprétation dans les sciences humaines et sociales

### 1. Qu'est-ce qu'interpréter?

Dans son traité, *De l'interprétation*, Aristote écrit: « *Tout discours a une signification* ». On interprète un discours pour le comprendre. Par extension, interpréter, quel qu'en soit l'objet, c'est traduire c'est-à-dire remonter aux intentions, pensées et sentiments cachés derrière un signe qui n'est pas forcément linguistique. Interpréter signifie donc aller du signifiant au signifié, du manifeste au latent.

Interpréter revient à chercher le *sens* des choses.

Mais, le sens attribué est-il le bon?

### 2. Que vaut une interprétation dans les sciences de l'homme?

Il existe des interprétations fausses. Wihlem Fliess est un médecin ORL, ami et correspondant de Freud, qui articule les pathologies du nez à celles des organes génitaux de la femme. Sa théorie peut intéresser un historien de la psychanalyse. Nul aujourd'hui ne l'adopte.

Y a-t-il jamais dans l'une des sciences de l'homme UNE interprétation incontestée? La réponse est claire: non.

Est-ce un mal?

D'abord, *une* unique interprétation d'un phénomène scléroserait la pensée.

Ensuite, prétendre imposer une et une seule interprétation est antiscientifique. Rappelons que pour Popper une théorie scientifique est une théorie falsifiable.

La pluralité des interprétations stimule et nourrit l'esprit.

→ Les sciences humaines sont récentes. Et il n'y a pas forcément un unique modèle de scientificité.

## Conclusion

La science porte sur le réel sous toutes ses formes. En conséquence, ses propositions doivent être en accord avec le réel. C'est pourquoi la soumission aux faits, à l'expérience, est l'épreuve décisive.

Pour autant la science ne dévoile pas l'être (Platon) mais seulement les **phénomènes** (Kant): elle nous fait connaître le monde et l'homme tels qu'ils sont *pour nous*. La science des hommes ne vaut donc que pour les hommes.

La science elle-même a ses limites et ce sont les limites de l'humanité. C'est pourquoi il existe des connaissances non scientifiques. L'art, la religion, la philosophie sont d'autres chemins vers la vérité. Ils répondent à notre besoin métaphysique: le désir de comprendre l'essence de la réalité, l'exigence d'un total *dévoilement*.

## Les notions à ne pas confondre

**Connaissance/science.** « *Connaître* » est un terme générique et la connaissance, de l'opinion à la science, prend plusieurs formes. La science est la connaissance rationnelle, méthodique, qui prouve ses résultats et atteint des vérités ou du moins des certitudes qui, à une époque donnée, sont tenues pour des vérités.

**Expérience/expérimentation ; empirique/expérimental.** Le terme « *expérience* » a deux sens. Tantôt il désigne l'expérience sensible ou expérience première, vulgaire (*experience* en anglais) et l'adjectif correspondant est « *empirique* ». Tantôt il désigne l'expérience scientifique, plus justement nommée « *expérimentation* » (*experiment* en anglais) et l'adjectif correspondant est « *expérimental* ».

**Idée/théorie.** Une théorie (c'est le double sens de *theôria*) est un *ensemble* de conceptions, d'*idées* (vues intellectuelles) et de lois qui, unifiées par un principe commun, vise à fournir une explication du réel dans un domaine particulier. L'évolutionnisme de Darwin, par exemple, explique l'adaptation du vivant à son milieu en rassemblant différentes lois comme la lutte pour la vie et la sélection naturelle du plus apte. - Si une théorie est un édifice intellectuel, une construction abstraite qui vise à expliquer une réalité, toutes les théories ne sont pas scientifiques : il y a des théories en astrologie et on parle beaucoup de nos jours de la « théorie du complot ».

**Noumène/phénomène.** Pour Kant, la science a bien une valeur « *universelle* », si on la compare à l'opinion. Elle vaut en effet pour tous les hommes, abstraction faite de leurs particularités individuelles. Cependant la science ne nous fait jamais connaître que les phénomènes : les choses telles qu'elles nous apparaissent *(*c'est l'étymologie grecque : *phainomenon, « ce qui apparaît »)* à nous, hommes, compte tenu de notre constitution, à travers les formes a priori de l'espace et du temps. Mais qu'en est-il de la chose en soi ? La chose telle qu'elle est en elle-même, dans sa réalité, c'est ce que Kant appelle le noumène. Le noumène nous est inconnaissable.

**Objet/objet de science.** Un objet est une chose (un être purement matériel). Un objet de science est ce sur quoi porte une science. S'agit-il pour autant d'un « *objet* » ?

Déjà, la biologie pose problème. « *Le corps* vivant *est-il un corps comme les autres ?* » demande Bergson (*Évolution créatrice,* ch. 1, p. 12) Et il répond : « *On aurait tort de le comparer à un* objet » Le vivant est cependant objet de science. Plus encore, l'homme est par essence un sujet. Il n'en est pas moins « *l'objet* » des sciences humaines et sociales.

**Sciences dures/sciences molles.** Sciences expérimentales et sciences formelles forment le groupe des sciences exactes, que l'on appelle parfois les « *sciences dures* ». Les sciences humaine et sociales seraient des « *sciences molles* » ; des ersatz de sciences, pâles copies des « *vraies* » sciences.

**Subjectivité. Bonne subjectivité/mauvaise subjectivité.** « *Nous pressentons qu'il y a une bonne et une mauvaise subjectivité, et nous attendons un départage de la bonne et de la mauvaise subjectivité, par l'exercice même du métier d'historien.* » (Ricœur, *Histoire et vérité*). - La mauvaise subjectivité relève du parti pris qui submerge, parfois de manière intentionnelle, le sujet connaissant. Emporté par son élan, désireux d'aboutir, égaré par ses sentiments ou ses préjugés, le savant/pseudo-savant se fourvoie. Il semblerait difficile de demander par exemple à un communiste fervent une histoire impartiale de la révolution russe. Ou un analyste (psychologue, psychanalyste) n'est pas à l'abri d'un contre-transfert : il peut croire tomber amoureux de la patiente qui l'érotise si bien qu'il ne peut plus prétendre saisir les mécanismes de son psychisme. - Inversement, la bonne subjectivité définit la mise au service de sa personnalité à la volonté de comprendre un individu ou un fait humain. Pour saisir un sujet en effet il faut « *se mettre à sa place* » et la subjectivité seule le permet.

## Les repères

**Abstrait/concret.** Si le fait naturel est un fait concret et singulier, le fait scientifique, lui, est un fait artificiel, construit par l'intelligence et donc un fait abstrait (« *l'eau bout à 100 degrés* » abstraction faite de l'origine de l'eau et du récipient dans lequel elle chauffe).

**Analyse/synthèse.** Toute science repose sur l'analyse. Dans la logique et les mathématiques, il s'agit de démontrer une proposition en remontant à son fondement. Dans les autres sciences, c'est le travail de décomposition (analyse d'une substance par exemple pour identifier ses composants chimiques). Les sciences humaines n'y échappent pas : elles analysent des comportements et faits humains. La psychanalyse déconstruit les rêves. Et « *L'histoire à travers l'historien ne retient, n'analyse, et ne lie que les événements importants.* » (Ricœur, *Histoire et vérité)*

À la fin de son travail le chercheur doit communiquer ses résultats. C'est le moment de la synthèse ou la mise en forme.

**Concept/image/métaphore.** La science élabore des concepts : le concept de cercle (mathématiques), le concept de mastication (biologie), le concept de suicide (sociologie)… Il s'agit d'abstractions : on a *extrait* d'un grand nombre de cas particuliers leur essence commune.

L'expérience première ou l'observation première, apparaît de ce point de vue comme un obstacle à la culture scientifique. « *En effet, cette observation première se présente avec un luxe d'images ; elle est pittoresque, concrète, naturelle, facile. Il n'y a qu'à la décrire et s'émerveiller.* » (Bachelard, *La formation de l'esprit scientifique*, ch. I- III). La science suppose que l'on rompe avec les diverses séductions que le réel (les faits particuliers) peut exercer sur nous.

Elle suppose aussi que l'on rompe avec les métaphores. Intériorisées, celles-ci sont dangereuses. « *Une poussière* colle *à la paroi électrisée, donc* l'électricité est une colle. » (*ibid.*, ch. VI-III) Une telle affirmation nous maintient dans l'ignorance de la nature des choses.

**Contingent/nécessaire.** Il existe des vérités nécessaires qui sont éternelles. Il nous est impossible de concevoir qu'elles n'existent pas. Ce sont les vérités logiques qui, pour Leibniz, s'imposent à Dieu lui-même.

Les vérités de fait (propositions adéquates à leur objet) sont quant à elles des vérités contingentes. Elles sont en effet relatives au fait que notre monde existe. Or notre monde aurait pu ne pas exister. Et bien des choses s'y produisent par hasard. « *Le nez de Cléopâtre, s'il eût été plus court, la face du monde aurait été changée* » (Pascal, *Pensées*).

**Croire/savoir.** On sait dans les sciences formelles et dans les sciences expérimentales parce que l'on prouve ses résultats.

On croit dans les sciences humaines. Cette croyance, qui n'a rien d'arbitraire, ne se confond pas avec l'opinion ou un acte de foi mais définit le mode de connaissance propre aux sciences de l'homme.

**En acte/en puissance.** L'hypothèse scientifique est explication en puissance, explication virtuelle et provisoire qui, si elle est confirmée par l'expérimentation, s'actualise en idée ou certitude scientifique.

**Essentiel/accidentel.** Les choses ont une essence qui définit leur substance, leur être profond et immuable (la composition de l'eau : $H_2O$).

S'y ajoutent un certain nombre de propriétés contingentes, accessoires, changeantes, qui les caractérisent de manière secondaire sans affecter leur nature (cette eau coule du robinet et elle est tiède).

**Expliquer/comprendre.** Les sciences expérimentales expliquent les phénomènes de la nature en les rapportant à des lois (générales). Leur démarche est impersonnelle.

Les sciences humaines et sociales comprennent l'homme, le sujet en cherchant le sens de ses pensées et de ses actions. Il s'agit de la démarche d'un sujet. Par exemple, Freud à la mort de son père a pris conscience de son propre complexe d'Œdipe et l'a théorisé. La subjectivité intervient mais, transcendée, elle devient vecteur de connaissance.

**Formel/matériel.** *L*es sciences formelles sont des sciences hypothético-déductives qui ne prennent en considération que la cohérence, la rigueur, la validité du raisonnement.

Les autres sciences ont une matière : elles portent sur un objet concret.

Ainsi les sciences expérimentales sont des sciences de la nature et donc du réel. Elles sont en quête d'une vérité définie comme adéquation à leur objet (vérité matérielle).

Les sciences humaines et sociales, elles aussi, ont un objet. Cet objet cependant est le sujet. Elles échappent donc en partie à la dichotomie « formel/matériel ».

**Hypothèse/conséquence/conclusion.** La déduction est un raisonnement qui, de certaines propositions initiales (axiomes ou hypothèses), dégage leur conséquence. La conséquence est formellement irréfutable. L'hypothèse toutefois n'est pas forcément vraie. Donc une conséquence logique peut très bien ne pas déboucher sur une conclusion.

Dans les sciences du réel l'hypothèse est une proposition explicative en attente d'être testée. Confirmée par des expériences, on conclut qu'elle est, au moins provisoirement, vraie.

**Intuitif/discursif.** Il existe des intuitions en science. Parfois, dit Claude Bernard, l'hypothèse jaillit avec « *la rapidité de l'éclair* ».

L'intuition est la prise de conscience, foudroyante, et la synthèse, de diverses données que le raisonnement (discursif) a pas à pas établi.

Et l'intuition n'a de valeur que confirmée par le raisonnement et/ou l'expérience dont elle se fait l'inspiratrice.

**Objectif/subjectif /intersubjectif.** Par le dialogue, les sujets, et particulièrement les savants, entrent dans une relation d'intersubjectivité qui leur permet de prendre conscience de la possibilité d'un monde objectif différent de « leur » monde, le monde qu'ils perçoivent individuellement. L'objectivité devient ainsi *le* but de toute science puisque toute science vise à connaître les choses qu'elle étudie telles qu'elles sont.

La subjectivité n'en a pas moins une place en science. D'abord, c'est *ce* savant, *cet* homme, qui découvre et vérifie *cette* idée qu'il a par lui-même pressentie. Toutefois, on peut considérer que le temps de cette découverte est venu et que si ce n'est pas ce savant maintenant qui découvre cette idée ce sera un autre bientôt. Ensuite, dans les sciences humaines, la subjectivité est le vecteur de la compréhension.

**Principe/cause/fin.** La métaphysique était dans l'Antiquité la reine des sciences parce qu'elle remonte au principe premier, fondement de la totalité du réel.

Les sciences de la nature dégagent les causes des phénomènes.

Les sciences humaines et sociales cherchent à dégager les raisons des phénomènes humains. Elles se proposent de déchiffrer les comportements des hommes, leurs motivations, leurs intentions, leurs fins et c'est ainsi qu'elles « comprennent ».

**Théorie/pratique.** La théorie est contemplation, vue de l'esprit, construction intellectuelle. Or, la science n'est pas une simple spéculation sur le réel. Elle est animée par une exigence de vérité et elle exige donc de formuler ce qui est réellement. C'est pourquoi elle a recours à l'expérience, cette pratique qui l'ancre dans le réel et valide ses résultats.

**Universel/général/particulier/singulier.** Les faits concrets et singuliers, qui se livrent à nous dans une expérience sensible, sont à subsumer sous une loi dont la nature est l'universalité. Il est possible que quelques cas particuliers semblent en dehors de cette loi qui ne serait alors que générale. Il ne s'agit que d'un moment de la recherche, dû à notre relative ignorance. En effet, il faut du temps pour élaborer une loi scientifique exacte. Toute remise en cause de celle-ci est un moteur pour le progrès de la science.

**Vrai/probable/certain.** La vérité est l'idéal que poursuit toute science.

Pour autant elle n'est jamais que l'horizon de la connaissance scientifique. En effet, même dans les sciences nous ne possédons pas *la* vérité. « *Les théories ne sont que des hypothèses vérifiées par un nombre plus ou moins considérable de faits; celles qui sont vérifiées par le plus grand nombre de faits sont les meilleures; mais encore ne sont-elles jamais définitives et ne doit-on jamais y croire d'une manière absolue.* » (Bernard, *Introduction à l'étude de la médecine expérimentale*) Pour Popper, une théorie n'est donc jamais « vraie ». Elle est simplement, à un moment donné, « non fausse ». Nous demeurons ainsi dans une *proximité* plus ou moins grande à la vérité; ce que traduit dans ses écrits le terme de *vraisemblance* (ou *vérisimilitude*).

Par le recours à l'expérimentation, les sciences de la nature parviennent à des *certitudes* au moins provisoires : des vérités relatives.

Dans leur tentative de saisir l'homme les sciences proposent des hypothèses, des conjectures et parviennent au mieux à des *probabilités.*

## ZOOM sur BACHELARD (1884-1962) :

*« L'homme animé par l'esprit scientifique désire sans doute savoir, mais c'est aussitôt pour mieux interroger. » (La formation de l'esprit scientifique, ch. 1)*

### Qui est Bachelard ?

Philosophe et **épistémologue** français du XX^e siècle, Bachelard est un penseur rationaliste qui réfléchit à la fois sur la science et sur l'art.

### Quelques faits

Né à Bar-sur-Aube d'une famille de simples artisans, Gaston Bachelard à 18 ans est un modeste employé des Postes qui, autodidacte, va, après sa licence de mathématiques, réussir l'agrégation de philosophie. Il commence à enseigner la physique et la chimie puis la philosophie.

C'est tout naturellement qu'il se spécialise dans **l'épistémologie** et, après dix ans passés à l'Université de Dijon, il occupe à la Sorbonne la chaire d'histoire et de philosophie des sciences.

Bachelard lui-même se considère comme un professeur plus qu'un philosophe et il réfléchit beaucoup sur le rôle de l'école et la manière dont on pourrait y dispenser une réelle formation scientifique.

Il meurt à Paris en 1962, un an après avoir reçu le Grand Prix national des Lettres.

## Quelques idées

### L'esprit scientifique

L'esprit scientifique est un esprit rationnel, toujours en quête de vérité et prêt pour cela à briser avec le sens commun, les vérités établies et les habitudes intellectuelles. Discontinu, le progrès scientifique est à penser en termes d'obstacles, de révolutions et de ruptures.

### L'obstacle épistémologique

Cet obstacle à la connaissance naît de l'esprit lui-même ; il est inhérent aux structures de l'esprit et apparaît comme un facteur d'inertie voire de régression. Est obstacle épistémologique toute représentation, image ou opinion qui, en prétendant expliquer un objet, nous empêche en réalité de le connaître ; cela forme comme un inconscient de la connaissance.

### Les psychanalyses

Il faut donc, afin de purger l'esprit de toutes les images qui entravent une connaissance objective du réel, se livrer à une psychanalyse des erreurs initiales et des premières illusions et c'est pourquoi l'œuvre épistémologique de Bachelard se double d'une **œuvre poétique** de critique littéraire. Il y présente les rêves et rêveries autour de la nature et de ses quatre éléments, l'eau, la terre, l'air et le feu.

### L'imagination

La « *fonction de l'irréel* » est créatrice et manifeste, à travers l'art et la rêverie, la liberté de l'esprit.

## Quelques propos

« *La vérité est un but. C'est le but humain.* »

« *C'est en termes d'obstacles qu'il faut poser le problème de la connaissance scientifique.* »

« *Toute vérité nouvelle naît malgré l'évidence, toute expérience nouvelle naît malgré l'expérience immédiate.* » (*Le nouvel esprit scientifique*)

« *La rêverie poétique est rêverie cosmique. Elle est ouverture à un monde beau, à des mondes beaux.* » (*La poétique de la rêverie*, Introduction)

# FICHE MÉTHODOLOGIQUE

## STRUCTURER LES IDÉES ET RÉDIGER DES TRANSITIONS

### Ce qu'il faut savoir

Tout texte a une **logique** que vous devez mettre à jour.

#### A. Identifier la démarche de l'auteur

Quel type de raisonnement utilise-t-il (déduction, induction, syllogisme, raisonnement par l'absurde…) ? S'efforce-t-il de convaincre ou de persuader son lecteur ? Pose-t-il des questions ? On évoquera sans doute la maïeutique socratique. Propose-t-il des exemples ? Il s'agit d'un procédé pédagogique…

#### B. Unir le fond et la forme

Il n'est pas question, bien sûr, de consacrer une partie à la seule méthode de l'auteur. Il faut montrer comment la forme du texte est au service de ses idées.

#### C. Structurer le texte

Un **plan** divise clairement le texte en trois parties puis, à l'intérieur de chaque partie, découpe différents moments de la réflexion (les paragraphes), différentes idées, en citant les expressions correspondantes dans le texte.

#### D. Articuler les idées

Vous devez montrer comment le texte passe d'une idée à l'autre en rédigeant soigneusement dès le brouillon les **articulations logiques** : questions, bilans et transitions que formule (ou non) l'auteur.

# Un exemple guidé

## *Est-il légitime de critiquer la science ?*

« La science a beaucoup d'ennemis déclarés, et encore plus d'ennemis cachés, parmi ceux qui ne peuvent lui pardonner d'avoir ôté à la foi religieuse sa force et de menacer cette foi d'une ruine totale. On lui reproche de nous avoir appris bien peu et d'avoir laissé dans l'obscurité incomparablement davantage.// Mais on oublie, en parlant ainsi, l'extrême jeunesse de la science, la difficulté de ses débuts, et l'infinie brièveté du laps de temps écoulé depuis que l'intellect humain est assez fort pour affronter les tâches qu'elle lui propose. Ne commettons-nous pas, tous tant que nous sommes, la faute de prendre pour base de nos jugements des laps de temps trop courts ? Nous devrions suivre l'exemple des géologues.// On se plaint de l'incertitude de la science, on l'accuse de promulguer aujourd'hui une loi que la génération suivante reconnaît pour une erreur et remplace par une loi nouvelle qui n'aura pas plus longtemps cours. //Mais ces accusations sont injustes et en partie fausses. La transformation des opinions scientifiques est évolution, progrès, et non démolition. Une loi, que l'on avait d'abord tenue pour universellement valable, se révèle comme n'étant qu'un cas particulier d'une loi (ou d'une légalité) plus générale encore, ou bien l'on voit que son domaine est borné par une autre loi, que l'on ne découvre que plus tard ; une approximation en gros de la vérité est remplacée par une autre, plus soigneusement adaptée à la réalité, approximation qui devra attendre d'être perfectionnée à son tour. Dans divers domaines, nous n'avons pas encore dépassé la phase de l'investigation, phase où l'on essaie diverses hypothèses qu'on est bientôt contraint, en tant qu'inadéquates, de rejeter. Mais dans d'autres nous avons déjà un noyau de connaissances assurées et presque immuables. »

Freud, *L'avenir d'une illusion* (1927)

- Le signe **//** dans le texte sépare les parties.
- Les **titres en gras** indiquent le plan du texte tel que vous devez le présenter sur votre brouillon.
- Les transitions entre les idées sont soulignées.

→ Une flèche indique que l'on rédige le **bilan** de la partie.

- Le bilan est suivi d'une transition qui annonce la partie suivante

## A. L'accusation : premier reproche adressé à la science

### 1. La science a des ennemis

Freud part d'un constat : « *La science a beaucoup d'ennemis déclarés* ». En effet la science détruit nos opinions fausses et nous invite à toujours remettre en question nos croyances. Examiner, douter, critiquer : ce sont les impératifs de l'esprit scientifique. Or, il est beaucoup plus facile et plus tentant de croire que de chercher à savoir. Une méfiance à l'égard de la science s'installe donc inéluctablement. Toutefois, cette raison de rejeter la science n'est guère avouable. Aussi la science a-t-elle « *encore plus d'ennemis cachés* » : des individus qui, sans ouvertement critiquer ses résultats, n'en vont pas moins tenter de jeter sur elle le discrédit.

Qui sont ces ennemis ?

### 2. Les principaux ennemis de la science : les croyants et les défenseurs de la religion

Quelle croyance pâtit le plus du progrès des sciences ? La croyance religieuse. La science menace la foi. Les tenants de la religion expriment en conséquence une double plainte.

D'une part, la science a « *ôté à la foi religieuse sa force* ». Toutes les religions proposent à travers leurs mythes des « explications » sur l'origine et la formation de l'univers, les phénomènes naturels, la naissance de l'humanité, etc. Or, les diverses sciences, telles la physique, la géologie, la climatologie, la paléontologie, viennent leur faire concurrence avec de nouvelles explications via des théories qui présentent l'immense avantage d'être confirmées par des expériences reproductibles. La peste qui s'abat sur Thèbes : le châtiment des dieux pour les crimes d'Œdipe ? Les épidémies de choléra en Europe au Moyen-Âge : l'expression du courroux divin ? Il faudrait expier, procéder à des sacrifices, organiser des processions ? La science répond « bactérie », « bacille ». Et, que cela plaise ou non, le fait est là : le traitement par des antibiotiques qu'elle préconise est efficace.

D'autre part, la science menace « *cette foi d'une ruine totale* ». La science en effet progresse et ce progrès est appelé à se poursuivre. La foi religieuse est donc condamnée à s'étioler de plus en plus pour finalement un jour disparaître. Nul aujourd'hui n'affirme sérieusement que Dieu a créé le monde en sept jours. Il reste cependant des questions pour lesquelles la science n'a pas de réponse. Mais, si un jour, comme on peut le penser, elle les découvre ? La religion ne sera-t-elle pas éradiquée ? Le progrès scientifique laisse augurer la mort de la religion.

Dans ces conditions, comment les croyants peuvent-ils attaquer la science ? Que peuvent-ils lui reprocher ?

### 3. Premier reproche : les pauvres résultats de la science

Si le texte s'applique à n'importe quelle religion, Freud pense surtout au christianisme parce qu'il vit dans l'Europe chrétienne du début du XX^e siècle et que c'est elle qu'il voit se confronter aux récentes découvertes scientifiques.

Rappelons-le, nombre d'ennemis de la science, parmi les croyants, demeurent « *cachés* ». Ils ne peuvent donc pas ouvertement accuser la science d'anéantir leurs croyances. Rusés, ils mettent plutôt en évidence les lacunes du savoir scientifique. « *On lui reproche de nous avoir appris bien peu et d'avoir laissé dans l'obscurité incomparablement davantage.* » C'est pure hypocrisie : à la croyance religieuse (infondée) se substitue le savoir (rationnel et prouvé) et voilà qu'on fait la fine bouche parce que celui-ci n'éclaire pas tout !

→ La science est accusée.

→ Peut-on la défendre ? Si oui, comment la défendre ?

## B. Plaidoyer pour la science (1)

Freud manifeste ouvertement son opposition aux ennemis de la science (« *mais* »). Il leur reproche leur précipitation car ils négligent trois points essentiels. « *On oublie* » dit-il et il convient de préciser que c'est bien sûr un oubli volontaire.

### 1. **Premier argument**

D'abord, il y a « *l'extrême jeunesse de la science* ». La religion est aussi vieille que l'humanité ; on en trouve des traces à la Préhistoire. Inévitablement elle exerce sur les esprits un poids considérable. La physique quant à elle ne s'est constituée comme science qu'au XVIIe siècle avec Galilée. Les autres sciences ont suivi. Et la psychanalyse, dont Freud est le fondateur et à laquelle il pense sans la nommer, est dans les premières années de son existence. N'est-il pas insensé de mettre religion et science sur le même plan ?

### 2. **Deuxième argument**

Ensuite, il y a « *la difficulté de ses débuts* ». Là ou les mythes séduisent les cœurs, la science doit lutter. Elle doit lutter contre les connaissances sensibles (on voit bien que la terre est plate, à tel point d'ailleurs qu'aujourd'hui encore, au XXIe siècle, cette opinion reste défendue par ceux que l'on appelle les platistes), les lieux communs, l'esprit conservatif et la religion elle-même. Giordano Bruno ne fut-il pas condamné par l'Inquisition à être brûlé vif pour avoir soutenu la doctrine copernicienne de l'héliocentrisme et affirmé le caractère infini de l'univers ? Darwin ne s'est-il pas attiré les foudres de l'Église en osant affirmer que l'homme n'était qu'un animal évolué ?

### 3. **Troisième argument**

Enfin, l'esprit de l'homme mûrit au fil des siècles comme le corps de l'individu grandit au cours de sa vie. Dans l'enfance de l'humanité il est empreint d'imagination et de sensibilité : il rêve la nature, il aime les histoires, il se laisse séduire par les images que lui fournissent les mythes. Ensuite, peu à peu, il grandit : il atteint l'âge de raison. La raison à son tour se fortifie pour constituer l'esprit scientifique. L'esprit est désormais adulte. Voilà que « *l'intellect humain est assez fort pour affronter les tâches* (que la science) *lui propose* ». Or, il serait aberrant d'exiger d'un jeune adulte les tâches que réussit un homme en pleine force de l'âge. Pourquoi ne pas reconnaître qu'il en va de même ici ? Nous avons le devoir de prendre en compte « *l'infinie brièveté du laps de temps écoulé* » depuis que notre raison est adulte. Freud se montre sur ce point très insistant : la « brièveté » du temps passé est qualifiée d'« infinie », comme si la science venait à peine de naître.

### 4. **Synthèse**

Pour bien faire comprendre cette idée il la reformule avec une question rhétorique : « *Ne commettons-nous pas, tous tant que nous sommes, la faute de prendre pour base de nos jugements des laps de temps trop courts ?* » C'est en fait une synthèse claire de son argumentation.

Et il l'illustre par un exemple qui devrait nous servir de modèle : « *Nous devrions suivre l'exemple des géologues.* » Au temps court pris en considération par les ennemis de la science il convient d'opposer le temps long de la géologie qui utilise une échelle temporelle comprenant des ères qui se comptent en centaines de millions d'années.

→ La science nous a bien peu appris ? Soit. Mais en combien de temps ? Si on veut juger ses résultats de manière impartiale il faut l'évaluer à l'aune de sa jeunesse. On pourrait même conclure que la science, au contraire, nous a en si peu de temps beaucoup appris. L'idée est suggérée. Au lecteur de la formuler ! La première objection faite à la science est donc réfutée.

Pour autant, les ennemis de la science sont-ils convaincus ?

## C. L'accusation : deuxième reproche adressé à la science

Les adversaires de la science, comprenons les tenants de la foi religieuse, adressent à la science une deuxième objection.

### 1. Le deuxième reproche : les incertitudes de la science

Non seulement, les sciences ne nous expliquent pas tout, mais encore les quelques explications qu'elles nous fournissent sont entachées d'incertitude. « *On se plaint de l'incertitude de la science* ». En effet, à une époque donnée, sur un problème donné, les savants ne s'entendent pas. Nous sommes donc déstabilisés. Puis s'établit un consensus : une certitude commune se fait jour et le public l'adopte. La certitude cependant n'est pas la vérité. Bientôt notre certitude est remise en cause.

### 2. Explication de ce reproche

Voilà le deuxième reproche adressé à la science clairement énoncé. La science est, par nature, « savoir ». Or, de fait, la science ne *sait* pas. « *On l'accuse de promulguer aujourd'hui une loi que la génération suivante reconnaît pour une erreur et remplace par une loi nouvelle qui n'aura pas plus longtemps cours.* » Dans sa recherche de vérité, c'est-à-dire d'adéquation au réel, la science voit se succéder les modèles, les lois, les théories. Les divers ouvrages des nutritionnistes en offrent un bel exemple : tel aliment hier décrié est aujourd'hui réhabilité tandis que l'on découvre la nocivité de tel ou tel produit jusque-là tenu pour excellent. La vérité d'hier est l'erreur d'aujourd'hui. La vérité d'aujourd'hui sera donc demain considérée comme une erreur ?

→ Comment dans ces conditions se fier à la science ?

## D. Plaidoyer pour la science (2)

C'est le procès de la science qui se tient ici. Freud a donné la parole à l'accusation. Il va maintenant prendre le parti de la science. Le texte est clairement structuré : de nouveau, un « *mais* » indique que l'on passe à la réfutation de l'objection. Dans un tribunal, on dirait « la parole est à la défense ».

### 1. Amorce : rejet de l'objection

« *Mais ces accusations sont injustes et en partie fausses.* » Certes, les lois et les « vérités » changent en science ; le fait est indéniable. Pour autant doit-on en accuser la science ? Freud est clair : non.

### 2. Incertitudes, changement, donc progrès

Si l'on détenait en science des certitudes définitives, immuables, parlerait-on de « progrès scientifique » ? Il faut bien s'attaquer aux erreurs pour les détruire. Il ne s'agit pas de détruire pour détruire mais de détruire pour construire. Alain dans *Les idées et les âges*, une œuvre publiée, comme le texte de Freud, en 1927, déclare : « *Nos idées vraies ne sont que des erreurs redressées.* » (II, 58) Bien sûr, un esprit chagrin ou pessimiste traduit : « démolition d'une opinion, anéantissement d'une certitude ». Freud, qui croit en la science, est, à l'instar d'Alain, conscient que « *penser, c'est d'aller d'erreur en erreur* » (ou, version optimiste « de vérité en vérité »). La science est une *quête* de la vérité et cette quête est indéfiniment poursuivie. Alors, certes, « *rien n'est tout à fait vrai* » mais le processus de rectification permanente des erreurs permet à la science d'avancer. « *La transformation des opinions scientifiques est évolution, progrès, et non démolition.* »

→ Encore une fois Freud retourne contre les ennemis de la science leur argument. Ils reprochent à la science de changer sans cesse ses lois? *Justement*, c'est un bien car c'est ainsi qu'elle progresse vers la vérité qui est son horizon.

### 3. **Argumentation**

Du point de vue de la rhétorique, retourner l'argument de l'adversaire (*retorsio argumenti*) est un excellent stratagème. Le brio cependant ne suffit pas. Encore convient-il d'expliquer et justifier le contenu de l'affirmation. C'est ce que fait Freud.

La question est: « comment se fait-il qu'une loi (vérité) scientifique soit remplacée par une autre? »

Il existe deux possibilités de réponse.

Soit, « *une loi, que l'on avait d'abord tenue pour universellement valable, se révèle comme n'étant qu'un cas particulier d'une loi (ou d'une légalité) plus générale encore* ». Nous dégageons en sciences les lois des phénomènes que nous observons. Or, plus nos observations se précisent, plus nous comprenons que ce que nous avons tenue pour une « loi » (un rapport général et constant) n'est en réalité qu'une « sous-loi », une maxime subalterne qui, avec d'autres, est englobée par une vraie loi (« *plus générale encore* »). « Le mâle va vers la femelle en vue de la reproduction »: voilà par exemple une « loi de la vie ». Mais tous les êtres vivants y sont-ils soumis? La découverte de la parthénogenèse, ou reproduction asexuée, révèle qu'il s'agit d'une « sous-loi » à l'intérieur d'un ensemble plus vaste.

Soit, « *on voit que son domaine est borné par une autre loi, que l'on ne découvre que plus tard* ». La nature est un réseau complexe de lois. Regardons la médecine. On peut discerner les lois qui régissent le fonctionnement d'un organe. Donc prévoir son évolution? Non, car cet organe fait partie d'un tout. Il y a d'autres lois qui régissent d'autres organes et ces interactions font que nul ne peut pronostiquer avec « certitude » le devenir d'une pathologie ou l'état physique d'un individu. Le psychisme humain est quant à lui un objet de science très récent. La psychanalyse vient de naître. Comment pourrait-elle d'emblée saisir *toutes* les lois qui le régissent? Freud découvre le complexe d'Œdipe. Une loi psychique est ainsi mise à jour. Elle peut être affinée et elle va l'être avec Jung qui, à travers ce qu'il nomme le complexe d'Électre, décrit son pendant féminin.

### 4. **Conclusion du raisonnement**

Dans les deux cas la conclusion est la même: « *une approximation en gros de la vérité est remplacée par une autre, plus soigneusement adaptée à la réalité* ». La science elle-même ne nous offre pas des « vérités » entières et définitives mais seulement des certitudes relatives, provisoires, appelées à être dépassées dans un mouvement indéfini d'ajustement à la réalité. Toute affirmation scientifique est une « *approximation qui devra attendre d'être perfectionnée à son tour.* » Karl Popper serait d'accord avec Freud puisqu'il déclare que « *nos théories conjecturales tendent progressivement à se rapprocher de la vérité* ». (*La connaissance objective*, ch.2-5) C'est pourquoi, pour désigner cette « *approximation en gros de la vérité* », il propose le terme de « vraisemblance » ou « vérisimilitude ».

→ Il est bien foncièrement « injuste » de reprocher à la science ses incertitudes. Nous ne sommes que des hommes et même dans le domaine de la science, comme le rappelle Popper, « *Nous sommes des chercheurs de vérité mais nous ne la possédons pas* » (*La connaissance objective*, ch. 2- 6)

### 5. **Remise en cause d'un présupposé**

D'ailleurs, est-il vrai que nous n'ayons en science aucune certitude? Freud va plus loin dans sa réfutation en remettant en question une affirmation qu'il avait jusqu'ici admise: « l'incertitude de la science ». Certes, « *Dans divers domaines, nous n'avons pas encore dépassé la phase de l'investigation* ». C'est le cas lorsqu'une science est particulièrement récente. Sans doute Freud pense-t-il spécialement à la psychanalyse. Dix ans plus tôt, il a publié *Métapsychologie* où il déclare « *L'hypothèse de l'inconscient est nécessaire et légitime.* » Il est quant à lui absolument certain de l'existence de l'inconscient. Pour autant peut-on parler de certitude scientifique? Non, car l'existence de cet inconscient psychique demeure, au XXI^e^ siècle encore, contestée et les neurosciences poursuivent leurs propres investigations pour percer les mystères du cerveau et de la pensée.

« *Mais* » (encore une fois Freud se propose de réfuter une objection) il existe aussi dans les sciences « *un noyau de connaissances assurées* ». Nul aujourd'hui ne peut sérieusement douter de la doctrine évolutionniste ou de la loi de la gravitation universelle de Newton ou de la théorie de la relativité d'Einstein. Nous avons bien là des certitudes (connaissances « *assurées* »). Immuables? Pas tout à fait: elles vont être affinées, rectifiées, complétées, nuancées. Mais « *presqu'immuables* » car elles sont fondamentales.

→ Par sa réfutation méthodique Freud a donc établi que la science en réalité nous transmet des connaissances véritables et qu'elle est amenée à progresser indéfiniment.

## C'est à vous!

Le titre que l'on a donné à ce texte vous donne sa thèse. Ses idées ont été présentées et structurées. Vous avez vu à la fois comment on construit, au brouillon, le plan du texte (les titres des parties et des paragraphes) et comment on rédige les idées en les articulant par des phrases de transition. Donc, pour les textes que nous avons abordés et pour ceux qui vont suivre, il vous appartient d'établir un plan précis en rédigeant des transitions entre toutes les idées et tous les paragraphes.

**Quelques sujets...**

La science est-elle l'affaire de tous?

La science exclut-elle toute croyance?

La science nous fait-elle connaître le réel?

# CHAPITRE 12
# La vérité

## Introduction

La vérité (**vérité matérielle** ou vérité-correspondance) se définit comme l'adéquation de la pensée ou du discours avec son objet : « *Une idée vraie doit s'accorder avec l'objet dont elle est l'idée* » (Spinoza, *Éthique*).

La vérité est-elle accessible ? Si oui, comment ? La science aurait-elle le monopole du vrai ?

## I. Quels sont les obstacles à la vérité ?

Le **faux** est un genre qui comporte trois espèces.

### A. L'erreur

On dit que « *l'erreur est humaine* », naturelle, explicable et pardonnable.

1. Qu'est-ce que l'erreur ?

« *Erreur* » vient du latin *errare*, « *errer* » : l'erreur est donc une errance de l'esprit. Se méprendre est mal prendre : prendre le faux pour le vrai. On **se trompe**, malgré soi.

2. Quelles sont les causes de l'erreur ?

Les causes d'erreurs, comme l'explique Descartes dans le *Discours de la méthode*, se ramènent à deux.

a. La prévention

Nous avons l'esprit prévenu, c'est-à-dire encombré de préjugés, d'opinions préconçues, d'idées reçues.

« *La première et principale cause de nos erreurs sont les préjugés de notre enfance* » (*Principes de la philosophie*) car, lorsque nous étions enfants, nous étions crédules et recevions pour vraies toutes les opinions de nos parents, nourrices et précepteurs. Ces opinions au lieu de former notre esprit l'ont déformé.

b. La précipitation

L'homme a un entendement fini mais une volonté infinie si bien qu'il peut donner son adhésion à un jugement de manière hâtive.

→ « *C'est la précipitation qui nous rejette à la prévention* » (Alain, *Humanités*).

### 3. Quels sont les remèdes contre l'erreur ?

#### a. Contre la prévention : le **doute**

Rejeter comme faux tout ce qui n'est pas absolument certain permet de faire un tri parmi ses opinions de telle sorte que les opinions fausses sont éliminées, d'autres sont justifiées et des idées nouvelles apparaissent.

#### b. Contre la précipitation : **la méthode**

« *Le bon sens est la chose du monde la mieux partagée* » ; il est la raison, capacité de distinguer le vrai du faux. Pourtant, nous ne parvenons pas tous aux mêmes conclusions. « *Car ce n'est pas assez d'avoir l'esprit bon, mais le principal est de l'appliquer bien* ». Descartes, dans son *Discours de la méthode* pour bien conduire sa raison et chercher la vérité dans les sciences, propose donc une méthode, inspirée des mathématiques, qui se résume à quatre règles fondamentales.

- **L'intuition**. Il faut partir d'une évidence.
- **L'analyse**. Chaque difficulté doit être divisée, décomposée en un certain nombre de difficultés plus petites.
- La **déduction** consiste à « *conduire par ordre mes pensées* », en allant du simple au complexe.
- La **synthèse** est une révision de la démarche, permettant de vérifier que rien n'a été omis.

## B. L'illusion

L'illusion est le fait d'**être trompé**, dupé par les apparences (songeons à l'illusionniste).

### 1. L'illusion des sens

Au sens physique, l'illusion est une perception erronée de la réalité.

On s'accordera toutefois à dire que nous percevons à peu près de la même manière les mêmes choses (« *le ciel est bleu* »). Cela signifie-t-il que les choses sont telles que nous les percevons ? « *Même les manières normales de percevoir sont des illusions ; toute perception est une illusion* » nous dit Lagneau (*Célèbres leçons et fragments*). Le ciel en réalité n'est pas bleu et, pour utiliser le terme kantien, nous ne connaissons les choses que comme phénomènes.

L'illusion est une cause d'erreur mais, à la différence de l'erreur (le jugement faux), qui peut être rectifiée, elle est indéracinable (je ne peux agir sur mes perceptions).

### 2. L'illusion psychologique

Au sens psychologique, l'illusion consiste à prendre ses désirs pour la réalité, à « *se voiler la face* » en se laissant duper par son cœur. « *Ce qui caractérise l'illusion, c'est d'être dérivée des désirs des hommes* » (Freud, *L'avenir d'une illusion*).

→ Qui veut la vérité se doit d'être lucide et de se débarrasser de ses illusions.

### C. Le mensonge

#### 1. Qu'est-ce que mentir?

Le mensonge consiste à **tromper autrui**.

Il s'oppose à la sincérité puisqu'il est moins le fait de dire faux que le fait de ne pas dire sa pensée, soit en la déformant (« mensonge » proprement dit qui fait passer une histoire fictive pour réelle) soit en la dissimulant (« mensonge par omission »).

Le mensonge est également volontaire; c'est pourquoi il est couramment tenu pour une faute (j'en suis responsable).

#### 2. A-t-on le droit de mentir?

Kant condamne absolument le mensonge. N'existe-t-il pas cependant de « pieux mensonges »? Si la recherche de la vérité est un devoir, nous avons aussi le devoir de travailler au bonheur d'autrui, auquel cas il existerait peut-être des mensonges légitimes.

→ Il y a parfois un cas de conscience et c'est à chacun de résoudre ce débat intérieur.

Il faut faire un effort sur soi-même pour se mettre à la recherche de la vérité.
Quelles sont les étapes de ce chemin vers le vrai?

## II. Comment parvenir à la vérité?

### A. L'opinion: la semblance du vrai

#### 1. Qu'est-ce qu'une opinion?

L'opinion (*doxa*, « *ce qui semble, ce qui paraît* ») est ce qui paraît vrai (une pseudo-connaissance) et elle porte sur les apparences de l'objet.

La **science** (*épistèmè*), au contraire, est dévoilement et porte sur l'être de l'objet.

Avec l'opinion, le sujet sort de l'ignorance: il croit savoir. Mais il ne sait pas encore…

#### 2. Quels sont les caractères de l'opinion?

L'opinion est *connaissance première*, connaissance immédiate, spontanée.

Elle est aussi *connaissance sensible*. La sensibilité renvoie soit au corps (les sens nous fournissent nos premières opinions) soit au cœur (le sentiment influe sur nos opinions).

L'opinion est ainsi une *connaissance relative* et *subjective*.

Elle est par conséquent une *connaissance changeante*: un homme peut « changer d'opinion comme de chemise ». « *Combien diversement jugeons-nous des choses? Combien de fois changeons-nous nos fantaisies? Ce que je tiens aujourd'hui et ce que je crois, je le tiens et le crois de toute ma croyance* […] *Mais ne m'est-il pas advenu, non une fois, mais cent, mais mille, et tous les jours, d'avoir embrassé quelque autre chose ?* » (Montaigne, *Essais*, II, ch. 12- *Apologie de Raymond Sebond*)

→ Mouvante et incertaine, l'opinion n'est pas une mais plurielle: sur toute chose il y a *des* opinions.

Dans ces conditions, où est la vérité ?

## B. Comment penser la diversité des opinions ?

### 1. Le relativisme

Le sophiste Protagoras est un spécialiste du discours contradictoire : il soutient qu'à toute thèse s'oppose une antithèse. « *Protagoras dit qu'il n'y a rien en nature que le doute ; que, de toutes choses, on peut également disputer, et de cela même, si on peut également disputer de toutes choses.* » (Montaigne, *Essais*, II, ch. 12- *Apologie de Raymond Sebond*) Dans le dialogue éponyme de Platon, Socrate résume sa pensée : « *Telles les choses me paraissent, telles elles sont pour moi ; telles elles te paraissent, telles elles sont pour toi.* ». Le paraître est l'être et l'opinion est la vérité.

Il y a de multiples opinions ; il y a donc de multiples vérités. « *À chacun sa vérité* » dira le relativiste à la suite de Protagoras pour qui « *L'homme est la mesure de toute chose* ».

Cependant si tout est vrai, si toutes les opinions se valent, alors rien n'est vrai. Parler de « la » vérité n'a plus de sens.

### 2. Le scepticisme

Fondé au IV^e siècle av. J.-C. par Pyrrhon d'Elis, le scepticisme (ou pyrrhonisme) affirme que nous ne pouvons jamais être certains d'être dans le vrai. En effet, d'une part, il y a discordance entre les opinions, et, d'autre part, la régression à l'infini fait qu'on n'en finit jamais d'essayer de prouver ce qu'on veut établir. La seule attitude légitime est donc **l'épochè**, la suspension du jugement, la pratique définitive du doute.

Malgré tout, nous tendons à LA vérité. Pouvons-nous espérer y parvenir ?

## C. Le dépassement des opinions

### 1. Opinion, foi, savoir

Il existe, pour Kant, trois sortes de connaissances.

| | | |
|---|---|---|
| **Opinion** | **Insuffisance objective**<br>Je ne suis pas convaincu de ce que je pense et je ne peux donc convaincre autrui. | **Insuffisance subjective**<br>Je ne suis pas moi-même persuadé d'être dans le vrai (« *il me semble que* », « *je crois que* », « *je peux me tromper mais* », « *à mon humble avis* »...) |
| **Foi (croyance)** | **Insuffisance objective**<br>Je ne suis pas convaincu : je manque des arguments nécessaires pour me prouver que j'ai raison et convaincre autrui. | **Suffisance subjective**<br>• Je suis totalement persuadé, sûr de moi (« *j'en mettrais ma main au feu* », « *ma tête à couper* »...)<br>• « *La foi* » est synonyme souvent de croyance religieuse car la religion est le domaine par excellence de la croyance mais on a foi en nombre d'idées, valeurs et personnes. |
| **Savoir (science)** | **Suffisance objective**<br>Je suis convaincu : je peux démontrer que je suis dans le vrai. | **Suffisance subjective**<br>Je suis persuadé : j'ai foi en ce que j'affirme. |

La science, ou le savoir (la possession de la vérité) apparaît dans cette optique comme un idéal.

#### 2. Comment sortir de l'opinion?

La philosophie, selon Platon, nous fait « *sortir de la caverne* » par le dialogue. La dialectique, en confrontant les opinions, peut faire surgir la vérité et un dialogue aporétique (une aporie est une impasse) a du moins le mérite d'éliminer nombre d'opinions fausses.

De même, nous dit Bachelard, « *La science s'oppose absolument à l'opinion* » (*La formation de l'esprit scientifique*). Une opinion, certes, peut être juste (par son contenu) ; c'est l'opinion droite. Cependant, « *L'opinion, en droit, a toujours tort* [...] *Elle ne pense pas.* » La science dérive d'une exigence de vérité qui est refus de l'opinion.

Comment penser le projet de vérité dans les sciences?

## III. Peut-on parler de vérités en science?

Qui veut chercher la vérité dans les sciences doit posséder un certain nombre de qualités.

### A. Quelles sont les qualités de l'esprit scientifique?

- La *curiosité*, la volonté de savoir toujours davantage.
- L'*esprit critique*. Il existe un doute scientifique comme il existe un doute philosophique. « *Le douteur est le vrai savant : il ne doute que de lui-même et de ses interprétations ; mais il croit à la science.* » ; Bernard (*Introduction à l'étude de la médecine expérimentale*).
- La *volonté d'objectivité* : l'esprit scientifique est soumis au fait, qui est source, règle et contrôle de toute connaissance.
- L'*esprit de méthode* qui consiste dans le respect de la **méthode expérimentale** : observation/hypothèse explicative/expérimentation qui valide ou non l'hypothèse.

→ Il y a dans l'esprit de l'homme des qualités qui le rendent apte à connaître le réel.

### B. Quels sont les obstacles au savoir?

#### 1. Les obstacles épistémologiques

Il existe, nous dit Bachelard, des représentations du réel qui entravent la connaissance et constituent l'**esprit préscientifique**, une « *contre-pensée* » récurrente.

Ainsi, l'observation première, l'expérience première, est-elle le premier obstacle épistémologique car elle nous fait croire qu'on connaît l'objet alors que l'on n'est capable que de le décrire.

L'imagination qui, à travers l'art, nous fait rêver la nature est encore un obstacle épistémologique. « *Les axes de la poésie et de la science sont d'abord inverses* » (Bachelard, *Psychanalyse du feu*).

#### 2. Instinct formatif et instinct conservatif

Il existe en l'homme un instinct de vérité, un appétit de savoir, qui correspond à ce que Bachelard appelle l'**instinct formatif** : une volonté incessante de questionner, telle que toute réponse engendre de nouvelles questions.

Mais, il y a aussi dans l'esprit de l'homme une tendance à la paresse et à la facilité qui est facteur d'inertie ; c'est **l'instinct conservatif**. On préfère les réponses établies.

Comment triompher de l'instinct conservatif?

### C. La dynamique du vrai

Pour parvenir à l'objectivité, les savants travaillent ensemble. « *Ces ouvriers si différents collaborent à une œuvre commune* » (Poincaré, *La valeur de la science).*

Ce travail en commun favorise la rectification perpétuelle des erreurs. En effet, l'erreur est première. « *L'erreur n'a rien d'étrange. C'est le premier état de toute connaissance* » (Alain, *Minerve*). Cette erreur initiale est une « *erreur normale* » et une « *erreur positive* ». Certes, se tromper est un mal. Mais on se trompe parce que l'on désire la vérité et ce désir tôt ou tard nous amène à rectifier l'erreur. Il y a donc en fait une positivité de l'erreur. « *Toutes nos vérités sans exception sont des erreurs redressées* » (Alain, *Vigiles de l'esprit*).

Peut-on dès lors continuer à parler de « vérités scientifiques » ?

### D. Le statut de la vérité en science

La vérité est adéquation au réel. « *Une théorie est vraie si et seulement si elle correspond aux faits* » (Popper, *La connaissance objective*). Or, « LA » vérité ne nous est pas donnée : « *Nous sommes des chercheurs de vérité mais nous ne la possédons pas* ». (*La connaissance objective*, ch. 2- 6)

Logiquement, nous ne devrions plus parler de la « vérité » d'une théorie scientifique mais de sa *proximité* au vrai : sa **vraisemblance**. « *Le but de la science est la vraisemblance.* »

Comment savoir si une théorie est vraisemblable, plus proche que les autres de la vérité ? « *Nous essayons de trouver ses points faibles, de la réfuter* ». La **falsifiabilité** (réfutabilité) sert de test : est retenue la théorie qui résiste à cette entreprise de réfutation.

→ Dans ces conditions, les « vérités scientifiques » sont relatives et provisoires.

## Conclusion

Les sciences nous permettent d'obtenir des vérités partielles, vérités d'aujourd'hui qui seront demain des erreurs.

La philosophie quant à elle est la quête de LA vérité, vérité absolue dont chaque philosophe s'approche de son point de vue propre.

La vérité, finalement, demeure donc un idéal et l'horizon de la pensée humaine.

## Les notions à ne pas confondre

**Erreur/faute.** L'erreur, intellectuelle, concerne le jugement alors que la faute est morale (je choisis le mal). L'erreur est involontaire donc excusable et pardonnable. Puisque je me trompe malgré moi, je ne suis pas responsable de mon erreur et celle-ci, en toute logique, n'est pas une faute. Cependant, on peut, avec Descartes, soutenir que nous avons, si nous le voulons, les moyens d'éviter l'erreur et qu'en ce sens nous sommes indirectement responsables de nos erreurs ; l'erreur est alors tenue pour une faute.

**Prévention (avertir/préjuger).** Les élèves retiennent qu'être prévenu, c'est avoir été averti, alerté, contre un danger par exemple. Mais la prévention est aussi le fait de préjuger. On est prévenu en faveur de quelqu'un ou contre quelqu'un : on a un préjugé, favorable ou défavorable, à son égard.

**Sincérité/Franchise/Véracité.** La véracité est le fait de dire vrai. La franchise, pure spontanéité, est un trait de caractère qui porte l'individu à dire tout ce qu'il pense ; elle est une forme d'étourderie. La sincérité qui consiste, elle aussi à ne dire que ce qu'on pense (mais non « tout ce que l'on pense ») est une vertu liée à la prudence qui commande surtout d'éviter de dire faux ; elle est le contraire du mensonge.

## Les repères

**Absolu/relatif.** - La vérité absolue, infinie et parfaite, est ce vers quoi l'homme tend parce qu'il est doté de raison. Il n'accède cependant en fait qu'à des vérités relatives, partielles et provisoires ; ce que traduit chez Popper le concept de vraisemblance.

L'évidence se voit, « saute aux yeux » et possède donc un caractère absolu alors que la certitude, subjective, est relative ; elle est l'état d'esprit de celui qui ne doute pas.

**Abstrait/concret.** La philosophie nous propose des vérités abstraites, des spéculations sur le monde et sur l'homme. Les mathématiques, plus encore, sont des sciences abstraites ou des sciences formelles qui font abstraction des objets concrets.

Les sciences expérimentales, inversement, portent sur le concret.

**Analyse/synthèse.** Analyser, c'est décomposer une difficulté ou un problème pour les réduire en leurs parties les plus petites.

La synthèse, au contraire, rassemble les éléments du problème pour formuler sa solution.

**Contingent/nécessaire.** Les vérités de raison sont des vérités nécessaires et éternelles qui, purement logiques, s'imposent d'après Leibniz à Dieu lui-même.

Les vérités de fait (« il pleut ce matin ») sont des vérités contingentes car relatives à l'existence de notre monde qui aurait pu ne pas exister.

**Croire/savoir.** On croit lorsque l'on a une opinion et que l'on adhère à une idée ou doctrine insuffisamment prouvée ; on a l'impression de savoir.

Aux antipodes de la croyance et de l'opinion, les sciences expérimentales sont le lieu du savoir où l'on ne retient comme vérités que les idées dûment confirmées par l'expérience ou qui résistent le mieux à la tentative de réfutation.

**Essentiel/accidentel.** La science (*épistèmè*) porte sur l'être des choses, leur essence alors que l'opinion (*doxa*) ne décrit que leurs qualités sensibles et passagères, leurs propriétés accidentelles. C'est en ce sens que la vérité est dévoilement.

**Exemple/Preuve.** La preuve est soit logique (démonstration) soit matérielle (expérience). Un exemple, bien qu'issu de l'expérience, n'est pas une preuve. Il confirme la vérité d'une proposition mais ne l'établit pas de manière irréfutable. En effet, l'exemple est particulier et l'on peut toujours trouver des contre-exemples.

**Expliquer/comprendre.** Expliquer, dans les sciences expérimentales, c'est dégager les lois générales qui régissent des phénomènes de même nature et ainsi remonter aux causes de ces phénomènes.

Comprendre, dans les sciences humaines, consiste à prendre compte les intentions, les objectifs, les fins que les hommes se donnent.

**En fait/en droit.** L'erreur, en droit, est un mal: elle est un défaut de connaissance, voire une faute. Pourtant en fait, il y a une positivité de l'erreur qui est une étape sur le chemin de la vérité et donc un mal nécessaire.

**Formel/matériel.** Si la validité d'un raisonnement désigne sa logique (on parle alors de vérité formelle, ou vérité-cohérence qui est l'accord de la pensée avec elle-même), la vérité quant à elle (ou vérité matérielle) caractérise la proposition dont le contenu est en adéquation avec son objet.

**Idéal/réel.** La vérité (absolue) est l'idéal de la science, sa fin ultime mais inaccessible.

La vraisemblance, ou proximité au vrai, définit nos vérités réelles qui ne sont qu'imparfaitement et provisoirement vraies.

**Intuitif/discursif.** Il y a des intuitions en science (anticipations de la théorie) mais qui ne sont recevables que si le raisonnement expérimental les confirme ensuite.

**Médiat/immédiat.** L'opinion est connaissance immédiate, premier avis, réaction sensible à un problème. La connaissance, qu'elle soit philosophique ou scientifique, repose sur un raisonnement qui passe par plusieurs étapes.

L'intuition, dans la méthode cartésienne, est la saisie immédiate de l'évidence et donc la base du raisonnement qui en tirera de nouvelles propositions tout aussi certaines, de telle sorte que l'on ira d'évidence en évidence.

**Objectif/subjectif/intersubjectif.** L'opinion, subjective, ne vaut que pour moi alors que la vérité est l'accord de ma pensée avec l'objet examiné, ce pourquoi elle doit faire l'unanimité. Mais comment un sujet isolé parviendrait-il à une vérité et saurait-il qu'il a une vérité? Deleuze distingue *autrui* (avec minuscule), c'est-à-dire quelqu'un, tel ou tel, et *Autrui* (avec majuscule): la structure mentale qui peu à peu se met en place au contact des autres. Les autres ne perçoivent pas les choses comme je les perçois. La structure Autrui est donc ce qui me donne à percevoir l'infinie diversité du réel. De là naît la discussion, la confrontation des points de vue. Il n'y aurait pas de vérité possible voire pas d'idée de vérité sans l'interaction des consciences c'est-à-dire sans l'intersubjectivité.

**Persuader/convaincre.** Le menteur est un beau parleur qui persuade plus qu'il ne convainc. L'illusionniste aussi persuade sans convaincre.

**Vrai/probable/certain.** Un homme qui a le savoir d'un objet en a une idée vraie c'est-à-dire totalement conforme à cet objet. Le problème est que le vrai se distingue du certain : on peut être assuré d'être dans le vrai et avoir tort ou inversement manquer d'assurance, douter, alors qu'on est dans le vrai. Une affirmation est probable lorsqu'elle a plus de chances de correspondre à la réalité et d'être vraie que le contraire. L'individu qui reconnaît émettre une opinion probable n'est pas tout à fait certain de ce qu'il pense. Son opinion toutefois n'est pas sans raisons.

## ZOOM sur DESCARTES (1596-1650) :

*« Aussitôt que nous pensons concevoir clairement quelque vérité, nous sommes naturellement portés à la croire. » (Réponses aux secondes objections)*

### Qui est Descartes ?

Philosophe **rationaliste**, Descartes rompt avec la scolastique et fonde la **philosophie du sujet**.

### Quelques faits

Né à La Haye en Touraine en 1596, Descartes fait ses études au célèbre collège jésuite de La Flèche. Il se plaît particulièrement aux **mathématiques**.

Une fois obtenue sa licence de droit, il entame une carrière militaire puis il voyage, étudiant « *dans le grand livre du monde* ». Il est en contact avec les plus grands esprits de son temps, mathématiciens, savants et philosophes.

Descartes est un homme prudent et cette prudence le conduit en 1628 à s'installer en Hollande où souffle un esprit de tolérance inconnu en France.

Dans son traité sur le *monde*, Descartes défend la doctrine héliocentrique. Cependant, la condamnation de Galilée, en 1633, le dissuade de publier l'ouvrage ; prudence toujours de l'homme et du philosophe. En Hollande, il rédige l'essentiel de son œuvre dont le fameux *Discours de la méthode*, écrit en français et non en latin car Descartes veut qu'il soit compris par tous, y compris les femmes.

Francine, la petite fille de cinq ans qu'il a eue d'une servante, meurt en 1640 et il en est très affecté.

Descartes, toute sa vie, dans une effervescence intellectuelle permanente, correspond avec ses pairs et avec les grands de ce monde. Il est convié à la cour de Suède par la reine Christine en 1649. Il prend froid en allant lui donner sa leçon dans le petit matin glacial et c'est ainsi à Stockholm qu'il meurt en 1650.

## Quelques idées

### La méthode et le doute

Descartes enseigne les règles de la méthode pour conduire sa raison : intuition et déduction. Préalable à la méthode proprement dite, le doute cartésien se distingue du doute sceptique en ce qu'il est un doute provisoire, le moment nécessaire d'un chemin vers la vérité ; il s'agit de rejeter comme faux tout ce qui n'est pas absolument certain. Le doute permet de parvenir à l'évidence du cogito : « *je pense, je suis* » et je suis « *une chose qui pense* ».

### L'existence de Dieu

À partir du cogito et de l'idée de parfait, qui est une idée innée, se démontre l'existence de Dieu.

### Le dualisme

La philosophie de Descartes oppose la matière et l'esprit, la substance étendue et la substance pensante, le corps et l'âme. Ainsi, la nature est une immense machine et chaque corps est à son tour une machine (théorie de « **l'animal-machine** »).

### La philosophie

Il faut voir la philosophie comme un arbre : les racines sont la métaphysique, le tronc est la physique et les branches qui sortent de ce tronc sont toutes les autres sciences (mécanique, médecine et morale).

## Quelques propos

« *Par le mot de penser, j'entends tout ce qui se fait en nous de telle sorte que nous l'apercevons immédiatement par nous-mêmes.* » (*Principes de la philosophie*, 9)

« *Nous avons une volonté libre, qui peut donner son consentement ou ne pas le donner quand bon lui semble.* » (*Principes de la philosophie*, 39)

« *Par le nom de Dieu j'entends une substance infinie, éternelle, immuable, indépendante, toute connaissante, toute-puissante, et par laquelle moi-même, et toutes les autres choses qui sont* [...] *ont été créées et produites.* » (*Méditations*, III)

« *Je considère que nous ne remarquons point qu'il y ait aucun sujet qui agisse plus immédiatement contre notre âme que le corps auquel elle est jointe et que par conséquent nous devons penser que ce qui est en elle une passion est en lui une action.* » (*Les passions de l'âme*, I, article 2)

# FICHE MÉTHODOLOGIQUE

## RÉDIGER UNE PARTIE DE L'EXPLICATION

### Ce qu'il faut savoir

L'explication proprement dite est **linéaire** et comporte autant de parties que le texte (trois en général).

#### A. Une idée par paragraphe

Une partie comporte des paragraphes. Chaque paragraphe explique une idée du texte.

#### B. Citer le texte

Chaque idée du texte doit être illustrée par une citation de celui-ci.

Si une phrase est longue, vous la coupez afin d'obtenir plusieurs citations que vous tenterez d'intégrer avec élégance à votre discours.

Bien sûr, vous pouvez donner deux expressions synonymes dans le même paragraphe puisqu'il s'agit de la même idée.

#### C. Les paragraphes sans citation

Un paragraphe peut être rédigé sans citer le texte dès lors qu'il expose l'un de ses présupposés ou qu'il développe l'idée du paragraphe précédent à l'aide d'autres philosophes et/ou d'un exemple ou encore qu'il présente sa méthode.

#### D. Articuler les idées

Vous devez relever soigneusement les mots de transition pour les commenter et **identifier les transitions**. Il peut arriver qu'un texte ait un aspect un peu elliptique voire décousu. Il y a là un parti pris de l'auteur, qu'il faut formuler et justifier ; il peut, par exemple, vouloir déconcerter son lecteur afin de le forcer à penser. Dans ce cas on rétablira les articulations sous-jacentes.

### E. Rédiger des bilans et transitions

Chaque partie doit s'achever sur un **bilan** (qu'est-ce que l'auteur vient d'établir ?) suivi d'une **transition** (quel problème subsiste ? Quelle question se pose ?) On présente ainsi comment l'auteur logiquement passe d'une partie à l'autre.

### F. Sans jamais dire « l'auteur »

Enfin, en ce qui concerne l'explication de texte, il faudra lutter contre une tendance naturelle : écrire constamment : « l'auteur dit que »/ « pour l'auteur »...

### G. Pourquoi faut-il ne jamais dire « l'auteur » ?

On ne dit « *l'auteur* » que lorsqu'on explique un texte anonyme ; cela alors se justifie puisqu'on ignore son nom. Mais, les textes donnés au baccalauréat sont des textes dont on connaît l'auteur. Il faut donc le nommer : Platon, Descartes, Kant... « *L'auteur* » est un mot qu'on ne doit pas rencontrer dans la copie ! « *Le philosophe* » non plus ; cela reviendrait au même.

### H. Comment éviter de répéter le nom de l'auteur ?

Tout simplement en retenant que le principe de l'explication est que vous vous **identifiez** à l'auteur. Vous présenterez donc ses idées comme les vôtres, les guillemets indiquant que c'est lui qui parle. Lorsque vous aurez besoin de vous démarquer de l'auteur, notamment dans les transitions et/ou les remarques formelles, vous pourrez le nommer sans pour autant vous répéter.

## Un exemple guidé

### *L'amour-propre nous éloigne de la vérité*

« Chaque degré de bonne fortune qui nous élève dans le monde nous éloigne davantage de la vérité, parce qu'on appréhende plus de blesser ceux dont l'affection est plus utile et l'aversion plus dangereuse. Un prince sera la fable de toute l'Europe, et lui seul n'en saura rien. Je ne m'en étonne pas : dire la vérité est utile à celui à qui on la dit, mais désavantageux à ceux qui la disent, parce qu'ils se font haïr. Or, ceux qui vivent avec les princes aiment mieux leurs intérêts que celui du prince qu'ils servent ; et ainsi, ils n'ont garde de lui procurer un avantage en se nuisant à eux-mêmes.//

Ce malheur est sans doute plus grand et plus ordinaire dans les plus grandes fortunes ; mais les moindres n'en sont pas exemptes, parce qu'il y a toujours quelque intérêt à se faire aimer des hommes. Ainsi la vie humaine n'est qu'une illusion perpétuelle ; on ne fait que s'entre-tromper et s'entre-flatter. Personne ne parle de nous en notre présence comme il en parle en notre absence. L'union qui est entre les hommes n'est fondée que sur cette mutuelle tromperie ; et peu d'amitiés subsisteraient, si chacun savait ce que son ami dit de lui lorsqu'il n'y est pas, quoiqu'il en parle alors sincèrement et sans passion.//

L'homme n'est donc que déguisement, que mensonge et hypocrisie, et en soi-même et à l'égard des autres. Il ne veut donc pas qu'on lui dise la vérité. Il évite de la dire aux autres ; et toutes ces dispositions, si éloignées de la justice et de la raison, ont une racine naturelle dans son cœur. »

Pascal, *Pensées*

**THÈSE**

L'intérêt nous conduit à fuir la vérité : nous ne voulons ni la dire ni l'entendre. Nous ne sommes ainsi que des comédiens sur la vaste scène du monde.

**PLAN DU TEXTE**

**I. Plus on est puissant plus on s'éloigne de la vérité**

**II. L'entre-tromperie permanente**

**III. Condamnation de l'homme (conclusion)**

**Rédigeons la première partie de l'explication**, et cela **sans jamais dire « l'auteur ».** Les formules utilisées pour cela sont soulignées.

Le point de départ de Pascal est une simple constatation, un fait d'expérience qu'il est aisé de vérifier : « *Chaque degré de bonne fortune qui nous élève dans le monde nous éloigne davantage de la vérité* ».

La « *bonne fortune* » est la réussite, qu'il s'agisse de carrière, d'argent, d'honneurs, etc. On rappellera aussi que la « *bonne fortune* » désigne la chance, le bonheur qui, selon son étymologie latine de *bonum augurium,* signifie hasard ou occasion favorable. Les deux sont liés et l'on dira volontiers de celui qui poursuit une brillante carrière qu'il a eu le « bonheur » de réussir ou qu'il a eu de la « chance » : la chance d'être bien né, de rencontrer les bonnes personnes, la chance de se trouver au bon moment au bon endroit. Il y a donc une part d'aléatoire dans la position que l'on occupe « *dans le monde* » c'est-à-dire dans la société et c'est ce que sous-entend Pascal par l'usage de ce terme de « *fortune* ».

Nous noterons d'ailleurs ici l'attitude quasi scientifique de Pascal qui, tel un entomologiste, pose son regard sur le comportement des ses semblables. Il ne s'agit pas dans l'immédiat de porter un jugement critique, un jugement de valeur en termes de bien ou de mal, mais simplement de poser les yeux sur ce microcosme qu'est la cour, comme l'on examinerait par exemple une fourmilière, et d'observer les phénomènes qui s'y produisent. Une telle attitude confère au texte un ton d'impartialité qui d'emblée le rend difficilement critiquable. Quiconque en effet s'intéresserait à la cour ne pourrait à son tour qu'y faire le même constat. On observe la même rigueur dans la formulation de cette constatation empirique qui se fait à la manière d'une loi. La proximité au vrai est inversement proportionnelle, nous dit Pascal, à notre fortune, notre réussite sociale.

Nous sommes plus ou moins fortunés, nous avons plus ou moins de chance et si les uns sont les enfants chéris du destin, d'autres en revanche nous semblent fort mal lotis et malchanceux. Bref, on réussit plus ou moins dans la société et parler de « *degrés* » de bonne fortune revient à constater la structure pyramidale et très hiérarchisée de notre société. Bien sûr, le texte de Pascal est un texte du XVII^e^ siècle, datant donc du temps de la monarchie. Au faîte de la société est alors le roi. Puis vient la cour avec les ministres et les hommes (ou femmes) de pouvoir, que ce pouvoir soit officiel lorsqu'il correspond à une fonction explicite ou officieux lorsqu'il relève de l'emprise qu'aurait un conseiller occulte, un ami, un parent ou une favorite sur le monarque. Les nobles à des titres divers incarnent la réussite et, pour résumer, l'on dira que plus on s'approche du roi plus on est riche, puissant, aimé. Au « bas de l'échelle » est le peuple, le cortège de miséreux que le manque de fortune éloigne de la cour. Que le texte décrive la situation à la cour des rois le rendrait-il dépassé ? Notre société actuelle certes a élu l'égalité comme l'une de ses valeurs fondamentales, elle ne cesse de la proclamer et défendre. Toutefois, on n'en parle pas moins toujours de « gravir les échelons » ou d'« ascenseur social ». Qui ne désire une promotion ou un meilleur salaire ? En d'autres termes, qui n'aspire à une plus grande fortune ? Les sociétés modernes toutes démocratiques qu'elles soient, lorsqu'elles le sont, n'en connaissent pas moins leur sphère du pouvoir où se fréquentent les quelques élus qui sont nos puissants, nos privilégiés et nos courtisans à nous. Les mots changent mais la réalité demeure la même et, selon le mot de Schopenhauer, la devise de l'histoire pourrait se résumer à « *eadem sed aliter* » ; « les mêmes choses mais *autrement* ». Le régime de la société française a changé mais non la réalité sociale et c'est pourquoi ce texte n'a rien perdu de son pouvoir ni de son actualité.

La loi qui régit la cour et, à travers cet exemple, la vie de toute société est que « plus on réussit, plus on s'éloigne de la vérité ». Sa formulation quasi mathématique introduit au sein de la vie sociale une relation de causalité qui est comme une fatalité. Le principe du déterminisme postule en effet que « les mêmes causes produisent les mêmes effets » et l'on en déduit que, aujourd'hui comme hier, s'élever dans la société nous fait perdre en vérité. Nous l'avons dit, il s'agit là d'abord d'une observation empirique. C'est par celle-ci que Pascal introduit sa thèse. Reste maintenant à expliquer de quelle manière exactement la réussite nous éloigne inévitablement du vrai.

La suite de la première phrase nous éclaire. C'est *« parce qu'on appréhende plus de blesser ceux dont l'affection est plus utile et l'aversion plus dangereuse »*. On sera donc volontiers sincère avec un égal alors que l'on s'efforcera de plaire à un supérieur. Si je flatte en effet le puissant qui peut m'aider et me protéger, ou le riche qui peut me prêter de l'argent, j'obtiens, avec son affection, ses faveurs et j'ai tout à y gagner. Si au contraire je m'attire sa disgrâce, alors par toutes sortes de moyens il cherchera à me nuire et j'ai tout à perdre.

On dira qu'une telle affection est bien peu sincère. Est-ce vraiment aimer que de ne fréquenter une personne que pour les avantages qu'elle nous procure ? Aristote répondrait que c'est déjà une amitié puisque l'on « aime » la personne et que l'on éprouve un certain plaisir en sa compagnie mais qu'il s'agit du plus bas degré de l'amitié, celle qui domine chez le vulgaire et qui est l'« amitié *intéressée* », cette amitié purement égoïste et motivée par le seul désir de profit personnel.

Prenons l'exemple du prince. Un prince, étant au sommet de la pyramide sociale et donc à un « degré élevé » de fortune, riche et puissant, a presque tous les pouvoirs. D'un mot voire d'un regard il peut élever ou abaisser quelqu'un. Souvenons-nous qu'à la cour des rois autrefois il suffisait que le monarque n'adresse aucun regard à une personne et la cour entière comprenait que celle-ci avait déplu et se voyait discréditée. Nul dès lors n'osait plus la fréquenter de peur de se voir attirer à son tour le mépris ou la colère du roi. Il faut donc plaire au prince. En conséquence, on lui adressera sourires, cadeaux, amabilités et courbettes si bien que celui-ci sera persuadé d'être aimé de tous. Qu'en est-il en réalité ? Ce « *prince sera la fable de toute l'Europe* ». Tous ceux qui s'inclinent en sa présence ne laissent pas, dès qu'il a le dos tourné, de se livrer à de multiples critiques et ragots. Le Roi -Soleil par exemple, tout aimé qu'il parût à la cour, n'en était pas moins la cible de pamphlets souvent cruels et bien sûr anonymes. Nouvelles, critiques et ragots se propagent bien vite et ne tardent pas à dépasser les frontières de telle sorte que le puissant qui en est victime devient à son insu la risée de l'Europe voire, à notre époque, de la terre entière.

Pourquoi cette attitude? Pourquoi cette tendance irrésistible à flatter les puissants? L'explication est on ne peut plus simple. « *Je ne m'en étonne pas* » déclare Pascal et nous, lecteurs, ne sommes non plus aucunement surpris par ce qu'il avance. C'est que le fait de dire (ou pas) la vérité doit être envisagé de deux points de vue.

D'abord du point de vue de celui à qui l'on parle. « *Dire la vérité est utile à celui à qui on la dit* ». Les vérités évoquées sont des vérités qui concernent l'individu, des vérités sur lui-même, sur sa vie, … bref des vérités susceptibles d'être agréables ou non. Révéler une vérité à quelqu'un, toute déplaisante qu'elle lui paraisse, ne peut être que profitable. Une fois surmonté le choc de la révélation, l'individu va en effet pouvoir rectifier son comportement. Il va se corriger et ainsi s'améliorer. Il est donc « bien » (du point de vue moral) de dire la vérité et la sincérité est une vertu. On comprend par là-même pourquoi l'on s'accorde en général à dénoncer le mensonge comme un vice.

Ensuite le fait de dire la vérité peut aussi être envisagé du point de vue de celui qui parle. « *Dire la vérité [est] désavantageux à ceux qui la disent* ». Si je communique une vérité plaisante à mon interlocuteur, que celle-ci confirme agréablement ce qu'il pensait ou qu'elle lui révèle un quelque chose d'agréable qu'il ignorait, dans les deux cas il est content et sa satisfaction s'étend à moi. Révélateur d'une vérité agréable, je suis moi-même agréable et à ce titre aimé. En revanche, si la vérité est déplaisante, mon interlocuteur est blessé. On le voit facilement dans le *Misanthrop*e de Molière. Alceste est un homme sincère qui ne dissimule rien de ses pensées. Aussi se fait-il haïr. Pourquoi? On évoque aujourd'hui volontiers les « blessures d'amour-propre » ou blessures narcissiques » et là effectivement est le responsable : l'amour-propre. « *L'amour-propre* », tel que le définit Pascal dans une autre de ses *Pensées,* « *est l'amour de soi-même et de toutes choses pour soi* ». Il est l'intérêt personnel, la recherche exclusive de son avantage et, dans la société mondaine, où l'on a intérêt à être considéré et « bien vu », il est le souci de son image et le soin de sa réputation. Chacun veut paraître quelqu'un de bien. Dans cette perspective, si je dis à quelqu'un « ses quatre vérités », alors le masque tombe et l'individu fait face à ce qu'il désirait si fortement ignorer. Certes du point de vue moral, cela est bien. Mais pour ce qui est de mon intérêt personnel, il en va tout autrement. Mon interlocuteur hait cette vérité que je viens de lui apporter, il m'en veut de l'éclairer et en vient tout naturellement à me haïr, moi. Or, s'il me hait, il risque fort de tenter de me nuire. En d'autres termes, j'ai tout à perdre à éclairer mes semblables. Et tout intérêt à leur mentir? Oui, telle est bien la triste conclusion que nous tirons de ce passage.

Nous noterons que dans cette comparaison entre celui qui dit la vérité et celui qui la reçoit, Pascal utilise deux termes distinct : « *utile* » et « *désavantageux* ». Pourquoi ne pas avoir retenu des termes antonymes qui marqueraient plus clairement l'opposition : « utile/inutile » ou « avantageux/désavantageux » ? C'est que l'utilité ou l'avantage n'est pas de même nature dans les deux cas. Pour celui qui apprend la vérité il est « bon » moralement de l'apprendre pour progresser. On est ici dans le domaine de la morale et *l'utile est le bien.* En revanche, pour celui qui dit (ou dirait) la vérité il est dangereux de la dire car cela entraîne des conséquences désagréables. On est alors dans le registre de la sensibilité régi par le « principe de plaisir », la recherche du bonheur qui se traduit plus précisément par la recherche de la satisfaction maximale au moindre coût. Dans ce cas *l'utile est l'agréable,* l'avantage, le profit et l'on qualifiera d'utile tout ce qui sert l'intérêt personnel ou l'amour-propre.

Ce détour explicatif permet de revenir à l'exemple du prince. Il serait utile et bon pour le prince d'être éclairé sur ses défauts, sur ses vices, sur ses erreurs ou ses fautes. Cela ne pourrait que « *lui procurer un avantage* », l'avantage du perfectionnement de soi. Mais, blessé dans son orgueil, le prince en voudrait à mort à qui l'aurait éclairé. Comment dans ces conditions oser lui dire la vérité ? Le conte d'Andersen, *Les habits neufs de l'empereur*, illustre on ne peut mieux cette idée. Alors qu'il est nu, le roi est persuadé d'être revêtu de vêtements somptueux et visibles uniquement par les esprits intelligents. Et tous de s'extasier !... L'amour-propre les commande. Selon Rousseau, la nature de l'amour-propre consiste à faire plus de cas de soi-même que de tout autre et à se préférer à tous les autres. Pascal en son temps ne disait pas autre chose pour qui « *la nature de l'amour-propre et de ce moi humain est de s'aimer soi-même et de n'aimer que soi* ». Aussi, nul n'est généreux ou altruiste au point de s'oublier soi-même et d'agir contre ses intérêts. Nul en conséquence ne se risquerait à encourir la disgrâce et la défaveur du prince. C'est pourquoi dans le conte d'Andersen un enfant seulement va finalement s'exclamer que « le roi est nu ! ». Chacun ne pensant qu'à soi et à ses intérêts, il est inévitable que « *ceux qui vivent avec les princes aiment mieux leurs intérêts que celui du prince qu'ils servent* ».

Telle est donc l'attitude des hommes que Pascal observe à la cour des Grands. En ce qui concerne le prince, les hommes, conclut-il, « *n'ont garde de lui procurer un avantage en se nuisant à eux-mêmes* ». Le pauvre prince sera donc d'autant plus privé de vérité qu'il a de pouvoir sur ses semblables. Or, la cour n'est-elle pas un microcosme ? Que nous apprend-elle sur les hommes en général ?

## C'est à vous !

Reprenez les textes étudiés dans les chapitres précédents et entraînez-vous à rédiger une partie du devoir en vous interdisant de dire « l'auteur ». Nommez-le ; dites « nous » ; adoptez des formules impersonnelles... Vous pouvez d'ailleurs vous exercer à l'oral avec un camarade de classe.

**Quelques sujets...**

Peut-on en finir avec les préjugés ?

La recherche de la vérité peut elle être désintéressée ?

Avons-nous le devoir de chercher la vérité ?

# CHAPITRE 13
# La justice

## Introduction

L'homme spontanément se révolte contre les injustices. « *On ne parlerait pas de droit s'il n'y avait jamais d'injustice* » ; Schopenhauer (*Le monde comme volonté et comme représentation*).

« Justice » vient du mot latin « *jus* » qui veut dire « droit ». La justice est donc le **respect du droit**. Or, qui dit droit dit lois.

Quelle(s) loi(s) s'agit-il de respecter pour être juste ?

# I. Le droit et la force

## A. « Le droit du plus fort »

### 1. La thèse de Calliclès

La **loi du plus fort** qui règne dans la nature fonde-t-elle un droit ?

Pour Calliclès, dans le *Gorgias* de Platon, la véritable justice est de suivre la nature qui veut que le plus fort domine.

Mais, les faibles représentent la majorité. Ils s'unissent et inventent toutes sortes de valeurs (le respect, la pitié, l'entraide, la solidarité...) ; ils les présentent comme des valeurs absolues et persuadent les forts de respecter ces valeurs.

→ Pour Calliclès, ce qu'on appelle le droit (les lois civiles) est une invention des faibles pour les faibles.

### 2. Critique du droit du plus fort chez Rousseau

- « *La force est une puissance physique* » (*Contrat social*). Je n'obéis pas parce que je le dois mais bien au contraire parce que je ne peux pas faire autrement.
- La force est par nature éphémère. Le droit est une valeur éternelle. Il y a donc contradiction entre la force et le droit.
- Celui qui affirme l'existence d'un droit du plus fort confond le fait et le droit. Que le fort, de fait, domine ne signifie nullement qu'il doive dominer.
- Enfin, si la force était l'origine d'un droit, il suffirait d'être le plus fort pour avoir raison. Or, les forts éprouvent le besoin de « justifier » leur recours à la force. C'est la preuve que la force ne suffit pas à fonder un droit.

→ « *Convenons donc que force ne fait pas droit* ».

### 3. La « justification » de la force

Pour Marx, il y a dans toute société des classes sociales aux intérêts divergents. Les lois émanent de la classe dominante et servent ses intérêts: des lois de riches pour les riches, des lois de forts (les puissants) pour les forts.

→ L'égalité n'est donc qu'une illusion.

## B. La force du droit

### 1. Qu'est-ce que le droit?

La force désigne la **capacité physique** d'accomplir quelque chose.

Le droit est un **pouvoir moral** qui restreint la capacité physique. En ce sens, « je ne peux pas » ne signifie pas « je suis incapable de » mais « je n'ai pas le droit de », « cela ne m'est pas permis ».

### 2. Quelle est l'origine du droit?

Il n'y a dans la nature ni droit ni justice. Le droit naît avec la **société**.

## C. Pourquoi obéir aux lois?

Suffit-il d'obéir aux lois pour être juste?

Dans *La République*, la fable de l'anneau de Gygès nous raconte qu'un berger, réputé pour sa parfaite honnêteté, découvre un jour un anneau qui le rend invisible. Il se met alors à multiplier les actes injustes. La morale de cette fable, pour Glaucon, c'est qu'on est *juste contre son gré.*

- On respecte les lois pour ne pas être puni.
- L'amour-propre nous incite à respecter les lois pour paraître quelqu'un de bien.
- « *L'amour de la justice n'est en la plupart des hommes que la crainte de subir l'injustice.* »; (La Rochefoucauld, *Maximes*).

→ On est juste par intérêt; on *paraît* juste.

Pour Schopenhauer, une action véritablement juste serait une action désintéressée, inspirée par la pitié. Par exemple, un pauvre restitue à un riche ce que celui-ci a perdu. Mais, objectera-t-on, qui agirait ainsi? Une action juste est-elle possible? « *Oui, il y a d'honnêtes gens, il y a aussi des trèfles à quatre feuilles* » (*Le monde comme volonté et comme représentation*).

→ La justice consiste à respecter le droit. Cependant, le simple respect du droit civil ne semble pas suffire, encore faut-il qu'existe une intention de justice, c'est-à-dire une intention morale.

## II. Justice et morale

### A. Le droit positif et la justice civile

#### 1. Qu'est-ce que le droit positif?

Dès qu'une société se constitue, elle se donne des lois. On parlera ici de droit positif, posé par les hommes d'une société ; c'est le **droit civil**.

Ce droit positif est par nature relatif et variable. « *Il n'est chose en quoi le monde soit si divers qu'en coutumes et lois* » (Montaigne, *Essais*).

Si les lois sont changeantes, doit-on leur obéir?

#### 2. Qu'est-ce que la justice?

Si on transgresse les lois, inévitablement, le désordre s'installe. La justice est donc le premier devoir du citoyen. « *La justice est ce qui est établi, et ainsi toutes nos lois établies seront nécessairement tenues pour justes puisqu'elles sont établies* » (Pascal, *Pensées*).

#### 3. L'exemple de Socrate

Dans le *Criton*, Platon raconte que les amis de Socrate, injustement condamné à boire la ciguë, lui proposent de s'enfuir. En a-t-il le droit?

S'enfuir serait un encouragement implicite à transgresser les lois et Socrate, par là, montrerait qu'il poursuit la perte d'Athènes car un État dont les lois ne sont plus respectées ne peut que s'effondrer. Il choisit donc de mourir en homme juste et en citoyen.

→ On est juste lorsque l'on obéit à la loi civile. On dira dans ce cas que notre action est **légale**.

Cependant, il est arrivé au cours de l'histoire que des lois, après coup, soient reconnues injustes. Une justice autre que celle de l'État serait-elle concevable?

### B. Le droit naturel et la justice morale

#### 1. Qu'est-ce que le droit naturel?

La raison commande les hommes à travers la **loi morale**. Il existe en ce sens un **droit moral** et c'est ce que l'on appelle droit naturel.

#### 2. L'universalité du droit naturel

Dans toutes les sociétés, les hommes sont désireux de justice et ils tendent au bien. « *Le fond de notre âme, nos principes de raison et de morale seront éternellement les mêmes* » (Voltaire, *Dictionnaire philosophique*).

→ La justice consiste à suivre sa conscience. C'est la justice morale.

#### 3. La norme du droit positif

Le droit naturel est un concept a priori. Cependant, il n'est pas toujours facile, dans les faits, de discerner ce qui est juste. C'est pourquoi le droit naturel a besoin d'être repris, éclairci, précisé par le droit positif qui, en outre, l'adapte aux circonstances.

En théorie donc, les lois civiles sont justes puisqu'elles ne font que reprendre la loi morale.

Mais, il arrive aussi qu'existent des lois contraires à la conscience et à la morale ; par exemple les « lois scélérates » du gouvernement de Vichy. Pascal le reconnaît : « *Je me trompais car je croyais que notre justice était essentiellement juste* » (*Pensées*).

Quel choix doit-on effectuer lorsque la conscience et la loi se contredisent ?

#### 4. L'exemple d'Antigone

Antigone, dans la tragédie de Sophocle, se révolte contre le roi Créon qui, incarnation de la raison d'État, a interdit de donner une sépulture à son frère rebelle. En effet, elle a conscience d'une tout autre justice ; elle se réclame des lois divines. Elle choisit donc de désobéir. Enterrée vive, Antigone, comme Socrate, a préféré la justice à la vie.

La conduite d'Antigone incarne la **légitimité** : la conformité d'un acte, d'une pensée ou d'un sentiment avec le droit moral, la conscience.

Anouilh reprend cette pièce en 1944 pendant l'Occupation pour exprimer que la désobéissance peut être un devoir. On parle aujourd'hui de désobéissance civile.

## III. Comment réaliser la justice ?

### A. Existe-t-il un droit de punir ?

#### 1. Pourquoi punir ?

La sanction a pour fonction première d'empêcher la récidive. Elle écarte le criminel (prison, interdiction de territoire) ou le dissuade de réitérer son acte (amende, travaux d'intérêt général).

Exemplaire, elle vise également à dissuader les criminels possibles.

On peut aussi considérer que la sanction a une fonction morale : faire comprendre à l'individu la gravité de son geste afin de le corriger.

#### 2. Qui doit punir ?

La vengeance consiste à « se faire justice ». Elle est passionnelle, impulsive et nous fait entrer dans le mauvais infini de la violence.

La loi du Talion, « *œil pour œil, dent pour dent* », est déjà une première ébauche de justice puisqu'elle propose de définir un châtiment proportionné au crime. Cette justice toutefois nous apparaît barbare et cruelle.

Pour éviter la violence, il faut recourir à l'arbitre impartial : la raison, seule habilitée à enquêter, examiner, délibérer et punir.

### B. Comment punir ? Justice et équité chez Aristote

La loi civile qui commande se double d'une loi pénale qui réprime.

Cependant, aucune infraction n'est rigoureusement identique à une autre. Il nous apparaît alors que « *L'application la plus grande du droit est la plus grande injustice* » ; Aristote (*Éthique à Nicomaque*).

Il faut donc adapter la loi aux circonstances. C'est **l'équité** (égalité proportionnelle) : « *La nature de l'équité est de corriger la loi lorsque celle-ci se montre insuffisante du fait de sa généralité* »

Mais, on objectera que l'équité ne respecte pas la loi : on ne suit plus la lettre de la loi. Une loi, rappelle Aristote, est par nature générale : le législateur conçoit le cas théorique, abstrait. Appliquer la loi de manière équitable revient à l'ajuster aux particularités de chaque cas concret ; c'est alors que l'on respecte l'esprit de la loi.

## Conclusion

La justice est une vertu morale. Tout homme, doté de conscience et de raison, a par lui-même la capacité d'être juste. « *Le sage n'a pas besoin de lois* » ; Rousseau (*Émile*). Il sait se conduire.

Cependant, « *Je vois le bien, je l'aime, et je fais le mal* » ; Ovide (*Métamorphoses*). La faiblesse morale de l'homme fait qu'il a besoin d'être soutenu, guidé : il a besoin des lois civiles qui sont pour lui des tuteurs.

## Les notions à ne pas confondre

**Droit naturel.** L'expression « droit naturel » est ambiguë. Tantôt il s'agit (comme chez Hobbes) du droit qui m'est donné par la nature (le droit de nature) : la force, la puissance, la capacité d'action. Tantôt il s'agit du droit moral (chez Grotius, Léo Strauss).

**Loi naturelle/loi morale/loi sociale/loi religieuse.** Comme l'explique Kant, l'universalité est la nature de la loi. Il existe cependant différentes sortes de lois. La loi naturelle, ou loi physique, énonce un rapport constant entre des phénomènes. C'est une loi que l'on constate et qui nous contraint. La loi morale quant à elle est une loi de la conscience qui prescrit et elle s'énonce par conséquent à l'impératif. Il en va de même pour la loi religieuse (le commandement moral est interprété comme un ordre divin) et pour la loi positive, ou loi civile, instaurée par l'État et chargée d'expliciter la loi morale. L'universalité de ces trois lois est posée comme une exigence de notre conscience mais il est clair que de fait elles peuvent être transgressées.

## Les repères

**Absolu/relatif.** Le droit naturel, ou droit moral, issu de la conscience et de la raison, est absolu.

Le droit positif, ou droit civil, prescrit par l'État, est relatif; il change suivant les sociétés, les époques et les lieux.

**Abstrait/concret.** À partir des multiples cas concrets de même nature dont il a eu connaissance, le législateur pense le cas abstrait, théorique et donc général. Il faut ensuite, pour respecter l'esprit de la loi (la justice), revenir au réel en adaptant cette loi à la particularité des cas concrets.

**Concept/image/métaphore.** Au cœur du concept de justice est l'idée d'égalité que traduit l'image, dans de nombreuses cultures, de la balance (la pesée des âmes). Le bras de la justice est une métaphore.

**Exemple/preuve.** La question de la preuve dans le domaine de la justice pénale est essentielle. Au cours d'un procès il s'agit de confronter toutes sortes de preuves pour établir l'innocence ou la culpabilité d'un prévenu et, si celle-ci est avérée, sa responsabilité ou son degré d'irresponsabilité. Les exemples des conduites du prévenu par le passé sont utiles. Ils peuvent éclairer, suggérer, amorcer un débat. Ils ne sauraient faire preuve. Que Monsieur X, pris de boisson, et on en a trois exemples rapportés par plusieurs témoins, ait frappé sa femme ne prouve nullement que tel soir, ivre, il l'a frappée à mort.

**En fait/en droit.** On constate une réalité, des faits; par exemple un fort écrase un faible. On a cependant le sentiment que c'est injuste: cela ne doit pas être. En droit, la situation est illégitime.

**Formel/matériel.** Qu'il s'agisse de justice ou de morale, une même action peut être envisagée dans sa matière (son contenu: ce qui a été fait) ou dans sa forme (son intention).

**Genre/espèce/individu.** La loi civile est générale; elle porte sur un « genre » de cas (par exemple, l'homicide). Ce genre comprend plusieurs espèces que la loi s'attache à définir avec précision (l'homicide volontaire, l'homicide involontaire). Le cas concret cependant est toujours singulier car il est le fait d'un individu unique dans des circonstances particulières (l'homicide volontaire de Monsieur X sur son épouse).

**Hypothèse/conséquence/conclusion.** Comme le montre le film de Lumet, *Douze hommes en colère,* le déroulement d'un procès, dans un souci de véritable justice, prescrit d'élaborer toutes sortes de raisonnements et scénarios à partir de différentes hypothèses, basées sur les faits enregistrés. On obtient ainsi un certain nombre de conséquences. La comparaison de tous ces raisonnements débouche sur la conclusion du procès: le verdict avec, le cas échéant, la peine.

**Idéal/réel.** Nous avons un idéal de justice, l'Idée platonicienne de Juste, le Juste parfait que nous nous efforçons de réaliser à travers les lois que nous édictons dans la société. Mais ces lois civiles, réelles, demeurent imparfaites.

**Identité/égalité/différence.** Les individus sont tous différents les uns des autres. Ils n'en sont pas moins égaux par nature et en droit. Il faut donc reconnaître les mêmes droits à tous les individus d'une même société (égalité civile).

Pour autant, faut-il se comporter de manière identique face à des individus différents ? Si l'égalité en droit est mathématique (tous les hommes ont même valeur), il semblerait injuste et inégal de donner exactement à tous le même traitement. L'égalité juridique est donc une égalité proportionnelle, définie comme équité (de *aequitas*, caractère de ce qui est égal). Il s'agit de rétablir l'égalité en dépit des différences en donnant à chacun ce qui lui revient (exemple : la discrimination positive).

**Légal/légitime.** L'action légale est l'action conforme à la loi civile.

L'action légitime est l'action conforme à la loi morale et aux exigences de la conscience.

**Objectif/subjectif/intersubjectif.** Le droit positif est un droit objectif qui s'impose aux individus de l'extérieur. Il est d'ailleurs incarné dans le code civil.

Le droit moral ou droit naturel est subjectif : il existe dans la conscience et désigne une loi intérieure non écrite. Il n'est pas pour autant arbitraire puisqu'il est pensé comme le droit absolu et universel.

Le droit positif est formulé grâce aux perpétuels échanges et délibérations entre les consciences dans le but précisément d'éclairer ce que prescrit le droit naturel. Il naît de l'intersubjectivité.

**Obligation/contrainte.** On cède à la force parce qu'on a peur, on est donc contraint à l'obéissance ; on n'a pas le choix. C'est un acte de nécessité. « Il faut » obéir.

Lorsqu'on parle de droit, on se réfère à un devoir. On dira dans ce cas « je dois » et il s'agit d'une obligation (je choisis). C'est un acte de liberté.

**Origine/fondement.** Il est facile, ou du moins possible, de tracer l'historique d'une loi et d'établir son origine : qui, et à quelle occasion, l'a formulée ? Mais cette description ne nous dira jamais si cette loi a un fondement. S'appuie-t-elle sur un principe solide et inébranlable ? Une loi civile est fondée lorsqu'elle dérive de la conscience (morale) et respecte les droits naturels fondamentaux et inaliénables des hommes (la vie, la liberté…).

**Public/privé.** La justice relève de l'État, et donc de la chose publique. Ainsi, dans les sociétés démocratiques, tout citoyen est susceptible d'être appelé à être juré, les tribunaux (hormis pour les procès à huis clos) sont ouverts au public et le verdict est publié donc public. Les procès sont couverts par les journalistes, commentés dans les médias et la question de leur enregistrement et de leur diffusion pour davantage de transparence aujourd'hui se pose.

La justice privée désigne d'abord le droit de se faire justice à soi-même. Elle précède l'établissement d'un droit positif ou prétend remédier dans nos sociétés aux insuffisances de la justice d'État (organisation par exemple de milices de quartier pour lutter contre l'insécurité). Le problème est qu'elle s'apparente à la vengeance et comme elle se nourrit de violence. C'est pourquoi le principe « on ne peut être juge et partie » la condamne.

Il peut s'agir aussi d'avoir recours à un arbitrage privé. Un litige peut être réglé par un tiers impartial, « sans passer devant la justice ». Cette forme de justice privée a l'aval de l'État.

**TRANSCENDANT/IMMANENT.** Si l'on parle parfois d'une justice immanente qui consiste à être puni par là où on a péché (le voleur volé), le droit naturel ou droit moral est clairement perçu comme transcendant. Cette transcendance dans les religions monothéistes est celle de Dieu qui impose aux hommes ses lois (le *Décalogue*).

**UNIVERSEL/GÉNÉRAL/PARTICULIER/SINGULIER.** Nous avons une exigence de justice universelle (le Juste) que nous nous efforçons de traduire à travers nos lois civiles. La loi civile se présente comme universelle (à travers la formule par exemple « tout contrevenant sera puni… »).

Toutefois elle n'est que générale puisque, de fait, elle ne s'applique qu'à l'intérieur d'une société où d'ailleurs elle admet des exceptions.

Ces exceptions sont autant de cas particuliers.

Un cas singulier, isolé, pose problème car il est le cas nouveau, non prévu par la loi et qui, créant un vide juridique, invite à définir une nouvelle législation.

**VRAI/PROBABLE/CERTAIN.** On distingue en matière de justice la présomption et la preuve. La présomption est comme un jugement préalable, en attente, qui repose sur un faisceau d'indices. Ce jugement exprime une probabilité que les preuves, si elles sont suffisantes, soit transformeront en certitude soit réfuteront. On espère passer de la présomption au savoir.

Un juge en effet est à la recherche de la vérité. On parle donc de « vérité judiciaire ». Il s'agit d'une vérité relative puisqu'elle s'appuie, ce qui fait la rigueur de sa démarche, sur des témoignages, des rapports, des expertises mais sans observation directe si bien que ce n'est pas exactement « la » vérité. Avec un nombre insuffisant de preuves et un doute raisonnable, on peut acquitter un homme qui de fait est peut-être coupable ; on ignore la vérité. La vérité judiciaire n'est pas forcément le reflet de la réalité. L'histoire d'ailleurs montre que des certitudes étaient parfois fausses : il existe des erreurs judiciaires (révision des procès). On peut appliquer à la justice cette définition qu'Aron donnait de l'histoire : *« reconstruction ou reconstitution de ce qui a été à partir de ce qui est »*. »

## ZOOM sur ARISTOTE (384-322 av. J.-C.):
*« Le juste est ce qui est conforme à la loi et ce qui respecte l'égalité. » (Éthique à Nicomaque, Livre V)*

### Qui est Aristote ?

Aristote, le **Stagirite** (il est né à Stagire en Macédoine), est un **esprit encyclopédique**: logique, biologie, physique, justice, politique, morale, métaphysique... il s'intéresse à tout.

### Quelques faits

Fils de médecin, Aristote se montre un élève brillant à l'Académie de Platon. Il sera toutefois un disciple infidèle.

Il devient le précepteur du fils de Philippe de Macédoine, le futur Alexandre le Grand.

De retour à Athènes, il fonde en 335 av. J.-C. son école, le **Lycée**. On surnomme ses disciples **les péripatéticiens**, « *ceux qui se promènent en conversant* ».

L'œuvre d'Aristote influence considérablement la philosophie du Moyen Âge et la scolastique avec laquelle Descartes va rompre.

### Quelques idées

Rejetant la théorie platonicienne des Idées transcendantes, Aristote considère que la forme des choses leur est immanente et il s'intéresse au concret, au particulier, à l'individuel, observant le **monde sublunaire** qui est soumis à la loi du devenir, de la génération et de la corruption.

#### La logique

Aristote est le fondateur de la **logique formelle**, l'étude des formes du raisonnement indépendamment de son contenu. Il définit le syllogisme ainsi que les principes logiques auxquels est soumise la pensée (principe d'identité, principe de non-contradiction, principe du tiers exclu). La logique est l'instrument (*organon*) de la science.

#### La métaphysique

Selon la légende, Andronicos de Rhodes, voulant classer les œuvres du Stagirite, nomma « métaphysique » (*méta*, « après ») les ouvrages qui venaient après la *Physique*. Heureux hasard! La métaphysique, ou philosophie première, traite en effet de tout ce qui est au-delà de la nature (*phusis*) et elle est la science de l'être en tant qu'être. Le Dieu aristotélicien quant à lui se définit comme le premier moteur immobile.

#### La politique

Doté de raison, l'homme est cet animal politique qui ne peut s'épanouir et trouver le bonheur que dans la **Cité**, condition du bien-vivre. Aussi, Aristote élabore une théorie de la **justice** et de **l'amitié** (*philia*) qui est le véritable lien social. Le bonheur, qui est le souverain bien, suppose la vertu.

### La vertu

La vertu consiste en un juste milieu entre un excès et un défaut ; le courage par exemple est le juste milieu entre la témérité et la lâcheté. Aristote nous invite à cultiver les vertus intellectuelles et les vertus morales et particulièrement la prudence qui consiste à saisir le moment opportun (*kairos*).

## Quelques propos

« *C'est l'étonnement qui poussa, comme aujourd'hui, les premiers penseurs aux spéculations philosophiques.* » (*Métaphysique*, I, A, 2)

« *Ainsi donc la vertu morale est une moyenne,* [...] *: elle est un milieu entre deux défauts, l'un par excès, l'autre par manque.* » (*Éthique à Nicomaque*, II, ch. VI)

« *Nous refusons de donner le pouvoir à un homme ; ce pouvoir, nous le donnons à la raison.* » (*Éthique à Nicomaque*, V, ch. VI)

« *Ce n'est pas seulement pour vivre ensemble, c'est pour bien vivre ensemble qu'on s'est mis en cité.* » (*La politique*, II, ch. V)

# FICHE MÉTHODOLOGIQUE

## CRITIQUER LE TEXTE

## Ce qu'il faut savoir

Vous avez bien compris le texte et vous avez expliqué, dans les moindres détails, ses idées et leurs articulations.

### A. Préparer la critique

Tout au long de votre étude, vous avez noté au brouillon, sur une feuille séparée, toutes les idées qui, d'une manière ou d'une autre, contestaient le texte ou nuançaient ses propos et, donc, le remettaient en question. Vous vous êtes vraisemblablement pour cela référé à d'autres philosophes. Voici venu le moment de mettre ces idées au propre et d'entreprendre, par leur mise en ordre, la critique du texte.

### B. Élaborer un jugement réfléchi sur le texte

Rappelons-le : le texte répond à une question qui a été formulée dans l'introduction. Que faut-il penser de cette réponse ? Est-elle la seule valable ? Le texte ne s'appuie-t-il pas sur certains présupposés ? Ne peut-on les critiquer ? Vous pouvez confirmer la réponse de l'auteur par d'autres arguments, par des références à d'autres philosophes ou d'autres spécialistes, par des exemples ou par le mouvement de l'histoire qui lui donne raison etc. Cette réponse est-elle originale ? S'inscrit-elle dans une tradition philosophique ou, au contraire, innove-t-elle ? Quelles réponses donneraient d'autres philosophes ? Vous pouvez réfuter la thèse du texte ou la nuancer, montrer ses limites et la compléter ; vous pouvez souligner la modernité du texte… La partie critique vous permet d'élaborer votre propre réflexion, sur le texte, certes, mais de manière libre.

## Un exemple guidé

Il y a deux sortes de lois injustes

Les lois injustes sont de deux sortes. Il y a d'abord celles qui sont contraires au bien commun; elles sont injustes soit en raison de leur fin, par exemple quand un chef impose à ses subordonnés des lois onéreuses qui profitent à sa cupidité ou à sa gloire plus qu'au bien commun; soit en raison de leur auteur, par exemple quand un homme promulgue une loi qui excède le pouvoir qu'il détient; soit encore en raison de leur forme, lorsque les charges destinées au bien commun sont inégalement réparties dans la communauté. De pareilles lois sont des contraintes plus que des lois, car, selon le mot de Saint Augustin au livre I du *Libre Arbitre*, « on ne peut tenir pour loi une loi qui n'est pas juste ». Par conséquent de telles lois n'obligent pas en conscience, sauf dans les cas où il importe d'éviter le scandale et le désordre; il faut alors sacrifier même son droit [...].

Il y a ensuite les lois qui sont injustes parce que contraires au bien divin, comme les lois des tyrans qui imposent l'idolâtrie et d'autres actes contraires à la loi divine. Il ne faut en aucune manière observer de telles lois, c'est en ce sens qu'il est dit dans les Actes des Apôtres: « Il vaut mieux obéir à Dieu qu'aux hommes. »

Thomas d'Aquin, Somme théologique, I- II

Plusieurs types de critique sont possibles. À chacun de choisir, selon le texte et ses propres idées, sa démarche.

### A. Confirmer/Compléter le texte

Annoncer le sujet dans le paragraphe qui articule l'explication et la critique

Le texte de Thomas d'Aquin distingue deux sortes de lois injustes. On peut donc se demander: « À quelles conditions une loi est-elle juste? » Logiquement, une loi, pour être juste doit avoir des caractères opposés à ceux qui sont présentés dans ce texte.

La partie critique

Si nous commençons par le second paragraphe, il existe des lois injustes parce que contraires au bien divin. Nous en déduisons qu'une loi, pour être juste, doit respecter le bien divin et « rendre à Dieu ce qui est à Dieu ».

Cependant, de nos jours, nous considérons la justice comme une affaire strictement humaine. C'est donc le premier paragraphe qui nous intéresse davantage puisqu'il s'adresse à tous les hommes, croyants ou athées. Les lois injustes, nous dit Thomas d'Aquin, sont celles qui sont « *contraires au bien commun* ». Une loi ne peut donc être juste que si elle est faite non pour l'intérêt de quelqu'un ou de quelques-uns mais pour l'intérêt de tous, pour le bien de la Cité. Rousseau dirait que la loi émane de la volonté générale qui ne veut que le bien commun.

Cela suppose trois conditions. D'une part que le législateur ait pour *but* l'intérêt de tous et ne pense pas à son intérêt propre (s'enrichir, être élu ou conserver le pouvoir). D'autre part, qu'il légifère dans les limites du pouvoir qui lui est confié et dans son domaine de compétence: *l'auteur* de la loi doit être juste. Enfin, encore faut-il que la *forme* de la loi soit ce qu'elle doit être: universelle et équitable. Les débats en France autour de l'impôt sur le revenu en témoignent. Nous sommes conscients que tous doivent y contribuer, chacun à mesure de ses moyens et qu'il serait profondément injuste qu'un riche en soit exempté ou ne verse qu'une faible part de son revenu.

Finalement, une loi juste naît de la conscience et de l'amour du bien. Seules les lois morales, soucieuses de faire respecter le bien et l'égalité de tous, sont des lois justes qui méritent d'être inscrites dans le droit positif.

Éléments de conclusion (après la synthèse de l'explication)

« *Conscience !* » dit Rousseau, « *juge infaillible du bien et du mal* ». Les lois de la conscience, l'amour et la volonté du bien, doivent présider à l'établissement des lois civiles.

Ouverture Comment les individus au sein d'une Cité pourraient-ils s'entendre sur *une* loi parfaitement juste ?

Comment les Cités pourraient-elles se mettre d'accord sur des lois justes communes ?

## B. Réfuter la thèse du texte ou une de ses parties

Annoncer le sujet dans le paragraphe qui articule l'explication et la critique

Il y a, dit Thomas d'Aquin, des lois injustes « *parce que contraires au bien divin* » et il cite les Actes des Apôtres : « *Il vaut mieux obéir à Dieu qu'aux hommes.* » Que devons-nous en penser ?

La partie critique

La justice divine est infiniment supérieure à la justice des hommes ; nombre de mythes dans la plupart des religions l'illustrent. Et déjà l'Antigone de Sophocle se réclamait des lois divines : « *Elles ne datent celles-là ni d'aujourd'hui ni d'hier et nul ne sait le jour où elles sont apparues* ».

Cependant, nous observons aujourd'hui que préférer suivre une loi religieuse plutôt qu'une loi de la république est source de conflits au sein de celle-ci. Qu'importe, nous objectera-t-on, si cette loi est juste ?

D'abord, certaines lois religieuses sont contraires à des valeurs morales incontestables, dont la plus fondamentale est le respect de la dignité humaine (la lapidation de la femme adultère, par exemple, ou l'excision des petites filles).

Ensuite, il y a, soit, « Dieu », le « bien divin » et donc les lois divines. Mais il existe plusieurs religions, plusieurs interprétations des lois divines. Or, ces interprétations sont fournies par des hommes qui, fussent-ils prêtres, peuvent se laisser emporter par leurs passions. Rousseau en fait le triste constat : « *Dès que les peuples se sont avisés de faire parler Dieu, chacun l'a fait parler à sa mode et lui a fait dire ce qu'il a voulu.* » Dès lors, comment se fier à la volonté et la loi de Dieu ?

Enfin, partons du principe que Dieu existe, son existence n'étant toutefois reconnue que par les croyants et en supposant que ceux-ci s'entendent. Une loi est en effet injuste dès lors qu'elle va contre l'ordre institué par Dieu, contre la volonté de Dieu, contre le projet divin à l'égard de l'humanité. Cependant, que connaissons-nous de Dieu et de son bien ? Pour Voltaire, « *Dieu m'a donné assez de raison pour comprendre qu'il existe* », mais le reste m'échappe, par exemple où il est, s'il a créé la matière,... (Voltaire, *Histoire de Jenni ou l'athée et le sage)* Et donc sa volonté et son bien m'échappent.

Si des lois sont injustes parce que contraires au bien divin, nous, hommes, n'avons pas les moyens de le comprendre. Il est donc préférable de décider ensemble des lois « en son âme et conscience », sans passion et en vue du bien commun, sans se référer à un ou des dieux et indépendamment de l'autorité de leurs interprètes. La religion ne doit pas intervenir dans l'activité de législation.

Élément de conclusion (après la synthèse de l'explication)

Pour Rousseau, la conscience est la voix de Dieu en l'homme et elle indique bien plus sûrement que les prêtres le bien que nous devons vouloir.

## C. Examiner un ou deux points de détail sans trancher

Annoncer le sujet dans le paragraphe qui articule l'explication et la critique

Parlant des lois injustes parce que contraires au bien commun, Thomas d'Aquin nous dit que « *De pareilles lois sont des contraintes plus que des lois* ». Et il explique, citant saint Augustin : « *on ne peut tenir pour loi une loi qui n'est pas juste* ». Comment nommer des lois qui n'en sont pas ? Telle est la question que nous devons nous poser à la suite de ce texte.

La partie critique

Certaines lois sont de toute évidence, injustes. En effet ce qui est légal n'est pas forcément légitime. Cicéron le confirme : « *Ce qui est complètement insensé, c'est de considérer comme étant « juste » tout ce qui figure dans les institutions et les lois des peuples* ». Il est par exemple insensé de considérer comme « lois » les lois en vigueur sous le gouvernement de Vichy. La loi ordonne mais tout ordre ne fait pas loi. L'expression « loi juste » serait un pléonasme car l'essence de la loi est la justice. Mais quel nom donner à une loi qui n'est pas juste ? Elle veut être obéie, elle se fait passer pour juste. On la proclame « loi », à l'instar du mensonge que le menteur fait passer pour la vérité.

Il est des lois plus justes que d'autres et l'histoire atteste de certains progrès en matière de législation (reconnaissance des droits humains fondamentaux, de l'égalité des femmes, des droits des enfants). Aucune loi cependant n'est parfaitement juste. Devrions-nous bannir le mot « loi » de notre vocabulaire ? Un danger apparaît : si la loi d'emblée se présente imparfaite, qui acceptera de s'y soumettre ? Ne sera-ce pas le prétexte idéal pour désobéir ?

L'essence de la loi civile est la justice. Or, la loi civile est une espèce du genre « loi » dont l'essence, rappelle Kant, est l'universalité. Il est manifeste que nulle loi promulguée par les hommes ne répond à ce critère fondamental. Cicéron en dressait le constat : « *Si je voulais passer en revue les diverses lois en vigueur, je montrerais non seulement combien elles varient d'une nation à l'autre, mais aussi comme elles changent dans une même cité.* » En toute rigueur, nous devrions parler de « règles » civiles. Mais nous retrouvons le même problème : le terme « règle » affadit l'ordre et risque de multiplier les exceptions au point de le rendre caduc.

De fait les hommes imposent des règles de justice. Dès lors qu'elles sont conformes aux exigences de la conscience, ces règles doivent être suivies, pour le bien de tous. Elles ne sont pas des lois. Mais elles ont « force de loi » et c'est pour cette raison que nous continuons à les nommer « lois ».

Éléments de conclusion (après la synthèse de l'explication)

Nos lois civiles ne sont pas, au sens strict, des « lois ». Elles méritent cependant ce nom dès lors qu'elles expriment un désir sincère de justice, une aspiration à l'universalité de la loi morale.

## C'est à vous !

Nous avons étudié plusieurs textes. Vous êtes maintenant capable d'identifier leur thèse, de les structurer et de les expliquer. Il reste donc à les critiquer. Que pensez-vous de ces textes ? Souscrivez-vous à toutes leurs idées ? Justifiez dans ce cas votre jugement. Avez-vous des objections à formuler ? Quelles sont-elles et quels philosophes pourraient vous accompagner ? Quelle que soit votre position sur un texte, entraînez-vous à rédiger ce paragraphe de critique.

**Quelques sujets…**

L'exigence de justice et l'exigence de liberté sont-elles séparables ?

Défendre ses droits, est-ce la même chose que défendre ses intérêts ?

Faut-il que le droit suive les mœurs ?

# CHAPITRE 14
# La liberté

## Introduction

*« Nous aimons naturellement la liberté, et cela dès le berceau. »* (Locke, *Quelques pensées sur l'éducation*, Section XXIV, *De l'instruction, - La lecture,* & 148, p. 272) La liberté est l'une des valeurs fondamentales qui inspirent les hommes. On la définit comme **l'absence de contraintes**.

Or, il existe différentes sortes de contraintes ; il existe donc plusieurs formes de liberté et l'individu désirera celle (s) dont il est privé.

L'homme est-il libre ? Est-il libre par nature ? Naît-il libre ? En d'autres termes, l'homme possède-t-il le libre arbitre ?

Comment l'homme devient-il effectivement libre ?

Quelle liberté l'homme doit-il vouloir ? Toutes les libertés se valent-elles ?

Si l'homme est libre, a-t-il la liberté de refuser d'être libre ?

## I. La conscience me dit que je suis libre

### A. L'homme est-il déterminé comme l'animal ?

L'animal, d'après la thèse cartésienne de **l'animal-machine**, ne réagit que par des automatismes, entraîné par cette impulsion aveugle qu'est l'instinct. « *La nature commande à tout animal et la bête obéit* » ; Rousseau (*Discours sur l'origine et les fondements de l'inégalité parmi les hommes*).

L'homme quant à lui concourt à ses actions en qualité d'« *agent libre* » parce qu'il est doté de conscience.

### B. « Conscience signifie hésitation et choix » (Bergson)

1. « Conscience est synonyme de choix » (*L'énergie spirituelle*)

Là où notre action n'est pas tracée d'avance, déterminée par un instinct, un réflexe, une habitude, la conscience se manifeste. Elle permet d'hésiter, réfléchir et choisir.

Plus on a le choix, ou plus un choix est difficile et lourd de conséquences, et plus la conscience est intense, vigilante et attentive.

→ Conscience est synonyme de liberté.

2. L'expérience de ma liberté

« J'ai le choix » : plusieurs possibilités s'offrent à moi et je sens qu'il n'appartient qu'à moi de faire en sorte que l'une d'elles se réalise plutôt que les autres. J'éprouve que je suis libre.

Le regret en est la preuve. Je me dis que si je l'avais voulu j'aurais fait un meilleur choix. Je reconnais que j'étais libre.

3. Seul un être libre a conscience de la loi morale

La loi morale, chez Kant, est la raison de connaître notre liberté. En effet, une loi qui m'oblige et qui m'ordonne de m'arracher aux déterminations sensibles n'a de sens que si je peux effectivement m'affranchir de ma sensibilité.

Le remords en est la preuve : il est le sentiment de ma responsabilité morale.

Le sentiment de ma liberté suffit-il à prouver que je suis libre ?

## II. Peut-on se fier au sentiment du libre arbitre ?

### A. Le déterminisme universel

L'astronome et mathématicien Pierre-Simon Laplace affirme le **déterminisme naturel**. La nature est régie par des lois et des relations de causalité qui font que tout est prévisible.

Freud postule le **déterminisme psychique**, Durkheim le **déterminisme social**, etc.

→ Ce que j'ai fait, je ne pouvais pas ne pas le faire. Mon action était nécessitée.

### B. L'illusion du libre arbitre chez Spinoza

Tout est déterminé, nous dit Spinoza, et l'homme n'est pas « *un empire dans un empire* », une exception. « *Il n'y a pas dans l'âme de volonté libre. Mais l'âme est déterminée à vouloir ceci ou cela par une cause qui est elle-même déterminée par une autre* [...] *et ainsi à l'infini* » (*Éthique*).

Le sentiment de notre liberté existe bel et bien mais il est illusoire. « *Les hommes se croient libres en ce qu'ils sont conscients de leurs actions et ignorants des causes qui les déterminent.* » Par exemple, un nourrisson dirait qu'il désire librement le lait, de même qu'un homme ivre est persuadé de parler par un libre décret de sa volonté.

## III. La volonté est-elle libre ?

### A. Comment savoir si un être est libre ?

Buridan au XIV$^{e}$ siècle nous propose une expérience de pensée (« **l'âne de Buridan** »). Imaginons un âne qui aurait autant faim que soif et que l'on placerait à égale distance de nourriture (avoine) et de boisson (eau). Incapable de choisir, l'animal se laisserait mourir et de faim et de soif.

On fera ici la différence entre l'animal et l'homme qui possède la **liberté d'indifférence** : la capacité de choisir sans être déterminé, la faculté donc de se déterminer sans raison, de manière arbitraire et qui est pour Descartes le plus bas degré de la liberté.

Mais, de fait, je ne suis jamais totalement indifférent. « *Il y a toujours quelque plus qui nous attire, quoi que ce soit imperceptiblement* » ; Montaigne (*Essais*).

Peut-on être libre sans être indifférent ?

### B. Le libre arbitre

#### 1. Qu'est-ce que le libre arbitre ?

Le libre arbitre est le pouvoir de faire ou de ne pas faire quelque chose ; le pouvoir de dire oui ou non, d'acquiescer ou de résister :

- soit à une sollicitation extérieure (ex : un ordre)
- soit à une sollicitation intérieure (ex : un besoin, comme la faim, ou un désir).

#### 2. L'acte gratuit chez Gide

L'écrivain André Gide s'interroge sur la liberté : « *J'ai longtemps pensé que c'est ce qui distingue l'homme des animaux : une action gratuite* [...] *Un acte qui n'est motivé par rien* [...] *; l'acte libre* » (*Prométhée mal enchaîné*).

Il illustre cette idée dans son roman *Les caves du Vatican* à travers le crime immotivé de Lafcadio : Lafcadio décide sans aucune raison de tuer le petit vieux qui se trouve dans son compartiment.

Mais, un acte gratuit est-il possible ? Julius dans le roman dira : « *La raison de commettre ce crime est de le commettre sans raison.* »

### C. Ne suis-je pas responsable de mes actes ?

#### 1. L'existentialisme

L'existentialisme de Sartre repose sur deux principes.

- Il n'y a pas de nature humaine : « *L'existence précède l'essence* ».
- Il n'y a pas de Dieu.

→ Donc, « *Il n'y a pas de déterminisme, l'homme est libre, l'homme est liberté* » (*L'existentialisme est un humanisme*).

### 2. Une totale responsabilité

Il existe ce que Sartre appelle la *situation* et on ne choisit pas sa situation. Mais, toute situation offre son éventail de possibilités. Un malade, par exemple, a son éventail de possibilités, comme un bien portant.

En choisissant à chaque instant ce qu'il fait, l'homme indirectement se choisit lui-même. En me mettant souvent en colère, par exemple, je me choisis colérique. « *Faire et en faisant se faire et n'être que ce qu'on fait* » (*L'être et le néant*). On est donc **responsable** à la fois de ce qu'on fait et de ce qu'on est.

### 3. Le fardeau de la liberté

Cette liberté est source de vertige et d'angoisse. On aimerait ne pas être libre. On cherche donc à nier sa liberté en se déresponsabilisant. C'est la **mauvaise foi**.

Cependant, « *L'homme est condamné à être libre* » (*L'existentialisme est un humanisme*).

→ Nous n'avons pas le choix : nous sommes libres. Je peux choisir d'être libre ou esclave. Je peux, de même, choisir une liberté plutôt qu'une autre.

Quelle liberté vaut le plus ?

# IV. Quelle liberté choisir ?

## A. La liberté naturelle

Par nature, je suis libre de faire ce que je suis capable de faire.

C'est cette liberté, comprise comme **spontanéité**, que revendique le marquis de Sade. Il s'agit toutefois de la liberté sauvage de l'animal, précaire et toujours menacée et qui, en outre, néglige notre nature raisonnable.

→ La choisir ne paraît pas la meilleure décision.

Il est en revanche légitime de chercher à accroître notre puissance et notre liberté d'action et c'est de ce point de vue que le **travail** est l'instrument privilégié de notre liberté.

## B. La liberté psychologique

On est souvent, d'une manière ou d'une autre, sous l'influence d'autrui. La liberté psychologique est la **liberté d'être soi-même**, de se réaliser et de se montrer tel que l'on est.

→ Le vouloir est légitime mais pose un problème lorsque la réalisation de son moi sensible contredit les exigences de la raison et de la morale.

## C. La liberté intellectuelle

L'esprit, comme le corps, a ses limites ; on parle d'un « esprit borné », d'un « esprit limité », d'un esprit « enfermé dans ses préjugés ».

La connaissance est libératrice. Il existe donc une liberté de l'esprit qui est **liberté de pensée** et en même temps **liberté d'expression**.

→ Les hommes, avec raison, se battent pour ces deux libertés fondamentales et complémentaires.

### D. La liberté morale

Qui cède à son corps ou à son cœur est passif, faible, esclave.

→ L'homme doit triompher de ses passions et commander à son cœur.

Telle est la liberté morale qui consiste à **suivre la raison** plutôt que ses désirs et à privilégier le Bien plutôt que l'agréable. C'est la définition kantienne de **l'autonomie**.

### E. La liberté civile

De même que l'on est d'autant plus libre, moralement, que l'on obéit à la raison (loi morale), on est, dans l'État, d'autant plus libre que l'on obéit à la loi (loi civile), à la condition toutefois que celle-ci soit bien elle-même conforme à la raison. Seul, donc, est libre le citoyen, qui participe à la vie politique et aux délibérations, et **la démocratie** est une condition sine qua non de la liberté.

→ La lutte des peuples colonisés pour leur émancipation et les combats pour la démocratie montrent à quel point l'instinct de liberté est ancré dans le cœur de l'homme.

## Conclusion

Il n'existe pas pour l'homme de liberté absolue car il n'est pas un être infini. Et la dualité de sa nature implique qu'il doit choisir entre suivre sa sensibilité ou suivre la raison. Tous les choix sont possibles et l'homme en ce sens demeure toujours libre. Mais c'est en choisissant de se déterminer selon la raison que l'on réalise pleinement sa nature humaine.

## ⚠ Les notions à ne pas confondre

**Autonomie/spontanéité/anomie.** L'autonomie (du grec *autos*, « moi-même, lui-même » et *nomos*, « loi ») est littéralement le fait de se donner sa propre loi. Il ne faut surtout pas entendre ici « à chacun sa loi (personnelle) ». Agir de manière autonome n'est pas synonyme d'agir spontanément. Un tel état où chacun n'en ferait qu'à sa tête relèverait de l'anomie (a-, « absence de », *nomos*, « loi »). L'autonomie morale dérive de la dualité humaine : *je* (le sujet rationnel) *m*'impose (à *moi*, le sujet sensible empirique) une loi qui, émanant de la raison, commande également tous les autres sujets sensibles.

**Déterminisme/fatalisme.** Le fatalisme, ou croyance en la Fatalité (le Destin inexorable), affirme la nécessité absolue de toute chose. Il invite ainsi à la résignation et à la paresse en niant toute liberté de l'homme. Le déterminisme, au contraire, est un principe philosophique et scientifique qui est compatible avec l'idée de la liberté humaine. Il pose en effet l'existence d'une nécessité relative : « si telle et telle cause sont données, alors nécessairement tel effet se produira », la volonté pouvant faire partie de ces causes déterminantes.

**Esclavage/servitude.** L'esclavage, au sens strict, est le fait d'appartenir à un maître et il fut, au cours de l'histoire, une pratique institutionnalisée ; l'esclave est l'instrument qui exécute les volontés de son maître. La servitude est « esclavage moral ».

## Les repères

**Absolu/relatif.** Il n'existe pas pour l'homme de liberté absolue, totale.

Il y a des libertés, relatives aux différentes contraintes qui s'exercent sur lui. Un homme est plus ou moins libre.

**En acte/en puissance.** La liberté existe d'abord à l'état de germe, de capacité, de puissance. Il appartient à l'homme de devenir effectivement libre en actualisant cette potentialité.

**En fait/en droit.** Les hommes en droit (par nature) sont libres car ils sont dotés de conscience et de raison. Mais, en fait, ils peuvent être esclaves, asservis par un régime politique ou par une passion : « *L'homme est né libre et partout il est dans les fers* » ; Rousseau.

**Exemple/preuve.** On peut dire de la proposition « l'homme est- libre » ce que Pascal disait de l'existence de Dieu : « *Par raison vous ne pouvez défendre nul des deux.* » Il n'y a pas de preuve logique décisive de la liberté. Y aurait-il alors une ou des preuves matérielles ? Des faits, des actes peuvent nous amener à penser que nous sommes libres (untel résiste à ses penchants, tel autre, malgré son hérédité ou malgré son conditionnement social, a réussi à pratiquer le sport à haut niveau…) Mais d'autres faits, d'autres actes nous montrent le contraire (celui-ci est incapable de résister à la boisson, celui-là toujours irrésolu, est incapable de choisir). La réalité nous offre des exemples concrets, certes utiles, qui montrent mais ne démontrent pas.

**Médiat/immédiat.** L'animal réagit de manière automatique à un stimulus. L'instinct en effet entraîne une réaction immédiate.

Doté d'un cerveau et capable de penser, l'homme diffère sa réponse qui est donc médiate ; il agit après avoir réfléchi.

**Obligation/contrainte.** La contrainte est extérieure à ma volonté (« je suis forcé », « je ne peux pas faire autrement », « je n'ai pas le choix ») et s'oppose à la liberté.

L'obligation naît de ma volonté : « je m'oblige à », c'est-à-dire « je m'impose de ». L'obligation est donc compatible avec la liberté et elle est même la condition de la liberté morale, définie comme autonomie.

**Ressemblance/analogie.** Kant a recours à une analogie. « *La colombe légère qui, dans son libre vol, fend l'air dont elle sent la résistance, pourrait s'imaginer qu'elle volerait bien mieux encore dans le vide.* » (*Critique de la raison pure,* Introduction) La colombe sent la résistance de l'air. Elle en déduit que sans l'air, dans le vide, elle volerait mieux et librement. Elle ignore qu'en réalité elle est *portée* par l'air. Comment volerait-elle sans lui ? De même les hommes prennent pour obstacle à la liberté (les lois, sociales et morales, les normes et les valeurs) ce qui est condition de celle-ci.

## ZOOM sur SARTRE (1905-1980) :
*« En me choisissant je choisis l'homme. »*
*(L'existentialisme est un humanisme)*

### ▶ Qui est Sartre ?

Philosophe du XX^e^ siècle, Jean-Paul Sartre est en France le représentant de l'**existentialisme**.

### ▶ Quelques faits

Né à Paris, Sartre est reçu premier à l'agrégation de philosophie en 1929. Il enseigne au lycée du Havre puis se rend à Berlin où il étudie Husserl et Heidegger.

Philosophe, romancier, dramaturge, Sartre est un homme de son temps et un **intellectuel engagé**. En 1945 il fonde avec Maurice Merleau-Ponty la revue *Les Temps modernes*.

Il forme avec Simone de Beauvoir, « Le Castor » (reçue seconde à l'agrégation de philosophie), un couple que l'on qualifierait d'atypique. Beauvoir qui, dans *Le deuxième sexe*, affirme qu'« *On ne naît pas femme, on le devient* », représente le versant féministe de l'existentialisme et prend une part importante dans le mouvement de libération des femmes.

Avec Boris Vian et Juliette Greco notamment, Sartre et Beauvoir sont les figures emblématiques du quartier de Saint-Germain-des-Prés.

Sartre, en 1964, refuse le prix Nobel de littérature qui lui a été décerné.

Il demeure l'homme de tous les combats, toujours prêt à s'engager pour une cause qui lui paraît juste, ce qui le rend très populaire. À la fin de sa vie, malade et quasi aveugle, il est un homme célèbre et l'émotion à la nouvelle de sa mort est considérable.

## Quelques idées

### En-soi et pour-soi

Sartre distingue ce qu'il appelle l'en-soi, l'objet, l'être qui est ce qu'il est, englué dans son être, empli de lui-même, et le pour-soi, c'est-à-dire le sujet qui, ayant conscience de son existence, n'est jamais tout à fait ce qu'il est.

### L'existentialisme

« *L'existence précède l'essence.* » Il n'y a pas de nature humaine ; un homme existe, agit et ainsi se fait et se donne une essence.

### Autrui

Sartre est un penseur de **l'intersubjectivité**. Autrui, ce moi qui n'est pas moi, est à la fois l'indispensable médiateur entre moi et moi-même et une menace permanente pour ma liberté puisque son regard me juge, me chosifie et me fige (« *L'enfer, c'est les autres* »).

### La liberté

La liberté de l'homme est totale et se définit comme **responsabilité**. Lorsque Sartre affirme que « *nous n'avons jamais été aussi libres que sous l'occupation allemande* », nous comprenons bien qu'un homme choisit non seulement pour lui mais pour tous les autres et qu'il est en ce sens responsable de tous. Cette conception de la liberté entraîne une morale de **l'engagement** : l'action dans le monde pour défendre une cause.

## Quelques propos

« *Percevoir, concevoir, imaginer, tels sont les trois types de consciences par lesquelles un même objet peut nous être donné.* » (*L'imaginaire*, Première partie, I, ch. III)

« *L'homme existe d'abord, se rencontre, surgit dans le monde et* [...] *se définit après.* » (*L'existentialisme est un humanisme*)

« *Je suis, par-delà toute connaissance que je puis avoir, ce moi qu'un autre connaît.* » (*L'être et le néant*, Troisième partie, ch. Premier, IV)

« *Agir, c'est modifier la figure du monde* ». (*L'être et le néant*, Quatrième partie, chapitre premier, I)

# FICHE MÉTHODOLOGIQUE

## ARTICULER L'EXPLICATION ET LA CRITIQUE

### Ce qu'il faut savoir

L'explication linéaire du texte est rédigée. Vous avez, au brouillon, organisé vos différents éléments de critique et vous êtes prêt à écrire cette dernière partie du devoir. Se pose alors le problème : comment articuler l'explication et la critique ? Il faut pour cela **un paragraphe** qui comporte deux étapes.

- **Bilan de l'explication**

L'explication de texte étant achevée, vous devez en faire le bilan en disant clairement comment l'auteur a résolu le problème posé ; c'est une sorte de conclusion.

- **Position du problème**

Ce bilan toutefois laisse apparaître une difficulté ou une question que vous formulez ; c'est une sorte d'introduction.

### Un exemple guidé

*Commander à son imagination*

En t'opposant ainsi à ton imagination, tu la vaincras et tu ne seras pas emporté par elle. Mais, d'abord, ne te laisse pas prendre par sa vivacité ; dis : « Attends un peu, image ; laisse-moi voir qui tu es, ce dont tu es l'image ; laisse-moi t'éprouver ». D'ailleurs ne lui permets pas de se développer, de représenter toutes ses conséquences ; sinon, elle s'en va en t'emportant où elle veut. Fais plus ; fais intervenir contre elle une image belle et noble et chasse celle qui est sale. Et si tu prends l'habitude de t'exercer ainsi, tu verras ce que deviennent tes épaules, tes muscles, tes forces. Mais maintenant tu n'as que de belles paroles ; et rien de plus. C'est l'ascète véritable qui s'exerce contre de telles images. Tiens bon, malheureux, ne te laisse pas emporter : grand est le combat, divine est l'œuvre pour la royauté, pour la liberté, pour le bonheur, pour le calme de l'âme.

Épictète, *Entretiens*

Vous devez **critiquer** le texte.

**1- On peut confirmer et compléter le texte**

**1a**- Sur la méthode pour vaincre l'imagination

Descartes confirme que pour lutter contre une passion il faut se représenter toutes les raisons de ne pas céder à cette passion. Il en va un peu de même pour Rousseau : « *on ne triomphe des passions qu'en les opposant l'une à l'autre* ». Il faut faire *contrepoids* aux images potentiellement délirantes de l'imagination par des images raisonnables, issues de la conscience (perception et mémoire).

**1b**- Sur le projet : vaincre l'imagination

L'imagination peut délirer et l'homme qui se laisse entraîner par l'imagination, est, au mieux, un rêveur, au pire un aliéné, un fou et dans tous les cas un homme qui, « emporté par son imagination », n'est plus maître de lui-même. La volonté d'être libre implique la maîtrise de son cœur et de son imagination car celle-ci est aux ordres du cœur (exemple : la cristallisation chez Stendhal).

**2- On peut réfuter** (tout ou partie) le **texte**

**2a**- Sur l'efficacité de la méthode

Que peut la raison contre la passion demande Hume ? Et nous demanderons ici : que peut la raison contre l'imagination ? Comment une représentation rationnelle, une pure analyse, froide, méthodique, lucide, pourrait-elle vaincre les séductions d'une image ?

**2b**- Sur le projet : faut-il vaincre l'imagination pour être libre ?

L'imagination peut nous émanciper.

Un prisonnier, par l'imagination, s'évade. Rousseau en est persuadé : il ne serait jamais aussi libre qu'en prison. Rêver est une liberté.

Et un homme, par l'imagination, s'évade de cette prison qu'est la réalité.

L'imagination nous fait miroiter des objets ou situations impossibles que la technique parvient à réaliser. Elle peut donc déboucher sur une libération concrète.

Il faut maintenant articuler ces deux parties, l'explication et la critique, par un **paragraphe de transition** qui conclut la première et introduit la seconde. En voici des exemples avec les différentes possibilités de critique envisagées.

Bilan de l'explication (mini conclusion)

La liberté pour les stoïciens est maîtrise de soi. En digne représentant de cette école Épictète recommande de vaincre son imagination. Le projet semble on ne peut plus raisonnable. Épictète nous indique les moyens à mettre en œuvre pour le réaliser. En suivant ses sages conseils nous gagnerons à la fois la liberté et le bonheur.

Position du problème (mini introduction)

**1a**- et **2a**- Il convient dès lors de s'interroger. La méthode, ou thérapie, qu'il propose est-elle bien la meilleure pour nous guérir des délires de l'imagination ?

**OU**

**1b** et **2b** - Nous devons donc maintenant nous demander : « Faut-il se libérer de l'imagination pour conquérir notre liberté ? »

Vous pouvez ajouter

**2a**- Peut-on vraiment triompher des séductions de l'imagination ?

**2b**- L'imagination ne peut-elle que nous assujettir ? Ne pourrait-elle nous libérer ?

*** Note.** Il s'agit d'UN paragraphe et vous ne devez donc pas aller à la ligne entre les deux moments qui le structurent.

## C'est à vous !

Dans nos derniers chapitres, nous avons abordé, d'une manière ou d'une autre, huit textes. Relisez-les, cherchez les éléments de critique (confirmation ou contestation) et entraînez-vous à rédiger ce paragraphe de transition, assez bref, entre la partie explicative et la partie critique.

**Quelques sujets…**

La liberté se définit-elle comme un pouvoir de refuser ?

L'idée d'une liberté totale a-t-elle un sens ?

Suffit-il d'avoir le choix pour être libre ?

# CHAPITRE 15
# L'État

## Introduction

La plupart des sociétés humaines sont des sociétés politiques : elles sont structurées par des lois, une administration et un pouvoir politique. Étymologiquement, le mot « État » vient de « *status* » qui signifiait d'abord *station, maintien*. L'État est donc la colonne vertébrale de la société. Cependant, l'État est-il nécessaire ? Les hommes ont-ils besoin d'être gouvernés ?

Est-ce dans l'État que l'homme se réalise ? Notamment, l'État est-il compatible avec la liberté ?

# I. Quelle est l'origine de la Cité ?

## A. La Cité : une communauté naturelle

### 1. La sociabilité naturelle de l'homme

Pour Aristote, « *l'homme est un animal politique* » (*La politique*). Il existe en l'homme un **instinct sociable**. Montaigne le confirme : « *Il n'est rien à quoi il semble que nature nous ait plus acheminés qu'à la société.* » (*Essais*, I, ch. 28)

### 2. Quelle fin la Cité vise-t-elle ?

La Cité ne permet pas seulement à l'homme de vivre car cela est possible en dehors de la Cité. « *La Cité a pour but le souverain bien* » et nous procure le bien vivre, c'est-à-dire le bonheur. Parce que la Cité, ou **communauté politique**, développe les possibilités de notre raison, elle est le lieu où notre humanité se réalise. Par conséquent, « *Quiconque n'a pas besoin des autres hommes ou ne peut se résoudre à rester avec eux est un dieu ou une brute.* »(Aristote, *La Politique*)

## B. Un artefact

À partir du XVIIe siècle se développe l'idée que la société est plutôt conventionnelle et se fonde sur un pacte, un **contrat**.

### 1. L'état de nature

On peut opposer la société (culture, civilisation) à la nature (sauvagerie) et on peut imaginer l'homme dépouillé de tout ce que la société lui a apporté. On pense alors **l'état originel** de l'homme : l'état de nature.

L'état de nature est un *outil méthodologique* qui va permettre de concevoir la **nature humaine** et les **fonctions de l'État**.

### 2. L'absolutisme de Hobbes

D'une part, les hommes par nature possèdent les mêmes besoins, les mêmes désirs, les mêmes droits ; par nature, un homme a le droit de faire tout ce qu'il est capable de faire.

D'autre part, « *L'homme est un loup pour l'homme* » (*Léviathan*).

En conséquence, livrés à eux-mêmes, les hommes sont en permanence en train de se battre et l'état de nature ne peut être qu'un **état de guerre** : « *une guerre de tous contre tous* », « *une guerre de chacun contre chacun* ».

Les hommes, prenant conscience qu'à n'importe quel moment n'importe qui peut les tuer, sont en proie à la peur de la mort violente. Ils se rassemblent et passent entre eux un contrat. « *C'est comme si chacun disait à chacun : j'autorise cet homme ou cette assemblée et je lui abandonne mon droit de me gouverner à cette condition que tu lui abandonnes ton droit et que tu autorises toutes ces actions de la même manière.* » Les hommes décident donc de se dessaisir de leurs droits naturels au profit d'un tiers, le *despote*, qui dispose de tous les droits et de tous les pouvoirs et va fixer le juste et l'injuste.

→ L'État doit établir et maintenir **l'ordre et la sécurité**.

### 3. La critique des inégalités chez Rousseau

#### a. L'histoire idéelle de l'humanité (*Discours sur l'origine et les fondements de l'inégalité parmi les hommes*)

- L'état premier de l'humanité est l'état de nature. Les hommes par nature sont libres, égaux, bons et heureux puisque la nature pourvoit à leurs besoins.
- La nature devenant hostile, les hommes doivent s'unir et travailler. C'est « *la société naissante* », l'âge d'or de l'humanité.
- À vivre ensemble, les hommes en viennent à se regarder et se comparer ; c'est la naissance de l'amour-propre. La situation dégénère et on arrive au deuxième état de nature : le plus horrible état de guerre.
- Rousseau va donc à son tour imaginer le passage à la société civile : **l'imposture** fondamentale dont il donne deux versions.

#### b. La scène du « ceci est à moi »

Un homme, un jour, a l'idée d'enclore un terrain et déclare « ceci est à moi ». Il est le fondateur de la société civile.

→ La société repose sur une sorte de péché originel : les uns possèdent et les autres n'ont rien.

#### c. Le faux contrat

Un conflit s'élève à tous les coins de la terre entre « *le droit du plus fort* » et « *le droit du premier occupant* » (deux faux droits).

Un homme, occupant une terre, élabore « *le projet le plus réfléchi qu'ait jamais conçu le genre humain* ». Il propose de « *garantir de l'oppression les faibles* » et « *d'assurer à chacun la possession de ce qui lui revient* ».

Encore faudrait-il traduire les termes de ce contrat. D'une part, les forts, contre leur intérêt, vont protéger les faibles. D'autre part, la possession de la terre sera garantie aux uns, qui deviennent propriétaires, et du même mouvement se voit garantie la pauvreté des autres. La naissance de la société est donc la naissance de l'inégalité.

De quel État les hommes ont-ils besoin?

## II. Quel est le régime légitime?

Le premier critère pour classer les régimes est le critère, descriptif, du *nombre.*

- *Monarchie*: un seul exerce le pouvoir
- *Oligarchie*: quelques-uns exercent le pouvoir
- *Démocratie*: le gouvernement par le peuple (les citoyens)

Lequel est le meilleur?

### A. La Cité juste chez Platon

#### 1. L'idéal du philosophe-magistrat

- Il appartient à la raison, dont la vertu est la sagesse, de gouverner. Il faut donc que soient à la tête de la Cité les philosophes.
- Il est nécessaire de protéger et défendre la Cité: les guerriers, gardiens de la Cité, incarnent le courage.
- La classe laborieuse (artisans, commerçants, agriculteurs...) prend en charge les appétits et besoins, le « ventre » de la Cité (tempérance).

#### 2. Critique de la démocratie

En toutes choses on s'adresse au spécialiste. Mais, dans une démocratie, on confie le pouvoir à n'importe qui.

Dans une démocratie, au nom de la liberté, on est amené à tout tolérer, ce qui amène la démesure. On risque alors, pour rétablir l'ordre, de basculer dans la tyrannie, le pire des régimes.

### B. La recherche du régime juste chez Aristote

Pour classer les différents régimes politiques, on doit adopter deux critères. D'une part, il y a le critère du *nombre.* D'autre part, il y a le critère de la justice à travers la *finalité* du régime.

En combinant ces deux critères on obtient 6 régimes politiques:

| | **Un seul** | **Quelques-uns** | **Tous** |
|---|---|---|---|
| **Pour son intérêt particulier: régime injuste** | *Tyrannie* | *Oligarchie* | *Ochlocratie* |
| **Pour tous/L'intérêt commun: régime juste** | *Monarchie* | *Aristocratie* | « *Le régime* » ou « *le bon régime populaire* » |

La bonne démocratie, c'est lorsque le pouvoir appartient aux citoyens, qui font passer l'intérêt commun avant leur intérêt particulier.

Au contraire, si le citoyen ne pense qu'à son intérêt propre, on dira que le pouvoir est exercé par la masse (*ochlocratie*).

→ On peut trouver des régimes qui, sans être démocratiques, sont justes.

## III. État et liberté

### A. L'État n'est-il pas le contraire de la liberté ?

Pour la conscience commune, **être libre**, c'est faire tout ce que l'on désire, agir de manière spontanée, impulsive.

Or, « *L'État est l'unification d'une multitude d'hommes sous des lois juridiques communes* » (Kant, *Métaphysique des mœurs*, II, Doctrine du droit). L'État gouverne, dirige, commande.

→ L'État et la liberté sont bien opposés.

Cependant, la liberté consiste-t-elle vraiment à ne suivre aucune loi ?

### B. La liberté morale

1. Être libre, c'est ne pas être contraint

« *Être captif de son plaisir, c'est le pire esclavage* » (Spinoza, *Traité théologico-politique*). Le premier pas vers la liberté consiste à ne plus être gouverné par le désir.

2. L'autonomie

Le deuxième pas consiste à savoir *se gouverner*, ce qui correspond chez Kant à *l'autonomie de la volonté*. L'autonomie (*autos*, soi-même et *nomos*, loi) est le fait de se donner à soi-même sa loi. La *raison* (identique en tous les hommes) commande à la *sensibilité*.

→ De ce point de vue, la loi est la condition de la liberté.

### C. La liberté du citoyen

D'une part, en tant qu'être sensible, un individu a des désirs et des **intérêts particuliers**.

D'autre part, l'homme est doté de raison et tend au Bien. Lorsqu'on vit dans une Cité, le bien consiste en ce qui profite à tous. Il existe donc un **intérêt commun**.

En conséquence, il faut, selon Rousseau, opposer **volonté particulière** (volonté individuelle et égoïste) et **volonté générale** (la volonté de la raison et du citoyen).

→ La liberté véritable consiste à faire passer la volonté générale avant les volontés particulières.

Dans une démocratie, « *les sujets (ceux qui, dans la Cité, sont commandés) et le souverain (celui qui exerce l'autorité politique) ne sont que les mêmes hommes considérés sous différents rapports* » (Du contrat social). D'abord, en tant que citoyen, un homme participe à la souveraineté ; il commande (à travers le droit de vote, par exemple, ou le referendum). Ensuite, ce même individu est tenu d'obéir aux lois. Puisque ces lois, il a contribué à les faire, c'est à lui-même qu'il obéit : il exécute sa volonté, il est libre.

→ « *L'impulsion du seul appétit est esclavage, l'obéissance à la loi qu'on s'est prescrite est liberté.* » (Rousseau)

### D. L'État, condition de la liberté

Un homme raisonnable est conscient que la Cité lui est nécessaire. Il veut vivre dans la Cité et sous des lois justes.

En fait, les hommes sont en proie aux passions et on ne peut rêver que tous se conduisent par la raison. Il s'agit donc de les amener à vivre « *sous la conduite de la raison* » comme s'ils étaient raisonnables.

→ « *La fin de l'État est en réalité la liberté* » (Spinoza, *Traité théologico-politique*).

Cependant, il existe des États illégitimes qui asservissent l'homme et le réduisent à la condition de bête brute ou d'automate.

## Conclusion

L'État doit veiller à l'accomplissement de la nature humaine. Il apparaît donc que la démocratie est dans l'absolu le seul régime légitime puisqu'elle est le seul qui reconnaisse la liberté et l'égalité naturelles des hommes. C'est le point de vue de Rousseau. « *S'il y avait un peuple de dieux, il se gouvernerait démocratiquement* ». Cependant un tel régime est il réalisable ? « *Un gouvernement si parfait ne convient pas à des hommes* » (*Du contrat social*).

## Les notions à ne pas confondre

**Autonomie (sens courant/sens philosophique).** De nos jours, un individu est dit autonome lorsqu'il subvient seul à ses besoins, lorsqu'il ne dépend de personne pour vivre, penser, agir. L'autonomie kantienne est toute autre. Elle est *législation de soi* : la volonté se détermine par pur respect de la loi morale édictée par la raison. L'autonomie ou liberté morale est la plus haute forme de liberté.

**État/état de nature.** L'État s'écrit avec une majuscule lorsque ce terme désigne l'organisation politique. – Synonyme de « *situation* », de « *manière d'être* », il s'écrit avec une minuscule et l'on écrira donc « *état de nature* », « *état social* », « *état civil* »...

**Peuple/multitude.** Le peuple dans un régime républicain désigne l'ensemble des citoyens. L'idée de peuple toutefois suppose aussi un lien organique qui soude les différents membres de cet ensemble. L'unité du peuple dans les faits se réalise par la communauté de langue, d'histoire, de culture... Le peuple est la communauté politique, un corps dont les individus sont les membres, alors que la foule (la masse, la populace, la population) est un ensemble hétéroclite d'individus dont chacun ne pense qu'à soi. La volonté générale est la volonté du peuple.

**Société/communauté.** Il serait souhaitable de bien distinguer la société, qui est une addition, une juxtaposition d'individus côte à côte sur un même territoire, de la communauté qui suppose une unité organisatrice, un lien qui unit et soude ses membres pour en faire un corps collectif, ou une personne collective.

**Sujet.** Le terme « *sujet* » a plusieurs sens. Dire que l'homme est un sujet, c'est affirmer qu'il est doté de conscience et qu'à ce titre il est un être libre et responsable (le sujet est le « *je pense* » et s'oppose à l'objet). Mais on peut aussi être le sujet de quelqu'un. Dans ce cas, on est assujetti, passif et dépendant (les sujets du roi, par exemple) ; le sujet, qui est commandé, s'oppose alors à l'homme libre.

**Tyran/despote/dictateur.** Le despote, ou maître absolu, est celui qui concentre tous les pouvoirs. Le tyran est l'homme qui a par lui-même conquis l'autorité politique. Pour les Grecs, la tyrannie n'était pas forcément un mauvais régime. Cependant, Platon confère à ce terme la connotation péjorative qu'il conserve de nos jours : le tyran, subissant la violence de ses passions, n'exerce le pouvoir que pour lui-même et incarne l'*hybris*, la démesure. La dictature quant à elle est le visage moderne de la tyrannie : elle est la tyrannie, impersonnelle, d'un parti politique et d'une idéologie. À la tête du parti, le dictateur, mû par ses appétits et ses passions, impose la loi de son caprice et fait régner l'arbitraire, la violence et la peur. Il y a donc bien des similitudes entre les trois termes mais l'on dira plutôt tyran dans l'Antiquité, despote dans la philosophie classique et dictateur à partir du XX$^{e}$ siècle (Staline, Mao, Hitler...)

**Vivre/bien-vivre.** Si vivre est le propre de l'organisme et se définit par la satisfaction des besoins, la notion aristotélicienne de bien-vivre désigne la vie heureuse dans laquelle l'homme épanouit les tendances propres de sa nature dans une Cité indépendante et autarcique.

**Volonté générale/volonté de tous.** Si la volonté particulière est volonté privée, volonté de l'individu qui ne pense qu'à son intérêt égoïste, la volonté générale, quant à elle, issue de la raison, veut le bien commun et vise l'intérêt général. On aurait tendance à penser qu'elle est la volonté de tous. Ce serait une illusion. Face à une masse d'individus égoïstes, un homme seul peut incarner la volonté générale. Et quand bien même nous serions nombreux à vouloir la même chose, rien ne dit que notre volonté est la volonté générale, car nous pouvons partager un même intérêt égoïste. Bref, la volonté de tous, la volonté collective n'est pas forcément la volonté générale.

## Les repères

**En fait/en droit.** En droit, l'État est condition de la liberté. En fait, il y a des États qui oppriment et asservissent les individus.

En droit, la démocratie est le seul régime légitime. En fait, on peut envisager la mise en place de régimes non démocratiques en fonction des circonstances ou du caractère d'un peuple.

**Idéal/réel ; Théorie/pratique.** Nombre de penseurs conçoivent un régime politique idéal où la sagesse et la vertu seraient au pouvoir. *La République* de Platon, *l'Utopie* de Thomas More, la Cité du *Contrat social* chez Rousseau… Il resterait à mettre en pratique ce modèle théorique.

Le problème est que cela s'avère irréaliste. Spinoza le formule clairement : « *La politique chez eux ressemble plutôt à une chimère, elle pourrait être appliqué en Utopie ou dans l'âge d'or des poètes* » c'est-à-dire nulle part. Les révolutionnaires français se sont bien proposés en 1789 de mettre en pratique les principes rousseauistes. Mais notre démocratie est très éloignée de la démocratie directe théorisée par le citoyen de Genève.

Il ne faut rêver ni les hommes ni l'État. Machiavel enseigne l'art réaliste de gouverner, soit un pragmatisme politique qui sépare la politique et la morale. La politique est amorale parce qu'elle est affaire de pratique et non de théorie.

**Identité/égalité/différence.** Il y a des différences naturelles entre les hommes : taille, force, promptitude, vivacité, mémoire… La société pour Rousseau est la source des inégalités. L'inégalité sociale consiste en ce que tous n'ont pas les mêmes droits.

La démocratie en revanche repose sur le principe de l'égalité naturelle des hommes qui doit être traduite par une égalité devant la loi ou égalité civile.

En effet tout sujet est unique, singulier et n'est identique qu'à lui-même. Il est donc différent de tous les autres mais, du fait de sa nature de sujet et donc de personne, il est égal à tous les autres (ils ont tous la même valeur ou dignité).

**Légal/légitime.** Un État légitime est un État de droit qui, conforme à la raison, respecte les droits naturels de l'homme. Un État qui nierait l'égalité ou la liberté, un État violent qui gouvernerait par la terreur serait légal, conforme aux lois qu'il aurait instituées, et néanmoins profondément illégitime (contraire au droit naturel ou droit moral).

**Obligation/contrainte.** Un individu est contraint lorsqu'il lui faut accomplir une action indépendamment de sa volonté ; il s'agit alors d'un acte de nécessité et il n'a pas le choix. L'obligation, de nature morale, est le fait de se forcer à faire ce qui est bien. Ainsi le citoyen responsable est-il celui qui s'oblige à privilégier l'intérêt commun sur l'intérêt particulier et la volonté générale sur la volonté particulière.

**Origine/fondement.** Chercher l'origine d'un État reviendrait à mener une enquête historique : comment, peu à peu, cet État s'est-il mis en place ? L'interrogation sur les fondements de l'État est une interrogation sur sa légitimité. Sur quels principes repose-t-il ?

**Principe/cause/fin.** « *Toute communauté est constituée en vue d'un certain bien* » ; tel est le principe du raisonnement d'Aristote. Le bien-vivre est la cause finale de la Cité ou communauté politique, le « *ce en vue de quoi* » la Cité est instituée et le « *ce pourquoi* » elle est instituée.

**Public/privé.** L'article 12 de la *Déclaration universelle des droits de l'homme* (1948) proclame : « *Nul ne sera l'objet d'immixtions arbitraires dans sa vie privée, sa famille, son domicile ou sa correspondance, ni d'atteintes à son honneur et à sa réputation. Toute personne a droit à la protection de la loi contre de telles immixtions ou de telles atteintes.* » Les sociétés, notamment les sociétés démocratiques, reconnaissent l'existence d'une sphère privée : il y a dans la vie, les conduites, la pensée, les sentiments d'un homme, des éléments qui ne sont pas du ressort de l'État et de son pouvoir. Chacun a une vie privée et une vie intérieure qui ne regardent que lui et dont l'État n'a pas à prendre connaissance. On distingue donc dans le même homme l'individu et le citoyen.

À l'inverse, un régime totalitaire est un régime politique qui régit toutes (*« total »*) les sphères de l'existence, y compris la vie privée (amour, amitiés, relations familiales, éducation etc.), en supprimant toute liberté individuelle. Un régime totalitaire est donc un régime qui viole l'intimité du sujet en annihilant toute vie privée.

**Ressemblance/analogie.** Une Cité ne ressemble pas à un navire. Il n'en existe pas moins entre eux une analogie et c'est ainsi que le fonctionnement du navire et l'art de la navigation permettent chez Aristote de comprendre le fonctionnement de la Cité et l'art politique. *« On peut comparer les citoyens aux matelots ; ils sont les uns et les autres membres d'une communauté... Tous ont pour but la sûreté de la navigation à laquelle ils concourent. »* (*La politique*, Livre II, ch. IV) Le gouvernement est à l'État ce que le gouvernail est au navire. Mao Zedong était appelé le Grand Timonier... L'analogie est récurrente.

**Universel/général/particulier/singulier.** Identique en tous les hommes, on peut dire que la raison est universelle. Les hommes cependant vivent en des sociétés différentes et forment différents peuples. La volonté du peuple, la volonté du citoyen, qui vise l'intérêt commun de ce peuple, définit la volonté générale. Les hommes sont aussi des individus singuliers qui, en tant que tels, ont des intérêts particuliers et des volontés particulières. Il peut donc y avoir conflit entre la volonté de l'individu et celle du citoyen, la volonté particulière et la volonté générale.

## ZOOM sur HOBBES (1588-1679) :

*« L'État est une personne une dont les actes ont pour auteur, à la suite de conventions mutuelles passées entre eux-mêmes, chacun des membres d'une grande multitude, afin que celui qui est cette personne puisse utiliser la force et les moyens de tous comme il l'estimera convenir à leur paix et à leur défense commune. » (Léviathan, II- 17)*

### Qui est Hobbes ?

Philosophe anglais du XVII^e siècle, Hobbes est le théoricien de **l'absolutisme**.

### Quelques faits

Né à Westport en 1588, Thomas Hobbes, au sortir de ses études à Oxford, devient précepteur.

Ses nombreux voyages lui permettent de rencontrer les plus grands savants et philosophes de son temps. La découverte des *Éléments* d'Euclide est une révélation et un moment décisif dans l'histoire de sa pensée.

La guerre civile qui, pour des raisons politico-religieuses, déchire l'Angleterre et va mener bientôt à la décapitation du roi Charles I^er conduit Hobbes à l'exil : en 1640, il se réfugie à Paris où il publie le *De cive* (*Du citoyen*).

En 1651, Hobbes revient en Angleterre où il va jusqu'à sa mort poursuivre débats et polémiques sur des questions politiques, religieuses et scientifiques.

L'Université d'Oxford condamne en 1683 le *Léviathan* et le *De Cive* et les fait brûler.

### Quelques idées

#### Le corps

La philosophie est la science rationnelle des corps : le corps en général, ou matière, les corps déterminés, tel le corps de l'homme, et le corps politique, l'État.

#### Le nominalisme

Le langage est une invention de l'homme et il est constitué de noms, signes institués pour marquer nos idées et que nous échangeons avec autrui afin de connaître.

#### Le droit de nature

Le droit de nature désigne la liberté de faire en fonction de notre puissance : par nature, j'ai le droit de faire et je suis libre de faire tout ce que je suis capable de faire.

### L'état de nature et le contrat

L'état de nature est un état de guerre généralisé, « *un état de guerre de tous contre tous* ». Les hommes, pour en sortir, passent un contrat et ce pacte mutuel par lequel ils renoncent à leur liberté naturelle les fait entrer dans la société civile.

### L'État Léviathan

L'État, l'organisme qui exerce le pouvoir politique, est donc un être artificiel, pure création de l'homme. Il est ce Léviathan, ainsi nommé d'après le grand monstre marin qui dans la Bible symbolise la toute-puissance, chargé selon Hobbes de garantir l'ordre et la sécurité. Le souverain (homme ou assemblée) doit pour cela avoir un **pouvoir absolu**.

## ▶ Quelques propos

« *Ce que nous appelons SENSATION est l'origine de toutes nos pensées.* » (*Léviathan*, I, ch. I)

« *L'usage courant de la parole est de transformer le discours mental en discours verbal.* » (*Léviathan*, I, ch. IV)

« *Les conventions, sans l'épée, ne sont que des mots.* » (*Léviathan*, II, ch. XVII)

« *Il est également vrai, et qu'un homme est un dieu à un autre homme, et qu'un homme est aussi un loup à un autre homme.* » (*De cive*)

# FICHE MÉTHODOLOGIQUE

## RÉDIGER L'INTRODUCTION D'UNE EXPLICATION DE TEXTE

### Ce qu'il faut savoir

Rappelons, pour commencer, que l'introduction ne peut être rédigée qu'*après* avoir compris, expliqué et structuré le texte et qu'elle forme *un* unique paragraphe.

#### A. L'amorce

Il faut d'abord « *introduire* » le **thème** du texte, l'amener, et pour cela partir, comme dans le sujet de dissertation, soit d'une remarque très générale soit d'un cas particulier.

#### B. Formuler la question traitée par le texte

Que l'on adopte l'une ou l'autre démarche, une **question** se pose. Vous devez la formuler, voire la reformuler (« *En d'autres termes… ?* »).

#### C. Une formule type pour présenter le texte

Il n'est ensuite, pour se contraindre à un minimum de rigueur, qu'à employer de manière systématique la **formule** : « *C'est à cette question que X se propose de répondre dans le texte que nous allons étudier* ». Nous disons X afin de ne pas prêter à confusion : il ne faut pas dire « *l'auteur* » mais le nommer !

Il s'agit là d'une phrase de transition qui vous permet de présenter le texte dont il va être question.

#### D. Formuler la thèse

Il convient dès lors de formuler la **réponse** que donne l'auteur à cette question ; c'est la **thèse**.

## E. Annoncer le plan du texte

Puis, on indique comment l'auteur procède pour établir (en trois temps !) sa thèse. Vous éviterez soigneusement les lourdeurs d'expressions comme « *dans un premier temps/ dans une première partie… Dans un deuxième temps/une deuxième partie…* » Pas question, non plus, d'indiquer les lignes du texte (« *de la ligne 1 à la ligne 5* »), ce qui serait inutile, maladroit et pesant. Une question peut très bien être posée en style direct afin de donner plus de vivacité à la réflexion.

# Un exemple guidé

### *Les avantages de la société pour l'homme*

« De tous les êtres animés qui peuplent le globe, il n'y en a pas contre qui, semble-t-il, à première vue, la nature se soit exercée avec plus de cruauté que contre l'homme, par la quantité infinie de besoins et de nécessités dont elle l'a écrasé et par la faiblesse des moyens qu'elle lui accorde pour subvenir à ces nécessités.// C'est par la société seule qu'il est capable de suppléer à ses déficiences, de s'élever à l'égalité avec ses compagnons de création et même d'acquérir sur eux la supériorité. La société compense toutes ses infirmités ; bien que, dans ce nouvel état, ses besoins se multiplient à tout moment, ses capacités sont pourtant encore augmentées et le laissent, à tous égards, plus satisfait et plus heureux qu'il lui serait jamais possible de le devenir dans son état de sauvagerie et de solitude. Quand chaque individu travaille isolément et seulement pour lui-même, ses forces sont trop faibles pour exécuter une œuvre importante ; comme il emploie son labeur à subvenir à toutes ses différentes nécessités, il n'atteint jamais à la perfection dans aucun art particulier ; comme ses forces et ses succès ne demeurent pas toujours égaux à eux-mêmes, le moindre échec sur l'un ou l'autre de ces points s'accompagne nécessairement d'une catastrophe inévitable et de malheur.//La société fournit un remède à ces trois désavantages. L'union des forces accroît notre pouvoir ; la division des tâches accroît notre capacité ; l'aide mutuelle fait que nous sommes moins exposés au sort et aux accidents. C'est ce supplément de forces, de capacité et de sécurité qui fait l'avantage de la société. »

Hume, Traité de la nature humaine

### 1. Travail préalable : dégager la thèse et structurer le texte

- Il est facile d'identifier la **thèse** du texte : « *C'est par la société seule qu'il est capable de suppléer à ses déficiences* », « *La société compense toutes ses infirmités* ». La société permet à l'homme de compenser ses faiblesses et d'égaler voire de dépasser les autres êtres vivants.

- Cette thèse est une réponse à la **question** : « *Pourquoi les hommes vivent-ils en société ?* »
- Le **plan** du texte :
  - I. La faiblesse naturelle de l'homme.
  - II. La société permet à l'homme de compenser ses infirmités et de progresser.
  - III. L'explication : les trois avantages de la société.

## 2. Comment introduire le texte ?

- L'**amorce** : identifier le **thème** du texte.

  *Nous observons que partout dans le monde les hommes vivent ensemble. Des petites tribus de la forêt amazonienne aux grandes sociétés modernes, nulle part nous ne voyons un homme isolé, subsistant par ses propres forces.*

- D'où la **question** avec sa **reformulation (explication du problème)**

  *Nous sommes donc en droit de nous interroger. Un homme ne pourrait-il vivre hors de la compagnie de ses semblables ? Qu'est-ce que la société nous apporte ? Ou, en d'autres termes, pourquoi les hommes vivent-ils en société ?*

- **Présenter le texte** (« *tel auteur dans telle œuvre…* ») Utiliser la formule type.

  *C'est à cette question que Hume se propose de répondre dans le texte que nous allons étudier.*

- Formuler la **thèse**

  *Pour lui, incontestablement, l'homme a tout à gagner à vivre en société.*

- Annoncer le **plan du texte** (et de l'explication)

  *À l'origine, il est la plus démunie et la plus vulnérable des créatures. La société lui permet de développer ses forces et d'accéder à un certain bonheur. C'est pourquoi Hume conclut en nommant précisément les trois avantages de la vie en société.*

## C'est à vous !

Nous avons, dans les chapitres précédents, abordé plusieurs textes philosophiques. Leurs idées principales ont été dégagées et comprises. Vous pouvez donc maintenant rédiger une introduction à leur explication.

**Quelques sujets…**

Tout pouvoir s'accompagne-t-il de violence ?

La politique est-elle une science ou un art ?

Doit-on tout attendre de l'État ?

# CHAPITRE 16
# Le devoir

## Introduction

« *Un homme de devoir* » est un homme conscient de ses responsabilités.

Qu'est-ce que la **conscience morale ?**

Sous son aspect moral, la conscience apparaît comme un *juge :* elle ordonne et sanctionne.

Nous disons « LA » conscience morale. Pourtant, nous parlons « DES » morales au pluriel. En effet, chaque société développe sa morale qui est véhiculée par les lois civiles et religieuses, l'éducation, les traditions. Cependant, au-delà des différentes sociétés, il existe une même nature humaine. On peut donc se demander :

N'y a-t-il pas une morale universelle et un devoir fondamental ?

Ou, pour reprendre la question kantienne : « *Que dois-je faire ?* »

## I. Quelle est l'origine de la morale ?

Qu'est-ce que la morale ?

Le terme « morale » étymologiquement vient de *mores*, les mœurs : la morale codifie les mœurs. Elle est un ensemble de valeurs, de principes, de règles qui nous dirigent.

Au-delà de leur diversité de contenu, comment toutes les morales se présentent-elles ?

### A. L'homme : un être moral

#### 1. La dualité humaine

- Un animal est *innocent* : il est ignorant du bien et du mal.
- Dieu, purement spirituel, est *bon :* il veut le bien et ne peut vouloir que le bien.
- Entre les deux il y a l'homme. Attiré, comme l'animal, par l'agréable et par « son » plaisir égoïste ; sensible aussi au Bien, à un idéal de grandeur, de noblesse, de générosité. Rousseau résume : « *la conscience est la voix de l'âme, les passions sont la voix du corps* » (*Émile,* -Profession de foi du vicaire savoyard) C'est là l'origine de la morale.

#### 2. La maîtrise de ses appétits, fondement de la vertu

Éprouver des désirs n'est pas un mal ; nous n'y pouvons rien. Y céder peut être mal. Un homme doit apprendre à se maîtriser et à substituer la voix de la raison et du devoir à la voix de l'appétit. Cet effort sur soi définit la **vertu**. « *Le principe de toute vertu et de toute excellence morale consiste dans le pouvoir de nous refuser à nous-même la satisfaction de nos propres désirs, lorsque la raison ne les autorise pas.* » (Locke, *Quelques pensées sur l'éducation,* Section II, *L'éducation de l'âme, Les fantaisies de l'enfant,* & 38, p. 91)

Apprendre à discerner quels désirs sont autorisés, tel est le but de l'éducation et plus précisément de la **discipline**.

Devons-nous en déduire que la morale n'est que le résultat de l'éducation et donc de la vie en société?

Plus généralement, d'où vient la morale? Qu'est-ce qui nous commande de faire le bien?

## B. La morale est la voix de la société (le contenu de nos devoirs)

Montaigne défend l'idée d'un **relativisme** moral: « *Les lois de la conscience que nous disons naître de nature, naissent de la coutume.* » (*Essais,* I, ch. 23) Ma conscience n'est que la voix en moi de ma société et de ses lois qui fixent le juste et l'injuste, le bien et le mal.

Il existe des sociétés différentes et, pour une même société, des époques différentes. Il existe par conséquent des morales différentes. Nous sommes aujourd'hui préformatés pour penser l'égalité naturelle des hommes. L'esclavage, donc, nous révolte alors qu'Aristote affirmait que certains hommes sont nés pour l'esclavage.

Mais, faut-il en rester au constat de cette diversité des morales?

La conscience morale est-elle totalement déterminée par la société?

## C. La conscience: le sens du Bien

Adolescent ou adulte, un individu est capable de condamner les règles reçues et d'en fixer de nouvelles.

N'y a-t-il pas en l'homme un **sentiment inné du bien**?

### 1. L'instinct du bien

La raison, par l'expérience de la vie en société, nous fait connaître le bien. Encore faut-il l'aimer pour le faire.

L'**amour du bien** est ce qui définit chez Rousseau la conscience. « *Instinct divin* », « *principe inné de justice et de vertu* » (*Émile,* -Profession de foi du vicaire savoyard), la conscience morale est l'intuition du Bien. « *Écoutez votre conscience; elle vous dicte votre devoir.* » *(Nouvelle Héloïse,* VI, Lettre VIII)

### 2. Un jugement infaillible

Innée, la conscience, dit Rousseau, est **infaillible**. « *Si tôt qu'on veut rentrer en soi-même, chacun sent ce qui est bien, chacun discerne ce qui est beau.* » (*Nouvelle Héloïse,* I, Lettre XII)

Il arrive cependant que le sujet choisisse de faire le mal. Alors il ne doit pas dire que la conscience l'a trompé. Il a refusé de l'entendre. Aux ordres du désir, on se comporte face à sa conscience comme un sophiste. On est de mauvaise foi.

→ La conscience fait la moralité de nos actions.

## II. Qu'est-ce que l'action morale ?

Une action morale, dirons-nous spontanément, est une action conforme à un devoir moral.

### A. Qu'est-ce qu'un devoir ?

Le devoir est la catégorie fondamentale de la morale. Éric Weil constate : *« Il n'y a pas et il ne peut y avoir de morale sans devoir. » (Philosophie morale)*

Puisqu'un devoir impose un ordre, il se formule à l'**impératif.** « *La morale s'exprime sur le mode normatif, et même à l'impératif* » (Jankélévitch, *Le paradoxe de la morale*, ch. 1)

Pour autant, tout devoir est-il moral ?

### B. Quelle est la nature de l'impératif moral ?

Kant distingue plusieurs sortes d'impératifs et plusieurs sortes d'obligations.

#### 1. Les impératifs hypothétiques

Les impératifs hypothétiques sont des *impératifs conditionnels* : ils prescrivent un devoir relatif à la fin que l'on a posée. Ils s'expriment sur ce que Jankélévitch appelle le mode normatif. La formule de l'impératif hypothétique est donc « *si tu veux cela, alors fais cela* ». Par exemple « si tu veux ton bac, alors travaille ! ».

- D'une part, il suffit de ne pas vouloir la fin et l'impératif hypothétique s'effondre. Je ne veux pas le bac ; je n'ai donc aucun devoir de travailler.
- D'autre part, le domaine des impératifs hypothétiques est extérieur à la moralité. Un impératif hypothétique peut avoir un contenu très moral (« *si tu veux être quelqu'un de bien, alors sois généreux !) mais il peut tout autant être immoral (ex : « si tu veux plus d'argent, alors tue un millionnaire !* »). Tout dépend de la fin posée.
- L'impératif hypothétique, qui ne juge pas la fin mais seulement les moyens de parvenir à cette fin, renvoie à la formule « *qui veut la fin, veut les moyens* ».

#### 2. L'impératif catégorique

Du fait que l'homme est doté d'une sensibilité, il ne suit pas spontanément la loi morale issue de la raison. La loi morale donc le commande et elle le commande de manière *absolue,* inconditionnelle. C'est l'impératif catégorique : « *Fais ton devoir !* »

Cependant, en quoi mon devoir consiste-t-il ?

### C. À quoi reconnaît-on qu'une action est morale ?

On comprend d'abord : « *Que dois-je faire* » pour que mon action soit reconnue « *bonne* » ? Or, est-ce le contenu de l'action qui fait sa valeur ?

#### 1. L'action désintéressée

Pour la conscience commune, une « *bonne action* » est celle dont le contenu est bon : l'individu fait quelque chose de bien. Par exemple, faire du bénévolat, aider une vieille dame à traverser, secourir un voisin en difficulté…

Kant nous invite à nous questionner sur les **motivations** de l'action.

- Je fais du bénévolat pour me faire bien voir de mon patron, j'aide mon voisin dans l'espoir que d'autres plus tard me secourront lorsque je serai moi-même en détresse… J'agis donc en vue d'une satisfaction. L'action qui semblait morale en réalité ne l'est pas. Elle est une ***« action conforme au devoir »***.
- On en déduit logiquement que l'action morale est « ***l'action faite par devoir*** **»**, celle qui est motivée par la seule raison, indépendamment de toute intervention de la sensibilité. Alain s'en fait l'écho : « *aucune récompense n'est jamais en vue, ni même aucune joie.* » (*Définitions, - Devoir)*

→ On reconnaît l'action morale à son **intention.**

### 2. La volonté bonne

Le concept de volonté bonne chez Kant désigne l'intention (la volonté) d'agir par devoir + la mise en œuvre de tous les moyens nécessaires.

C'est pourquoi l'action demeure morale quand bien même elle a échoué. Comme le dit Alain, « *Ce sont les efforts courageux et inefficaces qui méritent* ». (*Définitions,* - Mérite)

### 3. Comment savoir si l'action que j'envisage est morale ?

Que m'ordonne l'impératif catégorique ?

#### a. Première formule de l'impératif catégorique

- L'impératif catégorique ne me prescrit aucune action particulière, aucun contenu : il ne me dit pas *ce que* je dois faire.
- Il ne reste alors plus dans l'impératif catégorique que la **forme**. La forme de la loi, ce qui fait qu'une loi est loi, est l'**universalité**. L'impératif catégorique m'ordonne en conséquence de respecter la forme législative, l'universalité.

Telle est la première formule de l'impératif catégorique : « *Agis toujours de telle sorte que tu puisses considérer la maxime de ton action comme une loi universelle de la nature. » (Fondements de la métaphysique des mœurs, Deuxième section)*

#### b. Le test de l'universalisation

Lorsque j'envisage une certaine action j'adopte une maxime, c'est-à-dire une règle d'action *particulière*. Mais cette règle pourrait-elle être une loi ? C'est ce que je dois me demander.

Par exemple, j'envisage, pour me tirer d'affaire, de faire une fausse promesse. Puis-je concevoir un monde dont une loi serait que toute promesse soit fausse ? Non, car la notion de « *fausse promesse* » est contradictoire : une promesse est un engagement qui n'a de sens que s'il est tenu. Je dois donc renoncer à l'action que j'envisageais.

→ La morale kantienne est une morale formelle.

Ne pouvons-nous pas donner à la volonté morale un contenu ?

## III. Quel est le devoir fondamental de l'homme ?

La morale, comme la justice, apparaît en même temps que les rapports entre les hommes.

Comment dois-je me comporter à l'égard d'autrui ?

Et moi qui suis-je homme, ai-je le droit, même dans l'intimité de la solitude, d'agir n'importe comment ?

Comment dois-je en toutes circonstances me comporter ?

Quel doit être Le principe directeur de mon action ?

### A. Le respect de l'humanité

#### 1. Deuxième formule de l'impératif hypothétique

Contrairement aux choses, l'homme, doté de raison, a une valeur absolue : une **dignité**. Le respect est la reconnaissance de cette dignité.

L'impératif catégorique se comprend donc en une deuxième formule qui l'explicite : « *Agis toujours de telle sorte que tu traites l'humanité dans ta personne et dans celle d'autrui toujours en même temps comme une fin et jamais simplement comme un moyen.* » *(Fondements de la métaphysique des mœurs, Deuxième section)*

#### 2. En quoi le respect consiste-t-il ?

Le respect comporte deux aspects :

- D'abord, ne pas attenter à la dignité d'autrui ou de soi-même (ne pas blesser physiquement ou moralement, ne pas nuire, ne pas asservir…)
- Ensuite, au sens positif, aider la personne à s'accomplir et à s'épanouir, œuvrer activement pour sa liberté et son bien.

#### 3. Exemples

##### a. Un devoir envers autrui

Un homme n'a aucun désir d'aider ses semblables. Certes, d'un point de vue logique, on peut concevoir un monde tissé d'indifférence mutuelle. Cependant, encore notre homme doit-il se demander si cette indifférence serait conforme au respect de l'humanité. Évidemment, non. Respecter, positivement, ses semblables implique de les aider à s'épanouir. « *La bienfaisance est un devoir.* » conclut Kant.

##### b. Un devoir envers soi-même

Un individu, doué, est paresseux. Il n'y a rien d'immoral à laisser ses talents en friche. Cependant, si la nature m'a octroyé un don, j'ai le devoir de l'exploiter et de le faire fructifier.

→ Il existe des devoirs envers soi-même comme il existe des devoirs envers autrui.

N'avons-nous de devoirs qu'envers les hommes ?

## B. Jusqu'où notre devoir s'étend-il ?

Que devons-nous respecter ?

### 1. Le devoir envers l'humanité (l'espèce humaine)

- « *Quand nous disons que l'homme est responsable de lui-même, nous ne voulons pas dire que l'homme est responsable de sa stricte individualité, mais qu'il est responsable de tous les hommes.* » (Sartre, *L'existentialisme est un humanisme*) Un individu choisit et, par là, il se choisit. Son acte dessine la figure de l'homme qu'il veut être mais en même temps aussi l'image de l'homme tel qu'il le voudrait. Ainsi, *« en se choisissant il choisit tous les hommes »* (*ibid.*).
- On trouve chez Emmanuel Levinas un sentiment analogue de responsabilité. Il évoque souvent la phrase de Dostoïevski dans *Les frères Karamazov* : *« Chacun de nous est coupable devant tous, pour tous et pour tout, et moi plus que les autres »*. L'homme en effet, dit Levinas, est **visage**. « *Le visage s'impose à moi sans que je puisse rester sourd à son appel, ni l'oublier, je veux dire, sans que je puisse cesser d'être responsable de sa misère.* » (*Humanisme de l'autre homme,* VII Sens et éthique). Le visage parle. Il est prière. Il est commandement. Il m'enjoint : « Tu ne tueras pas ». Je ne peux me soustraire à cette responsabilité. Je suis donc responsable d'autrui. Mais pourquoi « *plus que tout autre* » ? Parce que je suis moi et que « *personne ne peut répondre à ma place* ».

### 2. Des devoirs envers la nature

#### a. Un devoir indirect

Les progrès de la technologie nous ont conféré un considérable pouvoir sur la nature et les êtres vivants.

Les uns, transhumanistes, croient en la possibilité imminente d'améliorer l'homme, physiquement et intellectuellement. L'homme de demain, l'homme augmenté, sera-t-il encore un homme ?

Les autres s'inquiètent pour la planète. Les hommes pourront-ils continuer à vivre sur terre ?

Le devenir de l'humanité est en question.

Hans Jonas adapte l'impératif moral kantien aux nouvelles exigences de la modernité : « *Agis de façon que les effets de ton action soient compatibles avec la permanence d'une vie authentiquement humaine sur terre.* » (*Le principe responsabilité*) Le souci de notre avenir nous amène à prêter attention à la nature : nous devons la respecter. L'**écologie** apparaît ainsi comme un nouveau visage de la morale.

Toutefois s'agit-il vraiment d'un devoir envers la nature ?

Il est, disait Kant, des devoirs directs et des devoirs indirects. Je dois « *faire mon devoir, par devoir* ». Encore faut-il que je sois vivant. Et la santé me facilite les choses. Vivre et entretenir sa santé sont donc des devoirs indirects.

→ Si nous voulons préserver la nature pour nous, les hommes, le devoir de la respecter n'est qu'un devoir indirect envers l'humanité.

Ne pourrait-on respecter la nature pour la nature ? Pouvons-nous concevoir un devoir « *envers la nature* » ?

b. Respecter la nature?

Quels sont nos rapports avec la nature et que devraient-ils être?

Quelle est notre place dans la nature?

- Selon l'idéal cartésien nous sommes, dans la tradition occidentale, *propriétaires* de la nature. « *Maîtres et possesseurs de la nature* », nous avons tous les droits sur elle.
- Dans d'autres cultures et d'autres sagesses se manifeste un respect de la nature, de la vie, des animaux. Le bouddhisme prône la compassion universelle. Schopenhauer y reconnaît sa pensée: ce qui nous arrache à notre égoïsme congénital est la pitié et elle doit s'étendre à toutes les créatures.
- Dotés de conscience, nous pourrions être responsables de la nature et de ses créatures à l'instar des parents qui, en tant qu'adultes, exercent, certes, une autorité sur l'enfant mais pour son bien à lui. Cette nouvelle approche ne s'éloignerait pas du texte de la *Genèse.* « *L'Éternel Dieu prit l'homme, et le plaça dans le jardin d'Éden pour le cultiver et pour le garder.* » (*Genèse*, ch. 2). Et si notre devoir était d'être les jardiniers ou les *gardiens* de la nature?
- Et puis… Nous vivons sur terre. Pourquoi cette terre nous appartiendrait-elle? Ne péchons pas par anthropocentrisme! La nature est notre logement. Nous sommes, avec toutes les autres espèces vivantes, des *colocataires* de la nature. Pour combien de temps?

Peut-être notre devoir est-il de laisser le logement dans l'état où nous l'avons trouvé en arrivant?

→ La question « *Que dois-je faire?* » subsiste. Désormais elle s'articule à une question plus large: « *Que devons-nous faire?* »

## Conclusion

Théoriquement, il est facile de connaître son devoir. Il suffit de réfléchir. « *Il n'y a jamais d'autre difficulté dans le devoir que de le faire* ». (Alain, *Définitions*, - Devoir)

Mais est-il vraiment si simple de discerner en toutes circonstances la voie du devoir?

Rappelons la parole socratique: « *Nul n'est méchant volontairement.* » On peut être ignorant et mal faire en toute bonne foi.

Même convaincu de la valeur intrinsèque d'un principe moral, on peut hésiter à l'appliquer. Cette hésitation morale culmine dans le *cas de conscience:* l'individu est partagé entre deux devoirs contradictoires. Pour Durkheim en effet, « *Tout devoir est défini. Il est limité par les autres devoirs.* » (*De la division du travail social*).

Et puis, certes, en matière de morale, « *c'est l'intention qui compte.* » Cependant, l'homme est-il capable d'être totalement désintéressé? « *Il reste toujours possible que dans l'acte de justice et de bonté, un motif d'égoïsme ait eu sa part* » (Schopenhauer) Finalement, Kant lui-même le reconnaît, « *aucune action morale n'a peut-être jamais été accomplie* ».

La conscience cependant nous fait tendre vers cet idéal moral et c'est dans cette tension vers le bien que se manifeste la grandeur de l'homme.

## Les notions à ne pas confondre

**ACTION DÉSINTÉRESSÉE/ACTE GRATUIT.** Il ne faut surtout pas confondre l'action désintéressée chez Kant (dénuée de tout intérêt personnel) et l'acte désintéressé ou acte gratuit chez Gide (effectué sans aucune raison). L'acte gratuit est immotivé ; l'action morale est motivée par le devoir et la raison.

**BON.** « *Bon* » est un terme ambigu qui, suivant le contexte, peut désigner l'agréable (ce qui plaît aux sens) ou le bien (le bon moral).

**CONSCIENCE PSYCHOLOGIQUE/CONSCIENCE MORALE.** La conscience est une ; elle est la faculté de penser. Elle joue cependant deux rôles. Soit, sous son aspect purement psychique, elle nous représente ce qui est (conscience-témoin). Soit, sous son aspect moral, elle ordonne, commande, prescrit (conscience-juge). *« La conscience est toujours implicitement morale »* dit Alain *(Définitions- Conscience)*

**DÉSIR /VOLONTÉ.** Si le désir pour les stoïciens peut être raisonné et raisonnable, on opposera en général, à la suite de Kant, le désir qui, issu de la sensibilité, est spontané et subi et la volonté qui, elle, est rationnelle, réfléchie et morale. On désire l'agréable (le plaisir) et on veut le Bien ; on veut accomplir son devoir. C'est pourquoi on peut vouloir ce qu'on ne désire pas.

**MOBILE/MOTIF.** Un mobile est une force qui, issue de notre sensibilité, nous pousse à agir ; il peut être inconscient (l'amour, la jalousie, la colère). Un motif est une raison d'agir. Il nous pousse à agir de manière légitime. Un mobile explique ma conduite ; un motif la justifie.

**RESPECT.** Au sens ordinaire, inviter à respecter quelqu'un revient à attendre des formules de politesse, une attitude courtoise, des égards, bref, une manière d'être, somme toute conventionnelle, et des signes de respect. Le véritable respect, tel que Kant le définit, est tout autre. Sentiment moral, il est une attitude intérieure qui consiste à prendre conscience de la dignité de la personne considérée et cela quelles que soient nos dispositions à son égard et quelles que soient ses actions.

**VOLONTÉ BONNE/VOLONTÉ SAINTE.** Tout être raisonnable veut le bien. La volonté sainte chez Kant représente la bonté absolue du vouloir ; c'est celle de l'être (Dieu) qui, par nature, veut et fait spontanément le Bien parce que vouloir et devoir pour lui se confondent. Mais, pour un être doué à la fois de raison et de sensibilité, la loi morale s'énonce à l'impératif. La volonté bonne est la volonté d'agir par devoir. Il s'agit de s'obliger à vouloir et réaliser le Bien alors que nos désirs, portés sur la quête de l'agréable, nous en détournent.

## Les repères

**Absolu/relatif.** - Les impératifs hypothétiques prescrivent un devoir qui est conditionné à un certain objectif; ils sont donc relatifs à la fin posée; « *l'action est commandée, non de manière absolue, mais seulement comme moyen en vue d'un autre but* » (Kant). L'impératif catégorique, inconditionnel, est un ordre absolu.

Les choses ont un *prix*: une valeur relative, en fonction de leur utilité. On peut quantifier ce prix et dire « *combien* » vaut une chose. Un être doté de raison est au-delà de tout prix. Il vaut en lui-même: sa valeur est intrinsèque. Tel est le cas de l'homme. Il possède par nature une valeur absolue: une *dignité*.

**Abstrait/concret ; Formel, matériel.** La morale kantienne ne nous prescrit aucune action concrète et l'impératif catégorique fait abstraction de la matière de nos actions. Il s'agit donc d'une morale formelle qui énonce uniquement le principe, abstrait, d'après lequel la volonté doit se déterminer. C'est pourquoi Charles Péguy a pu dire: « *Le kantisme a les mains pures mais il n'a pas de mains* ».

**Contingent/nécessaire.** Commandement absolu, l'impératif catégorique, le « *commandement de la moralité* », s'impose nécessairement à tout être doté de raison.

En revanche, les impératifs hypothétiques, dépendant de la fin posée au préalable, sont, de toute évidence, contingents. Que l'on cesse de vouloir la fin et ils disparaissent.

**En acte/en puissance.** L'homme, rationnel (doté de raison), a le devoir de devenir, et de plus en plus, raisonnable. L'humanité en effet est sa destination et il doit faire fructifier tous les germes qui sont en lui.

**Exemple/preuve.** Il est impossible de prouver qu'une action est morale, que ce soit par la démonstration ou par le recours à des faits. Nous n'avons que des signes (possibles indices) de moralité. Et il est hors de question de chercher en ce domaine des exemples d'actions à imiter. *« On ne pourrait non plus rendre un plus mauvais service à la moralité que de vouloir la faire dériver d'exemples.* » (Kant, *Fondements de la métaphysique des mœurs*). L'exemple encourage mais c'est sur la raison qu'il faut se régler pour agir moralement.

**En fait/en droit.** La conscience morale se présente comme une conscience critique qui oppose le fait et le droit, la réalité (médiocre et imparfaite) et la norme (idéale). « *Toute conscience est d'ordre moral puisqu'elle oppose toujours ce qui devrait être à ce qui est* » (Alain, *Histoire de mes pensées*)

**Hypothèse/conséquence/conclusion.** Supposons que je veuille atteindre tel ou tel but. La conséquence est qu'il me faut agir d'une certaine manière. Ce raisonnement est à l'origine des impératifs catégoriques. En prenant en considération d'autres éléments je conclus que je vais (ou pas) me conformer à l'impératif en question.

**Idéal/réel.** La morale kantienne formule l'exigence morale dans toute sa pureté. Elle montre ce que serait, dans l'idéal, la vertu, c'est-à-dire la conduite de l'homme de bien.

En fait, aucun homme n'est à la hauteur de cet idéal et nous agissons toujours motivés par un certain nombre d'intérêts.

**Identité/égalité/différence.** Il existe entre les individus bien des différences ; aucun homme n'est identique à un autre.

Tous les hommes cependant possèdent une identité de nature dans la mesure où tous sont également pourvus de raison. Aussi peut-on affirmer l'égalité des hommes et le respect n'est rien d'autre que la prise de conscience de cette égale dignité de tous.

**Impossible/possible.** Aucun impératif ne peut porter sur une fin inaccessible. On ne peut vouloir que le possible.

Innombrables, les impératifs hypothétiques portent sur les fins possibles des hommes. Parmi eux, les impératifs qui ordonnent une action en vue d'une fin seulement *possible* sont des « *principes pratiques problématiques* » que l'on peut appeler « *règles de l'habileté* ».

Concernant l'impératif catégorique, on peut penser qu'il est impossible de « *faire son devoir par devoir* ». Kant répondrait : « *tu dois, donc tu peux.* »

**Légal/légitime.** Nous avons conscience de la loi morale (l'impératif catégorique) et nous avons donc conscience que notre action doit se conformer à cette loi. Bref, nous devrions toujours agir de manière légitime et la légitimité prime sur la légalité (conformité à la loi civile).

**Objectif/subjectif/intersubjectif.** Nous agissons spontanément en fonction de certaines maximes, subjectives, que nous ne formulons pas mais qui s'imposent à nous dans la situation particulière où nous sommes placés.

Un être raisonnable peut-il objectivement concevoir et vouloir que telle ou telle de ces maximes soit appliquée ? La volonté morale, ou volonté d'agir par devoir, consiste à ne vouloir que des fins objectivement bonnes.

Cela implique que l'on se projette dans un monde où les sujets humains interagissent. Je ne suis pas seul au monde. Je dois être homme parmi les hommes, en relation constante avec les autres personnes (existantes ou à venir, proches ou virtuelles).

**Obligation/contrainte.** Je suis contraint quand je suis forcé par un élément extérieur à ma volonté (volonté *hétéronome*) ; j'obéis donc malgré moi, je suis soumis, assujetti.

Je m'oblige quand je me force à faire, contre mes inclinations, ce que ma raison estime le meilleur. Je fais ce que je dois. Je ne fais certes pas ce que je désire (ce dont j'ai spontanément envie et qui me serait agréable) mais je fais ce que je veux et donc je suis libre : j'obéis à moi-même (volonté *autonome*). Bref, la contrainte est le contraire de la liberté ; l'obligation est la condition de la véritable liberté (la liberté morale). Un devoir est une obligation, pas une contrainte ! « *Le devoir est obligatoire* » rappelle Alain (*Définitions,- Devoir)*.

**Origine/fondement.** D'où vient la morale ? Son origine est sociale et parfois religieuse (le *Décalogue*, par exemple, fixe les grands interdits et impératifs de la morale occidentale). Il appartient donc aux sciences humaines (anthropologie, histoire, sociologie, psychologie) de répondre à cette question.

Sur quel principe la morale repose-t-elle ? La question ici est philosophique. On peut considérer Dieu comme le fondement de la morale, ou la raison (Kant), la pitié (Schopenhauer), l'altruisme (Comte)...

**Principe/cause/fin.** Toute action a des causes. Il y a de nombreuses causes à l'origine de nos comportements : des causes physiques, physiologiques, psychologiques, sociales... On agit toujours en vue d'une fin (un but). La fin visée est la cause finale de notre action (je fais ceci *parce que j*e veux cela). Mais, selon Kant, du point de vue moral, seul compte le principe de l'action (l'intention d'agir par devoir).

**Théorie/pratique.** Théoriquement, l'action morale est l'action purement désintéressée, faite uniquement par devoir.

En pratique, il y a toujours au moins un intérêt quelconque qui nous motive si bien qu'on ne peut jamais être certain de la moralité d'une action.

Si l'on est moins exigeant, on considérera comme action morale toute action faite par amour du bien (il y a des individus dotés d'un naturel vertueux) et/ou bénéfique à l'humanité.

**Transcendant/immanent.** Il y a chez Kant une transcendance du devoir et de la loi morale qui nous commande de manière impérative.

**Universel/général/particulier/singulier.** L'universalité est l'essence de la loi (ce qui fait qu'une loi est une loi). Une loi régit tous les cas de même nature. La loi morale (l'impératif catégorique) doit être suivie par tous. C'est pourquoi, dans la première formule de l'impératif catégorique, Kant précise « *loi universelle de la nature* » : les lois naturelles en effet sont les seules à être véritablement universelles.

Dès lors qu'existent une ou plusieurs exceptions (des cas particuliers), il n'y a plus universalité mais généralité. On parlera alors de règle et non plus de loi. Une règle régit *presque tous* les cas de même nature.

L'individu reconnaît volontiers la loi morale mais il a tendance à se considérer lui-même, individu singulier, comme une exception et c'est là finalement qu'est l'immoralité.

**Vrai/probable/certain.** La morale porte sur le bien et sur les fins que l'homme doit se proposer. Chaque individu a ses propres fins, aussi surprenantes qu'elles puissent paraître.

Il existe cependant un certain nombre de fins probables dont nous pouvons raisonnablement penser que la plupart des hommes les poursuivent : la santé, l'argent, l'amitié, l'amour, une famille,...

Et puis, il est une fin certaine que les hommes poursuivent. Il est vrai que tous les hommes cherchent le bonheur. Kant nomme *assertorique* l'impératif hypothétique qui nous impose une action comme un moyen de s'approcher du bonheur.

## ZOOM sur KANT (1724-1804)

*« Le devoir est la nécessité d'accomplir une action pour la loi. »*
*(Fondements de la métaphysique des mœurs)*

### Qui est Kant ?

Grand représentant des Lumières allemandes (*l'Aufklärung*), Kant est le fondateur de l'**idéalisme transcendantal**.

### Quelques faits

Né à Königsberg (Prusse-Orientale), Emmanuel Kant, à travers sa mère, est influencé dans son enfance par le piétisme qui préconise l'effort sur soi et une existence morale rigoureuse.

D'abord précepteur, il est nommé professeur à l'université. Il est « *le philosophe de Königsberg* » : il y passe toute sa vie ; une vie réglée, méthodique et entièrement rationnelle, d'aucuns diraient psychorigide.

Kant est un homme froid, calme, austère, à l'abri des passions et ce tempérament va se retrouver, sublimé, dans sa morale.

Sur sa tombe est gravée cette épitaphe, tirée de la *Critique de la raison pratique* :

« *Le ciel étoilé au-dessus de ma tête,*
*La loi morale au fond de mon cœur.* »

### Quelques idées

Kant choisit de critiquer la raison, c'est-à-dire d'établir à la fois ses pouvoirs et ses limites.

## La connaissance

D'une part, la **sensibilité**, dont l'espace et le temps sont les formes a priori, nous fournit la matière de la connaissance à travers nos perceptions. D'autre part, **l'entendement** permet de mettre en relation les objets perçus à travers ses douze **catégories** (possibilité, nécessité, causalité, etc.). L'entendement ne peut connaître que les objets qui lui sont fournis dans une expérience sensible. En conséquence, nous ne pouvons saisir les choses telles qu'elles sont en elles-mêmes ; nous ne pouvons saisir le **noumène**, c'est-à-dire la chose en soi. Nous ne connaissons les choses que telles qu'elles nous apparaissent, bref, comme **phénomènes** (*phainomenon*, ce qui paraît, ce qui est visible). Toutefois, si la science ne nous fournit pas la vérité, elle n'en conserve pas moins une objectivité car le sujet de la connaissance est le sujet transcendantal : le « je pense ».

## La raison

La raison, la faculté des principes et de l'inconditionné, tend à l'absolu. La raison pure désigne ce qui, dans la pensée, est a priori (indépendant de toute expérience). Elle est tantôt **raison théorique** (spéculative) lorsqu'elle s'exerce dans le champ de la connaissance tantôt **raison pratique** lorsqu'elle détermine l'action morale et édicte l'impératif catégorique.

## La morale

Du fait de notre dualité, la loi morale nous commande et prend la forme de l'**impératif catégorique**, l'obligation morale, inconditionnelle et absolue dont Kant propose trois formules (l'universalité, le respect, le règne des fins). Le respect est la conscience de la dignité, ou valeur intrinsèque et absolue, de tout être raisonnable. La liberté, quant à elle, se voit définie comme autonomie de la volonté, c'est-à-dire soumission volontaire à la loi morale.

## Les postulats de la raison pratique

Kant critique le **dogmatisme**, cette pente naturelle de la raison qui, ignorant et outrepassant ses limites, prétend connaître l'absolu et se perd ainsi dans la contradiction. L'homme ne peut connaître l'âme, le monde, Dieu qui sont des **idées de la raison**. Cependant, il est légitime d'espérer un Dieu tout-puissant et bon et une vie de l'âme après la mort qui permettra à celle-ci de continuer indéfiniment ses progrès. La croyance se substitue ainsi au savoir.

## La culture

L'humanité est notre destination et l'homme est un être qui doit s'accomplir. Ses dispositions ne pouvant se développer pleinement dans l'individu, l'homme ne peut épanouir sa nature que dans l'histoire. Par le jeu de « ***l'insociable sociabilité*** », l'histoire est à l'humanité ce que l'éducation est à l'individu : construction de soi, dépassement de sa condition première et animale, discipline et progrès (*Bildung*, culture).

## Quelques propos

« *Sapere aude! Aie le courage de te servir de ton entendement! Telle est la devise des Lumières.* » (*Qu'est-ce que les Lumières?*)

« *Travailler à son bonheur ne peut jamais être immédiatement un devoir et encore moins un principe de tout devoir.* » (*Critique de la raison pratique*, Première partie, Livre I, chapitre III)

« *L'autonomie de la volonté est cette propriété qu'a la volonté d'être à elle-même sa loi.* » (*Fondements de la métaphysique des mœurs*, Deuxième section)

« *L'homme ne peut devenir homme que par l'éducation. Il n'est que ce que l'éducation fait de lui.* » (*Réflexions sur l'éducation*)

# FICHE MÉTHODOLOGIQUE

## RÉDIGER LA CONCLUSION D'UNE EXPLICATION DE TEXTE

### Ce qu'il faut savoir

Une question, rappelons-le, a été posée dans l'introduction. La conclusion doit y répondre.

- **Amorcer la conclusion**

Indiquez que vous entamez votre conclusion en utilisant une expression comme « *Au terme de notre analyse/étude/commentaire/réflexion/travail…* ».

- **Première synthèse**

Rappelez éventuellement la question posée en introduction (« *nous nous sommes demandé si/pourquoi…* ») pour procéder à une synthèse de l'explication. On a ainsi la réponse de l'auteur.

- **Deuxième synthèse**

Puis, rappelez l'originalité ou les limites de cette réponse, traitées dans la partie critique.

- **Répondre à la question**

Vous pouvez dès lors formuler une réponse claire, nette et précise à la question posée en introduction.

- **Éventuellement : une ouverture**

Ce qui peut-être appellerait une nouvelle réflexion, auquel cas vous formulez la question ou remarque d'ouverture.

## Un exemple guidé

### *La conscience est la voix de l'âme*

« Je ne tire point ces règles de principes d'une haute philosophie, mais je les trouve au fond de mon cœur écrites par la nature en caractères ineffaçables. Je n'ai qu'à me consulter sur ce que je veux faire : tout ce que je sens être bien est bien, tout ce que je sens être mal est mal : le meilleur de tous les casuistes[1] est la conscience ; et ce n'est que quand on marchande avec elle qu'on a recours aux subtilités du raisonnement. Le premier de tous les soins est celui de soi-même : cependant combien de fois la voix intérieure nous dit qu'en faisant notre bien aux dépens d'autrui nous faisons mal ! Nous croyons suivre l'impulsion de la nature, et nous lui résistons ; en écoutant ce qu'elle dit à nos sens, nous méprisons ce qu'elle dit à nos cœurs ; l'être actif obéit, l'être passif commande. La conscience est la voix de l'âme, les passions sont la voix du corps. Est-il étonnant que souvent ces deux langages se contredisent ? Et alors lequel faut-il écouter ? Trop souvent la raison nous trompe, nous n'avons que trop acquis le droit de la récuser ; mais la conscience ne nous trompe jamais ; elle est le vrai guide de l'homme : elle est à l'âme ce que l'instinct est au corps ; qui la suit obéit à la nature, et ne craint point de s'égarer. »

Rousseau, *Émile*

**Comment conclure ?**

- Amorcer la conclusion et faire la **synthèse de l'explication** du texte.

*<u>Au terme de notre analyse</u>, nous pouvons affirmer que ce texte est un excellent résumé de la conception qu'a Rousseau de la conscience morale : une voix intérieure (celle de la nature ou de Dieu qui parle au fond de notre cœur) qui, de manière infaillible, nous dit ce qui est bien. La raison, raisonneuse et volontiers sophiste, peut nous égarer en servant nos passions. La conscience quant à elle nous éclaire. Quoi que nous fassions, nous sentons en notre for intérieur si nous faisons bien ou mal.*

- Rappeler la question qui s'est posée suite à la lecture du texte pour faire la **synthèse de la partie critique**.

*Il suffirait alors pour être vertueux de toujours suivre son intuition, le dictamen de sa conscience ? C'est la question que nous avons traitée pour approfondir notre étude. La conscience, sans doute, est cet instinct moral qui nous fait tendre vers le bien. Peut-on affirmer qu'elle nous le fait connaître ?*

- Formuler **sa réponse**

*Nous l'avons vu, les cas de conscience montrent que l'on peut en toute sincérité douter et s'interroger.*

- **Confirmation de la réponse** de l'élève par un philosophe (ici, l'auteur) avec **ouverture** implicite.

*Rousseau lui-même reconnaît d'ordinaire la place de la raison : Dieu a donné à l'homme « la raison pour connaître ce qui est bien, la conscience pour l'aimer, et la liberté pour le choisir » (Julie ou la Nouvelle Héloïse).*

1. Casuiste. Théologien chargé de résoudre les cas de conscience parfois de manière sophistique.

**ATTENTION !**

La conclusion, à l'instar de l'introduction, forme **un paragraphe,** c'est-à-dire un bloc. Nous avons, par souci de clarté, séparé ici chacune de ses étapes mais cela ne doit EN AUCUN CAS apparaître dans le devoir rédigé.

## C'est à vous !

Vous avez étudié plusieurs textes et cela de manière exhaustive si vous avez effectué systématiquement le travail proposé dans cette dernière rubrique. Dès lors, rédiger pour chacun d'eux une conclusion ne devrait pas être bien difficile.

**Quelques sujets…**

Les passions nous empêchent-elles de faire notre devoir ?

N'avons-nous de devoirs qu'envers autrui ?

Peut-on agir moralement sans s'intéresser à la politique ?

CHAPITRE 17

# Le bonheur

## Introduction

L'homme veut être heureux. Peut-il l'être? « *Bonheur* » vient de *bonum augurium*, « *présage favorable, bonne chance* ». Alain dit: « *Le bonheur est une récompense qui vient à ceux qui ne l'ont point cherchée* » (*Propos*).

Ne convient-il pas d'agir pour obtenir le bonheur?

À quel bonheur est-il légitime de prétendre?

# I. Qu'est-ce que le bonheur?

## A. Le bonheur est le souverain bien

Aristote demande: « *Quel est le souverain bien de notre activité? Sur son nom du moins il y a quasi-unanimité: c'est le bonheur* » (*Éthique à Nicomaque*).

Un homme agit en vue d'un certain nombre de fins Ces fins sont subjectives et relatives puisqu'elles sont autant de moyens en vue d'une autre fin: je veux la richesse *pour* faire des voyages. Mais elles convergent toutes vers une fin ultime: nous voulons l'argent, la santé, la gloire… pour être heureux. Le bonheur est **la fin dernière** de notre activité et le souverain bien.

## B. L'impossible définition

Pour les uns, le bonheur, c'est le plaisir; pour d'autres, la richesse, pour d'autres encore, les honneurs… Et, selon les circonstances, un même homme change d'opinion. « *L'objet de la vie humaine est la félicité de l'homme, mais qui de nous sait comment on y parvient?* » (Rousseau, *Émile*).

## C. Bonheur et plaisir

- Le plaisir est une satisfaction *relative*: la satisfaction d'un besoin ou d'un désir. « *Tout plaisir est relatif car il ne s'agit que d'une satisfaction, d'un besoin qu'on assouvit* » (Schopenhauer, *Le monde comme volonté et comme représentation*).
- Un plaisir est donc *partiel*; un désir, certes, est satisfait mais un autre, non.
- Un plaisir a des *degrés*. On est plus ou moins content, plutôt satisfait ou fou de joie.
- Un plaisir est *éphémère*. Il passe, chassé par une souffrance ou parce que l'habitude fait qu'on ne le sent plus.

→ Les plaisirs ne sont que des promesses de bonheur.

### D. Caractères du bonheur

- Le bonheur est le plaisir total et parfait, l'absolu du plaisir. Il est un état de **plénitude** : « *Le bonheur est la satisfaction de toutes nos inclinations (tant en multiplicité qu'en intensité et en durée)* » (Kant, *Critique de la raison pure*).
- Le bonheur se traduit donc par un état de sérénité, de parfaite tranquillité intérieure.
- Le bonheur est durable. « *Une hirondelle ne fait pas le printemps, pas plus qu'une seule journée de soleil; de même, ce n'est ni un seul jour ni un court intervalle de temps qui font la félicité et le bonheur.* » (Aristote, *Éthique à Nicomaque*).

→ Nous avons une idée du bonheur. Mais, peut-on la réaliser?

## II. Imagination et bonheur

### A. Un « idéal de l'imagination »: l'impossible bonheur

Le bonheur serait un état stable et permanent. Or, « *Rien n'est plus insupportable à l'homme que d'être en plein repos* » (Pascal, *Pensées*). En d'autres termes, « *Le bonheur est un état trop constant et l'homme un être trop muable pour que l'un convienne à l'autre* » (Rousseau, *Rêveries du promeneur solitaire*).

→ L'homme n'est pas fait pour le bonheur.

### B. Le temps du bonheur

« *Nous sentons la douleur, mais non l'absence de douleur* » (Schopenhauer, *Le monde comme volonté et comme représentation*). Ainsi, nous ne disons pas « *je suis heureux* ».

Nous avons conscience du bonheur dans l'après-coup, c'est-à-dire trop tard : « *j'étais heureux* ». Illusoire souvenir d'un plaisir sublimé par l'imagination (le « *vert paradis des amours enfantines* » chez Baudelaire, les Charmettes chez Rousseau)...

Parfois encore, on situe le bonheur dans l'avenir (par exemple, le bonheur après la révolution dans l'idéologie marxiste) : « *je serai heureux* ».

Faut-il en déduire que nous ne sommes jamais heureux?

### C. Le bonheur par l'imagination

L'imagination, pour Rousseau, est la **faculté consolatrice** qui donne à l'homme ce qu'il désire. « *L'ardeur de mes désirs prête à leur objet la possibilité qui leur manque* » (*Julie ou la Nouvelle Héloïse*).

→ Le « *pays des chimères* » est le lieu du bonheur.

On objectera que ce bonheur est illusoire. Mais, d'une part, pour un tempérament sensible et rêveur comme Rousseau, la promesse du bonheur déjà est le bonheur : « *Tant qu'on désire, on peut se passer d'être heureux ; on s'attend à le devenir* » (*Julie ou la Nouvelle Héloïse*).

D'autre part, l'imagination résout le paradoxe de la condition humaine. L'homme souffre lorsqu'il désire mais s'ennuie lorsqu'il est satisfait. En rêvant le bonheur, il est à la fois dans la chasse et dans la prise, il réussit à désirer et jouir dans le même temps. « *Il est plus heureux et plus riche par la possession des biens imaginaires qu'il crée, qu'il ne le serait par celle des biens, plus réels si l'on veut, mais moins désirables, qui sont réellement* » (*Rousseau juge de Jean-Jacques, Dialogues*).

Le bonheur n'est-il alors qu'un beau rêve ? Sommes-nous condamnés à ne jamais être effectivement heureux ?

## III. Bonheur et raison

Comment parvenir au bonheur ? Et quel bonheur rechercher ?

### A. Bonheur et jouissance

#### 1. Le bonheur dans la jouissance

Pour Calliclès, dans le *Gorgias*, le bonheur est dans l'accumulation de plaisirs toujours renouvelés : « *Vivre dans la jouissance, éprouver toutes les formes du désir et les assouvir, c'est cela la vie heureuse.* »

Au XVIII^e^ s., Sade affirme dans *La philosophie dans le boudoir* que tout est relatif : bien/mal, vice/vertu ne sont que des conventions. Les lois sociales et morales ? « *Ces lois absurdes sont l'ouvrage des hommes et nous ne devons pas nous y soumettre.* » C'est à la nature qu'il faut obéir. « *C'est obéir à ses lois que de céder aux désirs qu'elle seule a placés en nous* ».

Imaginons, nous dit Socrate, un homme qui devrait remplir des tonneaux percés ; il n'en finirait pas. Calliclès (ou Sade) est cet homme. Mais, celui-ci répond que « *La vie de plaisir est celle où l'on verse et reverse autant qu'on peut dans son tonneau.* »

#### 2. Le bonheur dans la tempérance

Socrate, lui, est l'homme aux tonneaux en bon état et emplis de bonnes choses. C'est cet homme, comblé, qui vit le mieux : « *La vie tempérante vaut mieux que la vie déréglée.* »

Cette apologie de la tempérance se retrouve chez Épicure. L'homme, nous dit-il dans sa *Lettre à Ménécée*, a raison de chercher le bonheur et par conséquent le plaisir. Cependant, *tout plaisir n'est pas bon.*

La classification épicurienne des désirs permet d'établir quels plaisirs font le bonheur.

| | | |
|---|---|---|
| **Désirs naturels nécessaires**: | • **pour la vie: la faim et la soif**<br>• **pour la tranquillité du corps: se protéger du froid et se protéger du danger.**<br>• **pour le bonheur** (pour l'âme): **la philosophie** et **l'amitié**. | « *Le cri de la chair: ne pas avoir faim, ne pas avoir soif. Celui qui a ces choses et l'espoir de l'avoir peut rivaliser avec Zeus en bonheur* », (S.V.33).<br>« *De tous les biens que la sagesse procure pour la félicité de la vie toute entière, le plus grand est la possession de l'amitié* » (Max.27) |
| **Désirs naturels non nécessaires** | • **Aller au-delà du simple besoin** (désirer manger tel ou tel aliment, quelque chose de bon).<br>• **Des désirs non vitaux**: le **désir sexuel** et le **désir esthétique** c'est-à-dire le désir de beauté. | « *Tous ceux des désirs dont la non-satisfaction n'entraîne pas la douleur ne sont pas nécessaires mais ils ont un appétit qu'il aisé de dissiper* », (Max.26). |
| **Désirs ni naturels ni nécessaires** (désirs vains) Ces désirs viennent de l'opinion | **Désirs de richesses, d'argent, de gloire, de pouvoir, d'immortalité**... | « *Nous ne parlons pas des plaisirs de l'homme déréglé.* »<br>Pour Schopenhauer, par exemple, « *La richesse ressemble à l'eau de mer; plus on en boit et plus on a soif.* » *(L'art d'être heureux)* |

Le bonheur s'atteint par une *sélection des plaisirs*. Il est selon Épicure **aponie** (absence de trouble, santé du corps) et **ataraxie** *(*absence de trouble, santé de l'âme).

## B. Le premier pas vers le bonheur: ne pas souffrir

Le bonheur, défini négativement, est **absence de malheur**. « *Notre bien-être, ce n'est que la privation d'être mal* » (Montaigne, *Essais).*

En conséquence, pour Schopenhauer, l'art d'être heureux ou *eudémonologie*, consiste à vivre le moins malheureux possible. « *En haut figurerait la proposition: le bonheur positif et parfait est impossible; il faut seulement s'attendre à un état comparativement moins douloureux.* » *(L'art d'être heureux*)

De quoi ce bonheur relatif est-il fait?

- Avant tout, la clef du bonheur est l'*eukolia*, la bonne humeur. Elle remplace tout autre bien et elle est elle-même irremplaçable. Il faut donc travailler à acquérir la bonne humeur.
- Il faut aussi travailler à acquérir la santé, qui facilite la bonne humeur.
- Il faut bien se connaître: « *Un homme doit savoir ce qu'il veut et savoir ce qu'il peut.* »
- Il faut profiter du présent, brider son imagination,...

→ Bref, il serait préférable de ne pas vivre, mais puisque nous vivons, il nous appartient de vivre de manière supportable.

Doit-on se contenter d'apaiser ses souffrances? Ne peut-on espérer un bonheur positif?

## C. Le deuxième pas vers le bonheur: la « route du vrai bonheur »

### 1. Un rapport à soi: se vaincre soi-même

Le bonheur n'est pas dans l'*avoir*, la multiplication des plaisirs, mais dans l'*être*. Il faut, pour accéder au bonheur, être maître de soi et se libérer de ses passions et de ses craintes; telle est la leçon des stoïciens. « *Il n'y a qu'une seule route vers le bonheur* [...], *c'est de renoncer aux choses qui ne dépendent pas de notre volonté.* » (Épictète, *Entretiens).*

→ La **vertu** mène au bonheur.

2. Bonheur et vertu

Le bonheur de l'homme, nous dit Aristote, ne se peut trouver simplement dans la vie végétative ni dans la vie sensori-motrice. L'homme, pour être heureux, doit épanouir sa raison.

- La raison, ou intellect, est la faculté de connaître, la partie spéculative de l'âme. Ainsi, il existe des **vertus intellectuelles** que l'on doit cultiver: sagesse, intelligence, prudence,... la plus haute de ces vertus étant la *contemplation.*
- La raison est aussi la partie calculatrice de l'âme qui détermine l'action. De ce point de vue, il est des **vertus morales**, ou « *vertus de caractère* », qu'il faut cultiver: modération, douceur, courage,...

→ Il existe donc un bonheur intellectuel et un bonheur moral.

« *Il n'est point de route plus sûre pour aller au bonheur que celle de la vertu.* » (Rousseau, *Nouvelle Héloïse,* III- lettre IV) Le bonheur en ce sens ne dépend que de nous.

## Conclusion

« *La soif du bonheur ne s'éteint jamais dans le cœur de l'homme.* » (Rousseau, *Confessions,* IX) Le bonheur? « *Un esprit sain dans un corps sain, telle est la brève, mais complète, définition du bonheur dans ce monde.* » (Locke, *Quelques pensées sur l'éducation,* Préambule) « *Mens sana in corpore sano.* » (Juvénal, *Satires,* X, V) Il ne dépend pas tout à fait de nous d'être en bonne santé. Le Bonheur est un idéal dont la réalisation, conformément à l'étymologie du terme, est en partie aléatoire.

Le bonheur parfait, *LE* bonheur est impossible car nous ne sommes que des êtres finis. « *Nous n'avons un sourd instinct de la plénitude du bonheur que pour sentir le vide du nôtre.* » (Rousseau, *De l'art de jouir,* I, 4)

Toutefois, l'homme peut parvenir à *un* bonheur. Ce bonheur consiste à être soi en se conformant à l'impératif nietzschéen, « *Deviens ce que tu es* »: s'accomplir en tant qu'homme et s'accomplir en tant que sujet unique et original.

Il faut donc réfléchir pour ne pas risquer de passer à côté du bonheur mais il faut aussi comprendre que le bonheur est avant tout une affaire personnelle.

## Les notions à ne pas confondre

**Bonheur/béatitude.** Si le bonheur est en grande partie aléatoire (*bonum augurium,* chance), la béatitude est le bonheur du sage, ne dépendant que de lui et de son activité, le bonheur profond et parfait qui, en tant que tel, a quelque chose de divin et touche à l'éternité (« béatitude » est un terme fréquent chez les religieux et les mystiques). La béatitude chez Spinoza désigne le bonheur infini de celui qui connaît Dieu et s'unit à lui ; l'amour intellectuel de Dieu « *car la béatitude de l'homme n'est rien d'autre que le contentement intérieur lui-même, lequel naît de la connaissance intuitive de Dieu* ». On notera que la plaisir est plutôt lié à notre nature sensible et donc animale tandis que la béatitude est du côté de la raison, de l'âme et de la vie spirituelle.

**Désir/plaisir.** Le désir est la recherche du plaisir ; le plaisir est la satisfaction du désir.

Note : On dira qu'on a un désir ou qu'on éprouve un désir et, lorsque l'on satisfait ce désir, qu'on obtient l'objet de son désir (et surtout pas « on obtient son désir » ou qu'on obtient un plaisir.

**Désir/sentiment/passion.** Le sentiment est un état de l'âme, un état affectif, stable et durable. Le désir, quant à lui, est un mouvement de l'âme, un élan, une tension qui se porte vers un objet. La passion est le plus haut degré du désir : elle est le désir intense, excessif, exclusif et, du fait de son intensité, elle ne dure guère.

**Épicurien (le sens philosophique et le sens vulgaire).** Dans la langue commune, l'épicurien est le jouisseur, le goinfre, le débauché qui se vautre dans les plaisirs. Il s'agit là d'un contresens sur la doctrine d'Épicure car le sage épicurien, le disciple d'Épicure est, bien au contraire, un homme qui, pour être heureux, sait se contenter du strict nécessaire.

**Inclination.** « Inclination » est un terme, synonyme de « penchant », que l'on trouve fréquemment chez Kant. On est *enclin* à quelque chose, on *penche* vers quelque chose ; bref, l'inclination est le désir.

Note : Attention à ne pas confondre en écrivant l'*inclination* (être enclin à) et l'*inclinaison* (être penché) !

**Plaisir/joie/bonheur.** Le plaisir (*placere,* plaire) traduit une sensation agréable qui, en général, renvoie à la sensibilité : les plaisirs sont sensoriels, voire sensuels. La joie est un plaisir intense, une exaltation du plaisir qui envahit la conscience ; la joie transporte. Il existe des joies intellectuelles aussi (la joie du savant qui découvre, la joie de l'artiste qui crée). La joie est profonde mais elle est une émotion et ne dure pas. Le bonheur, lui, est *« un état stable et permanent »* (Rousseau) de contentement. Il désigne l'état /l'idéal de plénitude d'une âme comblée et sereine. Le bonheur se dit plutôt au singulier alors qu'il y a des plaisirs et des joies.

## Les repères

**Absolu/relatif.** Les désirs sont relatifs aux goûts et à la personnalité de chacun. Aussi les hommes ont-ils des fins relatives qui sont autant de moyens pour une autre fin mais qui toutes convergent vers le bonheur, la fin absolue.

**Concept/image/métaphore.** Le bonheur n'est pas un concept, forgé par la raison, définissable à la manière d'un cercle ou d'un carré. Il est un idéal de l'imagination.

Nous avons donc des images voire des fantasmes de bonheur. Ces images intérieures, parfois floues, engendrent un certain nombre d'images plus précises dans la littérature, l'art ou la pensée commune. Les Charmettes sont pour Rousseau l'image d'un bonheur perdu (ou rêvé ?). « Un conjoint, deux enfants, une maison » ; c'est pour beaucoup une image du bonheur.

Le mythe du tonneau des Danaïdes, auquel fait allusion le *Gorgias,* nous fournit une métaphore de l'âme désirante. Filles du roi Danaos, les 50 Danaïdes ont dû épouser leurs cousins et les ont tués au cours de la nuit de noces. Leur châtiment est de devoir, pour l'éternité, remplir un tonneau percé. L'âme désirante est un tonneau percé : elle est insatiable. Rousseau dira : « *Plus on obtient plus on désire* ».

**Contingent, nécessaire.** Il y a des biens qui sont des conditions *sine qua non* du bonheur : la satisfaction des désirs naturels nécessaires chez Épicure, la liberté, la sagesse. « *Le sage, lui, a toujours la paix intérieure ; le sage est donc toujours heureux.* » *(*Cicéron*).* Sans ces biens le bonheur est impossible.

Et puis, le bonheur est souvent lié à des biens de nature contingente que la Fortune nous octroie et qui sont en termes stoïciens des « choses qui ne dépendent pas de nous » : la santé, l'amour, l'affection de nos enfants…

**Croire/savoir.** Nul ne sait ce qu'est véritablement le bonheur ni ce qui le rendrait heureux, mais on croit à la possibilité du bonheur et l'on croit en un idéal (une conception) du bonheur.

**En acte/en puissance.** Un homme possède des facultés (raison, imagination et divers talents et aptitudes personnels) qui existent en puissance et dont la pleine réalisation procure le sentiment de bonheur. Être heureux, finalement, c'est actualiser ses potentialités, se réaliser.

**Essentiel/accidentel.** Quelle que soit la définition que l'on donne du bonheur, celui-ci comporte des traits essentiels sans lesquels il ne peut pas être (la modération pour les épicuriens, la connaissance pour Spinoza, la liberté pour Rousseau, l'*eukolia* ou bonne humeur pour Schopenhauer, etc.).

S'ajoutent à la nature profonde du bonheur quelques caractères secondaires et en grande partie aléatoires (la santé par exemple ou la réussite professionnelle). On notera que ce qui est simple caractère venant de surcroît pour les uns peut très bien pour d'autres appartenir à l'essence même du bonheur.

**Genre/espèce/individu.** Selon la définition d'Aristote, « *l'homme est un animal raisonnable* ». S'en déduit aisément une définition du bonheur en plusieurs points.

L'homme appartient au genre « *animal* », « *être vivant* » ; il est donc réceptif à un bonheur sensitif, sensoriel, sensible (satisfaire ses besoins) qu'il a en commun avec tous les êtres vivants sans exception. Nous parlerons ici de plaisir.

Ensuite, l'humanité se distingue, en tant qu'espèce, de toutes les autres en ce qu'elle est « *dotée de raison* ». Il existe donc pour l'homme un bonheur spécifique qui réside dans le fait d'épanouir sa raison tant sur le plan de l'intellect que de la morale et de l'action.

Un homme, enfin, est un individu, un sujet singulier et un moi qui a une personnalité propre et le bonheur en ce sens consiste se réaliser, à épanouir autant que possible les possibilités de sa nature ; bref, à être soi-même.

**Idéal/réel.** Le bonheur, défini dans sa perfection, est et ne peut être qu'un idéal dont la réalisation demeure toujours imparfaite mais qui nous motive.

**Impossible/possible.** Les désirs ni naturels ni nécessaires chez Épicure sont des désirs qu'il est impossible de satisfaire. Ils vont contre les lois du monde et l'ordre de la nature ou ils sont insatiables. Ils sont des désirs d'impossible.

Il faut donc, pour être heureux, se limiter aux désirs réalisables, c'est-à-dire réduire le champ de ses désirs à celui du possible.

Mais, le désir d'impossible n'est-il pas le moteur de l'homme ? La nature du désir n'est-elle pas de porter sur l'impossible ?

**Objectif/subjectif /intersubjectif.** On peut penser qu'il existe un bonheur objectif : des conditions effectives de bonheur telles que, logiquement, l'individu doive être heureux.

Pourtant, il n'est pas rare qu'un individu qui a « tout pour être heureux » se sente triste ou déprimé. Inversement, un tempérament rêveur est heureux de ses chimères alors même que sa vie réelle laisse à désirer. C'est que le bonheur est par essence un sentiment (on ressent le bonheur ou non) et, comme tel, il est subjectif.

Donc, un homme qui en théorie devrait être heureux de fait ne l'est pas forcément.

Peut-on heureux sans autrui ? C'est dans l'interaction des consciences que se constitue le sujet. Aussi un homme privé de toute relation à autrui ne serait plus tout à fait humain. Il ne connaîtrait plus que le simple plaisir, à la manière de l'animal.

**Principe, cause, fin.** Pascal le souligne : il est incontestable que « *Tous les hommes recherchent le bonheur même ceux qui vont se pendre.* » (*Pensées*) Le bonheur est notre fin, notre but.

Il est donc la cause finale de nos actions.

« Être heureux » est le principe directeur de notre activité. Les épicuriens par exemple font reposer le bonheur sur le calcul des plaisirs et « *Le principe de tout cela… c'est la prudence* ». (Épicure, *Lettre à Ménécée*)

**Public/privé.** Doit-on attendre de l'État qu'il assure notre bonheur et le bonheur de tous ?

Certes, l'État peut et même doit assurer certaines conditions du bonheur, qu'il s'agisse de conditions matérielles (accès à l'eau, la nourriture, les soins etc.) ou du respect des droits humains (liberté, instruction etc.) sans lesquelles le bonheur n'est qu'un vain mot.

Toutefois nous ne pouvons pas attendre passivement de l'État qu'il nous offre le bonheur. Le bonheur est avant tout une affaire personnelle qui relève de la responsabilité de chacun. Il appartient en effet à chacun de réfléchir sur ce qu'il appelle bonheur et d'œuvrer ensuite pour l'obtenir.

**Théorie/pratique.** Dans sa *Lettre à Ménécée* Épicure expose à son disciple et ami Ménécée sa théorie du bonheur : une *« théorie non erronée des désirs »* qui apprend à discerner les « bons » plaisirs, ceux qui procurent une réelle satisfaction, des plaisirs faux et corrompus qui ne font qu'esquisser des mirages de bonheur.

À quoi bon avoir une théorie du bonheur ? Un médecin ne doit pas seulement connaître la maladie : il doit effectivement la soigner. De même, la théorie du bonheur doit être appliquée tout au long de la vie. C'est ce qui définit la prudence ou sagesse pratique.

**Transcendant/immanent.** Le bonheur est-il transcendant ? Oui, diront les mystiques et tous ceux qui pensent que le bonheur est un sentiment ineffable, l'Absolu qui, de manière mystérieuse, se manifeste.

On peut aussi considérer que le bonheur est dans l'effort, dans l'action et dans la vie, immanent donc à l'existence et aux tentatives que mène un homme pour être heureux.

**Vrai/probable/certain.** Un homme déclare « je suis/je ne suis pas heureux ». Cette affirmation est-elle vraie, c'est-à-dire conforme à la réalité ? Nul ne peut répondre à cette question puisque nous n'avons pas un concept du bonheur.

Chez Kant les impératifs hypothétiques imposent une action possible envisagée comme moyen de parvenir à sa fin. « *L'impératif hypothétique signifie qu'une action est bonne en vue d'une fin quelconque,* possible *ou* réelle » (*Fondements de la métaphysique des mœurs*, Deuxième section). Lorsque la fin est réelle il s'agit d'un principe pratique *assertorique*. Or, « *il y a une fin que l'on peut croire que tous les êtres raisonnables poursuivent réellement* » : le bonheur. Par conséquent, « *L'impératif hypothétique, qui représente la nécessité pratique d'une action comme un moyen d'atteindre au bonheur, est ASSERTORIQUE* »

Bref, nous voulons, cela est, plus qu'une certitude, une vérité incontestable, le bonheur. Mais, comment parvenir au bonheur ? Chacun a sa méthode, ses règles, ses « trucs ». Le bonheur sera-t-il au rendez-vous ? Nul ne le sait.

Le but est certain, les moyens sont probables, le résultat (le gain) est incertain.

# ZOOM sur SPINOZA (1632-1677) :

*« Il est donc utile avant tout dans la vie de perfectionner l'entendement ou la raison autant que nous le pouvons ; et c'est en cela seulement que consiste la félicité suprême : la béatitude de l'homme. » (Éthique)*

## Qui est Spinoza ?

Spinoza est un **rationaliste** qui fait de Dieu le tout de la réalité et le cœur de sa philosophie.

## Quelques faits

Né à Amsterdam, Baruch Spinoza reçoit une éducation religieuse traditionnelle et se forme aux mathématiques, aux sciences et à la philosophie.

Il en vient ainsi à s'opposer à l'orthodoxie juive si bien qu'est prononcée son excommunication pour athéisme.

Spinoza apprend à tailler et polir des verres d'optique, travail lent, minutieux et patient qui l'occupera toute sa vie.

Il s'installe bientôt près de Leyde où il vit de la vente de ses verres, réputés dans toute l'Europe. Autour de lui se forme un cénacle d'amis fidèles qui est aussi un cercle de réflexion. Spinoza travaille, médite et écrit.

Il s'installe en 1670 à La Haye et publie anonymement son *Traité théologico-politique* qui lui attire nombre d'inimitiés.

Spinoza est un homme simple qui mène une existence frugale sans austérité et nourrit des passions intellectuelles. Tuberculeux, il meurt à La Haye le 21 février 1677. Ses ouvrages sont condamnés et sa réputation va pour longtemps demeurer sulfureuse.

## Quelques idées

### Le rationalisme

Spinoza se propose dans son *Éthique* de démontrer ses idées « *suivant l'ordre géométrique* » : définitions, axiomes, propositions suivies de leur démonstration avec parfois scolies et/ou appendices. Ainsi, Dieu est la substance infiniment infinie qui possède une infinité d'attributs et de modes ; toute chose est en Dieu. La doctrine de Spinoza affirme l'identité de Dieu et de la nature : *Deus sive Natura, « Dieu ou la nature »*. Il dénonce dans le même mouvement la superstition, liée aux représentations illusoires que les hommes se font de Dieu. Il ne faut pas prendre les textes sacrés à la lettre mais les interpréter à l'aune de la raison.

### Les trois genres de connaissance

La connaissance du premier genre est la connaissance par ouï-dire et la connaissance par expérience vague ; c'est la connaissance commune, l'opinion. La connaissance du deuxième genre est la connaissance rationnelle, méthodique, déductive ; la croyance. La connaissance du troisième genre, ou connaissance claire et distincte, est la connaissance intuitive.

La philosophie nous permet de connaître Dieu et la réalité et d'accéder ainsi à la béatitude, contentement suprême, joie profonde et véritable.

### Le désir et les passions

Le *conatus* est l'effort par lequel une chose, autant qu'il est en elle, s'efforce de persévérer dans son être. Il est chez l'homme désir.

Il est des passions négatives (la crainte, l'envie, la haine…) qui nous rendent tristes et diminuent notre puissance d'agir et il est des passions positives qui augmentent notre puissance et notre joie (l'amour, le désir de connaître…). Il faut comprendre ses passions, avoir une idée adéquate de leur objet et de leur mécanisme, et c'est alors que l'on devient actif. La philosophie de Spinoza est une doctrine de l'action ; connaître est agir.

### La liberté

Pour Spinoza, cette chose est dite libre qui existe selon la nécessité de sa nature. Il convient donc que l'homme suive la raison.

La liberté véritable est dans la connaissance de Dieu et de ce qui nous détermine. Le libre arbitre est une illusion ; la connaissance est libératrice.

L'État doit amener les hommes à vivre comme s'ils étaient conduits par la raison. Sa fin est donc la liberté et la démocratie serait le meilleur des régimes.

## Quelques propos

« *Un homme libre ne pense à rien moins qu'à la mort et sa sagesse est une méditation, non de la mort, mais de la vie.* » (*Éthique*, IV, proposition LXVII)

« *La vertu ne consiste en rien d'autre qu'à agir suivant les lois de sa nature propre.* » (*Éthique*, IV, proposition XXIV, démonstration)

« *Le bien suprême de l'âme est la connaissance de Dieu et la suprême vertu de l'âme est de connaître Dieu.* » (*Éthique*, IV, proposition XXVIII)

« *Plus un homme vit sous la conduite de la raison, plus il est libre, plus constamment il observera les lois de la cité.* » (*Traité politique*, ch. III)

# FICHE MÉTHODOLOGIQUE

## UN COMMENTAIRE RÉDIGÉ

### Ce qu'il faut savoir

Relisez tous les conseils méthodologiques donnés sur le commentaire de texte.

### Un exemple guidé

*Sait-on ce qui nous rendrait heureux ?*

« Le concept du bonheur est un concept si indéterminé, que, malgré le désir qu'a tout homme d'arriver à être heureux, personne ne peut jamais dire en termes précis et cohérents ce que véritablement il désire et il veut. [...] L'idée du bonheur implique l'idée d'un tout absolu, d'un maximum de bien-être pour mon état présent et toute ma condition future. Or il est impossible qu'un être fini, si perspicace et en même temps si puissant qu'on le suppose, se fasse un concept déterminé de ce qu'il veut ici véritablement. Veut-il la richesse ? Mais que de soucis, d'envie, de pièges ne va-t-il pas par là s'attirer sur lui ! Veut-il beaucoup de connaissances et de lumières ? Mais cela peut-être ne lui fera obtenir qu'une vue plus pénétrante de la réalité pour lui représenter d'une manière d'autant plus terrible les maux qui jusqu'à présent se dérobent encore à sa vue. [...] Bref, il est incapable de déterminer avec une entière certitude d'après quelque principe ce qui le rendrait véritablement heureux : pour cela il lui faudrait l'omniscience. [...] Le problème qui consiste à déterminer d'une façon sûre et générale quelle action peut favoriser le bonheur d'un être raisonnable est un problème tout à fait insoluble. »

Kant, *Fondements de la métaphysique des mœurs*, deuxième section

« *Tous les hommes recherchent le bonheur* », constatait Pascal, « *même ceux qui vont se pendre* ». En effet, le bonheur nous apparaît comme le souverain bien. Comment y parvenir ? Le problème est existentiel. Mais, d'abord, en quoi le bonheur consiste-t-il ? C'est à cette question que Kant se propose de répondre dans le texte que nous allons étudier : « Une question sans réponse ». Il part d'un constat : le bonheur n'est qu'un idéal vague et indéfinissable. À l'aide d'exemples, il en donne l'explication, ce qui l'amène à cette triste conclusion : le problème du bonheur est insoluble.

Le texte de Kant commence par constater « *le désir qu'a tout homme d'arriver à être heureux* ». Nous sommes en effet des êtres sensibles, nous sentons le plaisir et la douleur et nous cherchons naturellement à reproduire, augmenter, pérenniser nos sensations agréables. « *L'homme veut être heureux, il ne veut qu'être heureux, il ne peut pas ne pas vouloir l'être.* ». Il s'agit là d'une loi psychique formulée par Pascal et que Freud nommera principe de plaisir. On remarque d'ailleurs que Kant ne parle pas simplement de notre désir « d'être heureux » mais bien de notre désir « *d'arriver à être heureux* », ce qui d'emblée sous-entend que la tâche n'est pas facile.

Il va de soi que nous devons bien connaître la nature de notre objectif si nous voulons avoir une chance de l'atteindre. Le problème est que « *Le concept du bonheur est un concept* [...] *indéterminé* ». Aristote déjà faisait le constat de cette indétermination avec la pluralité d'opinions concernant la nature du bonheur. Pour les uns, le bonheur, c'est le plaisir; pour d'autres, la richesse; pour d'autres encore, les honneurs. Et le même homme au cours de sa vie change d'opinion selon les circonstances dans lesquelles il est placé. Alors, « *où est le bonheur? Qui le sait? Chacun le cherche et nul ne le trouve* » (Rousseau).

Nous sommes ainsi placés devant un paradoxe. D'une part, tous, nous voulons le bonheur et nous savons bien que c'est cela que nous désirons. D'autre part, aucun de nous ne peut le définir: « *personne ne peut jamais dire ce que véritablement il désire et il veut* ». Rousseau, par exemple, lorsqu'il revient sur son adolescence, nous dit: « *Je désirais sans savoir quoi* ». Ou encore, je désirais un objet; je l'obtiens; il ne me comble pas. Que désirais-je alors? Il nous est à tous arrivé aussi d'être en proie à des désirs contradictoires: j'aimerais beaucoup reprendre de ce délicieux gâteau au chocolat mais j'aimerais tout autant ne pas prendre un gramme afin de rester mince et séduisant(e). Enfin, désir et volonté sont à distinguer; le désir porte sur l'agréable alors que la volonté est d'ordre moral. Je peux donc être tiraillé entre les deux. Où est le bonheur? Telle est la question lancinante qui sous-tend ce texte comme elle parcourt l'existence de chacun de nous.

Bien sûr, nous parlons volontiers du bonheur mais « *jamais* [...] *en termes précis et cohérents* ». Nous avons la définition en géométrie de la ligne ou du cercle, nous avons la définition de l'homme... Nous n'avons pas la science du bonheur car finalement nous n'avons pas le concept du bonheur. Nous avons un mot, un rêve, un fantasme.

Pour reprendre les mots de Sénèque: « *Tout le monde veut une vie heureuse; mais, lorsqu'il s'agit de voir clairement ce qui la rend telle, c'est le plein brouillard.* » Pourquoi sommes-nous dans le plein brouillard lorsqu'il s'agit de définir le bonheur?

Que serait le bonheur? Nous le désirons... C'est donc que nous ne sommes pas heureux. Voyons toutes les insatisfactions, grandes ou petites, de notre existence; examinons tous nos manques. Le bonheur serait la négation de tout cela: satisfaction en tous les domaines, satisfactions intenses, satisfactions durables; pas l'ombre d'une déception, d'une tristesse, d'une fêlure; en un mot, la plénitude, c'est-à-dire « *un tout absolu* » caractérisé par « *un maximum de bien-être pour mon état présent et toute ma condition future* ». Le bonheur serait l'absolu du plaisir, la perfection du plaisir, maintenant et à jamais. Ainsi, voici posé l'idéal: l'Idée du Bonheur.

En avons-nous pour autant un « *concept déterminé* », une idée claire et distincte? La plénitude est de l'ordre de l'absolu, de l'infini, de la perfection. Que sommes-nous sinon des êtres finis et imparfaits? Nous n'avons pas la capacité d'embrasser l'absolu ni par conséquent de définir le bonheur. Nous sommes, à ce stade de notre étude, en présence de deux idées, complémentaires, à distinguer. D'abord, nul ne sait ce qu'est, en soi (dans l'absolu), « le » bonheur (« *le concept de bonheur* »). Ensuite, nul ne sait ce que serait, pour lui-même, « son » bonheur (bonheur relatif). On peut imaginer un homme plein d'intelligence, de sagesse, plus éclairé et plus fin que tous les autres. « *Si perspicace et en même temps si puissant qu'on le suppose* », il n'en demeure pas moins un homme, c'est-à-dire un être fini et « *il est impossible qu'un être fini se fasse un concept déterminé de ce qu'il veut ici véritablement* » et sache exactement ce qui le rendrait heureux. Nous voyons que Kant reprend l'idée énoncée dans la première partie de son texte. Le bonheur, sans doute, consisterait en la réalisation de tous nos désirs. Mais, et là est tout le problème, que désirons-nous?

Il ne faut pas exagérer, va répondre un lecteur naïf: je sais bien ce que je désire: la santé, l'argent, l'amour, une famille, des enfants, un bon travail... Kant nous invite à plus de prudence. Sommes-nous conscients de ce que la réalisation de notre désir présent nous apportera? Afin de bien se faire comprendre, il choisit de recourir à des exemples.

Nous disons volontiers que « l'argent ne fait pas le bonheur mais il y contribue » et nous voulons une certaine quantité d'argent et de biens matériels. Prenons un homme, n'importe lequel d'entre nous. « *Veut-il la richesse?* ». Oui, car elle lui donnera une belle maison, une voiture de luxe, de merveilleux voyages dans des hôtels somptueux au bout du monde. Le bonheur sera-t-il au rendez-vous? Jouira-t-il des plaisirs escomptés? Peut-être... Mais peut-être pas. « *Que de soucis, d'envie, de pièges ne va-t-il pas par là s'attirer sur lui!* » Faux amis (les amitiés intéressées évoquées par Aristote), rivalités, jalousie, complots... Regardons dans l'œuvre de Zola le personnage d'Aristide Saccard. Dévoré par l'ambition, avide, froid, cynique, calculateur, oui, il fait fortune. Est-il heureux? Éternel insatisfait, spéculateur et malhonnête, il utilise sa femme, il la laisse se perdre dans une liaison semi-incestueuse avec le fils qu'il eut d'un premier mariage. Est-ce là l'image du bonheur?

Prenons un autre exemple. Un savant, un philosophe. « *Veut-il beaucoup de connaissances et de lumières?* » Le désir de savoir est naturel en l'homme. Pour autant, la vérité est-elle toujours agréable? « *Cela peut-être ne lui fera obtenir qu'une vue plus pénétrante de la réalité pour lui représenter d'une manière d'autant plus terrible les maux qui jusqu'à présent se dérobent encore à sa vue.* » Il n'est qu'à lire les œuvres de Schopenhauer pour comprendre à quel point la connaissance de la réalité (« vivre, c'est souffrir ») peut désabuser un homme. Schopenhauer, dira-t-on, a interprété l'existence à travers le filtre de sa subjectivité. Mais Einstein? Lorsqu'il découvrit la célèbre formule $E = mc^2$, il ignorait que celle-ci allait bientôt permettre la réalisation de la bombe atomique. Où est le bonheur?

Aurait-on désiré la richesse si l'on avait su les maux dont elle allait nous accabler? Aurait-on désiré le savoir? Nous désirons la santé aussi et nous souhaitons vivre longtemps en bonne santé. Mais, si c'est pour voir mourir ses enfants? On attend d'une chose qu'elle nous apporte le bonheur et celui-ci n'est pas au rendez-vous car si nous savons ce que nous désirons nous ignorons les effets du bien désiré. Ainsi se confirme et se précise l'idée avancée dans la première partie : nul d'entre nous ne sait exactement ce qu'il désire et ce qu'il veut et la question, lancinante, subsiste : « Où trouver le bonheur ? »

Qu'est-ce qui nous procurerait le bonheur tant désiré ? Kant dans la dernière partie de son texte fait le bilan (« *Bref* ») de son analyse. Il nous faudrait, pour « *arriver à être heureux* », « *quelque principe* », clair et infaillible, qu'il suffirait de mettre en pratique. C'est, hélas, comme nous l'avons vu, ce qui nous manque si bien qu'un homme « *est incapable de déterminer avec une entière certitude* [...] *ce qui le rendrait véritablement heureux* ». Certains, riches, sont heureux ; d'autres, non et il en va de même pour tous les biens que nous convoitons.

Si nous étions capables de savoir dans les moindres détails tout ce que nous apporterait de bien et de mal l'objet que nous désirons actuellement, alors, pleinement informés, nous saurions si vraiment nous le voulons ou non. Dans ce cas nos désirs seraient toujours éclairés ; nous désirerions toujours à bon escient. Mais, « *pour cela il* [...] *faudrait l'omniscience* » et nous nous heurtons, une fois de plus, à la réalité de notre condition humaine : nous sommes des êtres finis, aux capacités limitées et notre raison est bien loin de tout connaître et tout prévoir.

Par nature, nous n'avons pas les moyens de savoir ce qui nous rendrait heureux. On peut toujours formuler le problème : « q*uelle action peut favoriser le bonheur d'un être raisonnable* » ? On peut ensuite chercher des solutions, émettre des hypothèses, lancer des pistes, faire quelques propositions... Nous n'aurons pas LA solution. Toute tentative de « *déterminer d'une façon sûre et générale* » ce qui nous rendrait heureux est vouée à l'échec. En conclusion, le problème exposé est bien « *un problème tout à fait insoluble.* »

Finalement, nous avons une idée du bonheur comme satisfaction maximale et plénitude mais nous sommes dans l'incapacité de donner un contenu précis à cette idée. Nul en réalité ne sait ce qu'est le bonheur. Nul ne sait comment l'atteindre. Le bonheur n'est donc pas un concept mais seulement un idéal de l'imagination, un fantasme né de nos désirs. Telle est la leçon que nous retenons de cette explication de Kant. Or, son texte nous invite à questionner le sens de notre existence. Si nous ne savons pas ce qui nous rendrait heureux, si donc nous risquons fort de ne jamais être heureux, alors, pourquoi vivre ? Devons-nous renoncer à la recherche du bonheur ? Le problème du bonheur, dit Kant, est insoluble. L'est-il vraiment ?

D'abord, faut-il renoncer à l'espoir de bonheur ? Il serait difficile d'en persuader l'être sensible que nous sommes, naturellement à la recherche de l'agréable. Qui plus est, montrer, comme l'a fait Kant dans ce texte, à quel point l'accès au bonheur est compromis et relève de l'aléatoire n'implique pas qu'il faille y renoncer.

La question à poser serait plutôt : « est-ce pour le bonheur qu'il faut vivre ? » Kant est le philosophe du devoir, de la moralité. Il nous dirait qu'un être doté de raison ne doit pas vivre pour satisfaire ses penchants (ce que font très bien des créatures non pourvues de raison). La raison nous est donnée dans un but radicalement différent : elle nous fait connaître la loi morale, l'impératif catégorique, et nous destine à l'humanité. Notre destination est bien plus noble que le simple bonheur.

Toutefois, est-il bien nécessaire d'opposer bonheur et moralité, bonheur et vertu ? Le bonheur ne se réduit pas au plaisir. Qui cultive sa raison, qui mène une vie vertueuse, connaît une forme de bonheur que l'on peut désigner comme bonheur moral.

Nous parvenons ainsi à l'autre question centrale soulevée par ce texte : le problème du bonheur est-il vraiment insoluble ? Nous constatons très vite que des solutions lui ont été apportées ; il n'est qu'à évoquer Aristote ou Épicure pour ce qui est de l'Antiquité. Schopenhauer, sûr de lui, n'a-t-il pas rédigé un petit essai sur l'art d'être heureux (l'eudémonologie) ? Bien sûr, Kant nous objecterait qu'il ne s'agit que de vaines tentatives. Alors, qui croire ? Il appartient à chacun de réfléchir et de s'examiner. La solution du problème est en grande partie personnelle car ce n'est pas « *le concept du bonheur* » qui m'intéresse, moi, individu singulier, mais c'est « mon » bonheur. En ce sens, bien se connaître est la clef du bonheur.

Au terme de notre étude, nous constatons que Kant, finalement, est fort pessimiste quant à nos chances de bonheur en ce monde. L'idée de bonheur étant vague et confuse, aucun de nous ne peut discerner où se trouve son bonheur ni comment y parvenir. Le bonheur, pourtant, est bien notre fin à tous ; qui ne désire être heureux ? Ce texte donc nous déstabilise. Le problème du bonheur est un problème insoluble ? Oui, si l'on veut… Comme tous les problèmes philosophiques et c'est cela qui les rend si intéressants. À chacun maintenant de se pencher sur le problème pour tenter de le résoudre !

## C'est à vous !

Nous avons, au cours des derniers chapitres, abordé plusieurs textes et traité différents points de méthodologie. Vous venez de lire un commentaire rédigé.

Si vous avez suivi les indications de cette rubrique « Travail personnel », vous avez accumulé au fil des chapitres un certain nombre d'informations et de notes sur les textes présentés. Tout cela, finalement, correspond au brouillon de votre copie. Aussi vous reste-t-il à vous entraîner à rédiger. Vous pouvez écrire une introduction, une partie de l'explication, l'articulation de l'explication et de la critique… Ou le commentaire dans son intégralité. Et, bien évidemment, vous pouvez faire de même avec n'importe quel texte rencontré dans l'année.

**Quelques sujets…**

Le bonheur est-il une affaire privée ?

Faut-il préférer le bonheur à la vérité ?

Vivons-nous pour être heureux ?

# TABLE DES MATIÈRES

Imprimé en Italie par «La Tipografica Varese Srl» Varese